KB239842

프랑스 문화 따라잡기

다인미디어

서 문

　프랑스는 어떤 나라일까? 에펠탑만큼 높은 자존심의 나라? 이것
저것 따져보면 목에 힘을 줄 법도 하다. 절대왕정에서 신음하던 유
럽에 자유와 평등이란 인류 최고 가치를 선물했던 프랑스 대혁명
의 역사는 그중 백미다. 중세 학문의 중심이었던 빠리 소르본느에
서 시작해 근세 데카르트의 합리론과 루소를 거쳐 현대 실존철학
의 사르트르, 푸코 최근의 브르디외 까지 현란한 지적 전통은 인류
문명의 보배로 손색없다. 고대 로마제국의 찬란한 유적부터 중세
경건한 신심이 꽃피운 고딕양식의 샤르트르 성당과 바로크양식의
베르사이유 궁전까지 수많은 유적은 시대별로 건축사의 한 장을
수놓는 금자탑이다. 산업화에 찌든 도시와 판에 박힌 실내를 뛰쳐
나가 자연을 그린 밀레의 자연주의와 모네의 인상주의, 고흐를 거
쳐 레오에 이르는 야수주의, 피카소의 입체주의, 달리와 샤갈의 초
현실주의까지 프랑스 화단의 역사는 세계미술사 그대로다. 스땅달,
위고, 플로베르, 셍떽쥐뻬리, 보들레르, 뒤마… 열거하기 힘든 프랑
스 문단의 기라성들은 국적을 떠나 문학을 사랑하는 모든 이의 가
슴을 달아오르게 만든다. 샤넬에서 시작하는 패션의 역사는 아직도
프랑스를 패션의 왕국으로 자리 매김하고 있다. 이브몽땅, 아다모,
조르쥬 무스따끼의 샹송과 알랭들롱의 활동사진은 지구상에 음악
과 영화가 존재하는 그날까지 프랑스에 대한 환상을 계속 불러일으
키기에 충분한 매력덩어리다. 단 한군데도 버릴 것 없이 아름다운

자연은 프랑스를 떠나 살아야 하는 이방인에겐 비애다. 다른 나라와 비교할수록 신이 공들여 만든 작품이란 사실에 배아프다. 인간 평등의 가치가 사회제도와 삶 곳곳에 배어있다. 부의 균등분배로 어느 사회보다 정의롭다. 모든 교육은 공짜고, 실업자는 국가가 책임진다. 정치제도는 서구사회 그 어느 나라보다 민주적이다. 국민의 목소리를 정확히 대변하는 성숙한 대의제도를 구축했다. 이는 프랑스인들이 어느 나라 국민보다 많이 노력하고, 피와 땀을 흘린 대가라는 사실을 삶의 현장 곳곳에서 확인할 수 있다.

물론 어두운 면도 있다. 자존심의 한 축이던 프랑스어는 위축되고 영어만 득세한다. 과거 식민제국의 업보로 떠 안은 인종문제와 세계각국에서 몰려드는 밀입국자들은 새로운 사회문제를 양산한다. 그러나, 영어가 국제어가 된다고, 미국이 세계의 중심에 선다고, 내적인 어려움이 있다고, 프랑스가 사라지는 것은 아니다. 영어를 잘하는 나라가 늘어날수록 미국의 장점과 경쟁력은 그만큼 줄어든다. 영어세상 됐다고, 영국이 최고 선진국이 아닌 이치와 같다. 2002년부터 유럽은 하나의 돈을 사용한다. 쉥겐 조약으로 국경을 철폐한 지는 한참 됐다. 자본주의 사회에서 국력은 시장의 크기와 비례한다. 2차대전 이후 미국의 뒤에 섰던 유럽. 이젠 단일시장 형성으로 미국에 맞설 21c의 거대시장으로 발돋움하고 있다. 유럽연합의 중심엔 여전히 프랑스가 서있다.

천금의 기회로 1년간 프랑스에 살면서 이것저것 해보려고 안간힘을 다했다. 언론학 강의실에서 회화 써클실로, 유적과 자연 속으로, 대중들의 삶 속으로… 개인이나 국가나 동전의 앞뒤처럼 장단점을 동시에 갖는다. 늘 자신에게선 단점을 남에게선 장점을 보고 살아가는 지혜가 필요하다. 프랑스도 단점이 많다. 그러나, 우리가 갖지 못한 장점을 배우는 일이 중요하다고 본다. 21c는 진정한 다극화의 시대가 될 것이다. 미국, 유럽연합, 중국, 일본… 우리처럼 작은 나라가 살길은 따로 없다. 이것저것 좋은 것 있으면 배워 써먹는 수밖에. 그 동안 프랑스에 관한 좋은 책들이 많이 나왔다. 정치, 경제, 사회 등 거시적인 관점에서 각종 제도와 특징을 자세히 논하고 있다. 또, 문학이나 미술, 영화 같은 예술적인 분야에도 고상하고 우아한 소개서가 많다. 그런데 곰곰 생각해보니 많은 책들 가운데 일상생활을 통해 손쉽게 프랑스를 이해할 수 있도록 한 경우는 드물었다. 그래서 이 책은 생활 현장 속에서 알기 쉽게 프랑스에 대한 접근을 시도했다. 필자의 체험을 위주로 정리한 것도 그런 이유다. 현장을 뛰는 기자의 책은 실사구시다. 우리 사회의 문화적 역량을 키우는데 작은 보탬이라도 됐으면 좋겠다. 아울러 부족한 관찰과 짧은 식견으로 많은 오류가 있음을 인정하지 않을 수 없다. 프랑스라는 낯선 문명국을 어렴풋이 나마 이해할 수 있게 만들어준 LG상남재단과 SBS의 모든 분들께 진심으로 감사드린다.

2001년 11월 김문환

차 례 ...

차 례 ...

차 례 ...

1장

...

친절한 프랑스인

어 프랑스와 인연

프랑스라는 나라가 뭔지도 모를 초등학교 1학년 때. 한 30년 가까이 됐겠다. 개울건너 매산이란 아담한 산으로 미술학습을 갔던 기억이 난다. 어마어마하게 높은 성당이 있었다. 그후 봄이면 칡덩굴을 캔다고 오가던 곳. 몇 년 지나선 인기절정의 배우 한진희가 영화촬영을 와 동네사람들이 구름처럼 몰려들었다. 지은지 100여 년 가까운 유서 깊은 고딕양식의 성당이었다. 성당 뒤켠에 쓸쓸히 서있는 비석엔 프랑스신부가 지었다고 적혀 있었다. 그렇게 프랑스는 시작됐다. 초등학교 4학년 때부턴가 어쩌면 저렇게 잘생겼을까 하는 사람이 나오는 영화를 봤다. 당시 시골극장은 이틀에 한번씩 영화를 바꿨다. 그중 알랭들롱(Alain Delon)이란 배우가 나오는 영화도 가끔 들어왔다. 'Borsalino' 1, 2편과 'Scorpion'등이다.

우리 발음으로 '보르살리노'가 더 비슷한데 '볼사리노'라고 크게 써 붙였던 포스터가 기억에 남는다. 이듬해인가엔 알렉상드르 뒤마(Alexandre Duma)원작의 '몽테크리스토 백작'(Le Comte de Monte Cristo)이란 영화도 봤다. 물론 당시는 누가 썼는지도 몰랐다. 76년인가 실비바르땅(Silvy Bartan)이라는 금발의 프랑스여가수가 내한공연을 가졌다. 앞집 TV에서 동네 어른들 어깨너머로 미녀를 만났다. 막 유행가나 팝송에 눈을 뜨던 차에 '샹송'(Chanson)이란 발음하기 어려운 프랑스 노래도 듣기 시작했다. 코미디언 김보화가 "돈벌어 나 주"로 웃긴 아다모(Adamo)의 '똥브 라 네쥬'(Tombe la neige, 눈이 내리네). 첫눈 오고, 연말연시 엽서를 고를 무렵이면 매년 들어야 하는 노래로 알았다. 아다모 특유의 목젖 울리는 발음과 함께.

이상이 술 깬 뒤 억지로 끄집어낸 어린 시절 프랑스와의 인연 전부다. 그러다 대학에 들어가 바로 프랑스어 동아리에 가입했다. 고등학교 시절 일제 때 학교 다니신 병설중학교 음악 선생님 덕분에 선택의 여지없이 일본어를 배워야했다. 요즘 달라졌지만 그때 시골 학교에서 과목의 개념이란 게 없던 탓이다. 일본어에 가려있었지만 지우지 못했던 프랑스어에 대한 환상을 대학 때 마음껏 불살랐다. 참 많은 시간을 프랑스어 공부에 쏟아 부었지만, 기자 생활하면서 도로아미타불. 모든 게 원점으로 돌아가 버렸다.

02 프랑스 연수

누구나처럼 그렇게 모든 것을 잊고, 또, 잊혀져가던 지난해 초. 뜻하지 않은 사건이 발생했다. 당시 필자는 외부의 모 언론재단에서 후원한 저술작업이 인연이 돼, 그 재단에서 지원하는 해외연수를 희망하고 있었다.

연수선발의 절차는 먼저 회사에서 언론재단에 기자를 추천한다. 재단은 각 회사에서 온 기자들을 상대로 선발하는 방식이었다. 회사측의 천금같은 배려로 추천을 받아 응시 기회를 얻었다. 그런데, 문제가 생겼다.

회사에 지원서를 낼 때 혹시 도움이 될 수 있을까 해
서 초를 좀 친 게 발단이었다. "영어와 일본어, 프랑스
어, 중국어에 대한 기초회화가 가능하니 회사에서 대
상국을 지정해 주면 어느 나라든 가겠다"고 적었다. 사
실은 보내준다면 미국으로 갈 생각이었다. 아니면 중
국을 연구할까해서 중국어를 공부하고 있기는 했다.
그러나 사실 구체적인 아무 준비도 없었다. 토플시험
을 보기는커녕 신청해놓은 적도 없고, 중국어 자격고
시도 마찬가지다. 일본어는 고등학교 때, 프랑스어는
대학 때 실력이 전부였고, 사실 거의 사라진 것인데…
회사에서 '프랑스로 지원하라'는 말 한마디에 운명이
바뀌고 말았다.

　그 뒤 정확히 한달 반 동안 어떻게 준비했는지 잘
기억이 나지 않는다. 이건 생각나도 골치 아픈 일이다.
언론재단 원서마감 전날 빠리 2대학 IFP언론대학원 석
사과정 입학허가서를 천신만고 끝에 받아 쥘 수 있었
던 것과 보름 뒤 언론재단 전형에서 합격한 것만 생각
난다.

　합격한 날로부터 출국까지 2달여 동안 면허증도 없
이 잠시 구름을 빌려 타고 다녔다. 그렇게 모든 게 즐
거웠던 기억은 별로 없다. 결혼날짜 받고, 결혼식을 기
다리던 때와 비슷했다. 술값으로 펑펑 주머니가 새도
아까운 줄 몰랐다. 떠나기 전날까지 거의 매일저녁 후
배, 동료들과 폭탄주를 마시며 미래를 설계하다 비행
기 트랩에 올랐다. 꽤 오래 전 어수룩하던 시절 지방
자치단체가 주관한 4박5일 중국 산업시찰을 빼면 13년

여 기자생활동안 회사이름으로 타는 첫 국제선 비행기였다. 초등학교 때 집 앞 모래사장에서 뛰놀며 개울 건너로 바라보던 프랑스 고딕성당의 원조를 직접 보러….

03 구름과 비와 숲의 나라

오스트리아 비엔나를 잠시 경유해 빠리에 내렸다. 빠리 하늘에선 비, 구름, 안개만 보다 착륙했다. 프랑스 날씨가 그랬다.

①비, 구름 --10월부터 맑은 날 보다는 흐리는 날이 많아지면서 비오는 계절로 들어선다. 11월 넘으면 맑은 하늘은 한번도 볼 수 없다. 회색구름으로 덮인 찌푸둥한 하늘이 다음해 4월까지 간다. 이 기간은 장마철이다. 7월장마만 보다 12월, 1월, 2월 장마를 이해하기 쉽지 않았다.

구름이 많다. 그리고 조금씩 비가 자주 온다. 공기가 늘 신선하다.

빠리에서는 폭우를 보지 못했지만 남부지역에선 천둥번개를 동반한 엄청난 비를 만나 애를 먹은 적이 있다. 나뭇가지가 부러지고, 농경지가 물에 잠기고, 산사태가 나고, 도로도 두절된다. TV는 연일 수해보도가 머

릿뉴스다. 차를 타고 지나다가 물에 잠긴 농경지에서 마이크를 잡고 뉴스하는 기자들을 영국령 지브롤터를 지나 포르투칼로 향하다 만났다. "아, 내가 하던 일인데".

프랑스는 올 장마가 심해 5월까지 비가 내려 북서부 지방 대부분이 피해를 입었다. 그렇다고 우리처럼 인명사고가 나고 하는 것은 드물다. 대부분 평야지역이어서 천천히 잠겼다가 한동안 물이 안 빠지는 뭐 그런 식이다. 1873년 프랑스가 기상관측을 시작한 이래로 최대의 4월 강우량이라면서 좀처럼 흥분하지 않는 TV뉴스가 올 봄 수선을 피웠다. 르와르강변의 아름다운 고성(古城) 하나도 와르르. 그러나, 우리의 연례행사인 태풍은 없다. 폭풍(tempete)이 몰아치는 일이 몇 년에 한번씩 있을 뿐이다.

②기온--7, 8월의 빠리는 섭씨 35도까지 오르기도 한다. 그러나, 우리 느낌으로는 30도밖에 안 된다. 습기가 없어 그늘에 들어가면 시원하기. 때문이다. 그리고, 밤에는 어김없이 이불을 덮어야 잠을 잘 수 있을 만큼 선선해진다. 후덥지근이란 말을 설명해주기란 거의 불가능에 가깝다.

빠리에서 돌아와 9월까지도 모기, 무더위와 싸우며 한국의 여름을 겪어보니 참 프랑스는 복 받은 나라라는 생각이 더 확실해진다. "겨울은 온화하다. 강물은 1년 내내 같은 양이 흐른다. 너무 깨끗해 마시기에 최상이다." 357년 빠리의 로마 총독 줄리앙(Julian)이 남긴 말이다.

04 프랑스, 빠리의 어원

프랑스는(France)라는 이름은 서로마제국 멸망 뒤 게르만족의 일파 프랑크(Franc)족이 프랑스 땅에 나라를 세운 데서 기인한다. 수도 빠리(Paris)는 로마의 프랑스 정복 이전에 살던 켈트(Celt)족의 일파인 빠리시(Parisii, 선박민족)족의 이름에서 나왔다. 로마인들은 B.C. 52년 빠리에 도착한 뒤 이름을 루떼띠아 빠리지오룸(Lutetia Parisiorum)이라고 붙였다. 212년엔 오늘날의 빠리(Paris)로 정했다. 일부는 고대 그리스신화에 나오는 트로이왕자 파리스(Paris)에서 따 왔다고 낭만적인 주장을 펴지만 관계없다.

도시도 강, 숲과 어울어진다. 푸르고 아름답다.

아무튼 선박민족이라는 이름에서 나왔듯이 프랑스 국토는 물이 많다. 곳곳에 강들이 거미줄처럼 뻗어 있다. 늘 풍부한 양의 물이 흐른다. 그리고, 비가 오지 않는 지역이나 물길이 가지 않는 지역은 운하를 파서 수자원을 활용한다. 운하가 많다. 시골이건 대도시건 예외없이 운하를 볼 수 있다. 용수나 운송용으로도 활용한다.

거짓말 조금 보태서 프랑스에서 1년간 단 한번도 흙을 본적이 없다. 도시고, 산이고, 논밭이고 나무와 풀

과 곡식뿐이다. 곳곳이 푸른 숲으로 둘러싸인 녹지공간
이다. 프랑스는 지형이 나뉜다. 북서부지역을 여행하다
보면 "이 나라에 산이 있는 거야?"라 말할 정도로 평야
만 나온다. 그러나 남부나 동부로 가면 곳곳에서 자동차
가 헐떡인다. 험악한 산들이 깎아지르듯 가로막는다.

알프스산록의 몽블랑은 해발 4807m로 유럽의 최고지
붕이다. 리용을 지나 그르노블이나 알프스산맥쪽, 스페인
국경인 뻬르피냥에서 삐레네산맥쪽으로 특히 그렇다. 겨
울엔 눈으로 뒤덮인다. 땅덩어리는 무척 비옥하다. 밀이
나 포도가 잘 자란다. 이런 국토의 크기는 55만 ㎢. 남북
한을 합쳐 22만 ㎢이니 한반도보다 2.5배나 크다. 남한은
9만8천㎢이니 남한보다는 5.5배가 크다.

05 후진국은 줄서는 통관

빠리에 처음 내려 당황했다. 여권검사 같은 아무런 절
차가 없었기 때문이다. 한국처럼 어디서 검사하나 하고
조심스럽게 이리저리 둘러봐도 없었다. 비행기에서 내려
짐 찾은 뒤 나가면 그만이다. 누구하나 "어디서 왔느냐",
"여권 보자"는 말을 하는 사람이 없다.

①프랑스 내국인--프랑스인들은 간소하게 공항을 이
용할 수 있다. 여권을 보지도 않고 검사도 하지 않는다.
유럽연합(EU)내 국가(영국과 스위스는 제외)로 이동할
때는 여권도 필요 없다. 그냥 신분증 가져가면 된다. 해
당국가에서도 연합내 국가 국민들은 보지 않는다.

샹젤리제에 위치한 개선문. 공항에서 버스를 타면 이곳에 내린다.

②외국인--마찬가지다. 검사하지 않는다. 단, 유럽연합내 국가에서 들어오거나 기타 선진국에서 오는 비행기를 탈 경우만이다. 필자는 빠리에 처음 내릴 때 비엔나에서 비행기를 갈아타고 들어갔다. 오스트리아는 유럽연합내 국가다. 오스트리아에서 들어오는 비행기 손님은 덩달아 외국인이라도 검사 받지 않는다.

그렇다면 밀입국자들이 그 나라 거쳐서 들어가면 쉽겠다는 생각하면 어리석다. 선진국 이외의 국가에서 유럽연합내 국가로 들어올 때 처음 들어오는 나라에서 일단 걸러준다. 필자는 비엔나에서 여권검사를 받았다. 터키에서 비행기를 탄 뒤 비엔나에서 갈아탔기 때문이다. 후진국 터키에서 온 손님을 오스트리아에서 한번 걸렀기 때문에 이 비행기 손님들은 프랑스에서 다시 검사할 필요가 없어진다.

유럽은 이미 이렇게 공항 검사부터 하나의 국가처럼 운영한다. 나중에 유심히 살펴보니 후진국에서 오는 비행기와 선진국에서 오는 비행기는 벌써 나오는 출구가 다르다. 후진국에서 오는 비행기는 어김없이 여권검사를 하는 창구로 연결된다. 꼼꼼히 보면서 따진다.

06 프랑스인의 기원

독일이나 영국, 이탈리아 등과 달리 프랑스는 프랑스 민족이란 게 없다. 이곳저곳에서 잡종이 됐기 때문이다. 독일은 게르만, 영국은 앵글로색슨, 이탈리아는 라틴… 프랑스는 한마디로 모두다. 역사적으로는 켈트족의 대륙계 일파인 골(Gaule)족이 중심을 이룬다. 그러나, 게르만, 노르만, 켈트, 라틴, 스페인계(특히 바르셀로나 중심의 까딸루냐)주민들이 다양하게 섞여 있다. 게르만 계열보다는 라틴계열이 많아 독일 등에 비하면 체구들이 전반적으로 작고 아담하다. 그러니 예쁠 수밖에. 크면 멋있지만 예쁘지는 않다.

프랑스가 오늘날 유럽의 다른 어느 나라보다 인종차별 등이 덜한 이유도 바로 특정 주도 민족이 없다는 점일 것이다. 프랑스 본토(Territoire metropolitain, 유럽대륙에 붙은 프랑스와 지중해 꼬르스 일명 코르시카섬을 가리키는 말)에 사는 국민들은 2000년 기준으로 5천900만 명이다. 세계에서 21번째로 많고, 유럽에서는 독일과 이탈리아에 이어 3번째다.

그러나, 프랑스는 전세계에 땅을 갖고 있다. 과거 식민지 시대에 확보해 둔 땅이다. 이들 지역에 거주하는 인구는 200만 명이다. 따라서 프랑스 전체 인구라고 하면 6천100만 명이다. 우리 나라 남한 4천300만. 북한 2천만을 합한 6천300만과 비슷하다. 인구밀도는 프랑스가 1㎢에 107명이다. 우리는 북한이 177명, 남한이 473명이다. 프랑스 사람 혼자 살 땅에 남북을 합치면 3명, 남한만 따지면 5명 가까이 산다. 한국서 사는 일이 사방으로 참 답답할 수밖에 없는 사연이다.

참고로 세계평균은 45명이고, 미국은 29명, 유럽에서는 네덜란드가 460명, 영국이 240명, 독일이 235명, 이탈리아가 195명이다. 그러나 인구밀도가 높은 네덜란드에 가도 주택밀집이나 아귀다툼의 집중현상을 별로 볼 수 없다. 곰곰 생각해 보니 이들 서유럽국가는 국토의 대부분이 평야지대로 아무 데서나 골고루 퍼져 산다. 우리처럼 70%가 산지여서 특정지역에 오밀조밀 모여 살지 않아도 되기 때문이다.

07 친절하고 정확한 프랑스인

특별히 프랑스사람들만이 갖는 기질이란 것이 있을까 싶다. 어느 나라 건 개인차원의 문제라고 본다. 그래도 직접 느꼈던 특징들을 정리해봤다.

①명랑--우리보다는 잘 웃고, 표정이 밝다. 즐거운 듯한 인상이다. 남을 봐도 먼저 미소를 보내고, 인사한다.

②조용--프랑스 사람들과 있으면서 우리처럼 크게 떠들거나 싸우는 모습을 본적이 없다. 얌전히 앉아서 대화를 즐긴다. 차분하다. 목소리가 작다. 그러니, 긴장되지 않고 마음이 편안하다. 북부지방 사람들은 좀 왁자지껄하다.

③원칙--정확하다. 원칙적이다. 규정에 법에 나와있는 대로 할뿐이다. 융통성이 많은 우리와는 다르다. 2차 세

계대전이 끝난 뒤 전후처리 문제를 보자. 프랑스는 1940년 6월 25일부터 1944년 9월2일 빠리에 임시정부를 다시 세울 때까지 불과 4년 2개월 여를 독일의 지배하에 있었다. 그런데도 프랑스는 전후 나찌에 협력한 수많은 사람들을 처단했다. 공직에서 추방하고 재산을 몰수했다. 우리나라는 일제35년(정확히 1910년 8월29일부터 1945년 8월 15일까지다. 35년에서 14일이 모자란다)간 지구상에서 가장 악랄한 지배를 받고 독립했다. 그러나 새로 들어선 정부에서 단한 명도 처벌받은 사람이 없다.

④분명--대부분의 일이 명쾌하고 분명하다. 되고 안되고, 이것저것이 확실하다. 정상적인 판단과 분석과 전망으로 한다. 예측가능하고 정해진 순서대로 이뤄진다.

⑤단순--그러니 모든 게 단순하다. 복잡하게 머리 써서 자기 혼자 잘 해먹을 일이 없다.

⑥느긋--서두르지 않는다. 진득하다. 예정대로 찬찬히 주어진 일을 할뿐이다. 꼬리에 불붙은 소처럼 뛰어다닐 필요가 없다.

⑦돈문제--㉠ 정확 : 정확히 각자 계산하고 걷어야할 경우 한치의 오차 없이 나눠 걷는다. 남에게 베풀 것도 없지만 폐 끼치지도 않고 정확히 자기 몫 챙기고 남의 것 인정한다. 그렇다고 인정머리 없다는 뜻은 절대 아니다. 필자가 겪은

프랑스에는 특정 민족이 없다. 프랑스인 만이 있을 뿐이다.

바로는 친한 사이끼리는 하나 받으면 자기도 하나 주려하고 적은 것 받아도 더 큰 것 주려한다. ⓛ 관심 안둬 : 돈벌려고 아등바등 거리지 않는다. 자신의 발전과 즐거움을 위해 열심히 놀고, 여행하고 취미활동 한다.

⑧선량--한마디로 친절하다. 거리에서 기차역에서, 학교에서, 여행지에서… 그러나 빠리의 주요 관광지나 사람을 많이 접하는 곳일수록 사무적이고 딱딱하다.

⑨자유--이들에게 자유는 생명이다. 누구로부터의 간섭이나 부당한 대우를 인정하지 않는다. 자신의 권리나 자유가 침해당했다고 생각하면 아주 사나워 진다.

⑩평등--프랑스 사회의 가장 큰 특징을, 프랑스인들의 정신을 하나만 꼽으라면 바로 이것을 들고 싶다. 너와 나는 똑같은 것이다.

08 달콤한 프랑스어

• 인도유럽어족

인도를 기점으로 인도와 유럽지역의 언어를 인도유럽(Indo European)어족이라고 분류한다. 18c 인도를 점령하기 시작한 영국의 학자들이 인도의 고대 산스크리트어가 라틴어나 유럽언어와 비슷하다는 것을 발견하고 이런 이름을 붙였다. 인도유럽어족 계통 언어의 공통 출발점은 대략 B.C 3-4천년 경일 것으로 추정된다. 이후 B.C 2천 500년을 전후해 인도유럽어는 갈리기 시작한다.

①인도 이란어--산스크리트어, 고대 페르시아어.

②아나톨리아 제어--히타이트, 리디아, 리시아, 우라리트 등의 언어가 있다. 아나톨리아란 오늘날 터키영토의 동부를 말한다.

③그리스어, 마케도니아어, 트라키아어. 슬라브어, 아르메니아어.

④이탈릭어--이탈리아 반도와 남프랑스 지중해 연안의 여러 언어.

⑤라틴어, 켈트어(골어…)

⑥게르만어, 발트어.

• 골(Gaule)어

프랑스어의 기원은 인도유럽어족의 켈트어에서 갈라져나왔다. 켈트란 B.C 800년 전 동쪽으로부터 들어와 서유럽이나 영국 여기저기에 퍼져 살던 민족을 의미한다. 켈트의 일파에 골(Gaule)족이 있다. 당시 오늘날 프랑스땅으로 와 정착한 사람들이다. 프랑스인들의 주류를 이루는 선주민이다.

켈트파 언어에는 어떤 말들이 있을까? 프랑스땅에서 쓰던 골어 외에 영국서부 카디프지방 중심의 켈트어, 아일랜드어, 프랑스 서부의 브르따뉴어, 코닉어 등이 있다. 그러나 골인들은 아쉽게도 말만 있었지 문자가 없었다.

• 프랑스어 형성

로마시대가 되면서 라틴어가 골어에 영향을 줬다. 이러면서 변종 라틴어가 생겼다. 로망어(Roman)라고 한다. 남서유럽에는 여러 로망어들이 생겨났다. 여기에 결정적인 변수가 하나 더 등장한다. 게르만족의 침입이다. 게르만족의 한 부류인 프랑크족이 프랑스북부로 들어왔다.

프랑크 왕국을 연 클로비스왕.

물론 메로빙거왕조를 연 프랑크족 최초의 왕 클로비스가 카톨릭으로 개종하고 게르만어 대신 라틴어(골지방 로망어)를 채택하면서 영향력이 확대되지는 않았다. 문화적으로 비교할 수 없을 정도로 우월한 라틴어문화권을 칼로 이겼다고 짓누를 수는 없는 일이었다. 결국, 프랑스어는 라틴어에 골어가 섞여 로망어의 하나가 되고, 여기에 게르만어가 섞인 언어임을 확인 할 수 있다.

09 프랑스어 사투리

사투리라기보다 프랑스어와 다른 말이다. 고대 라틴어에서 갈라져 나온 로망어들이다.

현황은 다음과 같다. 지중해연안 스페인국경의 랑그독어(occitan, 인구의 2.7%사용. 까딸루냐와 인접), 북서부 독일국경 알자스어(alsacien, 2.3%사용), 서부 대서양연안 브르따뉴어(1%사용, 영국의 켈트어와 비슷하다), 스페인국경 까딸루냐어(catalan, 0.4% 사용)다.

이밖에도 꼬르스 섬에서 사용하는 꼬르스어, 대서양 연안 피레네 산맥 바스크지방에서 사용하는 바스크어가 있다.

1789년 프랑스혁명이후 까지도 실제 프랑스 추정인구 2천700만 명 가운데 40%정도만이 프랑스어를 사용하고 나머지 인구는 모르거나 다른 말을 사용한 것으로 나타났다. 프랑스대혁명 이후 초등교육이 보편화 되고, 중앙집권체제가 강화됐다. 강제 보통교육으로 프랑스어가 전 프랑스 영토의 언어로 자리잡았다. 프랑스정부는 국가 일체성 확보를 위해 지방 언어를 일정부분 탄압했다. 그러나 올해 입장을 바꿔 다양한 프랑스문화의 보전 차원에서 이들 지역 학교에서 2개 언어를 동시에 교육할 수 있도록 했다.

교육부는 "이들 언어가 소수언어가 아니라 풍부한 프랑스 문화유산의 일부"라고 취지를 설명한다. 어려서는 지방어를 배우고 크면서 프랑스어를 배우도록 조치했다. 지방어를 구사하는 교사들을 신규로 채용하고 있다.

스페인 바르셀로나를 방문해 박물관에 가서 책을 구입하려 했다. 그러나, 영어책이 없어 프랑스어 책을 구입하려 했더니 그것도 없었다. 스페인어와 까딸루냐어 2종류만 있었다. 프랑스어를 찾는 말에 박물관직원은 까딸루냐어와 프랑스어가 아주 비슷하니까 그것을 사라고 말했다. 그래서 들여다봤더니 불어도 짧은데 까딸루냐어는 골이 빙빙돌았다. 자기들은 비슷하다고 보는 모양이다.

10 프랑스어 사용 인구

유럽연합 안에서 프랑스어의 사용빈도는 26.5%로 영어의 35.5%에 이어 2위다. 독일어는 25.2%다. 이탈리아어 19.3%, 스페인어 13.6%다.

영어를 사용하는 국가는 물론 영국하나지만 각국이 공통으로 영어를 사용하기 때문이다. 지중해 말타와 키프러스도 영어를 제2공용어로 사용한다. 프랑스어는 프랑스와 룩셈부르그, 모나코에서 사용한다. 또, 스위스에서는 동부의 제네바 로잔권, 벨기에는 브뤼셀을 포함한 남부에서 프랑스어를 사용한다. 안도라도 스페인어와 함께 프랑스어를 사용하고 있었다.

독일어는 통일 독일과 스위스의 동부 쮜리히권, 오스트리아의 대부분 지역에서 사용한다. 이탈리아어는 이탈리아와 스위스의 남부, 오스트리아의 남부에서 사용한다. 말타에 가보니까 영어와 함께 이탈리아어도 사용하고 있었다. 스페인어는 스페인과 안도라에서만 사용한다. 프랑스인구 6천100만 명만 프랑스어를 구사하는 것은 아니다. 해외에도 많다. 프랑스어를 사용하거나 과거 사용했던 국가의 정상들이 모여 프랑스어권 국가들의 공동번영을 논의하는 정상회담(Sommets de la francophonie)를 운영한다. 참석하는 국가들은 무려

캐나다의 퀘벡주는 프랑스어를 사용한다.

46개 국가나 된다. 전세계 200여 개 국가의 4분의 1이
다.

11 존대말로 본 문화의 차이

우리말과 서양말의 가장 큰 특징 가운데 하나는 올리
는 존칭과 내리는 비칭의 유무다. 일본어나 우리말은
남을 높이는 존대어와 나를 낮추는 겸양어가 무척 발달
해 있다. 그러나 프랑스어에는 이게 없다. 동사가 언제
냐의 시제(時制)와 누구냐의 격(格)으로만 변한다. 높여
부르는 대명사와 동사가 있지만, 이는 서로 모르는 경
우에 높여 부르는 것이지 친해지면 바로 말을 놓는다.
당신, 너라는 2인칭을 부를 때 영어는 'you' 하나다. 프
랑스어는 높여 부르는 'vous'와 낮춰 부르는 'tu'가 있
다. 그런데, 나이가 많건 적건 프랑스에서는 친해지면
'tu'란 점이다. 우리는 친해져도 서로를 더욱 존중한다.
학교나 여행하면서 만난 프랑스사람들은 20대부터 70
대까지 다양했다. 만나서 얘기 나눠 호의가 확인되면
바로 'vous'대신 'tu' 로 나오는 경우도 있다.

우리 나라는 윗사람이 아랫사람에게 이름을 부를 수
있다. 그러나, 아랫사람은 절대로 윗사람의 이름을 부
르지 않는다. 비록 아랫사람에게라도 일정연령을 넘으
면 이름을 부르지 않는다. 이름을 부를 경우 왠지 상
대방을 낮춘다는 생각을 지울 수 없다.

그래서 되지 않는 존칭을 마구 사용한다. 사장님. 선

생님, 직함 뒤에 '00님' 식이다. 프랑스에서는 공식적인 관계일 때 항상 남자일 경우 성 앞에 '무슈' 만 붙여준다. 'monsieur, Kim'이다. 그러나, 사무적인 관계가 아니고 개인적으로 사사로이 만나는 경우에는 바로 이름을 부른다. 이름도 풀네임이 아니라 줄여 만든 애칭을 부른다. 남녀노소 상관없다. 여행을 다니면서 주로 프랑스 할머니나 할아버지들이랑 많이 만났다.

동양에서 온 이방인이 귀여웠는지 60-70먹은 노인들이

어른들에게도 이름을 부른다.

허물없이 대해주었다. 그럴 때마다 무척 곤란했던 게 호칭이다. 필자의 어머니보다 나이 많은 70대 할머니에게 "Yvete!", "Isabelle" 점잖은 체면에 할머니들 이름 부르려니. 처음엔 얼결에 불러놓고 혹시 혼나는 것 아닌가 잠시 멈칫하는 경우도 많았다. 그러나 이내 할머니가 생글 웃으면서 왜 그러냐고 쳐다보시는데. 이거 참…

12 재미있는 프랑스 이름

①Alain--인도유럽어 'Alun'에 기원을 둔다. 벌써 수천년의 기원이다. 'harmonieux' '조화롭다'는 뜻이다.

②Albert--게르만어 'adal' '고귀하다'와 'behrt' '유명하다'는 뜻이 합쳐졌다. ③Alexandre--알렉산더 대왕. 'alexien' '보호자'란 뜻과 'andros' '남자'란 뜻이다. 남자에 기대고 싶어하는 여성들은 이런 이름을 가진 남자와 데이트해야겠다. 이름의 축일인 4월 22일에.

④Andre--낯익은 작가들이 떠오른다. Andre Gide, Andre Malraux. 그리스어의 'andros'다. '남자', '유명한', '명사'라는 뜻을 지녔다. ⑤Ann,--우리말에 '우아(雅)'다. 히브리어 'hannah'다. 알고있는 서양여자 중에 이 이름이 있다면 7월26일 축일을 맞아 데이트를 신청하고, 역사를 들먹이면 좋은 일이 생길 수 있다. ⑥Anthony, Anton--라틴어 'antonius' 그리스어 'anthos'가 기원이다. 안토니우스. 클레오파트라와 사랑을 불태우고, 시저에 대항했다가 스러져간 비운의 영웅이다.

⑦August, Augustin--라틴어 'augustus' '존엄스런'의 뜻이다. 시저를 암살한 일당을 처단하고 로마제국 초대 황제가 된 사람이다. 원로원으로부터 칭호를 얻었다. 군사력으로 짓밟으니 원로원에서 무서워 주었다고도 볼 수 있다. 군사정권에서는 호칭이 요란한 법이다. 이후 엉터리 황제들이 나왔고 로마는 멸망했다.

⑧Beatrice--라틴어 'beatus' '행복하다'는 뜻을 갖고 있다. ⑨Catherine--그리스어 'katharos' '순수하다'는 의미다. ⑩Cecil--고운 어감과 달리 '눈먼'이란 뜻의 라틴어 'caecus'에서 나왔다. ⑪Carlos, Charles--게르만어 'karl', '남자다운'이다. ⑫Christian, Christine--라틴어 'christanus' '기독교인'이란 뜻이다. ⑬Daniel--히브리어

'dan' '판단' 이란 뜻과 'elhiom' '신'이란 뜻이 합쳐진 말
이다. '신의 판단'이다. ⑭David--히브리어로 'daoud'
'yadad'다. '귀여운'의 뜻이다. ⑮Elisabeth, Elisa--히브
리어 'elischaeba'다. '신은 나의 맹세'다. Isabelle은 스페
인식 발음과 표현이다.

이밖에 *Eve, Eva,--히브리어 'havvah' '생명의 근원'
이다. *Francois, Franz--라틴어 'francus' '자유로운 남
자'다. *Gabriel--히브리어. 'gabar' '신'이다. *Harold--
게르만어로 'hari' 과 'waldan' 이 합성돼 '무장한 통치
자'란 뜻이다. *Helene--그리스어 'hele' '태양의 빛'이
다.

*Henri, Henry--게르만어 'heim'(집)과 'rick'(왕)이
합성. '왕의 집'이란 의미다. *Laura, Laurence-라틴어.
'월계관' 'larus'이다. *Louis--게르만어 'hold' '영광스러
운'의 뜻이다.

*Mary, Marie--히브리어의 'mar' '방울'과 'yam' '바
다'가 합쳐져 '바다의 물 한방울'이다. *Michel, Mikhail
--히브리어 '신같은 존재'다. *Nicolas--그리스어 'nike'
'승리'와 'laos' '사람'의 합성이다.

*Olivia, Olivie--라틴어 'oliva' '올리브'다. *Pierre,
Peter--그리스어 'petros' '돌'(石)씨와 같다. *Richard
--게르만어. 'rick' '왕'과 'hart' '강한'의 합성어다.

*Sophie--그리스어 '현명한'의 뜻이다. *Valentine--
그리스어 'valens' '격렬한', '힘찬'의 뜻. 그래서 술 이
름인지 모른다. *Virginie, Virginia--라틴어, 'virgo'
'처녀'다.

2장

⋮

행복한 생활

13 편리하고 지저분한 지하철

• 역사

우리는 1974년 8월15일 광복절날 서울에 1호선이 처음 개통됐다. 프랑스는 이보다 74년이나 앞선다. 1900년 7월 19일 처음 지하철이 다니기 시작했다. 요즘도 다니는 1호선 뽀르뜨 마이요 벵센느(Porte Maillot-Vincennes) 노선이다. 2호선은 1902년 완성했다. 참고로 영국의 런던은 1863년(이때는 전기로 가는 전철이 아니라 증기기관차였다) 시작했다. 부다페스트, 보스턴은 1896년, 베를린은 1902년, 도쿄는 1931년 개통했다. 빠리의 지하철에선 2번 놀란다. 너무 편리하고, 너무 지저분해서다. 지방은 훨씬 쾌적하고 편리하다.

①지하철(Metro)--1900년 개통에 이어 1998년 마지막 노선인 14호선까지 완공됐다. 220만 빠리 시민들이 사는 공간에 무려 14개 노선의 지하철이 다닌다. 막말로 아무 데서나 눈만 돌리면 지하철역을 볼 수 있다.

아무 방향으로나 걸어서 넉넉잡고 10분 안에 지하철역이 나타난다. 201km 노선에 372개의 역을 갖고 있다.

②수도권선(RER)-- 실제 빠리에서 지하철을 이용할 때는 노

빠리와 근처 수도권을 이어주는 수도권교외선 RER.

선이 더 많다. 수도권 전철이 있기 때문이다. 우리 식으로 생각하면 의정부에서 수원, 의정부에서 인천 가는 식이다. 빠리를 가로질러 인접 도시로 가는 전철을 에르에르(RER)이라고 부른다. 빠리 내는 지하로(지하철) 빠리를 벗어나면 지상으로(지상철) 운행한다. 에르에르는 A부터 E까지 5개 노선이다. 천만 수도권(빠리의 220만 포함)시민들의 실질적인 발이다.

• 객차

①무인지하철--빠리 지하철의 14호선은 무인 지하철이다. 시내중심지(Madelaine)에서 세느강변의 국립 미테랑도서관으로 가는 노선이다. 기관사가 없다. 신기하다. 빠리뿐 아니라 지방도시 리용(Lyon)에 가보니 역시 무인지하철이었다.

특히 리용의 지하철은 깊이도 낮고 표를 넣고 빼는 통제장치도 없어 무척 편리하다. 이방인들은 적당히 돈 안내고 타도 무방하다. 양심적으로 표 살 사람만 사는 체제다. 독일의 뮌헨에 가봤더니 역시 표를 살 사람만 사고 아무런 통제장치 없이 드나들 수 있도록 돼 있다.

사실 빠리 지하철은 표를 넣고 지나는 통제장치가 우리와

새로 만든 노선과 지방의 지하철은 무인전동차다.

달리 철로 만든 벽과 같다. 철문인 경우가 많다. 노인들이나 약자들은 잘못하면 다치기 쉽다.

②객차--노선도 많고, 배차간격이 짧아 기다리는 것 없이 너무 편리한데 청결도는 영 입맛에 차지 않는다. 100년에서 몇 십 년 된 연결통로나 플랫폼은 지저분하다. 특히 노숙자들이 소변 등을 봐서 아주 냄새가 고약하다. 또, 침이 많다. 아! 쓰레기도 널려있다. 파업을 할 경우는 상식으로 납득할 수 없을 만큼 많은 쓰레기가 쌓인다.

새로 만든 14호선, 관광객이 많은 1호선만이 비교적 깨끗하다. 일부 에르에르는 2층 객차를 운행한다. 또 하나 지하철이나 특히 에르에르를 타면서 느끼는 점은 흑인이나 아시아계 사람들이 무척 많다는 점이다. 집 값이 수월한 수도권도시로 나가는 전철은 어떤 때는 반정도가 흑인이나 아시아계 사람들이 이용한다.

14 지하철 이모저모

①음악인들의 고향--서울 지하철에도 가끔 음악이 들려온다. 그러나 승객들이 그렇게 즐거워하는 것 같지는 않다. 음악이 천편일률적 일뿐 아니라 연주솜씨도 그렇고… 빠리 지하철의 가장 큰 특징은 이 음악인들의 수준이 무척 높다는 점이다. 종류도 다양하다. 우리 귀에 익은 아코디언(물론 아코디언의 차원이 다르지만), 바이올린, 통기타, 라틴아메리카 민속악기… 어

떤 때는 2인조도 들어온다. 곡들이 참 좋다. 그리고, 흥이 나서 연주한다. 정말 울적했다가도 기분이 좋아진다. 특히, 자신이 좋아하는 곡이라도 나오면 기분 좋아서 동전을 던져준다. 그리고 기쁘게 눈웃음을 주고받는다. (이곳 음악인들은 선글라스를 끼지 않았기 때문에 가능하다)

②요금--빠리와 주변 수도권 도시를 5개구간으로 나눴다. 흔히 이용하는 빠리 시내 전용 1구간은 8프랑 천 400원쯤 된다. 우리보다 두배 반정도 비싼 셈이다. 그러나 국민소득이 8천 달러대 2만 4천 달러로 3분의 1수준이니까, 비슷한 가격이다. 필자가 살던 안또니(Antony)시는 3구간. 11.5프랑이다. 2천원 꼴이다. 필자가 지금 살고 있는 성남시에서 여의도 SBS까지가 700원이다. 빠리와 안또니의 관계는 서울과 성남의 관계와 아주 비슷하다. 따라서 3분의 1요금이 적절해 보인다. 그러나, 실제로는 그렇지 않다. 프랑스는 다양한 할인제도가 있다. 한꺼번에 10장을 살 경우 20%정도 할인해준다. 또, 정기권이란 게 있다.

이들 정기권은 물론 요금이 싸다. 3구간을 한달 동안 마음대로 쓰는데 필요한 정기권 값은 375프랑. 6만 4천원 돈이다. 필자가 만원권을 끊어 성남에서 서울로 출퇴근하면 일주일에 6일 근무할 경우 한 달에 평균 3만 3천원어치가 들어간다. 격차가 반으로 줄어든다. 그런데, 빠리에서는 정기권 갖고 같은 3구간 내 버스도 한 달간 마음대로 탈수 있다. 다시 말해 버스를 한번 타고 와서 지하철로 갈아타는 경우에는 빠리는 여전히 6만 4천원이고, 한국은 3만 3천원대에서 6만원대로 뛰어오른다. 같아진다. 오히려, 빠리의 정기권은 한 달에 회수 제한 없이 마음대로 쓸 수 있다. 따라서 낮 동안 여기저기 다닐 일이 있을 경우 한국보다 싸다.

주로 관광객이 많이 다니는 노선에 많다. 연주솜씨도 좋고, 분위기를 밝게 해 준다.

③걸리면 벌금--돈 안내고 타거나 5구간으로 돼있는 시스템에서 구간미달의 표를 산 뒤 구간을 넘어 타다 걸리면 벌금을 문다. 한국사람들도 많이 걸린다. 필자도 한번 걸려서 250프랑 4만원의 생돈을 물었다. 밤 10시쯤 서울서 온 친구들과 저녁을 먹고 한잔 걸친 뒤 3명이 집으로 돌아오는데 필자에게 남은 표가 2장밖에 없었다. 새로 사야하는데 혹시나 하고 2장만 친구들에게 주고 필자는 표 없이 가다가 불심검문에 걸렸다. "이자들 밤에 잠도 안자고"…

④이모저모--걸인도 있다. 올라타서 사정을 호소하고 한푼 적선을 요구한다. 빠리 중심부의 경우 출퇴근 시간에는 혼잡하기가 서울 못지 않다. 서울과 달리 빠리는 거의 1-2분 간격으로 열차가 들어온다. 그래도 밀린다. 우리랑 차이가 있다면 우리는 체념해서 남과 부딪치든 말든 몸을 남에 내맡기는 스타일이다. 프랑스는 최후의 순간까지 어떻게든 남과 접촉하지 않으려

고 필사의 노력을 기울인다. 이들은 모르는 사람과 신체접촉을 참 싫어한다.

15 보기드문 시내버스와 택시

　지하철이 거의 완벽하기 때문에 버스를 잘 타지 않지만 그래도 시내버스를 이용하는 경우가 있다. 주로 빠리 외곽의 수도권도시에서 많이 이용한다. 지하철이나 에르에르가 가지 않는 지역, 대형할인매장이 있는 교외지역이다. 수도권도시에서 전철을 탈수 있는 곳까지 버스를 이용한다. 지하철이 12시를 넘으면 끊기지만 버스는 더 늦게까지 다녀 이용하기도 한다. 그러나, 우리처럼 노선버스가 많지 않다. 간격도 뜸하다. 시내에서 버스를 보기도 그리 쉽지 않다.

　택시야 말로 정말 보기 힘들다. 쉽게 생각해서 한국은 거

시내버스는 그리 많지 않다. 지하철이 다니지 않는 곳 위주로 운행한다.

닐다가 아무 데서나 택시를 잡을 수 있다. 빠리에서는 하늘의 별따기다. 공항이나 역, 주요 호텔, 시내의 주요 관광지에서만 다른 손님이 내린 택시를 탈수 있다. 아니면 택시로 전화를 걸어 예약하거나 부를 수는 있다. 거리에 다니

는 빈 택시는 없다고 보면 정확하다. 택시 요금은 기본이
13프랑, 2천200원 정도다. 우리는 천600원이다. 보통 시내
에서 집으로 들어가면 100프랑 정도 나온다. 만7천원이다.
강남에서 술 마시고 성남집으로 돌아가는 요금이랑 엇비
슷하다. 웃돈 줘야 하는 등의 우리택시에 비하면 모든 게
칼날처럼 정확한 사회에선 더 저렴할 수도 있다.

그러나, 택시가 없으니 손들어 택시 잡는 우리 나라가
아직은 편리하다. 우리는 술 마시고 밤늦게 아무 데서나
택시를 잡는다. 그러니까 앞 뒤 안 재고 마구 술 마신다.
이들은 택시가 없어 술 마시고 밤늦게 다니고 싶어도 그
럴 수가 없다. 사회의 모든 현상들이 이렇게 얽히고 설켜
그 사회의 특징을 만들어 낸다.

16 안가는 곳이 없는 기차

• 기차 기본, 버스 보완

시외버스는 한마디로 없다. 우리는 고속버스란 것이
전국의 주요도시를 연결한다. 그리고, 일반 버스로도
도시간을 연결한다. 프랑스에는 고속버스건 시외버스건
버스로 승객을 대량 수송하는 시스템이 없다. 버스터미
널이란 개념이 없다. 대신에 기차가 전국 방방곡곡 안
가는 곳이 없다. 우리 나라 버스 다니듯이 전국에 철로
가 있고, 기차가 다닌다.

철도는 SNCF(Societe national chemin de fer franc-
ais)라는 국영철도회사가 담당한다. 사철(私鐵)은 없다.

우리의 철도청이다. 프랑스는 기차가 모든 여객을 운송하고, 기차가 가지 않는 곳만 철도회사가 기차역에서부터 특정 마을까지 버스를 운행한다고 보면 된다. 역시 SNCF가 운영한다. 필자가 프랑스 곳곳을 방문하면서 가고싶었던 모든 곳을 기차로 방문할 수 있었다.

빠리에는 모두 5개의 역이 있다. 5개의 역은 역할을 철저하게 분담한다. 우리처럼 서울역에서 출발해 영등포역을 거쳐 내려가는 시스템이 아니다. 동서남북으로 진행 방향이 다르다. 그래서, 서울역으로 몰리는 것 같은 기현상을 빚지 않는다.

• 요금과 편의시설

①요금--기차는 요금이 무척 비싼 편이다. 그러나 프랑스는 다양한 할인혜택이 있다. 잘 이용하면 싼값에 다닌다. 우선 가장 큰 할인은 어린이용이다. 12살 미만의 어린이를 동반할 경우 함께 가는 4명까지 무소선 요금의 50%만 낸다. TGV도 마찬가지다. 굳이 가족이 아니어도 좋다.

어린이와 함께 있는 것만 확인되면 당장 만난 사람이건 누구건 무조건 50%다. 단, 이를 위해서는 어린이 사진을 붙인 할인증을 250프랑 우리 돈 4만3천원 정도 주고 만들어야 한다. 이 할인증의 주인공과 함께 있는 모든 4명이 할인된다. 할인증의 유효기간은 1년이다. 어린이를 데리고 다니면서 견문을 넓히라는 취지란다. 외국인도 만들어 준다. 기차 역시 표 검사 안하고 각자 알아서 표를 사서 타는데 도중에 기차 안에서 검표원이 검사한다. 걸리면 물론 벌금이다.

②쾌적한 객차--기차는 지하철과 달리 정말 깨끗하고 쾌적하다. 시골구석으로 가도 객차가 TGV보다 더 훌륭하다. 우리는 새마을, 무궁화, 통일, 비둘기 등 속도에 따라 기차 자체가 다르다. 프랑스는 TGV와 일반기차 2종류다. 대신 TGV든 일반 기차든 하나의 기차에 1등석과 2등석이 나뉜다. 경험적으로 80% 이상이 2등석인데, 우리 새마을호 수준이다.

아무리 작은 시골역에서도 스케줄대로 전국의 표를 예약하고 물릴 수 있다. 열차시간표는 역마다 배치돼 있지만, 문의할 경우 당일의 상황을 컴퓨터로 점검해서 요금과 시간 등을 정확히 안내해준다. 말이 서툴러 길게 시간을 잡아먹어도 예의 프랑스사람 기질대로 짜증내지 않는다. 그리고, 기차시간이 임박해 시간을 놓칠 수 있는 사람은 줄에서 나와 앞으로 새치기해도 된다. 그렇게 하라고 써있다.

17 달리는 비행기, TGV

프랑스는 땅덩이가 남한보다 5.5배가 크다. 비행기를 이용하지 않을 경우 단일생활권이 안 된다. 그러나 이를 TGV가 실현시켜주고 있다. TGV는 '아주 빠른 기차'라는 'Train a grand vitesse'의 준말이다.

일찍부터 철도교통에 의존해온 유럽 특히, 프랑스는 넓은 국토를 더 빨리 달릴 수 있는 수단으로 고속열차를 구상했다. 1981년 빠리와 프랑스 제2의 도시인 중남부 리용(Lyon)의 425km를 최고속도 260km로 2시간만에 주파했다. TGV역사의 시작이다.

이후 대서양 노선으로 보르도(Bordeaux)까지 연결하는 등 국내 각지로, 또 영국 런던과 스페인 등 국제적으로도 확장하고 있다. 필자가 프랑스를 떠날 무렵이던 올 6월12일 빠리에서 남부 지중해연안의 마르세이유(Marseilles)까지 900km를 3시간에 달릴 수 있는 TGV가 개통됐다.

시속300km로 달리는 TGV는 우리남한보다 5.5배 큰 프랑스를 1일 생활권으로 묶어준다.

프랑스 TGV의 새 장을 열었다. 한국에서 2004년부터 개통될 TGV는 200km 내외가 될 것이다. 산이 많기 때문이다. 프랑스는 앞서 살펴봤듯이 동부나 스페인 국경을 제외하고는 평야지대다. 속도를 300km까지 낼 수 있다. 프랑스 최대의 휴양도시인 니스(Nice)까지도 5시간이면 가능하다.

18 작지만 실속 있는 자동차

빠리도 세계의 여느 대도시처럼 자동차가 참 많다. 그리고 프랑스는 세계적인 자동차 생산국이다. 우리에게 가장 익숙한 이름은 역시 삼성자동차를 인수한 국영 자동차회사 르노(Renault)다. 쁘조(Peugeot)와 시트로앵(Citroen)이 합병한 PSA도 있다. 한때 우리 나라에 대우자동차가 생산하는 르망(Le Mans)이 있었다. 알고 보니 프랑스의 자동차 공업도시 이름이다. 르와르 강변에 있는 이 도시는 20c초 처음으로 자동차 엔진부분을 본네트(bonnet)로 씌워 생산한 곳이다. 프랑스에서 본 자동차의 몇 가지 특징을 살펴보자.

①소형--우선 차가 작다. 우리 같으면 천800cc미만이다. 대부분 소형이다. 아니면 레져용 밴이다.

②중형--고급차를 타는 사람들도 있다. PSA의 쁘조605같은 고급모델이 있지만 널리 보급되지 않는다. 일부는 수입 독일차 벤츠나 BMW를 타기도 한다.

③수동--자동이 없다. 모두 수동이다. 기어를 일일이 넣는 형태다. 자동으로 사려면 무척 비싸지고 오래 기다려야한다. 물론 렌트카도 수동이다.

④에어콘 없어--차에 에어콘이 거의 없다. 옵션이지만 비싸서 대부분 달지 않는다. 이상과 같은 상황을 종합할 때 한가지 결론이 나온다. 작고, 기름값 덜 들게 수동과 에어콘 없는 차만 탄다는 점이다. 알고 지내던 한 프랑스 할머니에게 물어봤다. 손으로 충분히 조작할 수 있는데 왜 자동을 사느냐는 반응이었다. 에어콘도 휘발유가 많이 먹는다면서 필요 없다고 말했다. 검소한 프랑스인들의 진면목이다.

19 편리한 도로 시스템

• 뻬리 페리끄

빠리의 가장 큰 특징은 구시가지인 220만의 도시 빠리를 뻬리페리끄(Peripherique)라는 순환도로가 완벽하게 감싸고 있다는 점이다. 한 지역에서 다른 지역으로 가려면 빠리를 가로지르는 게 아니라 빠리 외곽방향으로 빠져 순환도로를 탄 뒤 가장 가까운 출구에서 나와 목적지인 시내로 다시 들어간다. 그러니 시내교통이 중심부로 밀리는 일이 덜하다. 순환도로 밖으로는 더 큰 원을 그리면서 우회 환상(環狀)도로가 있다. 지방에서 오는 차들이 빠리를 거치지 않고 바로 전국 어디든지 갈 수 있도록 하기 위해서다. 지방의 모든 도시도 마찬가지다. 반드시 도시외곽으로 우회환상도로가 나 있다. 도시 통과가 없어서 도시내 체증도 적고, 달리는 차도 막히지 않고 제 속도로 간다.

• 롱쁘엥 (Rond Point)

국도 등을 달리면서 가장 편리한 제도가 바로 이 롱쁘엥 시스템이다. 쉽게 말해 로터리(Rotary)다. 그러나 우리의 로터리는 대부분 사거리를 그냥 지칭하는 경우가 많다. 프랑스의 로터리에는 한가운데 반드시 동그란 잔디섬이 있다. 이 섬을 지나는 차들은 직진일 경우 섬을 반 바퀴 돌면서 직진하고 좌회전일 경우 4분의 3바퀴 돌고 좌회전 한다. 우회전은 그냥 한다. 중요한 점은 되돌아와야 하는 U-턴이다. 섬을 자연스럽게 한바퀴 돌아 다시 오면 끝이다. 이게 어떤 때 좋으냐 하면 초보자들이나 지역 지리에 익숙하지 않아 어디로 가야할지 모를 때다.

섬을 1바퀴나 2바퀴 돌면서 각 방향으로 나있는 표지판을 충분히 본 뒤 원하는 방향으로 빠질 수 있다. 차를 세울 일도 없고 길 몰라도 불안해할 필요가 없다. 제일 중요한 점은 쓸데없는 신호등이 없어 차량소통이 교통량의 흐름에 따라 원활하게 이뤄지는 점이다. 운전자 스스로의 적당한 운전실력과 양보정신만 있으면 가능하다. 스스로 알아서 돌아간다. 우리같이 너무 많은 차량이 몰리는 곳에선 서로 들어가겠다고 할 수도 있지만 적용할 구간이 상당히 있다고 본다.

20 각국의 고속도로

• 편리하고 안전한 도로

프랑스의 고속도로(Autoroute)는 정말 고속도로라는 이름을 붙여도 손색이 없다. 포장상태 좋고, 중앙분리대 완벽하고, 표지판도 편리하다. 속도는 110-120km로 제한한다. 그러나 실제 사람들은 140-180km로 달린다. 한가하게 속도측정이나 할 경찰력은 없다. 인건비가 비싼 나라다. 몰래 카메라로 찍어 고지서 날리는 일도 없다. 서유럽 어느 나라에서도 경찰이나 속도측정 카메라를 발견할 수 없었다. 놀라운 사실은 후진국으로 갈수록 노는 인력이 많아서 그런지 교통경찰이 많다.

유럽의 후진국 그리스는 경찰과 속도 측정 카메라가 곳곳에 숨어 있다. 파키스탄에 가봤다. 최대 빈국 가운데 하나다. 고속도로가 딱 하나 있다. 우리의 대우가 만들었다. 자동차보다 교통경찰 차가 더 많다. 감시카메라도 우리 나라보다 많다.

선진국과 후진국의 차이를 효율에서 찾아본다면 도로나 속도 제한 시스템에서 정확히 구별할 수 있다. 선진국은 완벽한 도로 만들어 놓고, 자율적으로 알아서 달리도록 한다. 물론 사고도 적다. 후진국은 대충 도로 만들어 놓고, 경찰 잔뜩 풀고, 카메라 함정 단속으로 규제만 한다. 정말이지 작은 것 하나에서부터 자존심 상한다. 고속도로는 이름이 쉬워야 한다. 만든 순서대로 번호만 붙이면 된다. 고속도로라는 Autoroute에서 'A'를 따, A1, A2, A3… 하는 식이다. 지도에 표시도 쉽다. 유럽이 모두 그렇다. 외국인이 와서 경부고속도로니 호남고속도로니 알 리가 없다. 지역색만 조장하는 고속도로 이름 당장 거둬야 한다는 생각이다.

• 각국의 도로차이

유럽 각국을 차를 타고 다니면서 비교해봤다. 도로 포장상태나 중앙분리대 등은 프랑스가 앞선다. 그러나 이게 함정이다. 프랑스만 고속도로 통행료를 받는다. 요금도 무척 비싸다. 고속도로로만 다닐 경우 휘발유 가격의 50% 정도가 통행료로 나간다. 그러나 스페인, 이탈리아, 포르투칼은 요금을 받는 구간보다 받지 않는 구간이 더 많다. 대신 도로의 질이 좀 떨어진다. 독일과 벨기에, 네덜란드 등 잘사는 나라들은 통행료가 없다. 그리고 도로도 좋다. 벨기에와 네덜란드는 프랑스에 손색없다.

　프랑스는 포장상태가 좋은 대신 도로 폭이 좁다. 독일은 포장상태는 프랑스보다 떨어지지만 폭이 프랑스보다 넓다. 차가 크고 멋진 스포츠카도 많다. 빈부의 차이가 확연히 드러난다. 도대체 이런 나라들은 돈이 어디서 나서 돈 한푼 안 받고 고속도로를 마음대로 다니게 하는지 궁금하다. 분당사람들 그곳으로 가면 통행료 문제로 정부와 싸울 일 없다. 우리 나라는 왜 시민들에게 통행료 깎아 주거나 안 받으면 안 되는지 자세히 취재해 보리라. 도로건설에 돈 없다고 울상인데, 유럽의 선진국들은 하늘에서 돈을 대주는 것도 아닐텐데…. 참고로 프랑스 고속도로를 많이 다녀봤지만 도중에 땜질 공사하는 곳을 필자의 경험으로는 보지 못했다. 필자는 국내에서 취재 때문에 전국을 많이 누비고 다녔다. 부서의 성격상 그랬다. 그때마다 목격하는 것은 땜질공사 현장과 사고현장이다. 프랑스를 비롯한 서유럽에서 땜질하고 있는 현장은 물론 교통사고도 단 한 건을 보지 못했다.

21　도시확장, 빠리와 서울

　서울의 인구는 대략 천200만에 이른다. 참 거대도시다. 인구수만으로 거대도시라는 것이지 도시가 갖고 있

는 내적인 힘이나 경쟁력을 의미하지는 않는다. 가치판
단을 떠나 각도시가 갖고 있는 독특한 발전 과정이 있게
마련이다. 따라서 함부로 도시의 우열을 평가하기는 무
리가 따른다. 그러나, 비교할수록 좀 화가 난다.

흔히 빠리라고 말하면 광역권을 의미 하지만 행정구
역으로 말할 때는 220만이 사는 도시다. 120년 전 빠리
의 인구와 지금의 빠리 인구가 비슷하다. 빠리와 생활권
이 묶여있는 수도권 인구전체는 천만 명이다. 이를 일드

개선문에서 내려다본
빠리 시가지다. 프랑
스의 최고중심가지만
고층건물이 하나도 보
이지 않는다.

프랑스(Ile de France, 프랑스의 섬)라고 부른다. 도시가
옆으로 계속 확장될 때 이를 빠리로 편입하지 않았다.
새로운 도시로 계속 만들었다. 빠리를 둘러싼 수도권만
바뀌었다.

우리 식으로 말하면 4대문안만 서울로 남기고, 용산은
용산시, 영등포는 영등포시, 강남은 강남시, 서대문구는
서대문시 하는 식이다. 비대화로 인한 각종 사회문제를
줄일 수 있다.

22 옛것 그대로와 재건축

빠리는 1799년 나폴레옹이 정권을 잡고 황제정을 펴면서 나폴레옹의 구상대로 도시계획을 했다. 나폴레옹은 많은 인재들을 로마로 보냈다. 원형이 중심을 이루는 로마의 도시구조에 깊은 인상을 받고 이를 연구하게 만든 것이다. 로마가 스승이었다.

한강의 여의도 같은 세느강의 작은 섬 시떼(Cite)를 중심으로 있던 빠리는 나폴레옹의 개발로 개선문과 샹젤리제 중심으로 새로 발전한다. 당시 도시설계도가 아직도 남아있다고 하니 도시계획을 우리랑 비교하는 것 자체가 어불성설이기도 하다. 그 뒤 차분히 지은 각 건축물들은 200년, 100년의 세월에 아랑곳없이 그대로 남아있다.

프랑스는 있던 집이나 건물을 헐지 않고, 그 안에 사무실 내서 쓰고 산다. 그리고, 부족하면 헐고 더 크게 짓는 게 아니라 외곽으로 나가 새로 짓는다. 과밀화가

뽕뇌프의 어제와 오늘—1872년 르느와르(P.A.Renoir)가 그린 '뽕네프(Pont-Neuf)'다. 요즘 사진과 비교해도 건물이나 다리 구조는 물론 가로등의 모양까지 하나도 바뀌지 않았다.

있을 수도 없고, 헐었다 지었다 하는 사회적인 낭비도 없다.

빠리에는 새 건물이 드물다. 옛 건물만 그대로 보전한다. 빠리만이 아니다. 프랑스 곳곳을 다니면서 아니 유럽의 곳곳을 다니면서 느낀 특징은 변하지 않는다는 점이다. 옛날 할아버지들이 살던 그대로, 할아버지의 할아버지가 하던 그대로다. 프랑스의 사를라(Sarlat)나 까르까손느(Carcasonne), 스페인의 톨레도(Toledo)처럼 중세시대부터의 모습을 그대로 간직하고 있는 도시나 근세이후의 모습을 고스란히 간직하고 있는 도시들이 널려있다.

덴마크의 코펜하겐은 500년간 도시계획이 변하지 않았다고 한다. 코펜하겐에 가봤더니 정말 도시에 새 건물이라곤 손으로 셀 수 있을 정도다. 역 근처 덴마크의 세계적인 맥주회사 칼츠버그 박물관 뒤쪽으로 보이는 건물 몇 개가 새 건물의 전부다. 우리의 재건축 아파트를 바라본다. 지은 지 30년도 안돼 재건축이다. 지금까지는 몰라서 그랬다고, 살기 바빠서 그랬다고 치고, 이젠 달라져야 한다.

23 빠리에도 강남이

빠리는 1구부터 20구까지 있다. 프랑스는 평등사회다. 모든 것에 이름보다 1, 2 순서대로 숫자를 붙인다. 대학도, 지하철도, 도로도, 구(區)도 마찬가지다. 강남구, 강서구가 아니라 1구부터 20구까지다. 방법은 1구가 가장 중심이고 여기서 오른쪽 시계방향으로 돌면서 나선형으로 2부터 20구 까지 퍼져간다.

빠리 1구는 루브르박물관과 뛸르리 정원 등 역사유적이 몰려 있는 최대의 유적 상업지구다. 인구가 적기는 하지만 병원이나 유아시설들이 잘돼있다. 밤에는 최대 상업지구이자 지하철역이 있는 샤뜰레 레알(Chatelet les Halles)이 범죄지구로 변한다.

4구는 노트르담 성당과 뽕네프, 빠리 시청, 뽕삐두센터 등이 몰려있는 문화지구다. 5구는 대학들이 몰려 있는 라뗑(Latin)지구로 가장 살기 좋은 곳 중의 한군데다. 서쪽으로 5구 옆에 붙은 6구는 8개의 극장과 14개의 박물관 51개의 영화관이 있는 최고의 문화공간이다. 그 옆 7구는 정부기관과 외국대사관이 몰려있는 외교가다. 1구 위쪽으로 있는 8구는 샹젤리제가 있는 빠리 최고의 갑부지구다. 수많은 벤쳐기업 등이 몰려있지만 방 값이 제일 비싸다.

빠리의 외국인지구는 10구다. 외국인 비율이 22%나 된다. 여기서 외국인이란 아프리카나 마그레브 연방 출신들로 경제수준이 낮고, 가난하

빠리에도 시민들이 선호하는 주거 지역이 있다. 사진은 몽마르 뜨에서 바라본 구역.

다. 집 값도 싸다. 범죄와 마약 질병의 위험성이 높다. 기차역 북역과 동역이 자리잡고 있다. 어디든지 기차역 부근은 그런가 보다. 13구는 차이나타운이 있는 지역이다. 중국인들이 장악하고 있다. 대형 중국슈퍼와 중국호텔도 있다. 한국인들이 중국슈퍼를 이용하기 위해 자주 들르는 곳이다. 14구는 몽빠르나스 건물과 몽빠르나스 기차역이 있는 조용하고 안전한 거주 지역이다.

15구가 바로 서울의 강남이다. 빠리 중산층이 가장 선호하는 지역이다. 우리 교포들이나 한국에서 간 주재원들이 집중적으로 모여 사는 곳이다. 일본인도 마찬가지다. 일본계 특급호텔도 있다. 한국인 상사주재원 가운데 책임자급이나 정부주재 공무원가운데 지위가 높은 공직자들이 산다. 집세가 워낙 비싸기 때문이다.

방 2개, 거실 1개, 부엌 1개 있는 현대식 고층아파트의 월세는 만5천 프랑에서 만7천 프랑이다. 250여만원에서 290만원선이다. 전세로 치면 현재 한국의 은행금리를 기준으로 6억원 정도다. 확실히 집세로 보면 한국보다 빠리가 비싸다는 것을 알 수 있다.

그러나 입지는 참 좋다. 세느강이 베란다에서 내려다보이고, 아파트 밑에 한국슈퍼도 있다. 치안은 100% 보장이다. 15구의 세느강 건너편 16구는 강남구 가운데 압구정동이다. 최고의 부촌이다. 고급 상점과 골동품상들이 밀집해 있다. 뜻밖에 이곳에 한국 문화원이 있다. 18구는 빠리에서 집 값이 가장 싼 곳의 하나다. 유흥가 삐갈지역과 몽마르뜨가 있다.

24 고풍, 그러나 고물주택

• 전통의 아파트

프랑스는 단독주택이거나 5층이나 6층 짜리 아파트가 대부분이다. 고풍스런 1800년대 건물도 많다. 겉에서 보면 참으로 운치 있고, 고풍스럽다. 그런데 들어가 보면 실망이다. 200년 전에 100년 전에 지은 집인데 오죽하겠는가? 마루바닥은 삐걱거리고, 어둡고 침침하다. 공간도 좁고 화장실도 불편하다. 막말로 고물이다.

그래서 겉은 두고 내부는 현대식으로 개조해서 사용한다. 그런 집은 괜찮지만 집주인이 살지 않고 세만 이리저리 주는 경우에는 특별히 개조를 하지 않는다. 이럴 경우 정말 지저분하고 형편없이 낡았다. 개조하지 않은 1층집은 마구간 수준이다. 부대시설도 말이 아니다. 엘리베이터가 혼자 타는 것도 있다. 길이 1m, 너비 30cm 정도다. 앞으로 타는 게 아니라 양손을 벌리고 옆으로 서서 탄다. 필자가 살던 아파트는 8층 짜리였다. 엘리베이터 크기가 적당해서 의심 않고 우리 가족 4명이 늘 타고 다녔다. 그러다가 어느날 손님이 왔다.

프랑스의 집들은 별로 크지 않다. 단독주택은 아담하고, 고풍스럽지만 고물인 경우도 많다.

어린애 3명을 포함해서 5명이었다. 필자까지 6명이 타고 올라가는데 그만 도중에 서버리는 게 아닌가! 가만히 글을 읽어보니 정원이 4명이었다. 다행히 버튼을 누르니 상대가 나왔다. 아파트 관리자인 줄 알았다. 그런데 주소가 어디냐는 등 엉뚱한 소리만 해댔다.

알고 보니 2동밖에 없는 아파트에 그런 인력을 둘 수도 없는 것이고, 시내의 엘리베이터업자와 바로 전화가 연결돼있었다. 이사 오기전 한달 동안은 7층을 매일 걸어서 오르내렸다. 짐도 손으로 날랐다. 보수공사에 들어갔는데 이게 프랑스 특유의 백년하청이다.

• 새로운 주택

프랑스는 1950-60년대 대규모로 인구가 늘어났다. 식민통치시대가 종말을 고하면서 식민지에 살던 사람들이 밀려들어온 것이다. 이들을 수용하기 위해 빠리 교외를 비롯해 전국의 주요 대도시 주변에 다가구주택이나 아파트 같은 공동주택을 많이 지었다. 매년 30만 가구를 지은 것으로 조사되고 있다. 프랑스에서 아파트와 단독주택의 비율은 거의 반반인 것으로 알려져 있다.

집의 넓이는 어떨까? 2.5명이 사는 한 가구의 집 넓이가 90㎡다. 27.7평 짜리다. 이들은 전용이니 공용이니 하는 게 없다. 당연히 순수한 내부공간인 전용면적이다. 우리 식으로 하면 35평형이다. 빠리 외곽으로 나가면 현대식 아파트들이다. 그러나 우리처럼 20층 넘어가는 아파트는 없다. 10층 내외다. 대규모 아파트 단지도 없다. 아파트월세는 빠리 외곽의 경우 한국식으로 30평대는 한 달에 만프랑 즉 백70만원이 넘는다. 수도 권 도시는 6-7천 프랑으로 낮다. 유학생들이 쓰는 스튜디오는 빠리에서 2천500-3천 프랑이다.

아파트 주차장은 집집마다 한대, 새 아파트의 경우 2대도 보장한다. 한국처럼 주먹구구가 아니다. 집호수에 딸린 주차공간 번호가 있다. 주차선을 그어놓고 번호를 써둔다. 자기 집 번호에 대면 된다. 주차문제로 이웃끼리 시비할 필요가 없다. 우리는 왜 그것이 안되나. 외부차량은 아예 들어오지도 못한다. 단지로 들어오는 문이 잠겨있고, 이를 여는 원격 조정기를 집집마다 나눠줘 활용하도록 하기 때문이다. 그리고 지하에는 창고가 있다. 짐 같은 것 쌓아두도록 집집마다 창고를 준다.

25 세입자 우선 집계약

①월세만 있다--프랑스에서 집은 전세란 것이 없다. 100% 월세다. 어떤 경우이든 2달치 집세 이상의 보증금을 받을 수 없다. 전세 제도를 막는 장치다. 보증인을 요구하기도 한다. 그러나, 집세 몇 달치를 은행에 예치하는 것으로 대체할 수도 있다.

②계약--집주인, 혹은 부동산과 한다. 부동산을 통할 경우 복비를 주는데 보통 한 달치 집세다. 거래금액에서 일정 요율을 적용하는 우리와 다르다. 계약은 몇 년으로 하든 일단 계약서를 작성하면 특정한 결격사유가

없을 경우 3년을 법으로 보장해 준다. 집을 도중에 해약하고 싶을 때는 3개월 전 아무 때나 내용증명을 집주인에게 보내 집을 해약할 수 있다. 그러나 직장 등의 사정이 생길 경우 1달 전에 통고하면 된다.

③에따 데 리외(Etat des lieux)--집주인과 세든 사람이 집 상태에 대해 조사하는 행위를 말한다. 우리의 경우 대략 집이 낡으면서 생긴 부분에 대해서는 집주인이 책임을 진다. 특히 조금씩 흠집 나는 것은 살아가면서 당연한 것으로 이해해 세입자 책임이 없다. 그러나 프랑스는 다르다.

집에 들어올 때와 똑같은 상태로 해놓고 나가야 한다. 페인트 칠 상태, 벽지, 마루바닥, 욕조, 벽, 창문, 어디든지 조그마한 흠이 있거나 더러워 졌을 경우 나가는 사람이 책임지고 보수 등으로 원상 복구해야 한다. 이런 검사를 '에따 데 리외'(Etat des lieux)라고 한다. 한국사람들은 프랑스 집주인과 싸움하기 십상이다. 필자도 나올 때 해외에 나가 사는 집주인의 대리인이 어찌나 꼼꼼히 하던지 애를 먹었다… 그러나 곰곰이 생각해 보니 마음이 달라졌다. 살면서 내 집이 아니라고 생각해 험하게 다룰 경우 전부 자기 부담으로 돌아온다.

다시 말해 조심스럽게 집을 사용할 수밖에 없다. 그만큼 집을 오래 쓰고, 사회적인 낭비도 막을 수 있다. 그러니 수백 년 동안 집들이 그대로 있는지 모른다.

④관리비--이 대목이 우리와 아주 다르다. 집주인의 통장으로 관리비를 내야한다. 우리처럼 한 달에 한번씩

오는 관리비 고지서도 없다. 그것은 집주인에게 간다. 집주인이 달라는 대로 주면 끝이다. 더 받네, 덜 받네 싸우는 일이 없다. 정 의심이 들면 옆집에 물어보고 항의하지만 특별한 경우가 아니면 그런 장난은 치지 않는다. 신용사회다.

⑤보험--집을 세 얻을 때 2달 안에 세입자는 집에 대해 반드시 보험을 들어야 한다. 살면서 생길 수 있는 손실에 대해 보장받기 위해서다. 법적으로 집을 비운 후 2달 안에 집주인은 보증금을 세입자에게 돌려줘야 한다. 우리는 이사갈 때 돌려주지만 프랑스는 시간이 좀 걸린다.

⑥주민세--필자는 회사에서 1년에 백여만원의 주민세를 낸다. 주소지에서는 1년에 2만여원에 불과하다. 프랑스에서는 어떨까? 집을 뺄 때 주민세를 꼭 먼저 내야한다. 주민세가 체납될 경우 주인이 내야하기 때문이다. 그런데 이 주민세라는 것이 좀 많다. 4천 500프랑, 4식구가 1년에 80만원 돈이었다.

한국에서야 월급을 받았으니까 그렇다고 치고. 소득도 없는 학생에게 너무 많았다. '이런 것이 엄청난 프랑스 사회보장의 재원이구나'하는 생각이 들었다.

한달치 집세를 복비로 받는다. 단독주택의 경우 반드시 사진을 찍어 쇼윈도에 걸어둔다.

⑦가구--우리 식의 장롱이니 하는 것은 없다. 붙박이장이 아파트에 붙어있기 때문이다. 침대나 책상 등은 주로 조립가구를 사다가 사용한다. 완제품이 아니라 기본자재만 파는 가게에서 사다가 가족끼리 직접 만든다.

⑧단독주택--단독주택의 경우 부동산에 반드시 사진을 찍어서 걸어놓는다. 외관부터 확인할 수 있어 시간낭비를 막는다.

26 주택제도가 건전한 사회조성

전세가 없다는 것은 무엇을 의미하는 것일까? 프랑스는 고등학교를 졸업하면 거의 부모로부터 자립한다는 생각을 갖고 있다.

대학의 학비는 없다. 학생들 기숙사비등은 정부가 보조해 준다. 생활비는 융자받는다. 졸업 후 취직해 갚아나간다. 당연히 사회에 진출해, 결혼할 때도 스스로의 힘으로 한다. 부모가 전세방 값이라도, 있는 집에선 아파트라도 하나 사주는 우리와 다르다. 물론, 더 도움을 받는 경우도 많

휴양지에서도 모두 가족단위다. 호텔 디스코장은 아이들, 부모, 할머니, 할아버지가 모두 즐긴다.

다. 기본적인 정서가 그렇다는 얘기다. 그리고, 이것을 국가가 보장한다. 다시 말해 프랑스 젊은이들은 목돈이 있을 리 없다. 물론 목돈 있어서 집사면 국가가 세금으로 다가져간다. 부정한 돈이기 때문이다.

물려받은 증여의 경우도 마찬가지다. 그러므로 우리 같은 전세제도라면 젊은이들은 결코 결혼하기 어렵다. 이는 사회의 한 특징을 가져온다. 결혼해도 열심히 둘이 벌지 않을 경우 살수가 없다. 집세 내고, 융자금 갚고, 보험료 내고, 생활하고, 문화생활하고, 휴가 가야 되고… 여자라고 집에 붙어있다가는 그만큼 수준이 낮아질 수밖에 없다. 다시 말해 전부 일하는 분위기로 사회가 무척 건전해지고 깨끗해진다. 남자들 저녁에 술 마시고 해롱거릴 수도 없다. 주부들 무료하니 어쩌니 하면서 싸다닐 시간이 없다.

사회문제들이 일어날 여지가 적다. 가정 우선이 될 수밖에 없다. 프랑스인들에게 가정은 최고의 덕목처럼 보인다.

호텔도 가족이 함께 잘 수 있는 3인실, 4인실이 많다. 여행상품에서 확연히 드러난다. 우리는 1인 얼마라고만 돼 있다. 프랑스 여행상품 광고는 동반하는 자녀와 가족에 대한 각종 할인과 방 안내가 팜플렛의 대부분을 차지한다. 우리처럼 친목계 모아서 남편끼리, 아내끼리 가는 기이한 단체여행이란 없다. 반드시 가족동반이다. 자녀들이 다 커서 나갈 경우 부부동반이다. 일단 술을 잘 먹지 않는 사회니까 문제도 생기지 않는다. 청소년들끼리 와서 방종이란 더욱 찾을 수 없다. 해수욕장이

건 유적지건 관광명소건 자녀와 함께 하는 가족휴가다.

필자는 귀국 후에 피서문화를 점검하는 뉴스를 만들었지만, 달라도 너무 다르다. 이제 국내 피서고발 그만하고 외국의 가족단위 피서문화가 무엇인지, 건전한 피서가 무엇인지 자꾸 소개할 필요가 있다.

27 가족제도 변화

①가구수--프랑스의 가구수는 86년 2천만 가구에서 99년 2천 400만 가구로 늘었다. 인구가 6천100만에 2천400만가구이니 한 가구의 가족구성원수가 2.54명이다. 한집에 아이수가 0.5명이란 얘기다. 홀로 살거나 아이 낳지 않는 가정이 반이란 얘기다.

②독신가정--남자든 여자든 혼자 사는 가정이 26.7%에서 30.5%로 늘어났다.

③결혼--결혼율이 갈수록 줄고있다. 1970년 39만 4천쌍이 결혼했다. 1980년엔 33만 4천쌍, 1999년엔 28만 5천쌍만이 결혼했다.

④결혼연령--남성은 1970년 24.4세에서 1980년 25.2세, 1999년엔 30세로 늦어지고 있다. 여성은 같은 기간 각각 22.4세, 23세, 28세로 늦어졌다.

⑤동거--결혼하지 않고 동거만 하는 경우를 보자. 법적으로 부부와 똑같은 효력이다. 단 장점은 헤어지는 절차가 간소하다. 프랑스에서 동거부부는 1970년 3.6%에서 1980년 6.3%, 1999년엔 16.5%로 늘었다. 급격한

증가다. 결혼하는 숫자가 줄어드는 만큼 동거가 늘어
난다. 동거커플가운데 자녀와 함께 사는 비율은 1982
년엔 31%이었지만 1999년엔 46%로 늘어났다.

⑥출산--여성들이 사회활동을 하고 일에서 삶의 보
람을 찾으니 결혼연령이 늦어지는 추세는 당연하다.
여성들은 사회활동에 지장을 초래하는 아이 낳기를 늦
추거나 아예 낳지 않는 경우까지 생겨난다. 프랑스는 3
명의 자녀를 둔 경우 혜택이 많다. 우리는 3번째 아이
는 공무원들의 경우 사회보장 혜택도 받지 못한다.

⑦혼외출산--동거나 아니면 미혼모출산은 1970년
6.8%이었다. 그러다가 1980년엔 19.7%, 1999년엔 무려
39.9%에 달했다. 결혼하지 않고 아이를 낳는 것이다.
유럽연합 15개국 평균은 24%다. 지구상 최고의 복지국
가라고 하는 스웨덴은 무려 54%의 아이들이 혼외출생
이다. 어둠의 자식이 아니다. 이젠 결혼한 부모에게서
태어난 아이들이 비정상이다. 영국은 37%다. 그러나
너무 놀랄 것은 없다. 다른 대부분의 나라들은 그래도
아직은 낮다. 독일은 18%고, 경제수준이 떨어지는 이
탈리아나 스위스는 8%에 불과하다.

⑧이혼--이혼은 정말 큰 폭으로 늘고 있다. 1970년
이혼율은 불과 11.8%에 불과했다. 10쌍 가운데 1쌍 정
도 였다. 1980년엔 22.3%로 늘어, 10쌍 중 2쌍이 되더
니 1999년엔 이혼율이 38%로 10쌍 가운데 4쌍 가까이
이혼을 했다. 10년마다 10%씩 다시 말해 1년에 1%씩
늘어나는 심각한 지경이다. 이는 프랑스 전체고 빠리의
경우 더욱 심각해 2분의1 가까이가 이혼한다.

28 남 신경 안 쓰는 애정

• 사랑을 전제로

프랑스는 해변에서 여성들이 상반신을 벗는다. 참 자유롭다. 주위를 의식하지 않기 때문에 애정표현이 대담하다. 길거리든 공공장소든 가리지 않고 표현한다.

민망할 정도다. 프랑스에서는 그러다 보니 백인여성들이 흑인들하고도 연애하고 결혼해 사는 모습을 어렵지 않게 볼 수 있다. 이는 다른 유럽국가에서 보기 어려운 프랑스만의 특징이기도 하다. 프랑스인들의 이런 눈치안보고 대담하고, 자유로운 애정관에는 중대한 조건이 하나있다. 사랑하는 경우다.

영화는 물론 소설로도 유명한 프랑스 작품 Les amants '연인들'(戀人들: 사랑하는 사람들). 작가인 마르가레뜨 뒤라스(Margarette Duras)는 자신의 체험을 바탕으로 이 소설을 쓴 것으로 알려졌다. 뒤라스는 프랑스의 식민지이던 베트남에서 자랐고, 베트남남자와 만나 사랑에 눈 떴다. 귀국 후 2차 세계대전 중 레지스땅스(Resistance)

프랑스인들은 주변을 의식 하지 않는다. 애정표현도 솔직하고 대 담하다.

활동을 하면서 연인을 나찌에 잃어버렸고, 말년에 세 번째 남자를 만났는데 이 남자는 무려 40살 연하. 프랑스인의, 프랑스 여인의 애정관을 잘 나타내준다고 볼 수 있다.

• 다이애나

아무튼 빠리는 개성 있게 눈치안보고 사랑을 추구하는 세계인들의 성지(聖地)가 됐다. 한때 영국 왕실의 왕비후보였던 다이애나 덕분이다. 다이애나가 찰스왕자와 이혼한 뒤 적적함을 달래기 위해 이집트 출신 애인을 만났다. 사실 애인의 아버지는 영국의 부호지만 시민권을 받지 못한 사람이다. 다이애나가 이 연인과 차를 타고 달리다가 사망한 장소가 빠리다. 세느강 건너로 에펠탑이 바라다 보이는 곳이다. 빠리에 나와있는 한국 외환은행에서 100m거리다.

다이애나가 교통사고로 사망한 지하차도 입구다. 위에는 세계인권을 상징하는 황금색 기념물이 있다. 이 기념물은 그만 다이애나를 위한 추도횃불이 되고 말았다.

지하차도교각에 자동차가 부딪쳐 사망했다. 묘하게도 사고현장 바로 위에는 세계인권을 상징하는 자유의 횃불 탑이 있었다. 세계각국에서 온 여행객들이 이곳에 꽃을 바친다. 엉뚱하게 다이애나를 위한 애도장소가 돼버렸다. 다이애나의 죽음에 말들이 많다. 영국 첩보기관의 소행이라는 주장이 있을 정도다. 어쨌든, 이집트출신의 차별 받는 거부의 아들과 사랑을 속삭이던 그녀를 빠리의 여행객들은 애도하고 있다.

29 빠리에 유흥업소가 있나

①사창--섹스를 돈주고 사는 행위에 대해선 부정적이다. 그러나, 사창가는 있다. 창녀들이 TV프로그램에도 나와 자신의 얼굴과 신분을 밝힐 정도로 이들은 직업적으로 크게 의식하지 않는다. 하긴 독일에선 2001년 하반기 창녀를 정식직업으로 인정하는 법안을 통과시켰다. 그러나, 기본적으로 애정 없이 돈주고 섹스 한다는 개념에 호의적이지는 않다.

②유흥업소--예전엔 라이브쇼 공연을 하는 업소들이 제법 있었다고 한다. 그러나 요즘은 유사 라이브쇼 업소들만 판친다는 얘기가 들린다. 빠리 실정을 모르는 관광객, 특히 동양관광객들을 상대로 날치기쇼 공연하거나 퇴물들 앉혀놓고 바가지씌우는 식이다. 한국식의 룸살롱, 단란주점, 티켓다방 등의 향락업소는 존재하지 않는다. 일부 모델들이 대화상대가 돼주는 클럽이 있다고는 하지만 정말이지 0.01%의 프랑스인들도 모르는 일이다. 그러나 최근 한국인들 상대로 단란주점 같은 유흥업소가 생겼다는 얘기를 들었다. 대단한 한국인들이다.

③대낮 퇴폐업소--카바레나 무도학원 등에서 무료한 가정 주부들을 위해 서비스하는 일도 프랑스에는 없다. 새의 이름을 가진 특수직업 종사자들이나, 새로움을 찾으시는 주부들에게는 안타까운 일이지만. 일체의 업소가 없다.

④청소년 윤락 상상도 못해--청소년들끼리 사랑행

각을 벌이기는 한다. 그러나, 우리 식의 원조교제 등은 상상할 수 없다. 당사자인 청소년들은 물론 어른들을 비롯해 사회의식 자체가 용납하지 않는다.

30 노인 만세

우리 사회에서 노인들의 세상은 아주 제한된 영역이다. 청와대와 정치판, 동네 경로당, 서울의 탑골공원이나 남산공원, 양로원. 그러나 프랑스는 정말이지 노인들 사회다.

①평균수명--프랑스 노인들의 평균수명은 남자 74.2세다. 여자는 82.1세다. 이 나라는 남자들이 그렇게 술을 퍼먹지 않는데도 일찍…

②복지제도--개인적으로 돈이나 잔뜩 벌어놓으신 분들을 제외하면 한국의 노인들은 기가 막힌 경우가 많다. 국가와 자식을 위해 뼈빠지게 일하고 이제 병마만 남은 이들에게 자식이나 국가나 해주는 게 너무 없다. 국가에서 지하철 공짜로 태워주고 한 달에 만원. 그것도 다달이 주는 게 아니라 3달에 한번씩 3만원 준다. 노인들에게 제공하는 복지의 전부

디스코장의 프랑스노인들--프랑스는 노인들의 천국이다. 돈도 제일 많다. 주도적으로 문화생활을 즐긴다.

다. 6.25에 참전한 필자의 부친이 국가로부터 받는 혜택이다. 물론 장사를 하다 그만두셨으니 연금이니 하는 것도 없다. 귀가 안 들리셔 경제력을 상실한지 오래됐지만 특별한 지원이 없다. 오직 자식에게 부은 보험만이 노후를 보장하는 유일한 수단이다. 대한민국 노인 상당수가 이런 처지에 놓여있을 것이다.

필자가 프랑스에서 알고 지내던 한 노인은 75세였다. 빠리보다 겨울날이 좋다는 프랑스 남부지방에 살고있다. 이 노인은 우체국을 다니다 은퇴했다. 지금까지 마지막 받던 월급의 85%를 계속 받고 있다고 말했다. 의료보험은 당연히 유지된다.

두 번째 결혼한 아내는 57살인데 도서관에서 일하고 있었다. 자녀들은 독립한지 오래다. 평범한 프랑스노인이다. 무슨 걱정이나 근심을 찾을 수가 없다. 아내 휴가 때 여행은 어디로 가는가만 고민한다. 우체국 다니다 퇴직한 우리 나라의 노인들이 이런 생활을 할 수 있는 사회를 만드는 것이 모두의 과제다.

③디스코장 노인들--여행하다보면 가족단위의 여행이 많다고 말했었다. 모든 호텔은 디스코장을 갖추고 있다. 저녁 디스코장은 일단 아이들 차지다. 아이들이 좋아하는 음악을 틀고 아이들이 나와 율동하고 논다. 그러다가 노인들이 차츰 무대를 접수받는다. 50-60대의 장년층이나 노인들이 신명나게 춤을 춘다. 부부간에 또래끼리… 모든 것이 자연스럽고 즐겁고 보기 좋다. 다음에 젊은 사람들이다. 한국의 휴양지 호텔에서 이런 광경을 상상할 수 있을까?

④TV프로그램--집에서 TV를 켜도 상황은 마찬가지다. 한국 TV에서 노인이 나오는 프로그램은 노인으로 분장한 탤런트가 망령 떨거나 주책부리는 연속극이 고작이다. 토요일이나 일요일 새벽 장수만세 비슷한 프로그램이 있다면 고맙다.

프랑스에서 노인들은 대중매체의 주인공이다. 어린이나 청소년을 볼모로 전파낭비하며 방송하는 경우는 없다. 오락이나 게임, 퀴즈프로그램에 노인들이 당당한 출연자로 나온다. 남녀노소가 함께 즐긴다. 순진한 노인들이 웃음거리로 등장하지 않는다. 시청자로 능동적인 참여자로, 젊은이와 동등한 자격으로 나온다.

⑤문화생활 주인공--극장에서 연극을 즐기거나 영화관에서 영화를 보거나 노인들이 주인공이다. 효도관광이라는 개념은 프랑스에는 없다. 자기가 열심히 번 것 가지고 나중에 국가로부터 사회보장 받으며 관광한다. 노인들이 제일 돈이 많다.

31 개와 담배꽁초

프랑스는 참 좋은 이미지의 나라지만 프랑스에 대한 인상을 흐리는 요소도 많다.

①개는 맹수인데--빠리에 살면서 딱 하나만을 고치고 싶은 게 있다면 개를 집안에서만 키우게 하는 것이다. 막말로 개를 안 키우는 사람들은 개 때문에 살기 힘들다. 프랑스는 개와 고양이 숫자가 천700만 마리로

천400만 마리를 갖고있는 영국을 제치고 유럽 최대의 애완동물 보유국가다.

이 개들을 마음대로 끌고 다니거나 때로는 줄도 묶지 않고 다녀 종종 피해가 발생한다. 심지어 경찰도 개에 물릴 정도다. 일단 개는 맹수라는 점을 동물애호가들은 잊고 있는 것 같다. 자신들에게 귀엽지만 키우지 않는 사람에겐 두려움의 존재라는 것을 인식하지 못한다. 이웃에 대한 기본적인 배려다. 프랑스경찰이 발표하는 통계를 봐도 개 때문에 사고가 생겨 경찰이 쏴 죽이거나 마취시켜 잡는 예가 날로 늘고 있다.

②개똥--개똥은 위험하지는 않지만 정말 일상을 짜증나게 하는 일이다. 프랑스에 살면서 개똥 한번 안 밟는다면 이는 기적에 가깝다. 한국에서 한번도 밟아 보지 않은 개똥을 몇 번이나 밟았다. 아무리 주의를 하고 다녀도 아차 하는 순간에 밟는다. 빠리에서 개똥을 치우는 청소부들이 650명이라고 한다. 예산만도 7천500만 프랑, 127억원을 넘는다.

③담배--담배꽁초 역시 빠리의 이미지를 결정적으로 버려놓는다. 다른 유럽의 선진국 도시들은 빠리와 달리 깨끗하다. 빠리 말고 지방도시도 그림처럼 깨끗하다. 빠리만 그렇다. 일부러 단점을 만들려고 그러는 것은 아닐 테고. 국민성으로 몰기도 적합하지 않다. 프스인들과 만나 담배꽁초 문제나 개똥을 지적하면 상당수는 공감한다.

3장

즐거운 여가

32 해가 안지는 서머타임

프랑스는 서머타임을 실시한다. 봄이 시작되는 3월 마지막주 일요일 새벽에 한시간을 앞당긴다. 새벽 1시가 2시로 된다. 그만큼 해가 일찍 뜨고 낮 시간이 길어진다. 늦가을 11월 첫 주에는 거꾸로 한시간을 늦춰 새벽 2시가 1시로 된다. 봄에 한시간 앞당겼던 것을 제자리로 돌려놓는다. 이젠 밤이 무척 빨리 찾아온다. 서유럽 국가 공통이다. 여름철에 프랑스는 고위도 지방인 탓에 해가 무척 일찍 뜨고 늦게 진다. 여기다 서머타임까지 있어 밤 10시가 돼도 빠리는 아직 석양이 남아 있다. 10시 15분은 넘어가야 완전히 어두워진다.

우리도 1987년 과 1988년 2년간 서머타임을 실시했던 적이 있다. 88년 서울올림픽을 맞아 어떻게든 1시간이라도 미국과 시차를 줄여 방송중계에 차질이 없도록 하기 위해서였다. 예행연습으로 87년 시작한 것이다. 그때 혼동스럽던 기억이 새롭다. 필자는 프랑스서도 큰 소동을 빚었다.

하필 서머타임 시작하는 일요일에 비행기를 탈 일이 있었다. 비행기를 타기 위해 지하철역에 나가서야 서머타임이 시작된 줄 알았다. 비행기가 1시 출발이었다. 10시에 집에서

가정에 일찍 돌아와 가족과 함께 공원 등에 나간다. 산책, 운동하며 즐긴다.

나갔다. 지하철역의 시계는 11시를 가리키는 게 아니
가? 고장이겠지 생각하다가 확인해 보니 3월 마지막
일요일인 그날 아침부터 서머타임을 실시한 것이다.

아! 공항에 도착하니 12시 30분도 넘었고, 결국 비행
기를 놓쳤다. 어쨌든 우리 나라에서는 무척 불편하다
고 느끼는 서머타임을 프랑스나 서유럽 국가들은 시행
하고 있었다. 같은 사람인데 이렇게 인식이 다르다. 이
들이 서머타임의 효과로 주장하는 첫째는 저녁시간을
마음껏 활용한다는 것이다.

여름에 퇴근하고 집에 돌아와도 6시에서 7시. 해질
때까지는 3-4시간이 남는다. 이 시간에 무엇할까? 근
처 공원으로 가족과 함께 나간다. 서머타임으로 길어
진 낮시간을 좋아하는 운동으로 활용하고 있었다. '참
건강한 삶'이다.

33 축구의 나라-월드컵 우승

• 유럽의 축구가 강한 이유

모두가 즐기는 국민스포츠다. 유럽이나 남미 중동등
대부분의 나라들은 축구를 국민스포츠로 생각한다. 말
만 국민스포츠고 실제 야구나 농구를 더 즐기는 우리와
는 차원이 다르다. 따라서, 국민적인 관심도나, 축구경
기 관전도가 대단하다. 누구나 축구를 하기 때문에 선
수층이 두텁다. 당연히 실력이 평준화 돼있다. 개인기도
환상적이다.

• 프랑스 축구가 강한 이유

이런 공통의 특징 외에 프랑스만이 갖는 독특한 분위기가 있다.

①플레이메이커의 축구--화려한 개인기의 스트라이커는 없지만, 과거 플라티니나 요즘의 지단 같은 최고의 플레이메이커가 있다.

②인종화합형 축구--프랑스국가대표팀과 다른 유럽국가 대표팀을 보면 외견상 확연히 드러나는 점이 있다. 흑인 등 백인이외의 선수가 많다는 점이다. 독일이

프랑스인들은 축구를 너무 좋아하고 즐긴다. 전국 어디를 가나 잔디구장이 널려있다.

나 이탈리아 등은 단 한 명의 흑인도 없다. 영국은 좀 있고, 스페인이나 포르투칼도 드물다. 흑인이 공을 잘 찬다는 것은 아니지만 다양한 사회구성원들이 서로의 최선을 다할 때 모든 분야에서건 경쟁력을 기를 수 있다. 지단은 독일의 자동차 스타 슈마허와 함께 알제리 출신이다. 조르까예프는 일찍 기독교에 귀의한 미인들의 나라 아르메니아 출신이다. 다른 흑인선수들은 세네갈이나, 가봉 등 중앙아프리카 흑인국가들이 고향이다. 모든 인간사 성공은 화합에서 나오지 않는가 싶다.

34 스포츠와 사회발전

선진국의 가장 큰 특징은 사회 모든 분야가 전문화
돼있다는 점이다. 스포츠선수들은 스포츠만 한다. 다시
말해 프로리그만 생각한다. 우리처럼 명문대학 스포츠
팀에 들어간 뒤 학벌 쌓고 다시 프로로 나가는 등의
사회적인 낭비가 없다. 축구선수면 축구선수 자체로
사회적인 자신의 입지를 만든다. 따라서 축구선수들이
무슨 초등학교, 중학교, 고등학교, 대학교 거치면서 육
성되는 게 아니다. 축구할 사람은 학교와는 별개로 지
역의 혹은, 축구구단이 운영하는 연령별 클럽에 소속
돼 전문적으로 축구만 한다. 14세 이하, 16세 이하, 18
세 이하 등으로 나눠 단계를 밟아 올라간다.

학교의 축구는 동아리, 동호인모임이다. 우리가 유니
버시아드 대회 나가서 금메달이니 어쩌니 하고 코미디
한다. 유니버시아드 대회는 글자그대로 대학의 동호인
모임이 나와서 하는 경기다. 우리는 주요 스포츠 선수
들이 좋은 대학가서 학벌 따는 풍토여서 많은 국가대
표가 대학생이다. 그러니까 유니버시아드 테니스 대회
에서 우리 나라가 결승에도 올라가는 해프닝이 벌어진
다. 청소년 축구에서 4강까지 올라가지만 점점 어른이
되면서 실력이 떨어지고, 16강은커녕 국제경기 5-0의
스코어가 매일 나는 이유가 있다. 외국 감독 100명 영
입해도 소용없다.

지단이나 펠레가 우리 나라에서 태어났다면 문전처
리 미숙이라는 오명을 뒤집어 쓴 채 그런 저런 우리

나라의 스타정도에 멈춰 섰을 것이다. 스포츠가 스포츠 하나의 문제에서 끝나지 않는 사회구조 속에선 어렵다. 축구선수나 스포츠 선수가 돼도 학벌이 있어야 한다고 생각하는 사회. 그런 의미에서 고종수나 이동국 선수는 정말 사회발전을 위해 필요한 인재들이다. 공을 못 차도 국가대표 계속 시켜줘야 한다. 반면 골프의 박지은 선수가 골프하기도 바쁜데 왜 국내 대학에 이름만 걸어놔야 하는지. 이런 현상 고치기 전에 진정한 스포츠의 발전도, 사회발전도 기대하기 어렵다면 지나칠까?

35 골프와 테니스

　수백억원 들여 골프장 만든다고 하면 아마 프랑스사람들은 이해하기 어려울 것이다. 온 국토가 푸른 잔디이고 땅이 넓어 골프장을 만들기가 수월하기 때문이다. 프랑스 전국에 600여개가 넘는 골프장이 있다고 한다. 우리는 2001년 11월 기준으로 개장한 곳이 회원제와 퍼블릭을 합해 234개다. 프랑스의 국토 면적은 남한의 5배다. 골프장은 2.5배다. 다시 말해 우리가 국토에 비해 2배정도 골프장이 많다는 얘기다. 더구나 프랑스는 국토의 40%만이 산림인데 우리는 70%가 산림이다. 산이 많아 악조건임에도 2배 비율로 많이 지었다. 박세리나 최경주 같은 선수라도 많이 나왔으면 좋겠다.
　①누가 치나--프랑스는 그냥 시간 있어서 골프를 좋

아하는 사람이 친다. 국민들이 골프에 별 관심이 없다. TV에서 골프소식이나 경기중계는 없다. 미국이나 다른 영어권 국가와는 다르다. 한국은 돈이 있어야 가능하다. 주중 200-300프랑(3만4천원-5만천원), 주말 350프랑-450프랑(6만원-7만7천원)이다. 땅 넓은 미국이나 캐나다, 호주 등지보다는 요금이 비쌀 수밖에 없다. 캐디가 없다. 그러므로 평균 골프요금이 한국의 3분의 1수준에 불과하다. 프랑스는 소득이 우리보다 3배나 높은 나라다.

②예약--물론 예약한다. 그러나, 그냥 가서도 친다. 붐비지 않기 때문이다. 한국도 예약 없이 치는 사람들이 있다. 과거 정치권력이 양산해낸(요즘은 사이비 예술이 양산하고 있다. 못된 TV드라마나 영화 통해서) 조직폭력배들은 그냥 가서 친다. 예약이나 요금 내는 수고를 끼치게 하면 다친다. 공무원이나 기자들은 통사정해야 간신히 예약할 수 있다.

③3-4명이 치나--혼자도 친다. 혼자 치고, 가족과 치는데 무슨 내기를 할 수 있는 분위기가 아니다. 한국인들은 빠리 오면 환상이다. 1년 내내 푸른 잔디의 골프장이 빠리 주변에도 널려있기 때문이다. 프랑스 골프장의 백미는 대서양 연안 관광도시 에트레따(Etreta)의 해안석회암 절벽 위에 있는 골프장이다. 최고의 절경을 자랑하는 환상의 코스다. 한국에서 관광 오는 사람들도 골프광들은 1박2일 코스로 즐기고 간다.

테니스는 전국민이 즐기는 스포츠다. 프랑스는 매년 봄 세계적인 권위의 테니스 대회를 치른다. 흔히 빠리

오픈이라고 부르는 세계 4대 대회가운데 하나다. 프랑스인들은 이 대회를 롤랑 가로스(Roland Garros)대회라고 부른다. 20c초 프랑스의 전설적인 비행사이름이다. 그는 지중해를 처음 횡단했다. 그가 1차 세계대전 중 전사했다. 1928년 빠리 뽀르뜨 도뙤유(Porte d'Auteil)에 테니스장을 지으면서 롤랑가로스 테니스장이라고 이름 붙였다. 그리고 매년 이 경기장에서 벌이는 테니스대회를 롤랑가로스 테니스대회라고 부른다.

36 공휴일, 예수님 덕분에 푹

• 공휴일 현황

프랑스인들은 얼마나 많은 공휴일을 즐기는가? 프랑스에는 1년에 11일의 국경일 내지 경축일이 있다. ①설날, 1월1일 ②부활절, 4월 중 ③노동절, 5월1일 ④2차대전 전승기념일, 5월8일 ⑤예수승천일, 부활절 뒤 40일째날 5월중 ⑥성령강림절, 부활절 뒤 50일째날 6월초 ⑦프랑스 대혁명 기념일, 7월 14일 ⑧성모마리아 승천일, 8월15일 ⑨만성절, 11월1일 ⑩1차세계 대전 기념일, 11월11일 ⑪크리스마스 12월 25일.

우리 나라는 12개 공휴

강에서 휴가를 즐기고 있는 프랑스인들.

일에 16일을 쉰다. ①신정, 1월1일 ②설날, 3일 ③삼일절, 3월1일 ④식목일, 4월5일 ⑤어린이 날, 5월5일 ⑥석가탄신일 ⑦현충일, 6월 6일 ⑧제헌절, 7월17일 ⑨광복절, 8월15일 ⑩추석 3일 ⑪개천절 10월3일 ⑫크리스마스 12월 25일. 공휴일로만 국경일 수는 프랑스보다 하루가 더 많고 프랑스보다 5일을 더 쉰다.

• 공휴일의 특징

프랑스 국경일이나 경축일 11일 가운데 5일이 기독교와 관련된 날이다. 예수님 덕분에 푹 쉰다. ①부활절(Paque) ②예수승천일(Ascension) ③성령강림절(Pentecote) ④마리아 승천일(Assomption) ⑤크리스마스(Noel). 프랑스는 20c초까지 카톨릭이 국가의 종교였다.

1905년에서야 정교분리원칙으로 갈라졌다. 그러나 카톨릭의 전통이 그대로 남아있다. 일반시민들의 의식세계를 지배하는 주요개념은 아직도 카톨릭이다. 우리가 농사와 관련한 날을 주로 민속절로 생각하며 아직도 정신 속에 농사나 유교에 대한 의식이 남아있는 것과 같은 맥락이다. 프랑스의 11월1일 만성절(Toussaint)은 모든 망자(亡者)들을 위한 날이다. 이날은 고인이 된 가족을 기리는 날로 묘지 등을 참배한다. 우리의 추석이나 한식과 같은 개념이다.

• 노동절인가 근로자의 날인가

프랑스같이 노동자들의 권익이 충분히 보장되는 사회에서 노동절은 남다르다. 우리는 근로자의 날이라고도 한다. 근로자(勤勞者)냐 노동자(勞動者)냐의 문제부터 짚어보자. 우리는 노동자라고 하면 북한을 떠올리고 과격한 공산주의자나 사회주의자부터 떠올린다. 순수한 우리말로 '일하다' 는 한자로 '근'(勤)보다는 '로'(勞)다. 당연히 근로(勤勞)보다는 노동(勞動)이라는 말이 제격이다. 그러나, 이념으로 얼룩져버렸으니… 비슷한 경우가 인민(人民)이다. 사람(人)과 백성(民, 백가지 성을 가진 모든 사람들)이니 일반 사람들을 나타낼 때 더 적합한 말이 어디 있으리오. 현정부에서 뭔가 일을 하다 조선일보의 사상논쟁에 휘말려 떠난 최장집 교수의 말대로 가치판단을 떠나 '다수의 사람을 지칭하는 아름다운 말'이다. 아무튼 지금 유럽대부분의 선진복지국가들이 채택하는 5월1일 노동절은(근로절이든) 프랑스에서 시작됐다. 1884년 미국 시카고에서 열린 국제 노동조합회의에서 1886년 5월1일부터 하루 8시간씩만 일하자고 제안했다. 이어 1889년 프랑스에서 제2차 노동조합 회의가 열렸을 때 1890년 5월1일을 노동절로 정하자고 결의한 것이다. 프랑스는 1919년 5월1일을 노동절 휴일로 지정했다.

37 거품 없는 실속여행

이들은 공휴일이나 휴가 때 여행을 즐긴다.

①가이드--프랑스의 단체 해외여행에는 가이드가 없다. 한국은 공항에서 출발하면서부터 가이드가 따라붙는다. 수속도 도와주고 관광단을 인솔한다. 그리고, 해

외로 나가면 현지가이드가 추가로 붙는다. 국내에서 따라 나간 가이드는 그때부터 역할이 없다. 팁만 나가고 비용만 증가시킬 뿐이다. 물론 없는 것보다야 있는 것이 좋다. 있으면 다 할 일이 있다. 프랑스는 그렇지 않다. 공항에서 각자 출발한다. 국내에서 나가는 가이드가 없다. 그리고, 현지에 도착하면 거기서부터 현지가이드가 붙는다. 벌써 가이드 비용 한푼이라도 줄인다.

②호텔과 비행기만--이들이 선호하는 여행은 호텔과 비행기표만 예약하고 현지에서 쉬다 오는 시스템이다. 그리고 현지에서 필요하면 차를 렌트해 자기들이 보고싶은 곳만 구경하고 돌아온다. 이런 여행의 원조는 '클럽 메드'로 알려진 '끌륍 메드(Club Med)'다. 이는 '끌륍 메디떼라네'(Club Mediterrane, 지중해 클럽)의 준말이다. 2차세계대전이 끝난 뒤 프랑스의 한 사업가가 새로운 유형의 휴가문화를 창조한다는 기치아래 만들어낸 휴가 개념이다. 2001년 초 창업자가 사망했는데 TV에 부음뉴스가 나올 정도로 프랑스에서 인정받는다. 지중해안 곳곳에는 끌륍 메드의 휴양시설이 널려있다. 이곳에서 저렴한 비용으로 휴식을 취할 수 있다. 발리섬 등지로는 한국인들도 요즘 많이 나가 이용한다.

③같은 코스도 다양한 가격대--같은 코스라도 비수기와 성수기로 나눠 가격차가 거의 2분의 1까지 난다. 호텔의 수준을 세부적으로 나눠 역시 수준에 맞게 고를 수 있도록 하고 있다. 비행기도 전세기와 정규노선

으로 갈라 비용을 달리한다. 날짜와 요일별로 1년치 요금이 모두 나와있다. 스케줄과 자금사정에 맞게 연중 계획해서 다녀올 수 있다. 평등을 강조하는 프랑스인들은 누구나 해외여행을 다녀올 수 있게 비용을 최소화하는 일에 적극적이다.

38 싼값에 지중해 건너 여행

프랑스인들이 선호하는 휴가지는 지중해와 관련 있다. 프랑스 자체 내에서도 니스 등이 있는 남부지중해가 최고의 휴양지다. 그러나 가격이 비싸다. 값싼 코스는 스페인해안. 프랑스인들이 자동차를 끌고 내려가기 가장 좋은 코스다. 물가도 싸고, 모래 해안도 아름답다. 구름 속에 겨울을 난 북유럽사람들도 자동차를 끌고 남으로 내려온다. 지중해 연안으로. 그러나 비행기를 타고 지중해를 건너는 사람도 많다. 튀니지나 모로코, 터키, 에게해의 그리스 섬들, 이집트…

선호하는 지역은 튀니지, 모로코, 터키다. 프랑스인들의 단체관광은 7박8일이 기본이다. 일요일날 가서 일요일에 오든지 월요일에 가서 월요일에 오는 일주일 단위다. 요금은 주중이 약간 싸다. 주중요금으로 이들 3개나라는 요금이 2천400프랑. 1프랑 170원으로 40만원 정도이다. 40만원으로 7박8일 동안 호텔과 왕복 비행기 현지 단체관광이 포함돼 있다. 물론 호텔과 비행기만 원할 경우 그것도 가능하다. 우리 나라에서 40만원 선

프랑스인들이 가장 선호하는 해외 휴가지는 지중해연안의 각국이다. 필자
가족도 저렴한 여행을 골라 이집트에 다녀왔다.

에 중국 3박4일 다녀오는 것과 같다. 일주일과 3박4일. 프랑스가 더 저렴한게 뜻밖이다.

빠리와 서울의 가장 싼 왕복 항공권은 70만원 선이다. 서울서 터키로 여행가는 돈이면 빠리 가서 빠리도 보고, 터키관광도 갈 수 있다. 모로코나 튀니지도 마찬가지다. NO비자 입국이 가능하기 때문에 시간 좀 있고, 알파벳만 읽을 수 있는 분들은 언제든 OK다. 훌륭한 역사유적도 많고, 자연도 아름답다.

39 공항에서 노숙

그런데 이런 싼 여행을 가려면 고생을 각오해야한다. 그렇다고 여행의 질이 떨어진다는 얘기가 아니다. 현지 호텔의 질이 낮은 것도 아니고, 여행코스가 나쁜 것도 아니다.

현지에서 물건을 사라고 강요하는 일도 없다. 현지 토산품점등을 들리기는 하지만 비싼 것을 사는 프랑스인은 거의 없다. 간단한 소품류나 기념품이 전부다. 물론 안 사도 그만이다. 현지 가이드 팁은 줄 사람 주고 말 사람 안 준다. 우리처럼 "한사람에 20달러씩 냅시다"라고 정하는 경우는 거의 드물다.

많은 단체여행을 프랑스인들과 함께 다녔지만 그런 경우는 이란에 갔을 때 딱 한번뿐이었다. 가이드 몫으로 100프랑(만7천원), 기사 몫으로 50프랑(8천500원)을 각자에게 할당했다. 적다. 그것도 안주면 그만이다. 모로코에서는 전혀 돈을 걷지 않았다. 어쩐지 미안해서 우리 돈 5천원 줬더니 현지 가이드가 아주 고맙다고 인사했다. 보통은 버스 안에서 큰 봉투를 돌린다. 그러면 각자 생각하는 적정액을 낸다. 안내도 아무도 모르고 또, 그만이다.

그러나, 대개는 낸다. 필자는 보통 50프랑(7천원)을 봉투에 넣었다. 다른 프랑스인들도 대동소이하다. 감정을 강제하지 않는 모습이 좋다.

바가지도 아니고, 호텔도 아니고, 식사도 아니고, 그렇다면 무슨 고생을 각오해야한다는 얘긴가? 바로 비행기다. 정규노선으로는 40만원에 비행기 값도 안 된다. 그러니 이들 나라로 가는 비행기는 모두 전세기다. 전세기가 정상적인 시간에 출발할 리 없다. 새벽이거나 오밤중이다. 오밤중은 괜찮다. 저녁 먹고 느지막하게 지하철 타고 공항으로 가서 대기하다가 11시나 12시쯤 타면 된다. 주로 이집트 가는 노선이 그렇다. 나머지는 대개 아침 6시에서 7시 사이에 출발한다. 공항에 늦어도 1시간 전인 5시나 6시까지는 가야한다. 그런데 지하철은 보통 5시를 넘어야 다닌다. 다시 말해 이들 나라로 가는 비행기를 타려면 지하철로 아침에 가는 것이 거의 불가능하다.

공항에 호텔이 있다. 그러나, 공항은 호텔요금이 비싸다. 방 하나에 400프랑(7만원)을 넘는다. 불행히도 거리에서 택시를 잡을 수 없다. 밤새 뛰어갈 수도 없고. 프랑스공항은 24시간 개방한다. 공항의자에 앉아 밤을 지샌다. 필자도 여러 번 밤을 지샜다. 한번은 가족들과 같이 지새게 됐다. 혼자야 대충 의자에서 버텼는데, 아이들이 문제였다. 밤늦게 이불을 갖고 공항으로 갔다. 어차피 짐 정리할 참이었는데, 이불 덮고 애들 재운 뒤 버리고 떠났다. 프랑스인들도 의외로 많은 사람들이 공항에서 밤을 지샌 뒤 이른 아침 비행기를 타고 여행지로 떠난다. 참 실속파들이다.

40 버스에서 자며 외국여행

알리앙스(alliance)라는 여행사가 주최한다. 버스여행만을 전문적으로 취급하는 여행사다.

①대상지--우리야 버스 타고 해외로 나간다는 생각을 할 수 없다. 육로라고는 휴전선에 막혀있고, 부산에서 일본으로 가는 페리나 인천에서 중국 가는 배편을 이용하는 버스관광이 아직은 없기 때문이다. 프랑스는 버스로 모든 유럽국가들을 여행한다. 대양으로 떨어져 있는 영국도 카페리를 이용한 버스관광이 있다. 북아프리카 모로코로 가는 버스여행도 있다. 스페인남부 알헤시라스에서 카페리를 타고 지중해를 잠깐 건너 모

로코로 들어간다. 그리스를 제외한 유럽전역과 북아프리카까지다.

②기간--영국과 벨기에 네덜란드 등은 금요일 밤 11시에 출발해 월요일 아침 6시에 돌아온다. 나머지 지역은 공휴일이 낀 때나 방학 때를 이용해 4박5일부터 6박7일, 14박15일까지 다양하다. 다른 프랑스 여행과 달리 가이드가 따라간다. 현지가이드가 없기 때문이다. 기사는 둘이 간다. 교대로 운전한다. 외국에 도착하면 시내를 간단히 버스로 투어 한다. 그리고는 호텔에 풀어놓는다. 호텔은 유스호스텔이나 등급이 낮은 저렴한 호텔이다. 외국은 아무리 등급이 낮고 값싼 것이어도 침대보는 매일 갈아준다. 아침도 제공한다. 그리고 낮에는 자기 자유시간이다. 자기가 마음대로 돌아다니다가 저녁에 들어와 잠만 잔다.

③요금--버스를 이용해 다니므로 요금이 무척 싸다. 런던, 네덜란드, 벨기에는 금요일 밤에 떠나 일요일 새벽에 도착하는 코스가 620프랑(10만5천원)이다. 다른 지역은 각자 다른데 대개 스페인, 이탈리아, 독일 등은 4박5일이나 6박7일이 천200프랑-2천200프랑(20만원-38만원)이다.

이탈리아로 가는 버스여행에서 꼭 들리는 지중해안 마르세이유시 전경.

무척 저렴하다. 그래서 주로 외국인들이 많이 이용한다.

④고생--가는 날과 오는 날은 버스에서 잔다. 또 멀리 이동하는 날도 버스에서 잔다. 의자를 눕혀서 침대로 만들어준다. 이를 꾸세뜨(couchette)라고 한다. 2층으로 만든다. 얼굴도 모르고 이름도 모르는 낯선 외국인들 20여 명이 차안에서 위아래로 나뉘어 잔다. 물론 차는 밤새 달린다.

도로가 주로 직선이고 포장이 잘돼있어 자는데 불편은 없다. 단 필자의 경우 침대에서 자질 않아서 그런지 허리가 무척 아팠다. 그러나, 이게 아주 재미있다. 꼭 중·고등학교 때 수학여행가는 재미다. 시시덕거리고, 웃고, 재미 만점이다. 어떤 프랑스 아줌마들은 이 틈바구니에서 잠옷을 갈아입는다. 아!

필자도 아이들과 아내와 자고 가는데 우습기도 하고, 불편하다는 생각보다는 색다르고 흥미롭다는 느낌이 앞선다.

⑤장점--자기만의 여행을 즐길 수 있다. 여행사는 오가는 버스 편과 호텔, 기초적인 시내일주, 아침만 제공한다. 나머지는 자신이 다니면서 보고 싶은 것 본다. 사먹고 싶은 것 사먹는다. 돈을 절약하는 지름길이다. 점심은 아침에 나오는 각종 음식물을(빵, 잼, 햄, 과일) 봉투에 담아서 다니다가 배고프면 먹는다. 저녁은 전기푸(four, 전기풍로 비슷한 것) 갖고 다니면서 호텔 방에서 직접 재료 사다 끓여 먹는다. 값싼 여행의 모범이다.

41 편리한 렌트카

①어디서 빌리나--프랑스는 물론 대부분의 유럽국가들은 공항이나 기차역에 내리는 순간 렌트카 회사 사무실을 만날 수 있다. 외국에서 오는 손님이 멀리 움직일 것도 없이 바로 렌트카로 간다. 이곳에서 여권과 운전면허증(혹은 국제운전면허증)을 보여주면 바로 차를 빌릴 수 있다. 신용카드로 계산한다.

②차 상태는--직원은 여직원 단 한 명. 여권과, 계약서, 면허증을 본 뒤 신용카드 번호를 적는다. 그리고는 열쇠를 준다. 차 상태에 대한 내용이 들어있는 서류와 주의사항이 적힌 종이를 주고는 끝이다. 차는 역사지하에 있다. 키에 적혀 있는 차번호를 찾아간다. 차에는 휘발유가 가득 들어 있다. 정말 깨끗하게 청소돼 있다. 그리고 차 끌고 나가면 끝이다. 채 10분 여 걸렸을까?

③반납--계약 날짜에 시간 지켜 원래 자리에 주차하

프랑스 최고의 명승지 가운데 하나인 르와르 강변 샹보르성이다.

고 키 갖다 주면 끝이다. 누구하나 차를 보자는 사람
도 없고, 관리인도 없다. 그 큰 렌트카 사무실을 운영
하면서 여직원 혼자서 카운터에 앉아 키를 내주고 받
으면 끝이다. 모든 게 신용이고 만에 하나 잘못되면
기재한 신용카드에서 대금을 자동으로 인출한다. 고장
이나 이상이 없으면 끝이다.

④요금--요금은 천차만별이다. 작은 승용차를 11일
간 2천200프랑에 빌렸다. 37만 5천원이다. 8일간 6인승
밴을 4천프랑에 빌리기도 했다. 70만원 돈이다. 대개
외국을 다녀오기 때문에 킬로미터 제한은 없다. 같은
여행 대리점에서 빌려도 가격은 천차만별이다. 상황에
따라 5백-천 프랑이 왔다갔다하기도 한다.

42 호텔 잡기 힘들어

처음 프랑스 실정을 모르고 8월초 무조건 집을 떠났
다. 호텔을 예약하지 않고도 어떻게 되겠지 하고 두
가족이 차를 빌려 집을 나섰다. 노르망디지방의 절경
옹플레르(Honfleur)에서 저녁 8시30분부터 호텔을 찾
기 시작해 깡(Caen)까지 움직이며 호텔을 찾았으나 끝
내 실패했다. 다시 돌아와 르아브르(Le Havre)의 별3
개 짜리 메르뀌르(Mercure)호텔에 도착하니 새벽4시였
다. 동이 트는 시간이다. 7시간 30분을 헤매다 간신히
잡을 수 있었다.

나중에 차 사고가 나서 기차 배낭여행으로 바꾼 뒤

에는 리용에서도 한번 곤욕을 치렀다. 리용(Lyon)에
저녁 7시쯤 도착했는데 리용 지역 호텔 전체에 방이
없었다. 세미나가 열렸다고 한다. 호텔 측에서 관련되
는 모든 호텔에 연락을 취해 줬지만 방이 없었다. 프
랑스 제2의 대도시에 빈 호텔방이 하나도 없다는 게
이해할 수 있는 일인가? 프랑스는 그렇다. 그르노블
(Grenoble)로 TGV를 타고 움직여서 그것도 밤12시반
에 도착해 호텔을 잡을 수 있었다.

　①왜 잡기 어렵나--프랑스 전체에는 만8천 809개의
호텔이 있다. 객실수는 58만 6천944개다. 따져보자. 프
랑스에 들리는 관광객수는 1년에 7천500만명, 365일로
나누면 하루평균 매일 20만명의 관광객이 들어온다.

• 프랑스 호텔 현황

	1990	1994	1995	1996	1997	1998
별 없는 호텔						
호텔 수	495	2,483	2,603	2,660	2,554	2,315
객실 수	3,554	47,355	55,859	58,579	57,217	55,051
1. 별 1개						
호텔 수	7,472	3,341	3,126	2,766	2,615	2,388
객실 수	121,566	60,972	57,846	52,035	49,491	45,192
2. 별 2개						
호텔 수	9,176	10,490	10,586	10,549	10,450	10,166
객실 수	264,907	299,995	302,530	300,651	296,032	287,990
3. 별 3개						
호텔 수	2,825	3,293	3,342	3,361	3,386	3,342
객실 수	132,499	151,448	157,057	154,675	156,198	154,471
4. 별 4개와 별4개 딜럭스						
호텔 수	415	540	555	576	558	598
객실 수	28,320	36,900	38,245	42,413	41,945	44,240
합계						
호텔 수	20,383	20,147	20,212	19,912	19,563	18,809
객실 수	550,846	596,670	611,537	608,353	600,883	586,944

출전, ANNUAIRE STATISTIQUE DE LA FRANCE, INSEE, 319p

두 명이 방 하나를 쓴다고 할 때 매일 10만개의 객실이 필요하다. 그런데 이들은 보통 며칠씩 프랑스에 머문다. 3일 머문다고 할 때 3일 누적분 60만개의 객실이 필요하다. 여기다 프랑스인들도 움직인다. 호텔은 58만 6천실이다. 늘 부족하다. 왜 프랑스 호텔이 밤하늘의 별따기인지 잘 설명해준다.

②일찍 문닫아--호텔들이 우리처럼 밤새 하질 않는다. 지방의 경우 별2개 이하는 대개 밤10시면 문을 닫아 버린다. 늦게 오는 손님도 드물지만 일을 늦게까지 하지 않는다. 빈방이 있어도 문을 잠그고 주인이 들어가 버린다. 따라서, 호텔에 투숙한 손님들은 밖으로 나갈 경우 각자 비밀번호로 호텔문을 열고 드나든다. 그러나 나갈 일도 없다. 한국처럼 밖에 술집이 있거나 기타 놀이 유흥시설이 있는 게 아니기 때문이다. 사방이 고요할 뿐이다.

③특급호텔--별3개 이상은 좀 수월하다. 어느 지방이든 다니다가 작은 호텔에 방이 없으면 바로 별3개 이상으로 간다. 유럽전체에 퍼져있는 메르뀌르호텔은 가장 좋은 방법이다. 최고 성수기라도 특별히 운이 없지 않으면 구할 수 있다.

43 호텔은 어느 수준일까

가장 많은 호텔은 역시 별2개 짜리. 만166개에 28만 7천여개의 객실을 갖고 있다. 별3개는 3천342개의 호텔에 15만 4천여개의 객실을 보유하고 있다. 4개이상의 특급호텔도 만만찮아 객실이 4만4천여개를 넘고 있다. 재미있는 것은 호텔수가 오히려 줄고, 객실은 제자리걸음이란 점이다. 만약 우리가 매년 관광객이 이렇다면 호텔 짓고 난리 법석 피울게 분명하다. 그러나 프랑스는 호텔이 오히려 준다. 한탕이란 게 없는 프랑스 사회를 단적으로 보여주는 예이기도 하다.

①별 없는 호텔--별 없는 호텔도 있다. 끌레르몽 페랑(Clermont-Ferran)에서다. 침대만 방에 2개 놓여 있었다. 세면대와 샤워기는 있고, 화장실은 밖에 있다. 4식구가 180프랑(3만원)에 잤다. 이런 곳은 호텔가격에 융통성이 있다.

②별1개 짜리--주로 도로변에 있다. F1이라고 써 붙인 곳은 모두 별1개 짜리 호텔이다. 방에 침대만 있다. 욕실과 화장실은 층마다 공동으로 사용한다. 2인용 방값이 백50-200프랑이다. (2만5천원--3만4천원). 깨끗하다.

③별2개 짜리--이비스(IBIS) 호텔체인이 대표적이다. 방도 깨끗하고, 욕실, 화장실도 방마다 잘 갖춰져 있다. 도시의 체인은 시설이 우리 나라의 웬만한 특2급에 뒤지지 않는다. 2인용 가격은 250-300프랑이다. 우리 돈 4만3천원에서 5만천원이다. 아주 훌륭하다. 그리고 시골에 있는 고풍스런 건물이나 낡은 건물의 내부를 개조해 만든 지방 호텔들의 대부분은 별2개나 1개다. 이런 곳은 시설이 좀 낡았지만. 우리의 관광호텔보다 청결하다. 가끔 개도 받아서 아주 기겁하는 수

가 있다.

④별3개 짜리--메르꿔르(Mercure)가 대표적이다. 2인용은 400-500프랑(6만8천원에서-8만5천원 선이다). 필자는 가족실을 600프랑(10만원)에 이용했다. 규모는 크지 않지만 우리 나 특2급 호텔보다 뛰어나다. 청결도나 쾌적도가 특히 마음에 든다.

⑤별4개 딜럭스--이용해 본적이 없다. 그러나, 별4개나 별4개 딜럭스라고 해도 새 건물은 아니다. 고풍스런 옛 건물이 많다.

44 그림 같은 전원의 민박

프랑스를 여행하면서 민박(Chambre d'haute)을 경험해보지 않으면 큰 손해다. 프랑스 전원생활이 무엇인지 수박겉핥기식으로 나마 맛볼 수 있는 좋은 기회다. 대신 민박을 경험하려면 자동차 여행을 해야 한다. 국도나 지방도로 가야 한다. 특별히 소개받거나 정보를 얻어 알고 있는 민박이 아니면 고속도로를 타서는 이용할 수 없다. 국도변으로 달리면서 안내표지판을 보고 찾아가야 한다. 도심지를 벗어난 곳에 적당한 거리만큼 민박이 나타난다. 침대 위에 사람이 누워있는 그림이 있기도 하고, 샹브르 도뜨 (Chambre d'haute) 라고 써있기도 하다.

농촌주택을 개조해 내부를 현대식으로 꾸며 별2개 짜리 호텔에 손색없다. 주인은 이층이나 뒷채에 별도로 산다. 방은 보통 3-5개 있다. 주인이 사용하는 주방도 함께 사용해 직접 음식을 해먹을 수 있다. 아침은 제공받는다.
풀내음 물씬 풍기는 밀밭이나 목장 한가운데 전원주택
에서 하룻밤 보낼 수 있다. 아주 운치 있다. 주로 가족실

프랑스의 민박은 목장이나 밀밭사이 주택이나 작은 성을 개조해 만든다. 집주인이 같이 사는 경우 말동무도 되고 여행의 참맛을 느끼기에 좋다.

인데 요금은 250-350프랑으로 별2개 호텔과 같은 수준이
다.

　2번 이용했었는데 흙 속에서 프랑스 농촌을 볼 수 있어
좋았다. 주인과 얘기도 나누며 이들의 삶을 이해하는 데
도 도움을 얻는다. 민박을 이용하는 프랑스인들은 여름의
경우 9.4%로 캠핑이나 호텔의 11.4%와 11.3%에 비해 크
게 뒤지지 않는다. 프랑스인들이 민박을 선호하는 실태
를 잘 보여준다. 이런 농촌 민박 외에도 옛날 대저택이
나 작은 성을 개조한 민박도 있다.

　정말 환상적인 모습이다. 초원 위에 우뚝 선 고풍스런
대저택에서 하룻밤은 생각만 해도 짜릿하다. 우리의 민
박도 새로운 차원으로 변화 모색이 필요하다고 본다.

45 빠리가 그리운 프랑스인들

휴가문화에 대해 알아본 김에 한국인들이 많이 찾는 빠리와 근교 몇 군데를 살펴보자. 재미있는 일은 프랑스 사람들도 빠리는 자주 갈 수 없는 낯선 곳이란 점이다. 우리도 얼마 전까지 시골사람들은 서울 한번 가보는 게 평생 소원이었다. 지금도 그리 쉬운 일은 아니다. 서울로 휴가 오는 경우도 많다. 프랑스는 더하다. 국토가 남한보다 5.5배나 크다.

시골 사람들은 5.5배나 더 빠리에 접근하기 힘들다는 얘기다. 그리고 지방자치제가 발달해 있고, 각종 제도가 완벽하게 분권화 돼있어 수도인 빠리 의존도가 극히 낮다. 문화생활도 마찬가지다. 빠리에 한번을 안가도 대학졸업하고 취직하고 평생 사는데 아무런 불편이 없다. 실제 필자가 튀니지를 단체 여행하다 만난 한 여성이 있었다.

알제리출신이라 어차피 프랑스사회의 주류가 아니어서 그랬나. 누렇게 생긴 필자와 많은 얘기를 나누게 됐다. 대학을 졸업하고 자격시험을 거쳐 도서관 사서로 근무하고 있었다. 리용(Lyon)이라는 프랑스 제2도시에서 약간 떨어

노트르담 성당―프랑스인들 가운데도 빠리를 보지 못하는 사람들이 의외로 많다. 국내외관광객이 많이 몰리는 노트르담 성당.

진 소도시다. 리용은 TGV로 2시간 걸리는 빠리에
서 500km 떨어진 도시다. 부산에서 개성쯤 되는 거
리다. 허, 그런데 이 여자. 빠리에 한번도 와 본적이
없단다. 프랑스사람이 나보다 더 빠리를 모르고 있었
다. 내가 빠리에 초청하겠다고 하니까, 꼭 초청해 달라
고 말할 정도였다.

　빠리가 오히려 프랑스 시골 사람들에겐 외국인들보
다도 더 낯설다. 이들은 외국여행 할 때도 각자 근처
대도시에서 전세기를 타고 직접 간다. 시골사람들이
서울 거쳐 외국 가는 것과 달리 이들은 빠리를 거치지
않고 전국의 주요도시에서 바로 외국으로 간다. 한국
사람으로 빠리 구경한 사람은 프랑스 시골 사람들보다
좋은 경험한 것이다.

46 샹젤리제

Hier soir deux inconnus,
Et ce matin sur l'avenue
Deux amoureux tout etourdis par la longue nuit
Et de l'Etoile a la Concorde
Un orchestre, un mille cordes
Tous les oiseaux du pont du jour chante l'amour
Aux Champs Elysees' Aux Champs Elysees
Au soleil, ou sous la pluie
A midi ou a miniut

Il y a tout ce que vous voulez.

어제저녁 낯설었던 두 사람.
오늘아침 길거리에 선
둘은 긴 밤을 통해 엉겁결에 연인이 됐네.
에뚜왈 광장에서 꽁꼬르드광장에 이르기까지
오케스트라와 수많은 현악기들
동틀 무렵 새들이 사랑을 노래하네
샹젤리제에서, 샹젤리제에서
햇빛 날 때나, 비올 때나
한낮이나 한밤중이나
당신이 원하는 무엇이든 있네

다니엘 비달(Daniel Vidale)이 불러 크게 사랑을 받았
던 Aux Champs Elysees, '샹젤리제에서' 라는 노래의
뒷부분 가사다. 가면 실망하지만 샹젤리제(Champs El-
ysees)의 환상을 불러일으키기 딱 알맞은 노래다. 그러
나 찾는 이에 따라서는 무엇이 없으리요. 빠리를 대표하
는 관광거리다.

늪지대였던 이곳이 빠리의 도시계획 아래 들어온 것
은 1667년. 그 뒤 1840년 세인트 헬레나에서 최후를 마
친 나뽈레옹의 유해가 이곳을 거쳐 엥발리드(Invalides)
로 갔다. 지금은 프랑스의 진면목을 발견할 수 있는 곳
이다. 관광대국 프랑스 빠리의 참모습을 볼 수 있다. 거
리의 인파 가운데 반 이상은 외국인이다. 특히, 동양인들
의 숫자를 무시할 수 없다. 개선문에서 빠리와 샹젤리제

근처를 조망하고 내려와 샹젤리제 방향으로 틀면 오른쪽으로 빠리 관광사무소를 만난다. 프랑스 전역에서 가장 큰 관광안내 사무소다. 영어나 프랑스어로 프랑스나 빠리에 관한 모든 정보를 구할 수 있다. 관광대국에서 배워야 할 대목이다. 그 맞은편에는 유명한 리도쇼 극장이 있다. 그리고 리도쇼 극장에서 죽 내려가면 끌럽 메드(Club Med)간판의 건물이 나타나고 여기에 SBS와 MBC 지국이 있다. 건너편에서는 매일 세계적인 쇼가 벌어진다. 명품이라는 '루이뷔똥'(LOUIS BUTTON) 상표의 가죽제품 매장에서다. 무슨 쇼인지는 나중에 얘기하자. 루이뷔똥 말고도 호화 의류나 제품의 고급 매장들이 늘어서 있다.

샹젤리제 길을 가다 땅을 보면, 반짝이는 동전 대신 돌이 눈에 들어온다. 샹젤리제의 도로바닥은 돌이다. 아스팔트가 아니다. 유럽의 대부분의 도로가 그렇다. 전통을 느낀다. 샹젤리제는 밤에 진면목을 드러낸다. 일찍 잠드는 빠리의 다른 지역과 달리 12시 넘어서까지 관광객들의 발길과 웃음소리가 끊이지 않는다.

47 세느강과 유람선

• 세느강

빠리를 얘기하면서 세느강을 빼놓으면 허전하고, 서운하다. 세느강은 폭이 아주 좁다. 둔치도 없거나 몇 미터에 불과할 정도다. 여백이 없다. 서울의 한강은 무

척 넓다. 그리고 양쪽에 또 넓은 둔치가 있다. 서울사
람들이 그만큼 가슴도 더 넓은 것인지에 대해서는 선
뜻 동의하기 어렵다. 서울과 마찬가지로 세느강은 빠
리의 도심을 완전히 반으로 가른다. 빠리는 원래 세느
강이 중심이다. 가운데 여의도처럼 떠 있는 시떼라는
섬(크기는 여의도보다 작다)에서 강 양쪽으로 퍼져나
갔다. 따라서, 중요한 모든 역사유적이 세느강변을 따
라 들어서 있다.

모든 게 역사적 영광과 좌절을 함께 한 건물이요 흔
적이다. 세느강만 제대로 보면 빠리를 대충 다 볼 수
있는 이유가 여기 있다. 서울은 강북이 원래 한양(漢
陽)이다. 강남은 갑자기 부동산 투기처럼 일어선 형국
이라 근본이 다르다. 서울도 역사는 깊지만 건축물들
은 몇몇 고궁 등을 빼면 70년
대 이후 30년만에 급조한 것이
다.

빠리에 가면 반드시 세느강에서 유람선을 타봐야 한다.
빠리의 역사를 한눈에 알 수 있기 때문이다.

오늘날 서울의 최고라는 한강
변 강남구 압구정동이 1960년대
말까지 경기도 광주군 언주면
압구정리였다는 사실을 아는 사
람은 드물다. 험하게 살아온 우
리에겐 30년도 긴 역사인가 보
다. 세느강은 프랑스강 가운데
3번째로 길다.

길이는 776km. 한강의 405km
보다는 2배 가까이 길다. 지류

는 6개인데 프랑스 북중부의 대부분 지역에 뻗어있다. 대서양의 르 아브르항은 세느강의 종착지다. 세느강을 보고 놀라는 것은 아주 많은 배들이 부지런히 다니는 점이다. 바다에서 들어온 큰배들이 오가며 각종 화물을 실어 나른다.

우리는 거의 모든 운송수단이 도로다. 철도도 없앴고, 댐을 만들면서 수상교통도 없앴다. 이들은 우리와 개념이 다르다. 강도 그대로 쓰고, 철도는 더욱 발전시킨다. 그리고 모자랄 때 돈이 가장 많이 들고, 환경을 많이 파괴하는 도로를 만든다.

• 유람선

빠리에 가면 꼭 유람선을 탈것을 권한다. 이국적인 건물과 풍경이 손에 잡힐 듯 한눈에 들어온다. 그러나 더 중요한 이유는 빠리의 역사를 알 수 있기 때문이다. 2천년 전 빠리의 시작인 시떼섬부터 중세를 거쳐 현대까지 이어져 내려오는 역사 관련 건축물이 유람선 코스에 들어있다.

현존하는 건물로는 가장 오래된 노트르담부터 가장 최근에 지은 프랑스와 미테랑 국립도서관까지. 로마시대, 중세기독교, 르네상스, 절대왕정, 프랑스 대혁명, 19c말의 벨에뽀끄(태평성대, 太平盛代)시대, 20c 현대사… 빠리의 모든 것을 볼 수 있는 가장 소중한 체험이 될 것이다. 만원 정도 하는데 아낄 일이 아니다. 강과 시가지가 멀리 떨어져있는 한강은 유람선이 성공할 수 없다.

유람선 타봐야 보이는 게 없다. 눈 크게 떠봐야 멀리 아파트가 보일 뿐이다. 여기에 유람선 띄우면 처음엔 모르고 타도 주변에 권할 리가 없다. 고층아파트 배우러 온 후진국 주택담당자들은 관심 있어 할 수도 있다.

48 세느강과 노르망디 현수교와 르아브르항

세느강이 대서양과 만나는 지점에 거대하면서 우아한 노르망디 대교가 있다. 세느강은 대서양에 가까워지면서 폭이 넓어지고 바닷물이 들어와 강이라기보다 바다라는 표현이 어울린다.

이곳에 길이 2천141m의 거대한 현수교가 놓여있다. 200여 개의 강철 로프가 다리상판을 들어 버텨준다. 부챗살이 늘어진 모습이다. 그리고, 주기둥 2개의 사이 거리가 856m나 된다. 1km 가까운 공간에 아무런 교각 없이 로프의 힘만으로 다리상판을 잡아준다. 공법도 첨단으로 독특할 뿐 아니라 위용 있고, 독특하다. 다리 상판은 수평이 아니라 활처럼 휘어있다. 가운데로 60m높이의 거대한 선박도 통과할 수 있도록 하기 위해서다.

세느강에 새로 만든 노르망디다리는 프랑스현대건축을 상징하는 멋진 다리다.

다리의 남단은 노르망
디지방의 옹플뢰르(Hon-
fleur), 영화 '남과여'의 무
대 도빌(Deauvile), 노르
망디공(公)기욤(윌리엄)의
영국 정복과정을 그린 따
삐스리(Tapisserie)의 장
소 바이외(Bayeux), 까뜨

르아브르항이다. 프랑
스어공부를 모제로 시
작한 사람들은 캐나다
몬트리올의 기자 프랑
스와 벵샹이 빠리 특
파원이 돼 르아브르항
에 내리는 장면을 잘
기억할 것이다. 벌써
꽤 오래 전 책속에서
보던 르아브르 항은
추억을 되살려 준다.

린느 드뇌브가 출연한 영화 '쉘부르의 우산'의 군항(軍
港) 쉐르부르(Cherbourg)로 이어진다. 다리 북단은 프
랑스 대서양 연안 최대의 항인(한국에서 배로 물건을
부치면 이항을 통해 들어간다) 르 아브르(Le Havre)와
대서양 연안의 최대 절경인 석회암 절벽지대 에트레따
(Etreta)가 자리하고 있다.

49 포도주의 역사

인류문명을 얘기하면 반드시 포도주 얘기가 나온다.
그리고 각 신화 속에 녹아들어 있다.
①성경--포도주(vin)는 인도유럽어족의 산스크리트어
'vena(사랑 받는)'에서 갈라져 나온 것으로 추정된다.
구약성서의 창세기에 따르면 대홍수 이전에는 포도가
등장하지 않는다. 노아가 메소포타미아지방의 끝이요
코카서스 지방의 시작인 오늘날 터키와 아르메니아 지
역의 경계 아라라트 산에 내렸다. 방주가 아라라트 산

에 걸리자 밖으로 나와 땅을 일구면서 포도를 심은 것으로 기록하고 있다. 구약이란 것은 후에 이스라엘인들이 자기민족의 역사서라고 적은 책이다. 실제 노아가 있었는지 포도를 심었는지 확실한 기록이라고 볼 수는 없다.

②이집트-- B.C 3천년 전부터는 이집트에서 포도를 심고, 장례용으로 활용했다. 이집트에서는 태양신 라(Ra)가 지상에 포도주를 전했다고 믿었다. 태양신 라가 여신 하토루(Hator)의 분노에서 인간을 구하기 위해 포도주를 선사한 것으로 봤다. 사료로 파악할 수 있는 포도주의 역사는 이집트의 각종 부조에서다. 고분이나 신전의 벽에 만든 부조와 벽화들은 B.C 2천500년 전부터 이집트인들이 포도를 재배하고, 포도주를 마셨다는 사실을 보여준다.

투탕크아몬왕 때는 벌써 다양한 종류의 포도주 용기가 있었던 것으로 부조들이 말해준다. 이집트인들의 포도주는 단순히 마시는 차원이 아니라 사후세계에 삶의 영속성을 부여하는 종교적인 측면을 가지고 있었던 것으로 보인다.

포도주의 역사는 인류문명사와 함께한다.

③그리스 로마--그리스 신화에서는 디오니소스가 포도주와 취기를 전파한 것으로 나와있다. 그리스인들은 시실리섬과 이탈리아 남부를 식민지로 개척하면서 포

도를 전파했다. 그리스를 이어받은 로마는 제국 영토 안에 포도와 포도주를 전했다. 그러나 로마는 포도주의 해석이 달랐다. 그리스의 디오니소스에 해당하는 바카스 신이 전한 게 아니라 농경의 신 사르투누스(Sartunus)가 전한 것으로 믿었다. 프랑스 땅에도 역시 로마시대에 전파됐다.

50 포도주 만들기

사실 포도주는 만들기가 무척 쉽다. 포도에는 자체적으로 효모가 붙어있다. 따라서, 터트려 두기만 해도 저절로 알코올로 발효하기 때문이다. 그러나, 이 과정에서 기술과 기후, 온도 같은 다양한 조건이 결부되면서 각양의 맛을 내는 포도주가 탄생한다. 이 때문에 품질 좋은 포도주를 생산하는 지역이 제한된다. 포도주를 생산하는 장소를 성(샤또 Chateau)라고 부른다. 실제 옛 성도 있고, 그렇지 않은 포도밭 옆 건물도 있다.

• 적포도주 (Red Wine)
①포도 고르기--잘 익은 포도를 엄선한다. ②포도즙 짜기--껍질이 붙은 채로 통째 짓이긴다. ③알코올발효--포도 속에 있던 당분이 효모의 영향으로 점차 알코올로 바뀐다. 5일에서 10일이 걸리는데 이때 온도 조절을 잘 해야한다. 서늘한 가을기온이 적격이다. ④껍데기분리--발효한 뒤에는 포도 껍데기를 분리한다. 색

과 탄닌(tannin)을 제거하기 위해서다. 며칠에서 3주간 지속된다. ⑤산(酸)을 유산(乳酸)으로 발효--신맛을 제거하기 위해서다. 포도주를 회전시키면서 신맛을 빼낸다. ⑥와인 분류--2가지 과정의 발효를 끝내면, 자연스럽게 맑은 포도주와 밑에 남은 찌꺼기를 분리한다. 맑은 포도주는 고급이 되고, 찌꺼기는 다시 짜서

잘 익은 포도를 갈아 으깨는 일이 출발이다.

액을 내 저급의 포도주를 만든다. 포도별로 다르게 이런 과정을 진행한다. 수많은 양조통에 각각의 포도로 만든 수많은 포도주가 쌓인다.
⑦블렌딩(혼합) --이렇게 만들어진 각양의 포도주를 이리저리 섞는 작업을 진행한다. 다양한 맛과 품질을 내기 위해서다.

⑧숙성과 병에 담기--블렌딩(혼합)이 끝난 포도주는 여과작업 뒤 오크통에 넣는다.

• 백포도주(Dry White Wine)

백포도주 만드는 방법은 약간 다르다. 가장 큰 특징은 적포도주와 달리 껍질을 분리하는 것이다. 따라서 어떤 종류의 포도로도 만들 수 있지만 색이 옅은 포도 품종을 쓴다.

①포도즙 짜기--백포도주를 위해 재배한 포도를 수확해 짓이긴다. 그리고는 껍질을 골라낸다. 산화하는 것을 막기 위해 약간의 황을 사용한다. ②침전--포도 추출액을 분리해낸다. 껍질을 제거했지만 아직 투명하지 않다. 가만히 둬서 부유 물질을 가라앉히고, 위의 맑은 추출액만 걷어낸다. ③알코올 발효-- 낮은 온도인 18-20도로 발효시킨다. 당분이 알코올로 변한다. 12일에서 15일이 걸린다. ④산을 유산으로 발효--신맛을 제거하기 위해서지만, 보르도지방의 와인은 이 과정이 없다. 신선함을 유지하기 위해서다. ⑤저장, 숙성--필터로 여과시킨 뒤 선반에 얹어 숙성한다. 기간이 짧다. 추수한 그해에 병에 담아서 보관한다.

• 스위트 와인(Sweet White Wine, 단 백포도주)

백포도주와 똑같은 과정으로 만든다. 단지 아주 단 포도를 재료로 사용한다. 서리맞을 때까지 늦게 매달릴수록 포도가 달다. 스위트 와인은 오래될수록 옅은 황금색을 띤다. 아주 환상적인 분위기를 자아낸다. 열대과일 냄새가 나는 게 좋다.

• 로제(Rosee, 분홍)

색이 적포도주와 백포도주의 중간이다. 만드는 과정도 중간이다. 백포도주처럼 만들다가 도중에 껍데기를 걷어내고 다시 숙성한다. 그러면 옅은 적색이나 분홍색의 로제 포도주가 나온다. 편하게 적포도주와 백포도주를 섞어서 만들기도 한다.

51 포도주는 프랑스의 삶

고된 일과가 끝난 뒤 걸치는 소주 한잔. 모를 심고 김을 매다 한잔 들이키는 걸쭉한 막걸리 한 사발. 아무 생각 없이 이것저것 섞어 퍼붓는 짬뽕 폭탄주 한 컵. '걸친다'는 말과 '들이킨다'는 말, '퍼붓는다'는 말이 다르다.

우리민족도 술이라면 빠질 수는 없다. 음주 가무는 배달의 겨레가 지녀할 덕목이다. 아무튼 걸치는 소주는 입술과 목, 그리고, 위에서 짜릿하게 쏘는 맛이 낭만주의 역할이다. 그래서 여자들도 소주는 잘 마신다. 배고픔에 벌컥벌컥 들이키는 막걸리는 배를 키워 아랫배에 힘을 넣어주는 노동주의 역할이다.

막걸리 좋아하는 여자는 시골 할머니나 아주머니들 뿐이다. 막걸리 기운에 일하기 때문이다. 마구 섞어 운치 없이 퍼대는 요즘의 짬뽕주들은 혼탁하고, 신산한 일상의 반영이리라. 어릴 적 모내기 현장에서 맛보던 막걸리, 사회생활 하면서 들이키기 시작한 소주, 끝없이 진화하면서 기자들을 괴롭히는 짬뽕폭탄주.

이런 것들이 없다면 삶이 더 힘들고, 무척 재미없게 느껴질 것이다. 우리네 서민 삶과 별 관계가 없어 보이는 빅토르 위고(Victor Hugo)라는 프랑스 작

한없이 펼쳐진 포도밭. 포도나무는 키가 작다.

가가 "신은 인간을 창조했고, 인간은 포도주를 창조했다."고, 폼나게 말했다. 포도주는 가장 프랑스적인 술이다. 포도는 프랑스처럼 기후가 온화한 지역에서 잘 자란다. 포도주의 은근하고 부드러운 맛은 프랑스인들을 닮았다.

①국민별 포도주 선호--프랑스인들은 포도주를 정기적으로 마시는 비율이 유럽 각국에서 가장 높다. 47%의 프

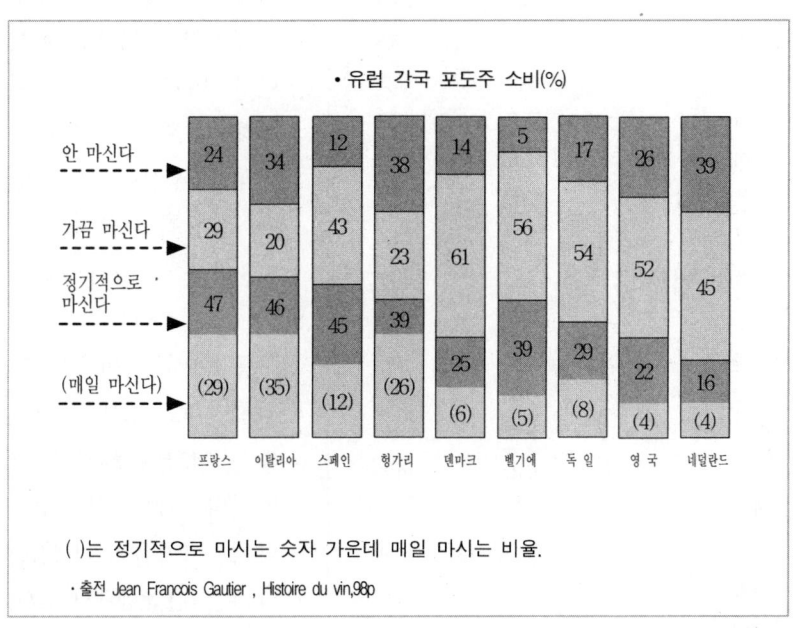

• 유럽 각국 포도주 소비(%)

( )는 정기적으로 마시는 숫자 가운데 매일 마시는 비율.

· 출전 Jean Francois Gautier , Histoire du vin,98p

랑스인이 포도주를 정기적으로 마시는 것으로 나타났다. 다음은 이탈리아로 46%, 스페인은 45%다. 그러고 보니 로마의 후예들인 라틴권에서 주로 많이 마신다. 게르만족들은 아주 낮다. 덴마크 39%, 벨기에 29%, 영국

22%, 네덜란드 16%에 불과하다. 독일은 29%로 비교적 많은 것 같지만 매일 마시는 사람숫자에서 프랑스를 포함한 라틴권의 3분의 1이나 4분의 1에 불과하다.

②포도주생산--프랑스는 이탈리아에 앞서 세계 최대 생산국이다. 역시 이탈리아, 스페인, 프랑스의 라틴3개국이 가장 많은 포도를 생산한다. 지형적인 이유도 한몫한다. 비가 적고 햇볕이 강해야 포도가 잘된다. 미국의 생산이 늘고 있는 점이 특이하다.

• 주요 포도주 생산국   단위(천만리터)

국가	1997	1990
이탈리아	50,8	54,9
프랑스	53,6	65,5
스페인	33,9	42,5
미국	25,0	16,0
러시아	10,0	18,0
아르헨티나	13,5	17,7
포르투칼	5,7	11,4
남아프리카공화국	8,7	9,5
독일	8,5	9,5
헝가리	4,5	5,5
유고슬라비아	4,0	5,2
루마니아	6,7	5,9
호주	6,2	4,1
칠레	4,5	4,0
그리스	4,0	3,5
브라질	2,7	3,1
불가리아	2,4	2,9

· 출전 Pascal Ribereau-Gayon, Le vin, 7p

③갈수록 줄어--그러나 프랑스인들이 포도주를 마시는 비율은 갈수록 줄고 있다. 역시 술은 건강에 해로운 모양이다. 매일 포도주를 마시는 비율이 1980년 남자는 41.4%에서 1990년엔 28.1%로 크게 줄었다. 여자도 1980년 24.1%에서 1990년엔 10.9%로 감소했다. 우리도 술 좀 줄여야겠다.

52 지역별 프랑스 포도주

프랑스는 국토전체에서 포도주를 생산한다. 고장마다 나름대로 특색 있다.

①론느--Rhone. 스위스국경 레만호에서 흘러나오는 론느강. 지중해로 흘러드는 론느강은 지역적으로 리용(Lyon)남부에서 지중해유역까지의 남부지방을 말한다. 론느강의 북쪽으로 맞닿는 손(Saone)강의 보졸레(Beaujolais)와 보졸레 북쪽의 부르고뉴(Bourgogne)지방은 남북으로 길게 연결된 하나의 지역이다. 이들 3개 지역을 합해 8만3천 ha지역에서 연간 4억7천 8백만 리터를 생산한다. 특히 초보자들이 부담 없이 마시는 포도주는 론느 포도주가 제격이다. 론느 지역은 90%가 적포도주다. 특히 한국음식인 양념 잰 고기와도 궁합이 맞아 한국인들이 즐기기에 제격이다.

②알자스--Alsace. 프랑스 북부지방으로 겨울에 아주 추운 대륙성기후를 나타낸다. 프랑스 전체적으로는 부유한 지역이다. 도시도 남부와 달리 그림같이 깨끗하고 아름답다. 만4천 ha에서 연간 1억 3천 200만 리터를 생산한다. 알자스지방은 론느와 달리 90%가 백포도주다. 북부지역답게 날이 서늘하고 일조량이 적어 포도를 10월에나 수확한다. 늦게 수확하기 때문에 당분 함량이 높아져 스위트와인이 되는 경우가 있다.

③프로방스--Provence. 론느강이 지중해와 만나는 지점에서 왼쪽으로 이탈리아 국경까지 지방이다. 프랑스에서 가장 살기 좋은 기후를 보인다. 비가 적고 연

중 햇볕이 많이 � 쬔다. 남동쪽 지역전체에서 재배면적이 무려 9만 8천 ha다. 4억9천 200만 리터를 생산한다. 적포도주와 로제(Rosee, 분홍빛)가 많다. ④샤랑뜨 --Charante. 르와르와 보르도 사이에 있는 드넓은 평야지역이다. 샤랑뜨강을 끼고 포도밭이 퍼져 있다. 보르도에 필적할 명성을 얻었지만 차츰 보르도세에 밀린 감이 있다. 꼬냑을 생산하는 지역이다. 8만2천ha에서 8억9천 800만 리터를 생산하고 있다.

⑤르와르--Loire. 빠리에서 서쪽으로 가는 지역이다. 르와르 강변을 따라 재배한다. 6만 4천 ha에서 3억5천 900만 리터의 포도주를 생산한다. 생산량의 절반이상이 백포도주다. 과일 향이 풍부해 식사와는 별도로 포도주 한잔 할 때 좋다. 향이 있어 백포도주는 생선과 먹을 때 좋다.

⑥랑그독-루시용--Languedoc-Roussillon 론느강을 사이에 두고 프로방스와 반대편인 서쪽지방이다. 역시 포근하고 연중 쾌적한 날씨를 보인다. 일조량도 많다. 가장 넓은 포도재배 면적을 갖고 있다. 29만 5천 ha에서 15억5천만 리터를 생산한다. 프랑스최고의 생산량이다. 80%이상이 적포도주다. 맛도 색도 진한

• 프랑스의 지역별 포도주 생산

	1998	
샹빠뉴	30,2	2,685
부르고뉴, 보졸레	83,8	4,781
알자스	14,6	1,322
프로방스	98,0	4,922
샤랑뜨	82,5	8,988
르와르	64,2	3,597
랑그독, 루시용	295,0	15,506
보르도	115,6	6,980
남서지방	67,6	4,331
기타	25,5	2,098

· 출전 Pascal Ribereau-Gayon, Le vin, 8p

적포도주가 주종을 이룬다. 맛이 강하기 때문에 육류와 어울린다.

⑦남서부--Sud-Ouest. 세계 정상의 보르도에 가려있는 지역. 보르도(Bordeaux)에서 남쪽으로 내려와 뚤루즈(Toulouse)유역까지다. 6만7천ha에서 4억3천300만 리터를 생산하고 있다. 주로 적포도주를 생산한다. 역시 육류와 어울린다. ⑧기타--2만5천ha에서 2억900만 리터를 생산하고 있다. 알프스산맥 일원의 쥐라(Jura)와 사부아 (Savoie)지역이 대표적이다. 산간 고지대 포도로 만든다.

프랑스인들은 유럽에서 포도주를 가장 많이 마신다.

53 명산주, 보르도와 부르고뉴

• 보르도

보르도(Bordeaux)지방은 프랑스는 물론 자타가 공인하는 세계 최고의 포도주 생산지역이다. 중심지인 보르도시는 아름답고 유서 깊은 대도시답게 고풍스럽고 위엄 있는 건물로 가득하다. 프랑스 중남부의 내륙을 가쁘게 달려온 가론느(Garonne)강이 바다와 만나면서 큰 입을 벌리는 하구가 보르도다. 보르도의 특징은 가론느강을 따라 강 서쪽으로만 길게 시가지가 형성된 점이다. 그래서 크기에 비해 도시가 길어 보인다. 물론 보르도에서 바다까지는 멀다. 가론느강이 메독지방을 지나야 대서양과 만난다. 가론느강에는 거대한 군함이

들어와 있다. 물도 거의 갯벌색이다. 유서 깊은 건축물과 특히 프랑스대혁명과 관련한 유적이 많은 보르도 시가지는 걸어도 싫증이 나지 않는다. 연중 온화한 기후를 보여 포도재배에 아주 이상적이다.

①적포도주(Red)--9만3천 ha에서 6억8천 400만병을 생산한다. 34%를 수출한다. 주요 수출국은 벨기에와 룩셈부르그, 독일, 네덜란드, 영국, 덴마크, 미국이다.

②백포도주(Dry White)--만9천 ha에서 1억2천 500만병을 생산한다. 백포도주는 생선을 많이 먹는 일본인들이 많이 수입한다.

③스위트 와인(Sweet White)--4천654ha에서 연간 천770만병을 생산한다.

농부가 다 익은 포도를 수확하고 있다.

• 부르고뉴

부르고뉴(Bourgogne)는 16c까지 독립적이었던 제후령 부르고뉴공국 지방이다.

비록 빠리와 가까운 중부지방이지만 별개의 국가로 군림했다. 디종(Dijon)이 핵심도시다. 본느(Beaune), 마꽁(Macon)까지 이어진다.

빠리지방과 보졸레 유역 사이에 위치하고 있다. 세느강의 상류가 발원하는 지역이다. 프랑스 포도주 생

산량의 5%에 불과하다. 그러나, 보르도 지역의 포도주
와 함께 세계 정상의 포도주로 인정받는다.

규모가 크지 않은 농장과 공장들이 생산하기 때문에
종류가 다양하다.

54 메독이 최고

• 메독(Medoc)이란

우리 나라에 잘 알려진 메독(Medoc)은 수많은 보르
도 지역 포도주 산지가운데 하나다. 지역 이름이자 제
품 이름이다.

①물과 물 사이 위치--메독은 보르도 위쪽으로 대서
양 연안에 자리한다. 메독은 폭 5km, 길이 60km의 긴
모래톱 지형이다. 왼쪽으로는 대서양, 오른쪽으로는 가
론느(Garonne)강과 도르도뉴(Dordogne) 강이 만나 이
루는 드넓은 지롱드(Gironde) 강 사이에 위치한다. 이
는 포도생산에서 가장 중요하다. 포도가 세심한 온도
변화에 민감하게 반응하며 자란다. 미묘한 맛의 차이
를 내는 최적의 조건이다. 그리고, 대서양 연안으로는
울창한 소나무 숲이 가로막혀 있어 차가운 대양의 바
람을 막아 준다.

②햇볕 많아--메독은 북위 45도에 걸쳐 있다. 쉽게
말해 백두산이 북위 42도이고, 겨울에 가장 춥기로 유
명한 만주땅 하얼빈이 45도다. 그러나 메독은 포근하
다. 대서양 난류의 영향과 햇볕이 잘 들기 때문이다.

③토질--작으면서도 낮은 경사의 완만한 언덕(crou-
pe, 크루쁘)에 주로 포도밭이 위치한다. 크루쁘라는 지
형은 모래와 모래자갈, 그리고, 둥글면서 평평한 돌멩
이가 섞여 있다. 배수에 아주 유리하다.

• 품종과 생산

메독에서는 전체 만4천 900ha의 포도 재배지에서 1
억1천2백만 병의 포도주를 생산한다. 1533명의 포도재
배자가 있다. 메독(Medoc)과 오메독(Haut Medoc, 윗
(上)매독)이 전체 메독지방의 60%를 차지한다.

①꺄베르네 쏘비뇽(Cabernet Sauvignon)--메독지방
에서 가장 많이 기르는 포도 품종이다. 포도알맹이가
튼실하고 색이나 향이 특별하다. 적포도주용이다. ②꺄
베르네 프랑(Cabernet Franc)--꺄베르네 쏘비뇽 다음
으로 많이 심는다. 역시 적포도주용이다. ③메를로(Me-
rlot)--부드럽고 순한 맛을 낸다. 그리고 빨리 숙성하
는 특징을 갖는다. ④쁘띠 베르도(Petit Verdot)--포도
가 늦게 익어 깊은 맛
을 낸다.

• 메독 포도주 분류

크게 4종류다.

①1855년 분류법에 따
른 포도주--가장 우수
한 메독의 포도주들이
다. 이미 18c부터 명성

끝없이 펼쳐진 포도밭은 세계 1위의 포도주생산국 프랑스의 면모를 잘
보여준다.

을 얻었다. 1855년 나폴레옹 3세 때 공식적으로 분류법을 인정받았다. 1973년 1등급 분류기준을 다시 정했다. 계속 탁월한 품질을 유지해왔고, 현재 60개의 다양한 종류가 있다. 전체 메독 포도주 생산량의 24%를 차지한다.

②크뤼 부르조아(Crus Bourgeois, 부르조아 특산주)--메독 포도주의 50%를 차지한다. 400개의 종류가 있다. 그러나 지금은 유럽연합의 권고로 'Bourgeois' 하나의 상표를 붙인다.

③메독상표만 붙일 수 있는 포도주--최상급인 '1855년 분류'와 다음단계인 '크뤼 브루조아'를 제외하고 메독의 상표를 ·붙이는 제품이다. 전체 메독 생산량의 15%를 차지한다. 여러 포도밭에서 생산한 포도주를 섞어서 특유의 맛을 낸다.

④크뤼 아르띠장(Crus Artisan, 장인 특산주)--말이 특산주지 상표를 붙일 수 없는 하등급의 메독 포도주다. 전체 메독 포도주의 11%가 이에 속한다.

55 많이 들어본 보졸레

보졸레(Beaujolais)는 부르고뉴의 마꽁(Macon)에서 리용(Lyon) 사이의 지역이름이자 이 지역에서 생산하는 포도주 이름을 말한다. 보졸레는 보르도나 부르고뉴만큼 그렇게 유명한 명품을 생산해 내지는 않는다. 그런데도 많은 한국사람들은 보졸레란 이름에 아주 익숙하다. 이유는 자명하다. 언론을 통해 많이 보고 들었기 때문이다. 보졸레의 포도주 생산업자들은 매년 11월 셋째 목요일부터 보졸레 누보(Beaujolais nouveau) 출시대회를 열어 세계의 관심을 모으고 있다. 프랑스어로 '누보'(nouveau)는 '새롭다'는 것을 의미한다. 다시 말해 보졸레 누보는 오래 보관했다가 마시는 다른 포도주와 달리 그해 바로 마시는 포도주다. 당연히, 가격도 저렴할 수밖에 없다. 빨리 마셔치워야 하니까 크게 이벤트를 열고 관심을 모아 판매하는 기법이다.

보졸레 누보(Beaujolais nouveau)는 크게 3가지로 분류한다. 생산지역별 분류다. 보졸레(Beaujolais)와 보졸레 쉬뻬리외르(Beaujolais Superieur), 그리고 가장 인기 있는 보졸레 빌라쥬(Beaujolais Villages)가 있다.

그러나 보졸레산 포도주에도 오랫동안 보관하면서 마시는 종류가 있다. 당연히 새것이라는 뜻의 '누보'가

포도밭으로 둘러싸인 평화로운 마을.

붙지 않는다. 보졸레 누보를 수입해 마실 때는 다음해 1월쯤 마시는 것이 좋다고 한다. 보졸레 포도주가 프랑스에서 집 떠나는 시점은 11월 중순이나 말이다. 운반트럭과 배를 타고 한두 달 이리저리 여행하느라 몹시 피곤하고 지친다. 이 때문에 제맛을 잃어버리

기 쉽다. 따라서, 수입국에선 입하 받은 지 얼마동안
안정시켰다가 마시는 게 좋다는 얘기다.

56 프랑스 포도주 품질을 알아야

상표별로 다양한 종류가 있지만 기본적으로 4종류로
품질을 나눈다.

①테이블 와인(Vin de Table)--막 마시는 포도주다.
생산지역이나 생산연도 표시도 없다. 식사할 때 집에
서 술 좋아하는 사람들이 습관적으로 의례 마시는 포
도주다. 가격도 저렴하다. 이런 포도주가 프랑스 전체
포도주의 38%를 차지한다. Vin de Table de France
라고만 생산지를 적는다.

②원산지 포도주(Vin de Pay)--각 지역별로 원산지
이름을 표시한다. 그만큼 일단 기본품질을 유지한다는
뜻이다. 프랑스 전체 포도주의 15%를 차지한다. ㄱ. 생
산지역과 ㄴ. 포도주를 병에 담은 생산업자 ㄷ. 업자의
주소 ㄹ. 용량 ㅁ. 알코올 도수를 표시한다.

③V.D.Q.S. (Vins Delimites de Qualite Superieur)--
원산지 포도주 보다 격이 높아진 포도주다. 프랑스에
서 생산하는 포도주의 2%라고 한다. 성분분석과 시음
회의 검사가 필수적이다. ㄱ. 원산지이름 ㄴ. 포도주를
병에 담은 업자 ㄷ. 업자의 주소 ㄹ. 용량 ㅁ. VDQS마
크를 붙인다. 그리고, ㅂ. 생산연도와 한 종류의 포도만
사용했을 경우 포도까지 적는다.

상표에 품질 표시가
돼 있다.

④A.O.C.(Appellation d'Origine Controlee)--프랑
스 포도주의 45%다. 가장 많고 가장 우수한 프랑스
의 포도주다. 엄격한 조건과 검사아래 생산해낸 가
장 양질의 제품이다. VDQS에 붙는 각종 표시 외에
특산주라는 'Cru'와 상표를 모두 붙인다. 또, 포도주
에 관한 세세한 모든 정보를 담는다. 포도품종은 물
론 경작지의 위치나 규모, 양조와 숙성법을 적는 경
우도 많다.

한마디로 AOC라는 표시자체가 우수 포도주라고
인정해주는 표시다. A O C 가운데 지역과 생산연도
에 따라 다양한 포도주를 구입하면 좋다.

57 포도 품종도 알아야

①적포도주--ㄱ.꺄베르네 쏘비뇽(Cabernet Sauvig-
non)--세계적으로 가장 많이 재배하는 포도다. 프랑스
에서는 메독지방에서 가장 많이 기른다. 색과 향이 뛰
어나다. 탄닌이 많아 오크통에서 오래 숙성할 수 있다.
ㄴ.꺄베르네 프랑 (Cabernet Franc)--메독에선 꺄베르
네 쏘비뇽 다음으로 많이 심는다. 향은 조금 떨어진다.
ㄷ.메를로(Merlot)--부드럽고 순한 맛을 낸다. 그리고
빨리 숙성하는 특징을 갖는다. ㄹ.갸메(Gamay)--과일
향이 진하다. 보졸레나 르와르 지역에서 많이 기른다.
ㅁ.삐노 느와르(Pinot Noir)--부르고뉴 지역에 많다.
다른 포도와 잘 혼합하지 않는다.

②백포도주--ㄱ.쏘비뇽 (Sauvignon)--신선한 맛을 낸다. 보르도와 르와르 지방에서 주로 기른다. 강한 맛이 특징이다. ㄴ.샤르도네(Chardonnay)--부르고뉴의 최정상급 와이트와인을 만든다. ㄷ.리슬링(Riesling)--알자스에서 많이 기른다. 스위트와인도 만든다.

③스위트와인--ㄱ.쎄미용(Semillion)--보르도에서 스위트와인용으로 생산한다. 최상의 발효조건을 갖는다. 향도 으뜸이다. ㄴ.뮈스까렐(Muscadelle)--좀더 향이 있고, 부드럽다. 황금빛 스위트와인용이다.

④먹는 과일포도--포도주 만드는 포도와 과일로 먹는 포도는 완전히 구분한다. 품종이 다르다. 혹시 같은 품종이라도 재배단계에서 완전히 분리한다.

프랑스에서 과일용 포도를 주로 생산하는 지역은 프랑스 남서부 무아삭(Moissac)지방이다. 과일용은 이탈리아나 스페인으로부터 수입하는 양이 많다.

겨울엔 주로 남아프리카 공화국등에서도 수입한다. 청포도 이딸리아(Italia)와 뮈스까(Muscat)등을 먹는다.

삐노느와르 품종의 포도.

58 포도주 이렇게 마셔야

• 맛볼 때는

우선 잔을 잘 골라야한다. 튜울립처럼 밑에는 손잡이만 있고 위에 달걀형의 컵부분이 달려 있는 형태여야 한다. 포도주는 3분의 1만 따르고, 절대 컵부분을 잡지 말고 밑부분의 손잡이만 잡는다. 체온의 전달을 막기 위해서다. 그래야 정확한 색과 향을 느낄 수 있다.

포도주의 숙성상태를 점검하고 있다.

정확을 기하기 위해선 잔을 눈높이로 들어올린다. 그리고, 불빛을 잔 뒤의 배경으로 봐야한다. 그래야 색과 투명도를 정확히 본다. 반짝이는 것은 강한 맛이다. 살짝 입에 넣고 맛을 음미할 때는 4가지 맛을 볼 줄 알면 기호가의 반열에 오를 수 있디.

단맛, 짠맛, 신맛, 쓴맛. 그 다음 삼키면서 입안에 남는 맛이 어떤가를 살핀다. 전문가가 되는 지름길이다. 처음엔 어렵지만 자꾸 시도하면 된다는데 필자의 경우 1년간 전혀 안됐다.

• 마실 때는 이렇게

①연도순--가장 최근에 생산한 것부터 오래된 포도주 순서로 마신다. ②강도순-- 맛이 약한 것부터 강한 순서대로 마신다. ③온도--최근에 생산된 메독 포도주

는 15도 보관이 최적이다. ④몇 시간 세워 둔 뒤--식사 몇 시간 전부터 똑바로 세워놓는다. ⑤세울 때 온도--먹기 전 세워 놓을 때는 실온인 18도가 적당하다.

⑥따를 때--침전물이 잔으로 들어가지 않도록 따른다.

포도주는 함께 마시는 음식과 방법이 있다.

• 보관과 함께 먹는 음식은

①적포도주--최적의 보관은 16-18도의 서늘하고, 컴컴한 곳이 좋다. 고기나 양념한 생선 등과 함께 마신다. ②백포도주--서늘하고, 컴컴한 장소에 보관한다. 최적의 온도는 8-10도. 얼음 바구니에 채워 가지고 나온다. 조개요리나 해산물, 생선과 어울린다. 식전에 입맛을 돋구는 아뻬리띠프(aperitif)로도 좋다.

③스위트 와인--백포도주와 같다. 프랑스의 명품요리인 프와 그라(foie gras, 거위간)요리를 먹을 때 좋다. 과일과도 어울린다.

59 샹빠뉴(샴페인)은 무엇인가

• 샹빠뉴(Champagne, 샴페인)란

우리가 축하할 때 터트리는 거품 나는 술이 샴페인

이다. 샴페인은 영어 발음이고 원래 프랑스어 발음은 샹빠뉴(Champagne)다. 샹빠뉴는 프랑스 빠리의 북동부 중심도시 렝스(Reims)를 중심으로 한 지방을 가리킨다. 굉장히 광활한 지역이다. 이곳에서 생산하는 거품 있는 백포도주를 역시 지명을 따서 샹빠뉴라고 부른다. 샹빠뉴 지역은 이 거품 나는 포도주를 생산해 1인 소득이 프랑스에서 가장 높다. 실제 도시나 마을도 그림처럼 아름답다. 알자스와 로렌지방도 마찬가지다.

혹한을 견뎌야 하는 알자스와 샹빠뉴의 포도나무.

• 생산량 통제로 가격유지

①기후--샹빠뉴는 일견 포도재배에 아주 열악한 조건을 갖고 있다. 프랑스의 북동부지역으로 춥고, 비가 많으며 햇볕이 적다. 폭풍과 우박에도 시달린다. 서리와 눈도 내린다. 이런 기후에서는 포도가 빨리 자라지 못한다. 그러나 더디지만 샴페인에는 최적의 포도를 생산할 수 있다.

②토양--지질시대 백악기에 형성된 지층을 갖고 있다. 백악기 토양의 특징은 햇볕에서 받은 온도나 빗물을 오랫동안 보유하고 있다가 서서히 방출하는 특성을 갖는다. 급격한 변화를 막는 자연 조절장치다.

③생산량 규제--이런 조건의 기후와 토양아래서 마음대로 포도를 기를 수 있는 것은 아니다. 3만5천 ha에서만 생산하도록 1927년 법으로 정했다. 더 이상 생

산할 수 없다. 엄격한 품질관리 때문이다. 좋다고 많이
생산하면 품질도 떨어지고 과잉생산에 따라 값도 떨어
진다. 품질도 지키고, 높은 가격도 유지하는 방법은 생
산량을 적정량으로 조절하는 길뿐이다. 좋다하면 너도
나도 심어서 가격 떨어트리고 농사 망치는 우리 나라
와 다른 점이다. 우리농정이 배워야할 가장 핵심적인
정책이다. 특정지역에서 특산품이 성공하면 그 지역만
특권을 유지해준다. 연간 2억6천8백만 리터를 생산한다.
대부분이 백포도주 샴페인이고 로제 샴페인도 일부 생
산한다. 237개의 크뤼(Cru, 특산) 가운데 41개가 프르미
에 크뤼(Premier Cru), 17개가 가장 우수한 그랑 크뤼
(Grand Cru)로 인정받는다.

④포도 품종--샤르도네(Chardonay)는 신선함과 우아
한 맛을 갖는다. 삐노 느와르(Pinot Noir)는 과일향이
풍부하고 진한 맛과 함께 입안의 여운을 오래 간직하도
록 해준다. 삐노 뫼니에(Pinot Meunier)는 위 2가지 맛
에 달콤함과 원숙함을 더해준다.

• 포도 재배

①3월--전년도의 어린
가지를 철사로 동여맨다.
②4월--너무 많이 달리는
것을 막기 위해 포도가지
를 쳐준다. ③4월↔5월--
어린 가지가 계속 나오지
만 이기간 중에도 서리가

풍차와 함께 있는 포도마을.

내려 가지는 계속 죽는다. ④5월←6월--가장 나중에 나온 어린 가지만 남기고 나머지는 모두 제거한다.

⑤6월--살아남은 가지가 꽃을 피운다. ⑥7월--잎사귀와 가지를 계속 잘라서 포도가 햇볕을 잘 쬐도록 도와준다. ⑦8월--포도가 당분을 늘려가면서 알이 굵어진다. ⑧8월←9월--늦여름의 따가운 햇살을 받으며 포도가 익는다.

60 샴페인 만들기

①수확--절대 기계로 따지 않고 손으로만 딴다. 40명이 1개조로 수확한다. ②포도즙 짜기--포도즙을 짠다. 껍질이 벗겨지도록 한다.

③1차 발효--포도즙에서 발효된 포도주 가운데 신선하고 맑은 것만 추출해 낸다. ④혼합--포도주의 맛을 평가한 뒤 적절하게 포도주끼리 혼합한다.

포도는 직접 손으로 따서 담는다.

⑤병 담기--혼합한 포도주를 병에 담고 눕혀 보관한다. ⑥2차 발효--이스트가 발효하면서 탄산가스를 발생하도록 한다. 3-5년간을 숙성시켜 만든다. ⑦르뮈아쥬(Remuage)--포도주가

완전히 숙성된 뒤 병을 돌리면서 세우는 작업을 말한다. 이렇게 해서 마지막 남은 앙금 등을 제거할 수 있다. 쀠삐트르(Pupitres)라는 구멍 뚫린 경사진 나무선반에 병의 목부분이 아래쪽으로 가도록 끼워 넣는다. 르뮈외르(Remueur) 라고 하는 숙련공이 매일 7도씩 방향을 돌려놓는다. 정교하고 복잡한 과정을 거치는데 5-6주간을 할애한다. 최고의 숙련공들이 미

샴페인 숙성 과정은 정교한 손길이 필요하다.

세한 감각으로 이일을 했다. 요즘은 기계로도 한다.

⑧얼려서 부유물 제거--병목을 갑자기 차게 만든다. 특수냉각용 액체에 담그는 방법을 쓴다. 그러면 병목부분이 얼고 병목부분에 몰려있던 부유물이 얼음이 된다. 병목을 아래쪽으로 놨었기 때문에 부유물이 몰린 것이다. 병을 열면 얼음이 빠지면서 부유물을 제거할 수 있다. ⑨설탕과 포도주배합--약간의 설탕과 포도주를 섞어 완제품을 만든다. ⑩코르크 포장--코르크로 막아 철사줄로 처리한다. 4개월을 보관했다가 호일을 덮고 라벨을 붙이면 끝이다.

• **샴페인 마시기**

①구분--ㄱ.브뤼(Brut): 당분 2%. 가장 적다. Brut는 '무엇을 집어넣지 않은'의 뜻이다. 달지 않고 쌉쌀하다. ㄴ.엑스트라 섹(Extra Sec): Sec은 '메마르고 건조하다'

는 뜻. Brut보다는 단맛이 있다. ㄷ.섹(Sec): 보통의 당도를 지닌다. ㄹ.드미섹(Demi Sec): 달다. ㅁ.두(Doux): '부드럽다'는 뜻이다. 달콤하고 부드럽다. 당도가 가장 높다.

②마실 때--샴페인은 6-8도로 아주 차게 해야한다. 화이트와인보다 더 차야한다. 얼음통에 계속 담궈 두는 게 좋다. 잔은 좁고 긴 투명잔을 써야 거품의 묘미를 시각적으로 느낄 수 있다. 아뻬리티프(Aperitif)로 사용한다. 디저트와도 함께 마신다. 물론 축하용으로 쓴다.

61 샴페인 순례, 에뻬르네

에뻬르네(Epernay)는 가장 널리 알려지고 가장 많은 양을 생산한다. 샹빠뉴 지역의 샴페인 수도라고 볼 수 있다. 초가을 햇살이 따갑게 내리쬐는 9월초 에뻬르네를 찾았다. 에뻬르네의 시가지 가운데 샴페인 생산지구로 들어섰다.

샴페인 주생산지 에뻬르네시.

업체별로 지하에 저장고를 운영한다. 구역전체가 지하 저장창고다. 이 가운데 모에뜨 에 샹동(MOET & CHANDON)이 가장 크게 눈에 띈다.

①역사--1743년부터 생산을 시

작했다. 1683년 샹빠뉴 지방의 포도주생산 가문에서 태어난 끌로드 모에뜨(Claude Moet)가 1743년 에뻬르네에 메종 모에뜨(Maison Moet)라는 회사를 만들어 생산을 시작했다. 손자 쟝 레미 모에뜨(Jean Remy Moet)는 회사의 기반을 유럽전체로 넓혔다. 1832년 그의 아들과 사위 삐에르 가브리엘 샹동(Pierre Gabriel Chandon)에게 공동으로 물려줬다. 회사 이름을 모에뜨에 샹동(MOET & CHANDON)으로 바꾸고 회사를 발전시켰다.

②생산--850ha의 포도밭에서 250명 포도 재배자들이 생산한 포도로 만든다. 지하 저장고의 선반 길이는 무려 28km에 이른다.

③견학--지하저장고를 견학하는데 돈을 내야한다. 샴페인을 만들어 돈 벌고, 그 과정을 보여 줘서 또 돈 번다. 영어로도 코스를 운영한다. 외국 관광객들이 많기 때문이다. 웅장한 지하 저장고는 압권이다. 다른 포도주 저장고를 외국 등에서도 봤지만 가장 규모가 컸다. 견학이 끝난 뒤 마셔보는 시음회는 웅장한 시설에 압도당한 뒤라 더욱 맛이 좋다.

④동 뻬리뇽이란--(Dom Perignon) 샹빠뉴 지방에서 최초로 샴페인을 만든 수도사다. 17c 처음 발명해 냈다. 포도주의 역사가 인류문명과 함께 시작된 것과 달리 샴페인의 역사는 그리 길지 않다. 모에뜨 에 샹동(MOET & CHANDON)은 이 샴페인 발명가의 이름을 따서 동 뻬리뇽이란(Dom Perignon) 최정상 제품을 선보이고 있다. 그러나 매년 생산할 수 있는 것은 아니

동뻬리뇽 동상—에뻬르에서 샴페인을 처음 만든 수도사의 이름이 동뻬리뇽이다.

다. 포도의 작황이 좋고 당도가 높아 품질이 가장 좋은 최고의 해(Annee Exception-nelle)에만 생산한다. 제조기간도 길어 일반 샴페인과달리 지하 저장고에서 6-8년간 숙성한다.

62 꼬냑이란

• 꼬냑(Cognac)

다른 많은 포도주나 샴페인의 경우처럼 꼬냑(Cognac)은 도시의 이름이자 여기서 생산하는 술 이름이다. 술 이름 꼬냑은 오드비(Eau de Vie, 브랜디) 즉, 포도를 원료로 한 증류주를 말한다. 참고로, 프랑스어에서 오드비(Eau de Vie)는 2가지 뜻을 지닌다. 우선, 일반적인 증류주 전체인 화주(火酒)를 나타내고, 두 번째는 포도로 만든 증류주인 브랜디(Brandy)를 지칭한다. 꼬냑은 두 번째에 해당하는 오드비다. 우리의 안동소주 등도 증류주다. 단, 포도가 아니라 곡류로 만드는 증류주다. 지역이름으로서 꼬냑(Cognac)은 프랑스 중서부에 위치하고 있다. 보르도에서 도르도뉴 강을 경계로 바로 인접한 북쪽 지방이다. 그랑드 샹빠뉴(Grande Champagne)등 6개 지역으로 분류한다. 샴페인의 주산지 샹빠뉴와는 관계없는 지명이다. 네덜란드의 상인들이 꼬냑지방 라로셸(La Rochelle)항을 드나들면서 오드비(Eau de Vie)에 대한 기술을 전수했다. 샤랑뜨(Charante)강 유역에 사는 꼬냑지방 사람들이 이 기술을 포도에 적용해 16c말부터 꼬냑을 생산해 냈다. 18c에 시작한 샴페인보다는 역사가 좀 길다.

• 프랑스인은 안 마신다

영국 등에서는 꼬냑을 식후에 소화용으로 마신다. 스트레이트로 한두 잔이다. 동양에선 얼음이나 물과 섞어 음주용으로 마신다. 일본이나 홍콩을 말한다. 우리 나라는 본격적인 음주로 물 마시듯 들이킨다. 아무튼 꼬냑은 포도주나 샴페인처럼 마시는데 특별한 원칙이나 궁합 맞는 음식은 없다. 사실 프랑스 사람들이 많이 마시지 않기 때문에 발달하지 않은 것으로 보인다. 도수가 높은 술을 선호하지 않는 측면도 있고, 사실 비싸서 사먹을 수가 없다. 전국 각지에서 나는 포도주와 달리 극히 제한된 양이기 때문에 무척 비싸다.

근대 초기 포도축제.

프랑스인들 가운데 꼬냑을 마신다는 사람은 찾아보기 쉽지 않다. 아예 웬만한 서민들은 꼬냑을 먹을 생각도 못한다. 오히려 우리 사회에서 선물 등으로 더 요란한 것 같다. 실제 대부분을 수출한다. 다른 포도주나 샴페인의 경우 광고에 등장하는 모델들이 서양 백인들이다. 그러나, 꼬냑의 경우는 다르다. 팜플렛에 등장하는 모델은 일본이나 중국 사람들이다. 참…

63 꼬냑은 어떻게 만드냐

꼬냑의 포도 재배면적은 8만ha에 이른다. 재배하는 포도는 3가지다. 이는 법으로 정해져 있다. 이 가운데 위니블랑(Ugni Blanc)이 가장 널리 보급된 품종이다.

• 제조 과정

①포도주 생산--꼬냑의 출발은 역시 포도주다. 포도를 수확하고 우선 양질의 포도주를 만든다. 포도주와 같다. 물론 백포도주이다. ②증류--이를 증류해 꼬냑을 탄생시킨다. 증류할 때는 밖에서 불을 지펴 열을 가한다. 증류는 이중 증류 기법을 쓴다.

③1차 증류--1차 증류로 얻은 것을 브루이유(Brou-illes)라고 부른다. 알코올이 25에서 30도까지 올라간다.

④2차 증류--브루이유를 다시 증류해 본느 쇼프(Be-aune Chauffe)를 만들어 낸다. 꼬냑의 원액이다. 민감하고 최고의 기술과 기법이 요구된다. 알코올이 72도를 넘으면 안 된다. ⑤숙성--이를 리무쟁(Limousin, 프랑스 중부)지방의 참나무로 만든 오크통에 담아 숙

성시킨다. 이 오크통은 수정처럼 투명한 꼬냑에 금빛 찬란한 색상과 신비로운 부드러움을 더해준다. 참나무 속의 미세한 구멍을 통해 산소가 안으로 들어가 작용하는 결과다. 공장을 견학하면서 여러 가지를 느끼지만 그 중

참나무통속에 꼬냑을 보관한다. 참나무통과 꼬냑이 어우러져 빚어내는 향은 일품이다.

에 특히 오크통 만드는 게 신기하다. 직사각형으로 자른 평평한 참나무 송판을 구부려서 배가 불룩한 통으로 만든다. 강선의 힘으로 둘레를 묶어 구부린다. 특별한 기법이 있는 게 아니라 장인들의 눈대중이라는 게 놀랍다.

⑥천사의 몫--숙성기간동안 꼬냑의 양도 줄고, 알코올의 도수도 내려간다. 꼬냑이 오크통의 참나무 구멍을 통해 증발하는 것이다. 그 양이 매년 2천200만병에 달한다. 엄청난 손실이다. 꼬냑지방 저장고 지붕과 벽에 나타나는 특유한 검은 곰팡이류는 이때 날아간 알코올과 특유의 향을 자양분으로 자란다. 이렇게 없어지는 꼬냑을 'La Part des Anges'(천사의 몫) 이라고 부른다.

• 블렌딩은 전승비법

포도주나 샴페인의 경우 포도재배와 양조기술이 일반화돼있다. 누구든지 표준화된 기술을 사용해 포도주와 샴페인을 만든다. 포도주의 맛과 향을 결정하는 것

은 지역적인 특성, 다시 말해 지형과 토양, 기후다. 비록, 양조기술이 표준화 돼있다고 해도 다른 도시에서 흉내낼 수 없는 부분이다. 같은 품종의 포도를 심어 수확한 뒤 재배해도 전혀 다른 맛과 향이 나오기 때문이다. 강남의 귤이 강북에서 탱자가 되는 이치다. 국내에서도 복숭아 배의 주산지가 정해져 있는 것도 마찬가지 원리다. 복숭아 황도(黃桃)가 다른 지방에선 맛이 안 나지만 경기도 이천남부, 그리고, 이와 인접한 충북 음성 북부만 복숭아 가운데 최상의 맛을 낸다.

그러나 꼬냑은 그렇지 않다. 혼합하는 블렌딩 기술이 열쇠다. 그 기술은 베일에 가려져 있다. 가문의 일원에게만 전수돼 내려온다. 창업자와 그 자손만이 안다. 기초적인 공정만 견학으로 보여줄 뿐 마지막 블렌딩 기술에 대해서는 아무도 모른다. 포도주와 샴페인은 특정 지역의 포도가 중요한 것이고, 꼬냑은 꼬냑지방의 포도도 중요하지만 블렌딩(혼합)기술이 생명이다.

64 꼬냑 향취 속에

꼬냑(Cognac)은 에뻬르네(Epernay)와 분위기가 다르다. 에뻬르네는 아담하고 깔끔하게 정돈된 인상이다. 먼지하나 일 것 같지 않은 정결함을 보인다. 간판 등도 요란하지 않아 샴페인 제조업체들이 어디 있는지 찾기도 만만치 않다. 그러나, 꼬냑은 낡고 고풍스런 인상이다. 정결함보다는 퇴락한 도시의 모습이다. 그만큼 고풍스럽고 중후한 맛도 풍긴다. 업체나 상표별로 대형간 판들이 시내 곳곳에 나붙어있다. 꼬냑의 한가운데는 샤 랑뜨(Charante)강이 흐른다. 이 강을 가로지르는 다리 이름은 빠리에서도 자주 들어본 뽕뇌프(Pont Neuf). 뽕 네프에서 바라보면 고성과 중세풍 건물들이 늘어서 있 다.

• 꼬냑 공장

①오따르(Otard) 공장--꼬냑성(Chateau de Cognac) 이다. 1789년 프랑스혁명으로 이성은 국가소유가 됐다. 이후 수 차례 경매를 거쳐 꼬냑지방의 오따르(Jean Antoine Otard)남작 손으로 넘어갔다. 1796년이다. 그 때부터 지금까지 이곳은 국내에도 잘 알려진 꼬냑 오 따르(Otard)의 제조공장이다. 성은 날로 낡아져 멀리서 보는 것과 달리 가까이 가면 곳곳에 돌이 떨어져 나가 고 많이 쇠락한 모습이다. 오따르라는 큰 현대식 간판 이 역설적으로 빛날 뿐이다. 그러나 아직 오따르의 제 조공장으로 큰 역할을 수행하고 특히 견학코스도 운영 한다. 유서 깊은 고성의 역사를 한눈에 알 수 있 도록 해주는 시설을 옛날 그대로 보존하고 있다.

②에네시(Hennessy)-- 오따르를 생산하는 바로 옆에는 역시 강을 끼고 모에뜨에 샹동(MOET &

프랑스와 1세가 태어난 이성은 현재 꼬냑 오따르(Otard)의 생산공 장으로 쓰인다.

국내에도 널리 알려진 꼬냑 레미 마르뗑(Remy Martin).

CHANDON)의 꼬냑 에네시 (Hennessy)를안내하는 대형 안내판과 성이 붙어있다. 이 곳에서 10분 걸어서 ③마르 뗄(Martel)공장과 ④레미 마르뗑(Remy Martin)전시 관이 있다.

레미 마르뗑은 꼬냑 시가 지에서 3km 떨어진 곳에 공장을 운영하고 있다. 레미 마르뗑의 포도를 기르는 지역은 꼬냑 가운데서도 그랑 드 샹빠뉴(Grande Champagne)지역이다.

⑤까뮈(Camus)--시 동쪽에 공장이 있다. 까뮈가 첫 선을 보인 것은 1863년. 쟝 밥띠스뜨 까뮈(Jean Baptiste Camus)가 생산을 시작했다. 지금까지 4대째 내려와 후손이 블렌딩 기술을 전수 받아 경영한다. 그의 5대손 블노 꼬냑 생산에 뛰어들어 양조비법과 경영수업을 쌓고 있다. 까뮈는 공장견학을 무료로 실시한다. 영어와 프랑스어로 실시하고 시음회도 갖는다. 국내에서 한잔씩 보약 먹듯 마시던 꼬냑의 공장에 직접 들어가 꼬냑 내음에 푹 빠져보는 경험은 다른 포도주나 샴폐인 공장 방문과는 또다른 차원의 감흥을 불러일으킨다.

• 샴폐인과 꼬냑 순례의 차이

①도시하나에서 모든 상표 꼬냑 감상--포도주는 전국이 제각각 이다. 아니 전세계가 자기 나름대로다. 상표와 종류는 수를 헤아릴 수 없다. 샴폐인도 한번에

일목요연하게 전체를 보기가 쉽지 않다. 프랑스에서
만도 샹빠뉴의 곳곳에서 이것저것 생산한다. 그러나
꼬냑은 오직 꼬냑시 딱 한군데다. 프랑스는 물론 전세
계에서 유력한 꼬냑의 생산지는 이곳 하나다. 그래서
손쉽게 꼬냑의 이모저모를 알아볼 수 있다.

②시각과 후각효과 겸비한 견학-- 샴페인이나 포도
주는 지하의 저장고 분위기가 압권이지만 시각적인 효
과일 뿐 샴페인이나 포도주가 병에 담겨 밀폐 보관되
는 탓에 냄새가 없다. 시음할 때 마시면서 느끼는 게
전부다. 그러나 꼬냑은 병이 아니라 오크통속에 보관
한다. 오크통 자체의 향에 꼬냑이 숙성하면서 일으키
는 향이 어우러져 절묘하고 환상적인 향기의 세상으로
안내한다. 특히 한잔씩 꼬냑을 먹어보던 사람들에겐
어마어마한 오크통에 시각까지 압도당해 더욱 꼬냑 삼
매경에서 헤어 나오기 어렵다. 평소 술을 마시지 않는
아내는 무슨 냄새인지 무덤덤한 표정이어서 비싼 돈들
인 여행의 의미를 반감시켰다.

우리 역시 전통 술들이 많다. 요즘은 별별 이름의
전통주가 다 나오고 있다. 수백 년간 상표하나 갖고
승부 하는 나라의 술과 몇 년 사이 수십개 상표가 나
오는 나라의 술은 맛이 다른가? 맛은 몰라도 외국인에
게 우리음주문화를 알리기 위해선 우리도 머리좀 써야
한다. 돈번다는 차원에서 벗어나 문화로 접근하는 지
혜가 아쉽다. 문화로 연결되지 않으면 이제 돈벌이도
유치한 단계에 머물다 다음 타자에게 설 땅을 빼앗기
고 만다.

4장

:

고상한 문화

65 프랑스인과 문학

프랑스문단사가 세계문학사에서 차지하는 비중이 커진 데는 다 이유가 있었다는 것을 이들 속에 살면서 느낄 수 있었다. 일반인들이 문학을 사랑하고, 아끼기 때문에 가능했다고 본다. 유별나다. 언제 어느 장소에서든 소설을 즐겨 읽는다. 출퇴근시 지하철에서 무엇을 읽는 사람이 있다면 소설이다. 우리는 신문 그것도 스포츠신문을 주로 읽는다. 이들은 문학작품을 택한다. 해수욕장이나 어디서든 일광욕을 할 때 반드시 책을 들고 있다. 윗통을 다 벗어 던진 여성이 두꺼운 소설책을 들고 있는 모습은 일견 모순돼 보인다. 낯설은 풍경이다. 그러나, 이들은 그렇다. 그냥 벗고 계시기만 해도 자체가 황홀한 풍경인데. 이런 분들이 문학작품까지 손에 들고 있으면 두 종류의 예술품이 한데 어울려 더욱 분위기가 난다.

유명작가들의 흔적이 남아있는 곳이라면 예외 없이 말끔히 단장한다. 고향은 물론이고, 그가 살던 지역 등 흔적이 남은 곳이라면 기념관으로 꾸며 위대한 문인들의 넋을 기린다. 그리고, 직접 찾아 사모하는 마음을 확대 재생산해낸다. 특히 노인들은 단체관광으로 문학가의 고향을 많이 찾는다. 책에서만 멈추지 않는다. 프랑스TV의 특징은 우선 우리식의 일일연속극이나 주말연속극의 개념이 없다. 시트콤은 비인기 시청시간대에 편성해 비중이 없다. 그러나 프랑스인들이 좋아하는 드라마도 있다. 미니시리즈다. 황당한 스토리를 급조해

낸 미니시리즈가 아니다. 거장들의 고전명작을 드라마화한 미니시리즈다. 예를 들어, 알렉상드르 뒤마(Alexandre Duma)의 「몽테크리스토 백작」이나 「삼총사」 등이다. 초호화배역에 막대한 예산을 들여 3부작 등으로 만든다. 문학사랑이 남다르다.

66 프랑스 문학사

①시작--프랑스어로 기록된 문학의 시작은 프랑스에서 11c말로 거슬러 올라간다. 1080년 롤랑의 노래(Chanson de Roland)는 중세기사들의 무용담을 그린 무훈가로 문학장르의 시작을 알렸다. 프랑스와 독일의 공동조상 샤를마뉴 대제와 그 장수들의 전쟁무용담이 주를 이룬다.

②16c--라블레(Rablais)는 1532년 팡따그뤼엘(Pantagruel)를 선보였다. 금속활자 기술이 나온 뒤 선보인 진정한 문학작품이다. 3년 뒤엔 가르강튀아(Gargangtua)를 내봤다. 1580년에는 몽떼뉴(Montaigne)가 등장해 수상록(Essais)으로 위업을 쌓았다.

③17c--위대한 사상의 시대가 열렸다. 데카르트(Decartes)가 1637년 방법론(Discours de la Methode), 빠스칼(Pascal)은 빵세(Pensees)로 철학의 새장을 열었다. 또 희곡을 위한 시대였다. 꼬르네이유(Corneille), 몰리에르(Moliere), 라신느(Racine)등의 3대 희곡작가가 활약하며 희곡들을 쏟아냈다. 라퐁뗀느(La Fontaine)는

1668년 우화(Fables) 1집, 1678년엔 2집, 1694년엔 3집을 내놨다.

④18c--백과전서파들이 계몽사상가로 활약하면서 저작을 냈다. 자유주의 사상가들이 프랑스대혁명의 기초가 될 사상의 토대를 닦았다. 몽떼스뀌외(Montesquieu)는 1748년 법의 정신(Esprit des Lois), 디드로(Diderot)등의 백과전서파는 1751년부터 백과사전을 펴내기 시작했다. 루소(Rousseau)는 1762년 에밀(Emile), 1765년 고백론(Confessions)을 냈다. 이밖에 볼테르(Voltaire), 셍시몽(Saint -Simmon)도 프랑스대혁명에 앞서 계몽과 자유, 평등사상의 기초를 제공했다.

⑤19c--세계문학사를 빛내기 위해 존재했다는 평가를 얻을 정도로 찬란했다. 스딸부인(Mme de Stael), 샤또브리앙(Chateaubriand), 라마르띤느(Lamartine), 빅토르 위고(Victor Hugo), 발작(Honore de Balzac), 조르쥬 상드(George Sand), 스땅달(Standhal), 공꾸르 兄弟(Edmont, Jule Goncourt), 알렉상드르 뒤마 父子 (Ale-xandre Dumas), 플로베르 (Gustave Flaubert), 로띠(Pierre Loti), 모파상(Guy de Maupassant), 에밀졸라(Emile Zola)… 이런 면모의 인물들이 19세기 프랑스 문학계를 이끌어 갔다.

⑥20c--우리와 동시대인 20c 작가들이다. 미셸 프루스트(Michel Proust), 앙드레 말로(Andre Malraux), 쟝 꼭또(Jean Cocteau), 셍떽쥐뻬리(Saint-Exupery), 알베르 까뮈(Albert Camus), 앙드레 지드(Andre Gide), 쟝 뽈사르트르(Jean Paul Sartre)등이 맥을 이었다.

67 명작의 산실-스땅달의 그르노블

맑은 아침 바라본 그르노블은 참 아름다운 도시였다. 주변에 병풍처럼 험준한 영봉들이 둘러쳐 있다. 동계올림픽이 열렸을 정도로 겨울엔 높은 산 위로 눈 세상을 이룬다. 시내 북쪽과 남쪽에서 2개의 론느강 지류가 만나 흐르는 배산임수의 지형이다. 강이 있는 곳은 어디나 넉넉하고 여유가 있어 보인다. 도시는 붉은 색조의 지붕을 가진 고풍스런 주택과 건물로 덮여있다. 시가지에서 케이블카를 타고 강을 가로질러 건너편 산 위에 올라가 보는 그르노블 전경은 아름다움 자체다. 특히 산 위엔 오래된 성벽들도 남아있다.

시내한복판에는 아담한 공원 옆으로 시청별관이 자리하고 있다. 이곳이 그르노블이 낳은 소설가 스땅달(Stendhal)의 전시관이다. 시청에서 무료로 운영하는 전시관에는 스땅달이 사용하던 각종 필기도구, 원고와 저작들이 전시돼 있다. 전시관에서 뒤편 성당을 끼고 번화가로 빠져나가면 시내중심 상가골목이 나온다. 이곳에 스땅달의 생가가 있다. 4층짜리 아파트다.

스땅달의 고향 그르노블은 알프스의 영봉과 아름다운 강이 한데 어우러지는 절경이다.

입구가 잠겨 있는데 벨을 누르면 관리원이 문을 열어준다. 안으로 들어가면 겉보기와 달리 좀 컴컴하다. 계단을 올라 3층으로 가면 아직도 사람들이 거주하고 있는 집들을 지나 스땅달의 생가로 들어갈 수 있다.

1783년 1월 이곳에서 스땅달이 태어났다. 1799년 17살이던 스땅달은 빠리로 올라가면서 이곳을 떠난다. 어린 스땅달이 쿵쿵거리며 뛰어 놀았을 마루바닥은 아직도 삐거덕거리지만 몇

스땅달의 생가. 스땅달의 어린 시절이 떠오르는 것 같다.

백년은 더 견딜 태세로 버티고 있다. 스땅달은 1806년 부터 1814년까지 나폴레옹 군대에서 일했다. 그러나, 나폴레옹의 패망이후 오늘날 이탈리아 땅인 밀라노로 갔다. 1829년 대표작 '적과 흑'(Rouge et Noir)을 발표했다. 그리고, 이듬해 밀라노 영사를 지내기도 한다. 1842년 59세의 나이로 세상을 떴다.

생가에 40여분간 머물렀지만 방문객은 필자 가족뿐이었다. 시청별관의 전시관은 그래도 제법 관광객들이 찾아 스땅달의 자취를 더듬는 점과 대비된다. 이곳은 입장료를 내기 때문일까? 작가로서 치열했던 스땅달의 체취가 남아있지 않아서 그럴까?

문득 관리인이 안돼 보였다. "저 사람도 먹고 살아야하는데…" 읽지도 않을 '적과 흑' 원서를 한 권 구입한 뒤 발길을 돌렸다.

68 알프스 샹베리, 루소

알프스는 10c부터 프랑스와는 별개의 영토인 사부아 (Savoie)공국이었다. 나폴레옹 때도 합병을 모면했다가 19c중엽 프랑스땅이 됐다. 별도의 언어도 있었고, 얼마 전까지 독립을 요구했던 지역이다. 이곳은 고산지대. 장엄한 고봉, 위압적인 절벽들, 절벽위로 눈빛 은세상 이다. 산기슭에는 아름다운 초원이나 포도밭이 펼쳐진 다. 그 밑으로 그림 같은 주택들, 강물, 깨끗하고 평화 로운 호수, 이를 둘러싸고 있는 차갑고도 고고한 침엽 수들, 아름다운 꽃밭, 세상 시름을 떠난 표정으로 자연 을 즐기는 사람들…

이런 알프스의 정경에 흠뻑 취하다 갑자기 나타난 드넓은 도시에 문득 놀란다. 샹베리(Chambery)다. 사 부아의 수도였던 샹베리에서 택시로 15분 거리에 쟝 쟈끄 루소(Jean Jacques Rous- seau)의 숨결이 서려있다.

200프랑(3만4천원)의 택시비 를 들여 온 보람이 있었다. 아 름다운 숲속 한가운데 낡지만 기품이 있어 보이는 저택이 우 뚝 서있다. 제네바(제네바 레만 호수에 있는 작은 섬을 '루소 섬'이라고 명명해 루소를 기린 다) 태생의 루소가 한 여인과 사랑에 빠져 도피행각을 벌였

샹베리에 있는 루소의 집은 루소가 사랑하는 연인 과 함께 지내던 당시의 물건이 그대로 남아있다.

던 곳이다. 대사상가의 체취가 담긴 모든 게 그대로 남아 있다. 독서와 저술에 몰두했을 책상, 가구, 연인과의 사랑이 깃들여 있는 침대… 정원에서는 멀리 고봉들을 바라볼 수 있다. 루소의 평생의 주제는 인간이었다. 인간의 회복. 루소는 인간이 자연 속에서 한없이 자유롭고, 행복하고, 선량하다고 봤다.

그러나, 스스로 만든 제도나 문화 등에 얽매이면서 거꾸로 자유를 구속당하고, 불행해지고, 악한존재가 됐다고 파악했다. 인간의 참된 모습을 자연 속에서 발견하고, 인간성을 되찾으려고 소리 높였다. 카톨릭이나 교회의 입장에서 곱게 볼 리 없었다. 빠리대학 신학부가 그를 고소했고, 법원은 체포령을 내린다.

선각자는 언제나 괴롭고 시련을 겪기 마련이다. 루소가 죽은 11년 뒤 프랑스대혁명이 일어났다. 프랑스대혁명을 이끈 사람들의 머리 속엔 루소의 자유주의적 사상이 들어있었다.

인간의 자유와 평등을 설파한 '사회계약론'(Du contrat social)과 소설형식의 교육론 '에밀'(Emile) 등에 자유(liberte)와 평등(egalite), 박애 (fraternite)라는 프랑스대혁명의 3대 이념이 들어있다.

오늘날까지 프랑스인들의 가슴속에 가장 소중하게 간직돼 있는 사상이 싹텄다. 루소의 사랑의 보금자리에서 결코 평탄하지 않았던 위대한 사상가의 삶을 반추해 본다.

69 브장송, 위고와 뤼미에르

● 브장송

프랑스 동부 스위스 국경에 있는 아름다운 도시 브장송(Besancon). 시가지 한복판으로 두(Doubs)강이 주머니처럼 시가지를 감싸고 흐른다. 따라서 사방 아무 방향으로 가도 강을 만날 수 있는 특이한 도시구조다. 대개 강이 도시를 관통하지만 브장송은 강이 도시를 감싸는 생김새다. 경북 안동의 하회마을 같다. 강으로는 작은 유람선도 관광객을 태우고 다닌다. 브장송의 고풍스런 시가지를 일람하기 적격이다. 시가지는 대학의 도시답게 많은 젊은이들이 다닌다. 활기가 넘친다. 두 강을 건넌 뒤 빅토르 위고(Victor Hugo)생가에 이르는 길은 옛 건물과 젊은이가 뒤섞여 엄숙하면서도 생기 넘치는 곳이다. 아름답고 발랄한 분위기가 가득하다.

브장송의 역사는 유구하다. 개선문에서 확인할 수 있

사진의 맨 왼쪽 아파트가 위고의 생가고, 가운데 건너 오른쪽은 뤼미에르 형제가 태어난 집이다.

듯이 로마시대로 거슬러 올라간다. 역에서 잰걸음으로 30분인가를 걸으면 막다른 골목에서 만날 수 있다. 2c에 만든 이 개선문은 현재 검은색이다. 오염의 결과다. 개선문 너머로는 생장(Saint-Jean)성당이 있다. 성당 뒤쪽 별관에는 천체시계가 있다. 유서 깊은 프랑스 성당들은 천체시계를 갖고 있다. 빠리 북서부의 보베(Beauvais)나 스트라스부르(Strasbourg)에 있는 것처럼 거대하지는 않지만 브장송의 셍장(Saint-Jean) 천체시계도 관람객들의 호기심을 자아내기 충분하다. 거장 빅토르위고(Victor Hugo)의 집은 로마 개선문 100여 미터 앞에 있다. 시내 중심가에서 걸어 들어오다 작은 500여평 규모의 광장을 만난다. 이곳이 위고와 뤼미에르 형제의 탄생지다.

• 위고와 뤼미에르

위고가 브장송에서 1802년 태어난 것은 나폴레옹 휘하의 장군이던 아버지의 임지였기 때문이다. 따라서 브장송의 집에서 오래 살지는 않았다. 지금도 브장송 집에는 별다른 특징이 없다. 빠리에 그가 살던 집이 위고 기념관으로 꾸며져 있다. 군인이 되길 바랐던 아버지의 뜻과 달리 문인의 길을 걸으면서 시와 소설 등 다양한 장르에서 활약했다.

당초 왕당파이던 빅토르위고는 나이가 들면서 깨달음을 얻었는지 인본주의자 겸 자유주의자로 변신한다. 29살에 남긴 '노트르담드 빠리'(Notre-Dame de Paris)는 불후의 명작으로 꼽힌다. 친구와 아내의 부정, 배우와의 사랑, 딸의 죽음 등으로 굴곡을 겪던 그는 자유공화주의자로서 1851년 쿠데타로 황제가 된 나폴레옹3세에 반대해 망명길에 올랐다. 1870년 프러시아와의 전쟁으로 프랑스가 패하고 나폴레옹 3세 제정이 붕괴

되자 고국으로 돌아왔다. 이 기간 중 발표한 '레미제라블'(Les Miserables) 역시 명작중의 명작으로 꼽힌다. 위고의 집에서 방향을 정확히 90도 돌리면 뤼미에르(Lumiere) 형제의 집이다. 놀라운 일이다. 한 시대를 풍미했던 문학과 영화의 거장이 같은 동네, 그것도 바로 옆집에서 태어났다.

작은 광장 앞으로 바짝 서면 두 집을 배경으로 사진 찍을 수 있다. 형 오귀스뜨 뤼미에르(Auguste Lumiere)는 1862년, 동생 루이 뤼미에르(Louis Lumiere)는 1864년 태어났다. 위고가 황제정에 반대해 외국에서 망명생활을 하던 때다. 사진가였던 부친의 영향으로 어려서부터 사진에 심취했던 이들은 에디슨의 활동사진을 연구한 끝에 1895년 시네마토그라프(cinematographe)의 특허를 받아 1분 짜리 영화들을 선보였다. 그러나 사업적으로 성공을 거두지 못했다. 이들은 영화의 발명가란 이름만 얻는데 만족해야했다. 영화인으로서의 길은 포기한 채 2년 뒤부터 사진연구에만 몰입했다. 천재와 돈벌이는 역시 같은 배를 타기 어렵다.

70 로쉬포르, 로띠

①로띠--대서양 바닷가 로쉬포르(Rochefort). 언덕위로 거슬러 올라가면 시가지에 작가 삐에르 로띠(Pierre Loti)의 집이 나타난다. 로띠는 사실 국내에는 그리 잘 알려져 있지 않지만 몽환적인 작품세계로 유명하다.

로띠가 이 집에서 태어난 것은 1850년. 어려서부터 고독하고 몽상을 즐기는 소년이었다. 특히 벵골만에서 죽은 형처럼 배를 타려는 의욕이 넘쳤다. 결국 해군에 들어가 세계각지를 여행한다. 터키의 이스탄불, 중국, 일본, 남태평양 각지를 다니며 얻은 체험을 바탕으로 이국적이고, 관능적인 작품을 주로 썼다.

1879년 '아지야데'(Aziyade), 1880년 '로띠의 결혼'(Le Marriage de Loti), 1886년 '동방의 환영'(Fantome d'Orient)등이 대표적이다. 로띠의 집은 사실 겉보기에 무척 평범한 흰색 3층 건물이다. 입구도 작은 나무문이다. 그러나, 내부로 들어가면 별천지가 펼쳐진다. 서점을 거쳐 내부의 3개 층이 환상적인 로띠의 색채를 반영하듯이 세계각국의 특색을 갖춘 공간으로 꾸며져 있다. 1층은 르네상스방, 중국의 방, 일본의 탑이 있다. 2층엔 고딕양식의 방이 있다. 3층은 아랍의 방, 터키의 방, 그리고 이슬람교의 사원인 큰 모스크가 자리잡고 있다.

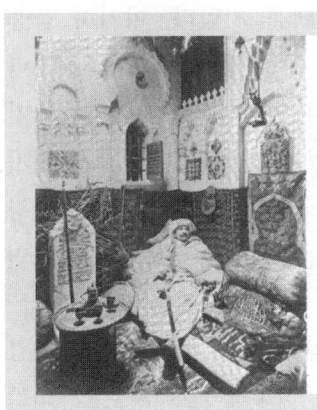

스스로 아랍인복장을 하고 몽상에 빠져있는 로띠의 모습이 이채롭다.

②로띠의 집--로띠는 작가로 데뷔한 뒤인 1884년부터 1906년까지 자신의 주도아래 집을 개조했다. 세계 각지를 다니면서 수집한 소품 등을 활용해 각 공간을 특색 있게 꾸몄다. 그리고 이곳에서 각지의 특성에 맞는 축제도 벌이는 등 이국적인 문화와 현상에 몰두했다. 로띠가 1923년 죽은 뒤 이 집은 그의 아들에게 넘겨졌다.

1969년 그의 아들이 죽으면서 로쉬포르시에 이 집을 팔았다. 그리고, 시청은 1973년 오늘날과 같은 기념관으로 집을 보수, 복원했다. 결국, 개인재산은 공공의 손으로 넘어가야 제대로 관리된다. 대가들의 집을 방문하면서 느끼는 공통적인 현상이다.

71 세느강, 뒤마

19c 후반이후 많은 작가들이 빠리교외의 아름다운 세느강변에 요즘말로 전원주택을 지었다. 여기서 음풍농월하며 글을 썼다. 화려하고 아름다운 성부터 초라한 정자까지 종류도 다양하다. 이 집들은 오늘날 작가들의 흔적을 더듬어 볼 수 있는 전시관으로 잘 꾸며져 문학애호가들의 사랑을 받고 있다. 우리 나라도 한강을 따라 작가들이 줄지어 전원주택 짓고 글을 쓰면 100년 뒤 좋은 일이 생길 수 있을까?

빠리에서 북서쪽 세느강변에 아담한 수도권도시 뽀르마를리(Port Marly)가 있다. 이곳에 알렉상드르 뒤마

(Alexandre Dumas)의 주택이 자리잡고 있다. 뒤마의 그 유명한 역작 '몽떼크리스또 백작'(Le Comte de Monte-Cristo)의 이름을 딴 몽떼 크리스또 성이다. 1802년 태어났으니 빅또르 위고와 같은 나이다. 5살 때 아버지를 여의고, 어릴 적부터 고생 많았다. 20살이던 1822년 빠리로 올라왔고, 이후 오를레앙 공작의 비서와 결혼한 뒤 1824년 역시 작가로 활약한 아들(아들 이름도 아버지와 같은 알렉상드르 뒤마다) 을 낳고, 본격적으로 작가의 길로 들어선다.

1825년 처음 글을 발표한 뒤 1828년에는 그가 쓴 작품이 꼬메디 프랑세즈(Comedie Francaise)의 희곡으로 채택됐다. 이후 몇 년 동안 쓴 작품들이 매번 빛나는 성과를 거둬 명성을 쌓아갔다. 문학사적 역할 외에 뒤마는 언론사에도 아주 특기할만한 이력을 하나 남긴다. 1836년 뒤마는 신문연재소설이라는 장르를 개척했다. 연재소설로 신문은 발행 부수가 폭발적으로 늘어났고, 뒤마의 명성도 더욱 치솟았다. 오늘날 신문에서 연재소설을 재미있게 읽는 분들은 뒤마에게 고마워해야 한다. 1844년 뒤마는 최대의 역작 '삼총사'(Les Trois Mousquetaires)와 '몽떼크리스또 백작'(Le Comte de Monte-Cristo)을 내놓았다.

1846년 부와 명성이 하늘을 찌르던 어느 날 베르사이유궁전을 방문하던 뒤마가 세느강변의 아주 특별히 아름다운 경치에 반해 버렸다. 포도밭이 아주 인상적인 지역이었다. 뒤마는 즉시 주변 땅을 사들였다. 9명의 소유주들에게 돈을 치르고 바로 공사에 들어가 르

네상스 양식의 아담하면서도 아름다운 성을 지었다. 이
곳은 뒤마의 어릴 적 추억이나 가난스런 시절의 고난
이 배어있는 장소가 아니다. 부와 명성이 함께 하던 시
절 소유욕이 빚어낸 과시형 대저택인 셈이다. 3층 짜리
집 내부에 뒤마와 관련된 많은 자료가 전시돼 있다. 뒤
마의 화려한 명성에 어울리듯 관람객이 줄을 잇는다.
건물의 3층에는 이국적인 장소가 있다. 그라나다(Gran-
ada)의 알함브라 궁전 등 스페인 남부 안달루시아 지
방이나 인접한 모로코에서 볼 수 있는 양식으로 방을
꾸몄다.

뒤마는 1846년 스페인과 북아프리카를 여행하며 이
슬람 문화에 많은 관심을 갖게 됐다. 이 때문에 1980
년대 모로코의 국왕 핫산
2세가 돈을 대 몽떼크리
스또 성에 오늘날과 같은
이슬람양식의 방을 꾸밀
수 있도록 후원했다. 뒤마
의 몽테크리스또 성은 관
리직원수도 많고, 관리사
무실에 별도매장을 운영
할 정도로 규모가 크다.
드넓은 정원도 인상적이
다.

프랑스 남서부의 대도
시 뚤루즈(Toulouse)에서
1시간 여 거리에 있는 오

뒤마는 최고의 인기작가로 부와 명예를 거머쥔 뒤 이 집
을 지었다.

쉬(Auch)라는 아담한 도시가
있다. 고풍스럽지만 왠지 낡아
보이는 전형적인 프랑스 남부
의 인상 그대로다. 마을 한가운
데로 제르(Gers)강이 흐르고 강
북쪽으로 언덕에 인상적인 성당
하나가 눈에 들어온다. 이 성당
을 오르다보면 영화에서 자주
본 복장의 한 사나이가 큰 모자
를 비스듬히 눌러 쓰고, 망또를
흩날리는 멋진 포즈로 서있다.

낡고 초라한 달타냥의 동상에 적선의 손길이 필요하다.

　뒤마의 삼총사 (Les Trois
Mousquetaires)에 나오는 다르
따냥(달타냥, D'Artagnan)이다. 이 도시는 사실 뒤마와
아무 관련이 없다. 보르도 남쪽에서 뚤루즈에 이르는
지방을 가스꼬뉴 (Gascogne)지방이라고 한다. 뒤마의
소설에서 활약하는 달타냥의 모델은 가스꼬뉴 지방의
기사였다. 가스꼬뉴의 한복판인 오쉬(Auch)시는 1931
년 이곳에 동상을 세워 소설과 그 주인공의 활약상을
되새겨주고 있다.
　그러나, 도시를 닮았는지 동상도 비바람에 낡아 너무
초라하게 느껴졌다. 1998년 신세대스타 디카프리오가
열연한 영화 '아이언 마스크'에 나오는 세련된 모습의
달타냥과 달리 너무 낡았다. 전세계 삼총사 팬들이 성
금이라도 걷어야 하는 것은 아닌지. 소설 속, 영화 속
주인공에게 새옷이라도 해 입히려면…

72 세느강, 졸라

뒤마의 집에서 굽이치는 세느강을 따라 서쪽바다를 향해 가다보면 메당(Medan)시에 도착한다. 2명의 작가와 만날 수 있다. 에밀 졸라(Emile Zola), 모리스 메떼를렝끄(Maurice Maeterlinck)다.

①졸라의 집--메당(Medan)시도 세느강변에 있다. 메당에 있는 에밀졸라의 집은 세느강을 한눈에 내려다볼 수 있다. 커다란 졸라의 두상이 놓여 있고, 레바논에서 가져온 삼나무(Cedre)가 졸라의 지성을 상징하듯 하늘 높이 솟아 있는 정원이 압권이다. 면적도 넓어서 여러 수목이 아름답게 잘 가꿔져있다.

집 내부로 입장료를 내고 들어가면 안내원이 시간대별로 관람객들을 모아 졸라에 대한 활동사진을 틀어준다. 집안을 돌며 졸라와 관련된 유물들을 자세히 소개한다. 백년 전 졸라가 사용하던 책상과 각종 유품들이 그대로 전시돼 있다. 지금이라도 졸라가 책상에서 일어나 앉을 것처럼 자연스럽게 옛날을 재현하고 있다. 19c 분위기를 가장 잘 맛볼 수 있는 훌륭한 실내공간이다. 당시의 삶이 그대로 묻어있다.

②졸라--졸라의 이력에 대해 잠깐 살펴보자. 졸라는 남프랑스 엑상프로방스(Aixen-Provence)에서 태어났다. 세잔느와 같은 고향이다. 졸라는 1858년 빠리로 올라온다. 시를 써 커 보려고 했지만 좌절한다. 산문으로 말을 갈아탄다. 미술비평에서 거장들을 비판하고 신진 인상파화가들을 지지하면서 주목을 받기 시작했다. 졸

라가 남긴 최대작품은 1869년 '루공가의 운명'(La For-
tune des Rougon)부터 시작해 1893년 '빠스칼 박사'
(Le Docteur Pascal) 로 끝맺은 20권총서 '루공-마까
르' (Rougon-Macquart)다. 이 가운데 1877년 탈고한
'목로주점'(L'Assommoir) 은 졸라의 이른바 출세 성공
작이었다.

　이 작품으로 명성과 부를 얻은 뒤 세느강변 메당시
에 있는 집을 1878년 구입할 수 있었다. 책 한권 써서
집 한 채 사고, 뭐 그렇게 살았다. 이어 1880년의 '나
나'(Nana), 1885년의 '제르미날'(Germinal)등은 불후의
명작으로 꼽힌다. 졸라가 죽은 뒤 그의 미망인은 1903
년 집 주변의 정원 3헥타르를 팔았다. 그리고, 건물은
1905년 메당시에 기증했다. 80년 뒤인 1985년 졸라전
시관으로 탄생했다. 지금은 에밀졸라 작품보존협회가
운영관리하고 있다.

　③드레퓌스 사건--무엇보다 졸라가 19c 프랑스 양심

이라고 평가받는 이
유는 '드레퓌스 사건'
이었다. '드레퓌스 사
건'이란 무엇인가? 이
스라엘에 가서 느꼈
지만 유대인들은 참
콧등이 길고 오똑하
다. 매부리코에 가깝
다. 이런 특징을 가
진 한 사내가 1859년

졸라의 저택은 세느강을 바라보는 언덕 위에 있다. 집 내부에는 당시 졸라가
살던 대로 가구 등이 그대로 있어 졸라의 체취를 느낄 수 있도록 해준다.

독일국경 뮐루즈(Mulhouse)에서 태어났다. 그의 이름은 알프레드 드레퓌스.(Alfred Drefus). 그가 태어난 얼마 뒤 1871년 스트라스부르를 비롯한 알자스지역은 프러시아(독일)땅이 됐다. 프랑스가 전쟁에서 진 탓이다. 독일과 이미 운명적인 만남이 예정돼 있었던 셈이다. 프랑스가 흔히 좋은 시대(벨에뽀끄, Belle Epoque)로 한창 잘나가던 1894년. 프랑스군 참모본부에 근무하던 포병대위 드레퓌스는 군사재판에서 유죄판결을 받는다. 독일에 군사정보를 넘겨줬다는 혐의다. 빠리주재 독일대사관에 제공한 정보의 필적이 드레퓌스의 필적과 비슷하다는 것이 유일한 유죄인정의 증거였다. 1897년 진범인 에스테라지 소령이 밝혀졌다.

그러나, 군부는 그를 무죄석방하고 오히려 유대인 드레퓌스에게 십자가 지우기를 고집했다. 당시 유대인은 그렇게 차별 받아도 큰 문제가 없던 때였다. 지금은 유대인들이 팔레스타인인들에게 그렇게 한다고 비난받고 있지만…

졸라가 로로르(L'Aurore)지에 기고한 나는 고발한다(J'Acuse)라는 글이다.

이때 위선과 불의에 대항에 일어선 사람은 에밀졸라였다. 이듬해인 1898년 1월 13일 졸라는 로로르 (L'Aurore)지에 기고한다. 로로르는 이름이 벌써 수상쩍다. '새벽'. 전두환 군사정권이 한창 잘나가던

80년대 중반 우리 사회에서도 '새벽'이란 회보가 죄 없는 학생들 많이 고생시킨 적이 있다. 새벽이란 이름은 어느 나라나 좀 앞서가는 사람들이 좋아하는 말인가 보다. 졸라는 '나는 고발한다'(J'accuse)는 명문을 기고했다. 드레퓌스에게 유죄를 인정한 군부를 비판하고 대통령에게 직접 이 문제를 거론해줄 것을 요청했다.

이후 프랑스사회는 양분된다. '정의, 진실, 불편부당, 인권'를 주장하는 측과 이에 대항하는 '애국, 애족, 반유대인, 차별' 측이다. 전자는 자유주의적인 지식인과 사회주의 진영, 후자는 교회와 군부, 국수주의자들이 가담했다.

반년간 프랑스사회가 뜨겁게 달아올랐지만 결국, 이해 여름 드레퓌스는 재심에서도 유죄판결을 받는다. 새로운 증거라는 게 나왔지만 이 역시 날조임이 밝혀졌고, 증거를 제출한 사람은 자살했다. 그런데도 이듬해인 1899년 여름 최종 유죄 처리됐다.

그러나 대통령 사면으로 풀려나는 형식을 취해 결국 드레퓌스의 죄가 없다는 것을 간접 인정했다. 정의가 승리했음을 보여줬다.

진실은 승리했다. 졸라가 사망한 1902년에서 4년이 더지나 1906년 드레퓌스는 마침내 사법적으로 최종무죄를 인정받고 복직했다. 졸라네집 내부에는 당시 졸라가 기고했던 로로르지의 글이 벽 전체에 확대돼 걸려있다. 졸라의 위대한 양심을 상징하듯이…

73 세느강, 메떼를렝끄

졸라네 집에서 마을 위 산 쪽으로 5분 여를 걸어가면 우리 나라 일반 독자들에게는 널리 알려져 있지 않은 1924년 노벨 문학상 수상자 모리스 메떼를렝끄(Maurice Maeterlinck)의 집이 나온다. 메떼를렝끄가 사들이기 전에는 화가 세잔느(Cezane)도 이곳에 매료돼 애정을 보였다. 세잔느는 에밀졸라와 무척 친분이 깊었던 인상파화가다. 하긴 졸라의 경우 마네 등 다른 인상파 화가와도 교유했다. 미술가들 입장에서 보면 비평가인 졸라와 사이가 좋아서 나쁠 게 없다. 말이 집이지 사실은 15c에 지은 거대한 성(Chateau de Medan)이다. 그러나 2차세계대전 때 성의 대부분이 손실되고, 오늘은 일부 건물만 남아 복원된 상태다.

메떼를렝끄가 그의 젊은 연인과 사랑을 속삭이며 '개

1924년 노벨 문학상 수상자 메떼를렝끄가 젊은 연인과 살았던 집이다.

미의 생활'(La vie des Termites)과 '유리거미' (L'Araignee de Verre)를 쓴 장소다. 그가 쓴 대표적인 희곡은 '뻴레아스와 멜리장드'(Pelleas et Mellisande)가 있다. 사실 메떼를렝끄는 프랑스인이 아니다. 1852년 벨기에 강(Gent)에서 태어난 벨기에 인이다.

그러나 벨기에는 브뤼셀 이남의 경우 프랑스어를 쓰고 많은 벨기에인들은 프랑스어를 구사한다. 메떼를렝끄는 당연히 프랑스어로 소설과 희곡 등 많은 작품을 발표했다. 만년에는 지중해 최고의 휴양지 니스에서 보내다 1949년 숨졌다. 지금은 집주인이 바뀌었다. 폐허가 된 성을 1977년 한 개인이 사들여 자기 집으로 쓰고 있다. 관람객들을 모아 영화로웠던 옛 얘기를 들려주면서 돈을 벌고 있다. 먹고사는 방법도 가지가지라고 비난하고 싶은 생각은 주인이 부러운 탓에 나온 질투다.

비록 규모가 줄어들었지만 종탑이나 거대한 대문 등은 옛날 거대한 성의 모습을 잘 보여주고 있다. 특히 지하실을 포도주보관창고로 개조해 방문하는 관람객들에게 포도주 시음 기회를 준다. 대가가 머물렀던 고성의 지하실에서 포도주한잔 음미하며 느끼는 감회. 싸구려 지적사치와 허영이라고 크게 탓하지는 말지어다.

74 작가들 얼마나 버나

문학의 나라 프랑스에서는 베스트셀러라는 책들이 얼마나 팔리고, 유명작가들은 얼마나 돈을 벌까? 돈 문제를 별로 드러내놓고 하지 않는 프랑스 분위기에서 이런 얘기를 접하기는 쉽지 않다. 우리처럼 프랑스도 전업 문인들의 수입은 별로 신통치 않고, 생활고에 시달리는 경우도 허다한 것으로 나타났다. 프랑스에서 문필활동의 원고료만으로 생활하는 전업작가는 천627

명이라고 한다. 이 가운데 한 달에 4천프랑(우리 돈 68만원)도 못 버는 작가들이 무려 4분의 1이나 된다. 보통 대학졸업후 취직할 경우 8천프랑(136만원, 세후)정도 월급을 받는 것에 비하면 아주 낮은 수치다. 3분의 2인 천명 이상이 월 만3천프랑(221만원)정도의 수입을 올리는 것으로 알려졌다. 물론 사회보장이 거의 완벽한 프랑스에서 우리와 단순하게 소득을 비교하면 안된다.

특히 이들 소득은 세후여서 순전히 자신들이 사용할 수 있는 가처분 소득이다. 아무튼 3분의 1정도의 전업 문인들만이 월 221만원이상의 안정적인 소득을 올리고 있을 뿐이다.

스타급 작가들도 물론 있다. 60명의 작가들은 월 6만여프랑(천여만원)의 소득을 기록하고 있다. 1년에 10만권 이상의 책을 팔아 월 27만프랑(4천500만원)의 소득을 올릴 수 있는 작가는 10여명 정도다. 이 가운데 초특급 베스트셀러 작가 한 명의 예를 보자. '람세스'(Ramses)라는 고대 이집트문명 소설로 국내에서도 선풍적인 인기를 끌었던 크리스띠앙 쟈끄(Christian Jacq). 96년부터 2000년까지 5년 동안 초판 210만여부와 문고판 158만여 부를 팔았다. 약 4천만프랑(68억여원)을 손에 거머쥐었다.

순전히 국내에서만 이다. 이런 특별한 경우가 아니면 프랑스 작가들도 문학적인 풍토와 사회분위기에 관계없이 어렵기는 마찬가지다. 문학의 길은 어디나 외롭고 추운 모양이다.

75 프랑스 철학은 인간

문학뿐 아니라 학문 특히 철학분야도 프랑스는 화려한 전통을 갖고 있다. 몽떼뉴의 인간반성에서 출발한 프랑스철학은 계몽주의 철학에서 화려하게 꽃핀다. 프랑스의 계몽주의 철학은 일견 아주 불손했다. 기존의 가치질서 다시 말해 신을 중심으로 한 가치체계를 완전히 거부하고 있다. 기독교를 거부한다. 신을 부정하고 있다. 또, 기존의 정치질서도 부정한다. 새로운 형태의 정치질서인 공화제를 외치고 있다. 왕정은 시대착오적인 것으로 간주하고 민중이 중심이 된 정치체제를 지향했다.

18c 프랑스철학은 인간을 깨우고, 민주주의 공화제를 소개한 계몽주의 사상의 무대였다. 1789년 프랑스대혁명에서 자유, 평등, 박애의 정신과, 왕정타파 후 공화정 수립은 이런 철학적 바탕 위에 가능했다. 당시 계몽사상가들은 의회제도를 활용하며 민주주의에서 앞서 있던 영국을 찬양하고 미화했다. 볼테르(Voltaire)와 백과사전으로 시민들에게 지식을 불어넣었던 디드로(Didero), 루소(Rousseau), 몽떼스뀌외(Montesquieu)등이 인간을 압제로부터 구해내려 했던 계몽사상가들이었다. 이후 19c의 소극적인 철학자들의 시대를 거쳐 20c의 실존주의 철학으로 이어진다.

①실질, 실증적--우선 프랑스의 경우 철학이 실제적, 구체적, 실증적이라는 점이다. 관념적인 독일과 대조를 보인다. ②자연과학과 관련--두 번째 프랑스철학은 자

연과학과의 연계성을 중요시한다. 실제, 실증적이라는 점과도 맥을 같이한다. 철학자들이 자연과학을 함께 탐구하는 전통에서 이를 확인할 수 있다. ③인간적인 주제 탐구--인간 삶의 구석구석에 대해 되돌아보고 나아갈 바를 밝혀본다. 몽떼뉴의 '수상록'은 인간을 중심에 놓는 철학의 출발이라고도 볼 수 있다. 프랑스가 다른 나라들보다 유난히 평등과 인간의 개성이나 자유를 강조하는 데는 다 정신사적 배경이 있다.

76 프랑스 과학자들

프랑스는 과학적으로 크게 두드러져 보이지 않지만 몇 순간에서 인류사회를 위해 아주 중요한 역할을 수행한 과학자들이 등장했다.

①데카르트(1596-1650)--철학은 물론 수학, 물리학 등 프랑스의 각종 학문분야에서 비조(鼻祖)는 단연 르네 데카르트(Rene Descartes)다. 귀족집안으로 어려서 예수회 수도원에서 공부했다. 법학을 공부하다 엉뚱하게 군에 입대해 유럽을 전전하던 데카르트는 철들면서 빠리에 머물며 빛나는 성과를 쌓아올리기 시작한다. 그 뒤 당시 자유로운 신천지로 떠오르던 네덜란드로 가서 연구에 몰두했다. 만년에는 스웨덴 여왕의 초청으로 스톡홀름에 머물다 폐렴으로 사망했다. 해석기하학의 창시자인 데카르트는 '나는 생각한다. 따라서 나는 존재한다.'라는 말을 남겼다.

②빠스칼(1623-1662)--십자군운동의 발상지이자 세계적인 미슐렝(미셰린 Michelin)타이어의 고장 끌레르몽 페랑(Clermont Ferrand)출신이다. 컴퓨터를 배우면서 자주 듣는 이름이다. 처음 계산기를 만들었던 사람, 빠스칼(Pascal)이다. 그의 인생역정이 재미있다. 사교계에 뛰어들어 인생의 즐거움을 한껏 맛본 경력 때문이다. 쾌락의 정점에서도 그는 학문을 향한 열정을 잠재우지 않았다. 노름판의 돈 계산을 정확히 하려다 너무 깊이 빠져 순열, 조합, 확률과 관련한 뛰어난 논문을 여러편 쓰고 만 것이다. '유클리드의 정리'를 증명해내는 등 수학과 물리학에서 빛나는 성과를 남겼다.

그러나 쾌락의 끝은 길지 않은 법. 사교계의 환희에 회의를 느껴 누이동생을 따라 수도원으로 들어가 버렸다. '죄인의 회심에 관하여' 라는 글은 무엇을 잘못한 것인지 모르겠지만 이 무렵 썼다. 이렇게 옆길로 빠지다 데카르트와 마찬가지로 철학 분야에서도 눈부시게 활약했다. 데카르트와 실제 교류를 갖기도 했다. 역시 좀 통하는 사람끼리 만나야 하는 것 같다. '빵세' (Pensees)라는 명상록에서 '인간은 생각하는 갈대' 라는 유명한 말을 남겼다. 이 책은 그가 죽은 뒤 친지들이 그의 생전 원고를 정리해 펴낸 것이다. 그는 대기의 압력도 밝혀냈다.

③라브와지에(1743-1794)--부드러운 프랑스적 이름의 소유자 라브와지에(Lavoisier)는 법학을 공부했던 화학자다. 우리 나라도 머리 좋은 사람들이 단순히 외우고 마는 법학공부 하지 않았으면 좋겠다. 과학으로

돌아서면 좋은 일 많이 생길 것 같은데… 산소를 들이켜 이산화탄소를 내뱉는 원리를 확인하는 등 수많은 화학적 업적을 이뤄냈다. 1787년 펴낸 '화학 명명법'은 지금까지 사용하는 화학용어의 기본이다. 그러나 1789년 혁명이후 세금관련으로 고발돼 그만 단두대의 이슬로 사라졌다. 위대한 과학자의 인생치고는 너무 허망하다. 세금 조심해야겠다. 과학자나 언론사주가 아니더라도 말이다.

④앙뻬르(1775-1836)--프랑스혁명당시 보수파이던 아버지가 죽은 뒤 앙뻬르(Ampere)는 가난 속에서 독학으로 미적분학과 천체역학을 공부했다. 연구성과를 차츰 인정받아 고등학교 교사에서 프랑스 최고 학문의 전당, 꼴레쥬 드 프랑스(College de France)의 회원이 됐다. 전류와 자기장과의 관계를 밝힌 '앙뻬르 법칙'을 내놨다. 오늘날 전기단위의 기초인 암페어(A)는 앙뻬르의 이름이다.

⑤달랑베르(1717-1783)--달랑베르(D'Alember)는 수학자이자 물리학자다. 1743년 '역학론'과 '바람의 일반이론'을 발표했다. 달랑베르는 디드로와 함께 백과사전을 편찬하면서 수학이나 물리학 등의 항목을 직접 작성해 과학의 대중화에 크게 기여했다.

⑥빠스뙤르(1822-1895)--빠스뙤르(Pasteur). 우리 나라에서 엉뚱한 이름으로 너무나 잘 알려진 미생물학자이다. 죽은지 100년만에 뜻밖에 살아생전 알지도 못했을 나라에서 자신의 이름이 우유의 품질논쟁에 휘말린 사실을 안다면 좀 개운치는 않을 것이다. 허락 없이 왜

내 이름을 특정제품에 붙였느냐고 항변하기에는 너무 세계적인 인사가 돼버려 어쩔 수 없을 것 같다. 빠스뙤르의 공적은 우리가 생각하는 우유와는 거리가 멀다. 그는 포도주의 나라 프랑스 포도주산업에 크게 기여했다. 저온살균법으로 포도주의 부패를 방지한 것이다. 저온살균법이란 58도 정도의 저온에서 1-2시간 살균을 지속해 영양소의 파괴 없이 살균한다는 원리다. 오늘날 식초산업에도 기여한 바가 크다. 탄저병, 패혈병, 산욕열의 원인균을 발견해 냈고, 백신접종으로 전염병 예방에 성공한 점은 인류에 남긴 가장 큰 선물이었다. 탄저병은 2001년 하반기 세계사의 화두였다. 빠스뙤르에게 다시 한번 고마워할 일이다.

⑦파브르(1823-1915)--파브르(Fabre)의 '곤충기'는 초등학교부터 누구나 한번쯤은 들어본 말이다. 파브르는 평범한 교사로 활동하다 곤충연구에 전념한 아주 특이한 경력의 과학자다. 어린이를 위한 과학책을 많이 써 큰 호응을 많이 얻었는데, 39년간에 걸쳐 완성한 '곤충기'는 불후의 명작이다.

⑧뀌리부부--부부가 함께 자신의 노력으로 큰일을 성취하기는 참 힘들다. 대개는 한쪽의 성과물을 나눠 갖는 게 일반적인데… 남편은 삐에르 뀌리(Pierre Curie). 1859년 태어났다가 1906년 자동차사고로 숨졌다. 당시 차도 몇 대 안 되는 거리에서… 물질의 자기적(磁氣的) 성질을 규명하는데 많은 노력을 기울여 '자성물리학' 발전에 크게 기여했다. 그의 최대업적은 1895년 마리아 스크로도프스카(Marja Skrodowska)와의 결혼

이다. 36살 노총각이었지만 큰일을 해냈다. 뀌리부인으로 더 잘 알려진 폴란드 태생의 자그마한 여인이다. 소르본느에서 공부하다 뀌리를 만났다. 결혼 후 그녀는 남편과 공동연구를 진행했다. X선을 발견한 뢴트겐에 자극 받아 방사능연구에 몰두해 폴로늄, 라듐등의 새 방사성 원소를 발견해 냈다. 폴로늄(polonium)은 그녀의 고국 폴란드의 이름을 딴 원소다. 1903년 노벨상을 받았고, 1906년 남편이 죽은 뒤 소르본느 교수가 됐다.

1911년 다시 노벨 화학상을 받았다. 그녀의 큰딸은 어머니의 조수였던 남자와 결혼해 역시 1935년 남편과 공동으로 노벨 화학상을 받았다. 대단한 모녀다. 1934년 백혈병으로 죽었던 뀌리부인은 여성으로서는 처음으로 프랑스위인들의 묘지인 빠리 빵떼옹(Pantheon)에 1991년 묻혔다.

77 프랑스 미술사

르네상스 시기 미술사의 주도권은 단연 이탈리아에 있었다. 레오나르도 다빈치, 미켈란젤로, 라파엘로 등으로 대표할 수 있는 이탈리아 미술계는 엄숙한 중세 교회미술에서 허덕이던 유럽화단에 새바람을 불어넣었다. 사실 피렌체(Firenze) 미술이라고 하는 것이 더 정확한 표현이다. 이탈리아는 전 국토가 작지만 강력하고 부유한 공화국 내지 왕국으로 나뉘어 있었다. 피렌체를 거점으로 막대한 경제력을 쌓았던 피렌체공화국의 메디치가문은 예술을 애호했고, 여기에 거장들이 몰려들었다. 그러나, 프랑스의 국력이 강해지고 피렌체 등 이탈리아 내부의 도시공화국들이 약해지면서 화단의 중심역할을 프랑스로 내줘야 했다.

①고전주의--17c까지는 역사와 성경에서 소재를 고른 역사화, 종교화, 초상화 등이 회화의 전부였다. 루브르 박물관이나 유명미술관의 하나인 스페인 마드리드의 프라도 미술관, 이탈리아 피렌체의 미술관들을 찾으면 '수태고지'나 '십자가의 예수'를 하루 종일 보고 다녀야 한다. 아름다운 산수를 주로 그린 우리네 조상님과 달리 오로지 신(神)만 그려댄 유럽인의 조상님들이 어떻게 살았는 지를 한눈에 알 수 있다.

②로코코미술--18c 들어오면서 이런 기풍에 변화가 왔다. 고전주의의 교조적인 엄격주의를 청산하고, 섬세하면서도 향락적인 요소를 가미했다.

③신고전주의--19c초 다시 고전주의 엄격한 규범을 숭상하는 풍조가 나폴레옹 시대의 개막과 함께 등장했다. 고대영웅들의 업적과 나폴레옹의 위업을 화폭에 담는데 주력한다.

④낭만주의--1819년 제리코(Jerico)가 그린 '메두사호의 뗏목'은 낭만주의 작품의 걸작으로 꼽힌다. 인간의 극한상황을 주제로 설정한 것부터 기존의 화풍에서 완전히 새로운 소재였다. 그의

르네상스를 주도했던 피렌체 전경.

제자 들라크르와(Delacroix)는 요절한 스승의 뒤를 이어 낭만주의 화풍에 용의 눈을 찍었다. '민중을 이끄는 자유의 여신'은 원숙한 경지에 이른 낭만주의 화풍의 결정판으로 평가받는다.

⑤사실주의--눈에 보이는 현실을 그리는 화풍이 1830년대 이후 자연스럽게 등장했다. 사실주의 화풍을 정립한 쿠르베는 고상함을 주장하는 엥그르와 말다툼을 벌이며 주장했다. "나에게 천사를 보여주면 천사를 그릴 수 있다."

⑥자연주의--사실주의의 한 분파다. 1830년대 이후 빠리근교의 바르비종(Barbizon)에 모인 일단의 화가들이 전원생활을 그리기 시작했다. 산업화된 도시의 번잡함을 떠나 전원 속의 농민들을 그렸다. 낭만적인 전원의 생활보다는 고생하는 농촌빈민들이 소재였다. 1850년대를 통해 많은 농민작품을 내놨던 미예(Millet, 밀레)는 대표적인 자연주의 화가다.

⑦인상주의--인상주의 그림은 색(色)과 뗄 수 없다. 자연을 그리되, 색의 변화 속에서 파악한 자연이었다. 정해진 색은 없다. 빛은 변화한다. 빛의 변화에 따라 자연의 색도 미묘한 변화를 일으킨다. 이를 놓치지 않고 화폭에 담아낸다.

떼오도르 제리코의 메두사호의 뗏목.

역시 사실주의 흐름의 한 표
현이다. 인상주의는 19c후반
1860-1890년대를 풍미했다.

들라크르와의 민중을 이끄는 자유의 여신.

　1874년 '제1회 화가, 조각가,
판화가, 무명예술가 협회'미술
전이 열렸다. 이때 출품한 모
네의 '일출. 인상'(Le soleil
levant. Impression)은 그 출
발점으로 평가받는다.

　그러나, 인상주의(Impressionisme)이라는 이름이 재
밌다. 르로이(Leroy)라는 한 미술전문 기자가 이들의
전시회에 대한 기사를 쓰면서 모네의 작품 '일출. 인상'
애서 '인상(Impression)'이라는 이름을 따, 조롱한데서
기인한다. 인상적으로 못 그렸다는 얘기가 화파의 이
름으로 자리매김한 특이한 경우다. 그러나, 인상파의
작가나 작품들은 공통적인 하나의 특징을 갖고 있지는
않다. 색채를 강조한 정서만 같을 뿐 다양한 개성을
추구했기 때문이다.

　1880년대를 넘어가면서 당시 급속도로 발전하는 과
학의 힘을 빌어 인상파의 색채를 한 단계 승화시킨 일
단의 무리가 나타났다. 광학과 색채 이론을 도입해 색
분할을 시도함으로써 광선효과를 극대화하는데 성공했
다. 이런 색의 분할 묘사를 특징지어 '점묘파'라고도 부
른다. 멀리서 보면 하나의 색이지만 가까이서 보면 수
많은 점이 다른 명암으로 표현된 것을 확인할 수 있다.
쇠라, 시냑 등이 이 범주에 들어간다.

⑧후기인상주의--인상주의의 막내로 인상주의의 영향을 받았지만 강렬한 개성으로 새로운 미술의 경지를 이룬 사람들을 통틀어 후기인상주의라고 한다. 1890년대 왕성하게 활동한 고흐, 고갱, 세잔느 등이다. 이들에게서도 어떤 공통적인 특징을 찾아내려는 시도는 온당하지 않다.

⑨야수주의--20c의 문을 열면서 프랑스 화단은 다시 한번 변신한다. 야수주의 (Faubisme)의 등장이다. 사나운 야수(野獸, Fauve)를 나타낸다. 1905년 이후 이런 이름이 회자되기 시작했다. 강렬한 색채를 구사한 고갱이나 고흐의 영향으로 출발해 인상파를 초탈한 새로운 화풍을 추구했다. 이들은 우선 대상을 단순화했다. 그리고, 기존의 사실적인 색 개념을 완전히 깨고, 주관적 감정이 들어간 원색이나 순색을 사용했다. 나무를 붉게 표현하는 등이다.

마티스는 가장 대표적인 야수주의의 리더였고, 루오

밀레의 만종   마네의 소풍

역시 야수주의를 대변한다.

⑩입체주의--20c들어 야수파와 동시에 일어난 새로운
화풍이다. 입체주의(Cubisme)는 대상을 입체적으로 분석
해 표현한다. 구, 삼각추, 원통 등으로 대상을 표현하는
방법이다. 그리고, 입체를 분해해 평면에다 재구성하는
방법을 썼다. 1880년대 이미 세
잔느가 일부 시작했던 기법을
피카소와 브라크 등이 이어받아
발전시킨 화풍이다. 색채주의에
대한 반성과 한계극복으로 볼
수 있다. 1907년 피카소가 그린
'아비뇽의 처녀들'은 입체파의
시작이었다. 1910년대 화단을
풍미했다.

⑪초현실주의--초현실주의
(Surrealisme)는 한마디로 환

고흐의 뿔 가셰박사

상적인 공상의 세계를 이성이란 기준 없이 그려내는 경
향이다.

현실을 벗어난 세계의 추구다. 사실적인 묘사가 전혀
없는 것은 아니지만 기본적으로 그렇다. 미술계에서 초
현실주의 이름으로 전시회가 열린 것은 1925년 빠리에
서부터다. 초현실주의의 경우 표현방식으로는 입체주의
의 영향을, 이념적으로는 이성을 배제하고 기존의 것을
타파하는 다다이즘에서 자양분을 얻었다. 달리와 샤갈의
작품에서 전형적으로 초현실주의 세계를 들여다볼 수
있다.

78 미술관, 루브르

빠리에는 수많은 미술관이 있다. 이 가운데 일반적으로 프랑스의 미술사를 일별 하기 위해서는 3군데의 미술관을 꼽는다. 19c초까지 고전주의 낭만주의작품을 전시하고 있는 루브르, 19c 중반이후 자연주의와 인상주의를 전시하는 오르세, 20c 이후를 전시하는 뽕삐두 3군데다.

① 역사--13세기 프랑스왕 필립 오귀스뜨(Philippe Auguste)는 영국과의 전쟁에 시달린 끝에 세느강가에 좀더 안전한 요새를 건설했다. 그리고 이름을 뤼빠라(Lupara)라고 불렀다. 오늘날 전세계 가장 많은 관광객들이 찾는 세계 최대의 유물창고 루브르 박물관의 출발이다. 지금은 몇 차례의 중건으로 다시 지은 형태다. 루브르 박물관에서 유물만 볼게 아니라 박물관 중앙부로 들어가면 초기의 건물 기초를 살펴볼 수 있다. 군사적인 요새(Chateau fort)로 출발한 루브르는 14c 샤를르(Charles) 5세 때 왕의 거처로 바뀌었다.

18c말 루브르 미술관 내부.

16c 이탈리아 르네상스 건축양식을 받아들여 장엄하면서도 우아한 형태의 성으로 탈바꿈했다. 그리고 17c 들어 바로크풍의 큰 기둥들이 자리를 잡았

다. 이후 나폴레옹과 나폴레옹 3세 때도 추가건축이 행해졌다.

1871년 프러시아와의 전쟁에서 참패한 뒤 프랑스는 내전에 휘말렸다. 빠리꼬뮌의 짧은 저항 때 맞은편 뛸르리 궁전이 불에타 루브르는 원래의 장엄한 위용을 잃고 말았다. 그러나, 20c 들어 유리피라미드를 추가해, 오늘날의 루브르를 완성했다. 안에 있는 유물이나 미술품에 관계 없이 루브르성 자체가 극적인 역사

가장 많은 인파가 찾는 레오나르도 다빈치의 모나리자.

전개과정을 겪었다. 그때마다 새로운 추가 건물이 새로운 양식으로 가미됐다. 루브르궁전 자체가 하나의 커다란 유적이자 작품으로서의 기능을 다하고 있다.

루브르가 미술관으로 활용된 것은 18c 초반 루이15세 때다. 정식 박물관으로 승격한 것은 프랑스 대혁명 기간 중이다. 박물관의 역사가 우리 보단 좀 오래되고 다르다.

②미술관--루브르는 크게 미술관과 박물관의 기능 2가지를 수행한다. 박물관은 나중에 보고 미술관 얘기부터 하자. 14c 고전작품부터 르네상스를 거쳐 19c초 프랑스 낭만주의 작품까지를 시대별로 가장 풍부하고, 수준 높게 보유하고 있다. 루브르는 18c초 이미 천 500여 점의 미술품을 소장하고 있었다. 왕정 폐지로 몰수한 작품과 나폴레옹의 원정에서 약탈한 작품이 늘어 질과 양면에서 큰 성장을 이룩했다. 나폴레옹의 몰락 후 다소 침

체를 겪었지만 꾸준한 작품수집과 기증으로 오늘날 세계 최정상의 미술관으로 자리잡았다. 루브르의 최대 걸작은 아무래도 1503-1506년 사이 레오나르도 다빈치가 그린 모나리자다.

이 작품을 제대로 보는 것은 불가능에 가깝다. 항상 수 백여 명의 관람객들에게 둘러 쌓여 있다. 군중을 배경으로 사진 촬영하는 게 관람객이 할 수 있는 전부다. 아마도 루브르 건물 앞에서 사진 찍고 모나리자 앞에서 사진 찍은 뒤 루브르 관광을 마치는 여행객도 적지 않을 것이다. 짧은 일정에 볼 것은 많고…

아무튼 루브르는 낭만파까지의 작품은 물론 영국, 네덜란드, 스페인, 이탈리아 등의 고전주의 작품도 소장하고 있다.

79 오르세

루브르 박물관 반대편으로 세느강을 따라 10여분 걸어 내려가면 또 하나의 유서 깊은 미술관이 자리잡고 있다. 오히려 루브르보다 우리네 서정적인 정서에 더 잘 어울리는 미술관이라는 게 이곳을 방문하는 한국인들의 한결같은 평가다. 오르세(Orsay) 미술관이다.

19c말 오를레앙 철도주식회사는 빠리 세느강 남단에 있는 2개의 무너진 건물을 구입했다. 기사단의 병영과 오르세궁(Palais d'Orsay)이다. 이 건물들은 1871년 빠리 꼬뮌시절 파괴된 채 버려져 있었다. 루브르에서 10

분 도안되는 거리의 뛰어난 입지조건이 철도회사 간부들의 마음을 사로잡았다. 당시 빠리의 남부지방으로 가는 기차들은 동쪽의 오스떼를리츠역(Gare d'Austerlitz)에서 출발했다. 이를 오르세로 옮기면 고객들의 철도이용이 훨씬 편리해진다는 사실을 놓치지 않았다. 1898년 3명이 경쟁한 끝에 빅토르 랄루(Victor Laloux)의 설계작품이 채택됐다. 공기는 2년. 정말 프랑스 답지 않은 초스피드로 공사를 진행한 끝에 1900년 7월 14일 프랑스 대혁명 기념일에 오늘날의 오르세 역사를 완공할 수 있었다.

역사 높이 32m, 너비 40m로 완공됐다. 1만 1천톤의 철 구조물이 지붕에 얹혀졌다. 그러나, 훌륭하게 수행되던 기차역으로써의 기능은 2차세계대전 뒤 차츰 사라졌다. 1960년대 들면서 오르세역에서 기차의 기적음은 더 이상 들을 수 없게 됐다. 1962년 오손웰즈가 영화 찍고, 자동차회사 경매장으로도 쓰는 게 전부였다.

기차역 당시의 플랫폼 모습.

미술관으로 개조한 이후의 모습.

헐릴 위기에 몰렸지만 1973년 보존결정이 내려지고, 1978년 박물관으로 개조한다는 계획이 섰다. 기차역 오르세가 미술관으로 거듭나 세계인의 명소로 탈바꿈 하는 계기였다. 8년간의 준비와 개조 끝에 1986년 오늘날 우리가 보는 오르세 미술관이 탄생했다.

이곳에서 가장 익숙한 그림은 역시 사실주의 계열인 자연파의 밀레 그림. 그 유명한 '만종'과 '이삭줍기'가 이곳에 있다. 주인의 가을걷이가 끝난 밭에서 이삭을 주워 살아야 하는 가난한 소작농들의 고생스런 삶을 잘 표현해 공감을 얻는 작품이다. 특히, 어린 시절 고구마 밭이나 감자밭에서 비슷한 경험을 해야했던 시골 출신들에겐 더욱 가슴에 와 닿는 작품이다. 자연파에 이어 답답한 실내를 뛰쳐나가 햇빛 속의 자연을 표현 했던 인상주의 화가들의 작품도 이곳에서 대부분 접할 수 있다.

80 뽕삐두

고풍스런 건물이 즐비한 빠리, 그 중에서도 더욱 고색창연한 건물이 밀집한 마레(Marais)지구에 화초밭의 괴석(怪石)같은 건물이 하나 우뚝 솟아있다. 짓다만 건물처럼 건물의 골조가 그대로 노출되거나 유리벽 속으로 비치는 특이한 건물이다. 1977년 개관한 뽕삐두 (Pompidou) 센터는 기이한 외관으로 말도 많았지만 이젠 빠리를 방문하는 모든 이에게 필수 코스다. 건물

자체가 예술의 나라답게 파
격이다. 파격은 늘 첫 단계
에서 비난을 몰고 온다.

뽕삐두 미술관—건물외관이 아주 특이하다.

빠리 최고의 명소 에펠탑
처럼 많은 비난을 초기에
받아야했던 뽕삐두. 프랑스
를 대표하는 건물이지만 설
계는 이탈리아인이 맡았다.
미술관과 도서관이 자리잡고 있다. 너무 많은 인파가
늘 몰려들기 때문에 루브르처럼 줄서 기다리는 것이
일상화됐다. 뽕삐두 미술관에는 20c이후의 작품들이
전시돼 있다. 앞서 살펴본 대로 20c이후 등장한 야수
주의나 입체주의 이후 초현실주의 계열의 작품들을 원
없이 만날 수 있다. 사실 미술에 문외한인 필자의 경
우 마티스와 루오의 그림까지는 뭔가 느낌이 있다. 그
러나 피카소와 브라크를 넘어 초현실주의로 가면 골이
아파진다.

81 모네의 지베르니

①모네의 집--지베르니(Giverny)는 세느강이 완만한
평야지대를 굽이굽이 대서양을 향해 흘러 들어가는 중
간에 자리하고 있다. 이곳에 인상파화단의 창시자 모네
의 집이 있다. 수많은 사람들이 아주 특별한 곳으로 평
가하는 장소다. 모네에게 지베르니의 자연 특히 그가 만

든 정원은 인상주의 미술을 실현시켜주는 터전이 됐다. 모네의 집은 말 그대로 인산인해(人山人海)다. 방문한 시점이 휴가 절정기인 8월초여서 그런 탓도 있었다. 입장하기 위해 100여m 이상 줄을 서서 30분 이상 기다려야 입장할 수 있다.

모네의 집은 작은 문으로 들어간다. 들어서자마자 거대한 기념품 매장이 나온다. 그리고 정원이다. 넓은 정원에는 다양한 수목이 빼곡하다. 연못, 물줄기가 사방으로 흐른다. 이국적인 꽃밭에 들어와 있는 느낌이다. 정원이라기보다는 숲이다. 숲을 끼고 북쪽으로 모네가 살던 2층짜리 일자 집이 있다. 온통 덩굴로 뒤덮였다. 당시대로 생활시설은 물론 화실까지 그대로 꾸며 놨다. 인상주의라는 이름의 효시가 됐던 '일출, 인상'(Le soleil levant, Impression) 모조품이 화실에 걸려있다. 그래도 감회가 새롭다. 중학교부터 미술책에서 보던 낯익은 그림을 접한 반가움이다.

사실, 모네가 '일출, 인상'을 지베르니의 작업실에서 그린 것은 아니다. 이 작품은 1874년 출품했고, 모네가 지베르니에 정원을 만들기 시작한 것은 1883년부터이기 때문이다. 모네의 집에서 특징적인 사실 한가지는 일본색이다. 건물에 일본풍속도와 각종 소품류가 가득 전시돼 있다. 지베르니시는 일본과 자매결연을 맺을 정도다.

세느강변 지베르니의 모네 집.

②기념관으로 개조
--모네는 한눈에 세느
강변 지베르니시의 풍
경과 이 집에 반했다.
1883년 처음 보자마자
집주인으로부터 임대
했다. 평소 "나는 그림
그리기와 정원 가꾸기
를 제외하면 할 줄 아
는 일이 없다"고 말할

모네가 지베르니 집에서 그린 수련.

정도로 정원에 심취했다. 그러다가 1890년엔 아예 집을
사버렸다. 1926년 사망할 때까지 모네의 삶은 지베르니
와 함께 했다.

아마추어 식물학자이기도 했던 모네는 집 정원으로
세느강의 물을 끌어들여 운하를 만들고, 각종 나무와 꽃
을 심어 인공적으로 숲을 조성했다. 이런 정원을 갖게된
것은 모네의 신분상승을 의미한다. 프랑스에서 정원은
지적이며 도시에 거주하는 사람들의 고상한 취미로 간
주한다. 부를 거머쥐고, 인생에 성공한 사람들 차지다.
가난한 화가에서 인상파의 거두로 성장한 모네의 변신
을 읽을 수 있다.

1926년 모네 사후에 이 집은 처제인 블랑쉬(Blanche)
에게 넘어갔다. 그러나 블랑쉬의 사후 차츰 세인의 관
심권에서 벗어났다. 1966년 미술 아카데미 관리 아래
들어갔다. 아주 초라하고 보잘것없이 퇴락한 상태였다.
이후 11년 동안 복구작업이 진행됐다. 기금이 모자라

주로 미국의 자선사업가들에게 손을 벌렸다. 미국 뉴
욕 메트로폴리탄 박물관의 가장 중요한 후원자의 한사
람인 릴라 애치슨 왈라스(Lila Acheson Wallace)가 백
만 달러를 기부하는 등 미국과 프랑스 자선가들이 지
갑을 열었다. 모두 천200만 달러 이상의 돈이 모였다.
160억원 가까운 돈이다.

이들의 노력으로 1980년 드디어 모네의 집이 다시
문을 열었다. 지금도 매년 온실이나 다른 정원에서 기
른 꽃 20만 송이를 옮겨 심으며 관리한다. 이 집에서
그린 '수련'(水蓮)시리즈는 지베르니 모네집에서 나온
최고의 걸작으로 꼽힌다.

82 밀레의 바르비종

빠리에서 남동쪽으로 차를 타고 달리면 한적한 교외
가 나온다. 드넓은 밀밭과 군데군데 나무숲. 그림 같은
풍경 속에 바르비종(Barbizon)이라는 동네에 다다른다.
이름이 낯익다. 한국인들이 좋
아하는 농촌의 정경을 담
아냈던 장 프랑스와 미예
(Jean Francois Millet, 밀
레)가 떠오른다.

떼오도르 루소(Theodore
Rousseau)도 밀레보다는
덜 알려져 있지만 역시 자

밀레가 바르비종에서 그린 대표작 이삭줍기.

연을 그리기는 마찬가지였다. 이들이 어울려 살며 실내를
벗어나 자연과 자연의 색을 예찬한 동네가 바르비종이
다. 그리고 이들이 일궈낸 화풍을 바르비종파(Ecole de
Barbizon)라고 한다. 1840년대부터 이곳에서 자연을 그
리기 시작했다. 마을 주변은 지금도 그림처럼 아름다운
농촌풍경을 갖고 있다. 마을은 2개의 2차선 길이 교차
하면서 이루는 작은 동네다. 몇몇 화실들이 있다.

　그리고, 밀레가 화실은 옛 바르비종파의 흔적을 더듬
어볼 수 있는 박물관으로 옷을 갈아입었다. 밀레박물관
옆으로 밀레가 사망한 집이 있다. 역시 자연의 농촌을
사랑했던 이들의 집은 인상파 화가들의 본거지 지베르
니보다 초라했다. 그러나, 그만큼 서민적이고, 인간적인
냄새가 더 짙게 배어 있다. 가난해야 진정한 예술을 할
수 있는 것은 아니지만 벌써 부유해진 조건에서 맑고
순수한 영혼이 샘솟길 기대하는 것은 왠지…

83 로트렉의 알비

　프랑스 남부지방으로 가면 색조가 달라진다. 회갈색
지붕에서 한결같이 주황색이나 오렌지색 지붕이다. 건
물도 붉은 벽돌이나 베이지색 계열로 바뀐다. 그리고,
왠지 낡고, 빛 바래 보인다. 한 벌밖에 없는 옷이 여기
저기 해지고, 찌든 때에 닳고닳아 반들반들해진 옷을
보는 것 같다. 그런 옷 입은 사람은 왠지 수수하고 순
수해 보이지만 파리하고 힘에 부쳐 보이기 마련이다.

프랑스 남부도시들을 다니면서 받는 인상이다. 왠지 연민의 정이 간다. 특히 붉은 색조의 지붕이 우리네 붉은 기와집과 비슷해 더욱 그런지도 모른다. 아무튼 잘사는 북부마을보다 이런 남부마을이 더 가슴에 남는다. 남부의 대도시 뚤루즈에서 2시간 거리에 알비(Albi)라는 도시가 있다. 시내를 가로지르는 아름다운 따른(Tarn)강과 강을 가로지르는 붉은 벽돌의 다리들이 아주 인상적이다. 녹색의 물과 어울리는 색 대비가 좋다. 강 위 언덕으로 거대한 성당이 눈에 확 들어온다.

붉은색 벽돌을 사용해 그냥 육중하게 지었다. 남서부 가스꼬뉴(Gascogne)지방에서 자주 볼 수 있다. 셍뜨 세실(Sainte Cecil)성당이다. 성당 옆에 주교가 거처하던 대형 관사가 있다. 관사는 화가 뚤루즈 로트렉(Toulouse Lautrec)의 작품전시관이 됐다. 이 동네에서 태어난 로트렉을 기려 만들었다.

키가 155cm에 불과했던 로트렉과 그가 다녔던 물렝루즈의 19c말 모습.

로트렉 생가는 고풍스럽지만 낡은 2층집이다.

이공간을 메우는 로트렉의 습작 등 수많은 작품에 놀라지 않을 수 없다. 250점의 로트렉 그림을 전시하고 600

여점은 아직도 미공개로 보관중
이다. 화가였던 아버지와 삼촌의
그림도 일부 전시돼 있다. 1901
년 로트렉이 숨졌고, 1922년부터
이곳을 로트렉 박물관으로 활용
하고 있다. 정교분리 이후 교회
재산은 국가로 환원됐고, 시에서

로트렉이 주로 그린 물렝루즈의 무희.

박물관으로 개조한 것이다. 박물관에서 마을로 내려가
면 1864년 로트렉이 태어난 생가도 나타난다. 특유의
초라함 그대로다.

 이곳에서 한시간 거리에 있는 몽또방(Montauban)은
화가 엥그르(Ingre)의 고향이다. 이곳 역시 알비와 똑
같은 분위기다. 낡고 초라하다. 강이 흐르고 붉은 색조
의 건물들이 많다. 엥그르박물관 역시 알비의 로트렉
박물관처럼 거대한 붉은색 벽돌 건물이다. 강가에 우
뚝 서 도시에서 가장 커 보인다. 뚤루즈(Toulouse)와
삼각지점이다. 이 지역을 돌면 가스꼬뉴의 분위기를
익힐 수 있다.

84 피카소와 에로띠끄전

 그림의 영웅으로만 생각했던 피카소를 빠리에서 보
고 깜짝 놀랐다. 2001년 3월 빠리에서 열린 특이한 전
시회다. 늘 새로운 전시회가 열리는 나라지만 수많은
사람들이 관심을 갖고 찾았다. 만만찮은 입장료에도

불구하고 줄을 서서 표를 끊고, 내내 줄서 구경해야
했다.

①'피카소 에로띠끄'(Picaso Erotique)전--전시관 안
에는 다양한 유형의 섹스화들이 난무했다. '아비뇽의
처녀들'은 순진한 차원이었다. 여자의 벗은 몸. 야릇한
포즈. 남녀의 사랑행위. 짐승과 인간의 행위. 인체의 분
해를 통해 바라본 여체… 전시장 전체가 그랬다.
1890년대부터 1960년대까지 10대에서 80대까지 전 생
애를 거쳐 그렸던 작품이다. 우리 사회에서 작가의 이
름을 감춘다면 음란물 전시회로 분류할 게 틀림없다.
전시회의 그림가운데 핵심적인 것들만 모은 소책자도
표지가 그렇다. 표지는 피카소의 비서이자 친구 역할
을 했던 사바르떼(Sabartes)다.

그녀가 1957년 당시로써는 파격적인 복장으로 앉아
있는 사진에 작가로 보이는 사내가 알몸으로 다가서는
모습을 합성했다. 피카소는 에로티시즘을 떠나서 생각
할 수 없는 작가라는 생각을 떨쳐버릴 수 없었다. 성에
눈을 뜨면서부터는 그의 작품 구상 안에 늘 에로티시
즘이 자리했다고 보는 게 정확할 것 같다. 이런 저런
생각을 하다 특정 작품 앞에서 프랑스여성과 나란히
그림을 보고 있는 내 모습을 발견하고 움찔했다. 참 민
망하기도 하고 무안해서… 피카소 에로띠끄전을 통해
어디까지 진정한 예술인지 함부로 재단하는 일이 자칫
큰 우를 범할 수 있겠다고 생각하며 45프랑(7천700원)
짜리 모음집 사들고 전시장을 빠져 나왔다. 마광수 교
수의 작품을 함부로 수사해서는 곤란하겠다.

②피카소--여기서 잠시 피카소를 되돌아보자. 1880년 스페인 안달루시아 지방에서 태어났다. 스페인은 크게 3개권역으로 나뉜다. 마드리드를 중심으로 한 서북부지역, 스페인어를 사용하는 지역이다. 그리고, 바르셀로나를 중심으로 한 지중해 연안 까딸루냐 지방이다. 까딸루냐어를 쓴다. 끝으로, 남부 아프리카 대륙과 만나는 안달루시아 지방. 이곳은 오랫동안 아프리카 베르베르 출신의 이슬람 세력이 지배하면서 독특한 문화를 남겼던 지역이다.

안달루시아는 덥고 해가 많은 정렬의 고장이다. 투우는 이 고장 론다(Ronda)라는 동네에서 처음 나왔다. 이런 독특한 자연과 문화적인 배경에서 14살까지 자랐다. 정렬의 피카소는 여기서 만들어진 것으로 보인다. 이후 지중해의 꽃 가운데 하나인 바르셀로나로 이주해 본격적으로 미술수업을 쌓았다. 1904년부터는 프랑스 빠리로 가 화가의 길을 걷는다. 기존의 것을 거부하고 늘 새로운 것을 추구했던 그는 색 위주의 한계에서 벗어나 대상자체를 한 차원 다르게 분석해낸 입체파의 길을 택했다. 자유주의적인 기질은 프랑코 독재와 히틀러에 대한 극도의 반감을 작품으로 표현하게 만들었다. 2차대전중 레지스땅스 단원

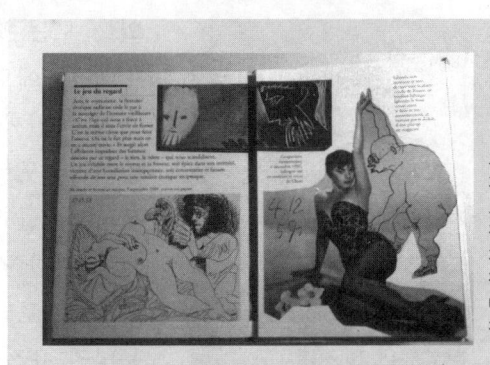

오른쪽은 피까소 에로띠끄 사진집의 표지. 왼쪽은 작품집에 나오는 한 작품

들과 가까이 지내고, 2차대전 이후 프랑스공산당에 입당한 것도 이런 맥락에서다. 한국전쟁이 터졌을 때 피카소의 시각이 어디에 있었는 지는 자명하다. 미국의 무차별 폭격과 전쟁에 희생되는 민중들의 모습이다. 그는 그렇게 살았다.

85 에로화의 역사

피카소전을 보고 난 뒤 춘화(春畵)들의 원조가 궁금해졌다. 우연히 서점에서 17c부터 19c까지 프랑스춘화를 모아놓은 2권의 에로띠까(Erotica)라는 책을 접했다. 아주 적나라한 에로화들이 넘쳐흘렀다. 오늘날 우리가 보는 현대판 섹스화들과 하나도 다를 바 없다. 실물이상으로 변형시킨 인체구조를 십분 활용해 기괴망측한 농작들을 표현하고 있다. 신부님이나 수녀님은 물론이요, 귀족, 군인… 당대에 살고 있는 모두를 등장시켰다. 상상할 수 있는 모든 장면을 묘사하고 있다.

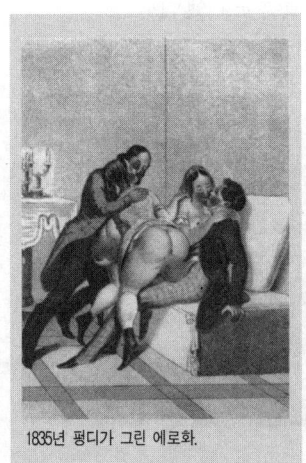
1835년 펭디가 그린 에로화.

사실 에로화의 출발은 고대 그리스가 아닐까 싶다. 도자기에 담긴 에로화는 포르노 수준이다. 로마시대 모자이크들 역시 정도는 약하지만 각종 야한 장면을 남겨놓고 있다. 다른 메소포타미아나 이집트, 인더스 문명권 유적지를 다녔지만 이런 장면

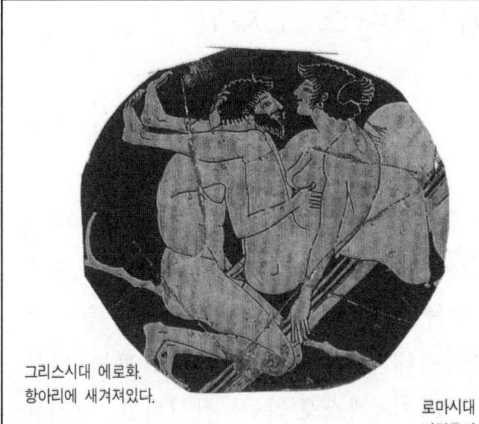
그리스시대 에로화.
항아리에 새겨져있다.

로마시대 모자이크화. 레다의 아름다운 뒷모습을 백조로 변한
바람둥이 제우스가 탐욕 어린 눈길로 바라본다. 키프러스의
로마 유적지에서 나온 모자이크다.

은 찾을 수 없었다. 당시에 있었는데 남아 있지 않은
것인지는 모른다. 현재 남아있는 유물은 없다. 여성의
벗은 모습을 부조로 새기는 정도에 불과하다. 고대 인
더스 문명과 별개로 인도권에서 다양한 행위를 묘사하
는 돌 부조들이 있다. 카마수트라라는 성행위 지침서
는 거의 묘기 수준의 그림을 보여 준다. 그런 부조는
곳곳에 남아 있다.

사실, 우리 나라에도 춘화들이 있다. 그러나, 양반네
들이 온몸 칭칭 감는 옷 입고 기생들과 껴안고 있는
게 전부다. 일본의 춘화는 우리보다 좀 더 나갔다. 남
녀가 혼탕에서 목욕했던 문화여서 그랬나? 상반신을
벗어 던진 가운데 적나라한 포즈로 애무하는 춘화들이
17c 이후 많이 나타났다. 그러나 일본 역시 특정부위
를 노골적으로 드러내는 춘화는 없다.

86 프랑스 도자기

어려서부터 하도 고려청자의 우수성만 배우고 자라
다보니 도자기는 우리 민족만 만들어낸 독창품인 줄
알았다. 자연스럽게 환상은 깨졌다. BC 천년대의 에개
해나 그리스 작품은 어제 만든 것 같은 화려한 모습으
로 세계의 숱한 박물관에 전시돼 있다. 중국은 물론이
요, 10c이후 이슬람시대의 화려한 도자기도 보는 이를
압도한다. '세계 도자기 엑스포'라는 전시회를 경기도
가 2001년 열었다. 누군가의 업적으로 삼기 위해서라
면 애교로 봐주겠다.

혹시 우리 도자기의 우수성을 알리기 위한다는 취지
였다면. 설마 그렇게 세상물정 모르지는 않았을 것이
다. 그랬다면 엄청난 돈 낭비였다. 프랑스에서 도자기
산업의 중심지는 중부 리모쥬(Limoge)다. 리모쥬는 원
래 에나멜 산업이 융성했다. 그러다가 18c 근처에서
대규모 고령토광을 발견한 뒤로 도자기 산업이 에나멜
을 대신했다.

리모주의
국립 도자기
박물관과 프
랑스 도자기.
주로 화려한
칠보도자기
가 많다.

1771년부터 리모쥬에서는 도자기를 생산해 프랑스 전역에 공급했다. 이곳의 도자기는 흰색 바탕에 금박을 두르고 화려한 색을 넣어 아주 고급스럽고 품격 있어 보인다. 유럽의 화려하고 거대한 궁전들에 어울리는 도자기다. 금속에 유약을 발라 도자기에 부착하는 칠보제품이 특히 많다. 리모쥬 칠보는 독일의 쾰른과 함께 유럽에서 가장 유명했던 곳이다. 궁궐에 특별한 장식이 없는 우리 나라에서는 청색이나 백색의 단조로운 도자기가 어울린다.

물론 단조롭거나 단순하다고 해서 기품이 떨어진다는 얘기는 아니다. 오히려 정갈하고 깊은 맛은 단순함에서 나온다. 도자기 산업이 예전 같지는 않지만 아직도 리모쥬에서는 도자기를 생산한다. 거대한 도자기 박물관도 있다. 아주 인상적인 리모쥬 기차역에서 내려 40분 여를 걸어야 국립 도자기 박물관에 도착할 수 있다. 도자기의 다양한 아름다움을 보려는 사람들은 꼭 방문할 가치가 있다. 국립박물관에는 고대 그리스부터 현재까지 만여 점의 작품을 전시하고 있다.

87 음악은 가창력이 먼저

우리 나라 사람들도 프랑스 샹송(Chanson)을 자주 듣는다. 특히, 가을이면 이브몽땅과 조르쥬 무스따끼, 겨울이면 아다모의 노래에 귀를 기울인다. 흘러간 가수 외에 요즘 프랑스에서 최고의 인기를 구가하는 빠트리샤 까스 역시 국내 팬들의 사랑을 받는다.

①가사를 소중하게--현대 프랑스상송의 시조 에디뜨 삐아프(Edith Piaf, 1915-1965). 그녀이후 가수들의 노래는 메시지를 담는다. 소박한 삶의 기쁨이나 철학부터 전쟁과 평화 같은 무거운 주제까지. 프랑스의 상송이 예술로 인정받는 이유가운데 하나다. 철학자 사르트르의 시도 상송으로 바뀌었다. 아다모의 인샬라(Inshalla)는 중동에서 이스라엘과 아랍의 평화를 기원하는 노래다. 요즘 부시대통령이 이 노래를 들었으면 좋겠다.

②가창력--프랑스 가수들은 일단 노래를 참 자연스럽게 잘한다. TV에서 쇼나 공연을 보면 모든 초청가수들이 풍부한 성량에 가창력이 뛰어나다.

③댄스음악 별로--그러다 보니 댄스음악이 상대적으로 적다. 춤으로만 승부 하는 가수들이란 백댄서일 뿐 가수로 인정받을 수 없다. 미모 역시 가수의 인기에 큰 관련이 없어 보인다.

프랑스에서 최고의 인기를 얻고 있는 빠트리사 까스. 대중가요는 가창력을 생명으로 한다.

④시대구분 없어--우리는 세대별로 노래가 나뉘어 있다. 50대 이상은 5, 60년대의 노래를 선호한다. 중년층은 6, 70년대의 노래를, 30대는 8, 90년대, 10대나 20대는 최신곡으로 완전히 나뉘어 있다. 프랑스는 젊은 층도 70년대의 노래를 즐겨 듣는다. 디스코장에서도 70년대

의 노래를 아직도 비중 있게 틀어준다.

⑤TV 가요순위 프로그램 없어--최대 방송사인 민영 TF1방송사는 가요프로그램이 아예 없다. 공영방송 F2가 토요일 밤에 편성하는 음악프로그램이 있지만 순위 프로는 없다.

⑥FM은 다양한 음악--라디오의 음악 채널은 아주 발달해 있다. 우리 나라는 댄스음악 위주이기 때문에 TV로 보는 음악이다. 프랑스는 가창력위주여서 라디오로 듣는 음악에 더 익숙하기 때문이다.

⑦음악의 날--프랑스에는 '음악의 날'이 있다. 6월의 하지(夏至)가 음악의 날이다. 1년 중 해가 가장 긴 날을 골라 프랑스국토 어디서든 국민들이 마음껏 음악을 즐길 수 있도록 하자는 뜻에서 하지를 음악의 날로 잡았다. 음악홀에서는 교향악을 연주한다. 거리에선 노래, 연주, 춤으로 밤을 지샌다. 밤새도록 지하철이 다니고 도시 전체가 들썩인다. 빠리는 물론 프랑스전체가 그렇다. 대중가수가 대통령의 집무처인 엘리제궁에서 노래 부른다.

⑧대중화된 뮤지컬--프랑스인들은 뮤지컬을 광적으로 좋아한다. 2000년 선보인 뮤지컬 '로미오와 쥴리엣'은 1년 넘게 전 공연의 입장권이 매진될 정도로 인기를 모으고 있다. 여기에 등장한 창작곡들은 '에메(Aimer)'를 비롯해 여러 곡이 2000년 프랑스에서 최고의 인기를 누린 대중가요였다. 프랑스인들이 가장 많이 보는 TV인 TF1 저녁 8시뉴스에 출연가수들이 생방송 참여할 정도로 비중 있다.

⑨오페라도 대중화--우아한 이 공연예술에 많은 프랑스인들이 시간과 돈을 투자한다. 국립 빠리 오페라단(ONP)은 프랑스 대혁명의 상징인 바스띠유(Bastille)와 빨레 가르니에(Palais Garnier) 2곳의 극장에서 연간 80만 명에게 오페라를 선사한다. 바스띠유는 1789년 프랑스 대혁명의 도화선이 된 바스띠유감옥이 있던 자리다. 빠리 군중들이 절대왕정을 무너뜨린 유서 깊은 명소다. 미테랑 대통령의 주도아래 1989년 혁명 200주년을 맞아 기념비적인 오페라극장을 완공했다. 수준 높은 오페라를 일반 대중들이 즐길 수 있도록 만든다는 취지였다.

⑩고전음악--프랑스에도 음악사에서 빼놓을 수 없는 몇몇 거장들을 지나칠 수 없다. 프랑스 낭만파 음악의 거장 베를리오즈(Berlioz)와 '아베마리아'의 구노(Gounod), 1874년 '카르멘'을 작곡한 오페라의 거장 비제(Bizet)가 19세기를 풍미했다. 모음곡 '동물의 사육제' 가운데 「백조」로 유명한 셍상(Saint-Saens)과 인상주의 음악의 드뷔시(Debusy)와 라벨(Ravel)은 19세기와 20세기를 거쳐 활약했다.

88 실망뿐인 리도쇼

한국에서 프랑스를 떠올릴 때 대표적인 인상가운데 하나는 캉캉(Cancan)춤일 것이다. 아름다운 무희들이 주름진 긴 드레스를 걷어올린다. 검은 스타킹이 유난히 눈에 들어온다. 발을 힘껏 허공으로 찬다. 태권도 하듯이. 이런 포즈의 춤을 캉캉(Cancan)이라고 한다. 1830년대 이후 프랑스 빠리의 댄스홀에서 나타나기 시작한 춤이다.

이후 빠리 몽마르뜨의 명물 물렝루즈(Moulin Rouge)나 나중에 생긴 리도(Lido)쇼를 대변하는 춤이 됐다. 빠리의 정서나 전통을 담은 듯한 느낌이다. 그래서 빠리에 가는 사람은 누구나 물렝루즈나 리도에서 이런 춤을 보고싶어 한다.

결론부터 말하면 시간과 돈이 아깝다. 리도쇼는 한마디로 라스베가스쇼의 아류다. 개성도 없고 수준도 낮다. 참여하는 무희들이나 가수의 수준이 국내의 웬만한 나이트클럽만도 못할 것이란 게 솔직한 심정이다.

간혹 다양한 소재 중에 눈에 띄는 부분이 없는 것은 아니지만 빠리의 분위기를 느끼고 싶은 사람들에게는 무조건 가지 말 것을 권한다. 마술의 수준도 형편없다. 가격은 580프랑, 무려 10만원 돈이다. 그런데도 발 디딜 틈이 없다. 토요일 밤12시 공연인데도 그렇다. 이유는 간단하다. 관람객가운데 프랑스인은 없다. 빠리에 다시는 오지 않을 관광객이 대부분이다. 1년에 빠리를 찾는 관광객은 7천500만명. 공연의 질에 관계없이 손님이 줄설 수밖에 없다. 과거 라스베가스는 물렝루즈나 리도의 쇼를 모방했다.

이제 빠리의 리도나 물렝루즈가 라스베가스를 거꾸로 베끼고 있다.

89 전통과 함께하는 축제

• 카니발

학창시절 축제를 카니발이라고 말했던 기억이 난다. 영어로는 카니발(Carnival)로, 프랑스어로는 까르나발 (Carnaval)로 발음하고 적는다. 둘다 어원은 라틴어 까르네 발레(CARNE VALE, 고기 그만), 까르넴 레바레 (CARNEM LEVARE, 고기를 먹지 않는다)다. 원래 기독교에서는 먹고 마시고 흥청대는 것을 금지한다. 그러나, 기독교를 믿지 않던 지방에 포교하기 위해선 변형이 필요했다. 로마제국 안에서는 로마의 농신들에게 올리는 농업축제가 12월말에 있었다. 이때는 고기 먹고 마시고 논다. 기독교가 이를 그대로 인정한 것이다. 이런 농신제의 성격이 12월말의 크리스마스로 발전했다, 주로 날이 추운 유럽북부다.

농신제는 다른 한 방향으로도 발전했다. 예수가 부활한 부활절 40일전(사순절, 四旬節) 며칠간 진행하는 축제다. 사순절은 예수가 황야에서 단식 금욕한 것을 떠올리며 고기를 먹지 않는다.

2월초 베니스에의 카니발이다. 전통의상이나 특이한 복장를 계속한다.

따라서 그전에 실컷 먹고 즐긴다. 날씨가 따뜻한 남부유럽중심으로 발전했다.

2월8일 경이다. 이를 까르나발(카니발), 사육제(謝肉祭)라고 부른다. 고기에 감사하는 축제다. 로마의 이교도적인 요소지만 기독교시대에도 전통으로 이어졌다.

• 전통 소중히

프랑스나 스위스, 기타 베네치아 등에서 이런 사육제나 지역축제에 참가해 봤다. 인상적이었던 것은 정말 이들이 자신들의 축제를 즐긴다는 점이다. 전통의상이나 축제의상을 입는다. 옛날에 하던 대로 가면을 쓴다. 돌아다니며 춤추고 즐기고 먹고 마신다. 특히 이탈리아 베네치아에서 본 카니발은 아주 인상적이었다. 아름다운 고도 베네치아가 온갖 가면과 전통의상으로 뒤덮였다. 일본사람들도 기모노를 입고 축제에 참가했다. 참… 연일 프로그램에 따라 각종 행사가 벌어진다. 전통을 소중히 하는 이들의 태도가 아주 인상적이었다.

12월초 스위스의 제네바에 갔을 때도 마찬가지다. 토요일 밤에 제네바 중심가에서 전통의상 등을 입은 행렬이 연주하고, 노래한다. 밤늦도록 축제를 벌이는 것을 봤다. 우리는 요즘 설이나 추석 때 어떤가. 날로 전통이 희석되고 있다. 의미도 줄고, 한복도 입지 않고, 전통놀이도 없어지고 있다. 문화와 전통이 사라진다는 것을 외국에서 그것도 전통을 별로 중요시하지 않을 것이라고 잘못 생각했던 유럽에서 보고 깨달을 수 있었다.

진정으로 전통이나 우리문화를 지키는 일이 소중하다는 것을 알았다. 명절 때 한복이라도 입어봐야겠다고 맹세했다. 그러나 귀국해서 추석 때 한복 입으려니 쑥스러웠다. 내년 설날에는 꼭.

90 문화유산의 날

프랑스에는 '문화유산의 날'(Journee du Patrimonie) 이란 게 있다. 말 그대로 국가의 문화유산을 기리는 날이다. 이날은 국가문화유산으로 지정된 유적을 일반에 공개해야한다. 평소 사유재산이라도 이날만큼은 일반에 공개해서 일반인들이 문화유산에 접근할 수 있고, 배우고, 느낄 수 있도록 한다. 주 프랑스 한국대사관도 문화재다. 한국정부 소유지만 문화재의 날에는 예외 없이 공개해야 한다. 참 대단한 나라라는 생각이다. 문화재 한 분야만 봐도 다른 나라를 압도하는 정신이 있다.

이렇게 문화재에 많은 관심과 애정을 기울이기 때문에 오늘날 세계에서 가장 볼거리가 많은 문화유산의 나라를 만들었다. 세계 최대의 관광 대국이 가능했다. 빠리시내 대부분의 건축물은 18c~19c에 만들었다. 웬만하면 문화재다. 함부로 헐거나 파괴하지 않는다. 잘 보존한다. 유적과 함께 유물보호에도 적극 나선다. 수없이 많은 박물관을 만들어 유물들을 보관한다. 아무리 작은 동네를 가더라도 박물관이 있다. 하잘 것 없는 동네 물건 몇 개 모아놓고 박물관이라고 열어 놓고 신주단지 모시듯이 한다. 개인과 관련한 자료 등도 대부분 지방자치단체 등에 기증해 기념관으로 관리, 운영한다. 우리가 배워야 할 소중한 대목이 아닌가 싶다.

91 인류역사의 보고, 루브르

이런 풍토 속에서 루브르박물관을 바라봐야 한다. 루브르의 역사유물은 참으로 대단하다. 세계곳곳의 유적과 유물을 보러 찾아 헤맬 필요가 없다. 루브르에서도 인류역사를 일별할 수 있다. 오리엔트문명과 지중해주변 역사유적지들을 대부분 돌아보려고 노력했다. 그런데 놀랍게도 역사현장에 있어야할 대부분의 유물들이 빠리의 루브르박물관이나 영국의 브리티쉬 뮤지엄(British Museum, 대영박물관)에 들어 있었다. 우선 루브르 박물관의 주요 유물부터 보자.

①메소포타미아 수메르 석상--B.C. 3천 300년 전에서 2천 500년 사이에 메소포타

루브르 박물관. 박물관마당에 유리로 피라미드를 만들어 입구로 사용한다. 이 유리피라미드는 프랑스현대 건축의 한 장을 긋는 작품으로 평가된다.

이집트 고분 벽화.

미아에서 발견한 작은 석상들이다. 지금까지 밝혀진 문명사회의 가장 오래된 유물가운데 하나다. B.C 2천400년 전에서 B.C. 2천년 사이의 인물상도 있다. 마리(Mari)와 라가쉬(Lagash)지방에서 발굴한 유물들이다. 스카프를 두른 여인상이 인상적이다. 사람얼굴에 황소 몸을 가진 조각상도 발굴됐다.

②하무라비법전--메소포타미아 바빌로니아 왕국의 하무라비법전은 B.C. 천700년대 제작된 것이다. 태양과 정의의 신 샤마쉬가 하무라비왕에게 축복을 내리는 부조 아래로 각종 관습법 등이 적혀있다.

그리스 밀로섬에서 발견한 상이다. 루브르에서 모나리자 다음으로 인파가 많이 몰린다.

③앗시리아 유물--B.C. 8c 앗시리아의 사르곤 2세 궁전에서 발굴한 사람머리에 황소 몸통의 조각 등 각종 유물을 발굴해 보존하

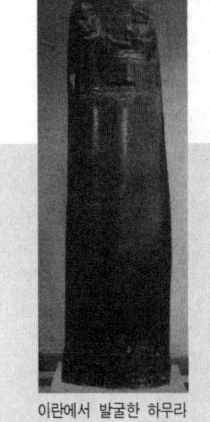

이란에서 발굴한 하무라비법전이다.

고 있다. 니네베(Nineve) 유적지의 B.C. 7c 앗수르니팔왕의 유물도 있다.

④히타이트 유물--B.C. 16c 아나톨리아지역(오늘날 터키)의 히타이트 유물도 있다. 히타이트 특유의 원뿔형 모자를 쓴 인물상이 이채롭다.

⑤고대이란--B.C. 2천년경의 이란은 엘람

왕국이 지배했다. 엘람(Elam)의 유물도 풍부하다. 엘람문명은 메소포타미아에서 영향받아 지구라트를 건설했다. 슈슈(shushu) 근처 총가잠빌(Chongasambil)지구라트는 이라크 이외의 지역에서 경험할 수 있는 유일한 지구라트 유적지다. 비옥한 대지 위로 우뚝 솟은 장관이 눈에 선하다.

⑥페르시아 다리우스왕 때의 채색 타일부조는 특이한 구조와 사실성이 돋보이는 뛰어난 유물이다. 페르시아가 알렉산더에게 멸망된 이후 나타난 B.C. 3-4 세기경의 아케미드왕조와 기원후 사산왕조의 유물도 소장하고 있다.

⑦페니키아 유물--고대 B.C. 18c 페니키아의 유물도 많다. 오늘날 레바논과 시리아 지방에 해당하는 지중해 연안이다. 레바논의 비블로스(Byblos)지역과 알파벳기원 점토판을 출토한 시리아 우가리트(Ugarit)지역의 유물이 많다. 페니키아 인들이 북아프리카 튀니지에 세운 해외도시 카르타고의 B.C. 7c 유물도 있다. 지중해 연안의 유물보고 키프러스에서도 다수 유물을 가져왔다. 2c경 시리아의 사막 한가운데 우뚝 선 팔미라(Palmyra)의 유물도 보유하고 있다.

알제리 콘스탄틴에서 발굴한 로마시대 모자이크.

⑧이집트 유물--B.C. 4천년에서 B.C. 3천년사이의 그릇

과 항아리부터 B.C. 3천년 이집트 고왕국 1왕조시대 이후 각 왕조시대의 유물이 망라돼 있다.

⑨그리스 유물--말할 것도 없이 찬란하고 아름다운 유물들로 가득하다. 에게해 상에 있는 밀로섬에서 발굴한 비너스상은 루브르에서 모나리자만큼 인기 있다.

⑩에투루리아 유물--이탈리아에 있던 로마 선주문명의 유물도 다수 있다. 로마는 인물상, 모자이크가 압권이다. 로마유물은 오늘날의 이탈리아 국내가 아니라 지중해 전역에 퍼져 있는 것을 발굴 수집해 놓은 특징이 있다.

92 문화재 발굴의 열정

이런 어마어마한 루브르의 유물은 어떻게 수집됐을까? 19c 유럽은 발굴의 시기, 고고학의 시기였다. 헤리슨 포드가 고고학자 인디애나 존스로 분해 활동하는 영화에서 느낄 수 있는 대로다. 그러나 유럽에는 정작 고고학의 대상이 될 발굴 유적지가 별로 없다. 이들이 찾아 나선 곳은 지중해를 마주하고 자리잡은 이집트, 메소포타미아 각국, 그리스, 터키, 북아프리카연안, 이란, 인도(오늘날 파키스탄)등이다. 그때까지 이들 나라는 대개 영토나 주권 등 현대적인 의미에서 국가의 정체성이 없었다. 또 있다해도 유적이나 발굴에 대한 개념이 없었다. 따라서, 먼저 정신 차리고 발굴에 나선 유럽의 고고학 팀에겐 발굴의 엘도라도였다. 해당지역에 돈 몇 푼 쥐어주고 어마어마한 유적지를 쉽게 발굴할 수 있었다. 유적발굴팀들은 발굴한 유물을 자기나라 박물관으로 가져갔다. 예를 들어 프랑스의 학술팀은 이란의 슈슈 지방을 발굴했다. 슈슈에서 학자들은 하무라비 법전과 후대 페르시아문명의 화려했던 건물 잔해와 벽화 등을 발굴한 뒤 모두 가져와 루브르에 전시하고 있다. 물론 이란국립고고학 박물관에도 하무라비법전이 있다. 모조품이다.

독일 베를린의 페르가몬 박물관을 보자. 독일팀은 당시 동맹국 오스만 터키에 있는 헬레니즘시대의 도시 페르가몬을 발굴한 뒤 유물은 물론 거대한 구조물까지 뜯어다 전시하고 있다. 도시전체를 옮겨 놨다.

터키에서 발굴한 로마시대 신전의 대규모 기둥초석.

독일의 거상이었고, 나중에 고고학에 심취해 고대유적발굴에 일생을 바쳤던 하인리히 슐레이만(Heinrich Schuleiman)도 빼놓을 수 없다. 고대 그리스문화에 빠져들었던 슐레이만은 호머의 서사시 '일리아드'와 '오디세이' 등을 역사적인 사실로 간주하고 유적과 유물 찾기에 나섰다. 이 사람은 아마추어 고고학자였던 탓에 체계적인 발굴팀을 조직하지는 않고 오로지 개인적인 열정으로만 유적지를 찾아다니며 유물을 발굴해 댔다. 그 탓에 시행착오도 많았다. 터키에 있는 그리스 전설상의 트로이(Troy)성을 발굴할 때 특정 역사만을 강조하다 유적을 많이 훼손시켜 트로이의 전체적인 면모를 파악하는데 어려움을 겪게 만든 예는 대표적이다. 물론 이런 측면이 전설로 잠자던 트로이의 역사와 그리스 본토 황금왕국 미케네를 발굴하는 등의 대성과를 가릴 수는 없다.

93 문화재 약탈의 역사

학술적인 열정의 발굴만으로 거대한 인류역사의 보고가 형성되지는 않는다.

• 제국주의 산물

제국주의 역사가 있기에 가능했다. 식민지나, 국제회의를 통해 보호국으로 만든 뒤 유적을 자유롭게 발굴해 유물을 갖고 들어온 점도 무시할 수 없다. 영국은 인도를 식민지로 두면서 오늘날 파키스탄에 있는 인더스문명의 유적지와 간다라 유적지를 집중 발굴했다. 인더스 문명의 하랍파유적지나 간다라예술품의 본고장인 탁실렌에 가면 죤 마샬(John Marshall) 같은

리비아 사브라타 유적지. 무솔리니의 리비아침략 합리화를 위한 야욕으로 발굴된 경우다

영국인 고고학자들의 사진과 이름이 유적지나 박물관에 걸려있다. 발굴 유물은 본국으로 간다.

이집트 유적이나 이라크의 메소포타미아 유적지 발굴은 영국이 이들 국가를 보호국으로 만들면서 가능했다. 프랑스는 1차세계대전 뒤에 해체된 오스만 터키의 과거 식민국가들 가운데 시리아와 레바논 등을 보호국으로 두고 이들 지역을 집중 발굴했다. 메소포타미아 문명권 가운데 시리아 지역에 있는 유물이 루브르에 많은 이유가 여기 있다. 터키의 이스탄불에 있는 국립 고고학박물관에 가면 오리엔트 전시관이 따로 있다. 16c이후 1918년 1차세계대전이 끝날 때까지 중동과 북아프리카, 그리스, 동유럽은 오스만 터키제국의 깃발 아래 있었다. 터키가 이집트나 이라크, 시리아 등지의 메소포타미아 유물, 터키본토의 히타이트 유물을 한 장소에 모아 놓을 수 있었던 배경이다.

이탈리아는 리비아를 식민지로 만들어 직접 발굴했다. 이탈리아는 2천년 전 로마제국 때 할아버지들이 페니키아 계열의 카르타고를 꺘다. 그리고, 이 지역을 로마제국의 영토 안에 편입했다. 무솔리니는 그때의 영광을 재현하기 위해 리비아를 침공한 뒤 로마유적지 발굴에 더욱 열성적이었다. 리비아 땅은 이미 2천년 전부터 이탈리아 것이라는 주장을 위해서다. 식민 지배 합리화를 위한 술책이다. 그래서 발굴은 로마유적만 파낼 뿐 같은 장소에 앞섰던 페니키아 유적 등은 소홀히 하는 치명적인 우를 범했다. 사악한 인간의 심성이 개입되는 순간 역사는 그렇게 일그러진다. 아무튼 세계에서 가장 큰 로마유적지, 리비아의 렙티스마그나는 그렇게 세상에 나왔다.

• 전쟁

식민지로 만들어 발굴하는 방법 외에 전쟁을 통해 빼앗는 방법도 있다. 서양고고학 최대의 성과는 이집트 상형문자 해독이라고 단언할 수 있다. 이집트문명의 전모를 알 수 있게 해줬기 때문이다. 프랑스는 1789년 프랑스대혁명이후 해외로 혁명이념을 전파한다는 이름아래 유럽각지로 군사적인 팽창을 시작했다. 나폴레옹은 급기야 당시 오스만터키의 지배 아래 있던 이집트까지 갔다.

이곳에서 프랑스군은 결사 항전하던 이집트 마물루크군을 물리치고 이집트 땅으로 들어갔다. 마물루크는 11-12c이후 터키땅에서 용병으로 들어와 한때 이집트를 통치했고 나중에 토착귀족화 한 몽골인종이다. 프랑스군은 이집트 땅에 상륙해 이런저런 못된 짓을 했다. 스핑크스에 대포도 쏘고, 돈 될만한 골동품 빼앗고, 로제타라는 동네 해안가에서 이상하게 생긴 돌비석하나도 챙겼다. 프랑스는 탈취한 유물을 갖고 떠나다 이집트 연안에서 영국과 전쟁을 벌였다. 이 과정에서 로제타스톤은 다시 영국 손으로 넘어갔다. 로제타스톤이 현재 영국박물관에 있는 배경이다.

물론 샹뽈리옹(Champollion)이라는 프랑스학자가 로제타스톤에 적혀있던 상형문자를 해석해 이집트의 찬란했던 역사를 밝혀낼 수 있었지만. 돌을 둘러싼 역사

는 그랬다. 알렉산드리아에서 버스로 2시간거리인 로
제타(Rozetta)에는 썰렁하게 모조품 비석하나 세워져
있다. 고생스럽게 찾아간 유적지는 늘 허전하고 썰렁하
다. 무상하다.

94 병인양요와 문화재 약탈

문화재 약탈을 얘기할 때 우리가 기억해야할 대목이
있다. 현재 프랑스와 반환교섭이 이뤄지고 있는 외규
장각 도서라는 것이다. 프랑스가 조선을 침략한 뒤 약
탈해간 우리의 유물이다. 그 전쟁을 병인양요(丙寅洋
擾)라고 부른다. 병인(丙寅)년에 일어난 양인(洋人)들의
소요(騷擾)라는 뜻이다. 우리의 현대사는 대원군과 함
께 시작된다. 역대 왕업을 이룬 모든 제왕들이 그렇게
우려했던 외척의 세도를 끝내고 왕실의 위엄을 찾겠다
고 별렀다. 그 시점부터 조선의 역사는 격한 세계사의
변화 속에 급류를 탔다.

1864년 동남진하던 러시아가 함경도로 넘어와 통상
을 요구했다. 1876년 일본의 손으로 개항한 강화도조
약보다 12년 앞선다. 아직 세계사에 대한 지식이 전무
하던 대원군과 조정대신들에게 러시아의 요구는 청천
벽력이었다. 이때 일부에서 프랑스와 영국, 프러시아의
도움을 얻으면 러시아를 막을 수 있다고 진언했다. 당
시 조선에는 포교를 위해 프랑스의 신부들이 비밀리에
들어와 있었다. 대원군이 이들을 만나려는 계획은 러

시아가 흐지부지 물러나면서 불필요해 졌다. 거꾸로 대원군이 천주학쟁이들을 만나려 한다는 부정적인 소문만 돌았다. 대원군은 이를 부정하기 위해 천주교를 외세로 규정했다. 1866년 무려 8천여 명의 교인들을 학살했다. 여기에 덤으로 프랑스신부 9명도 함께 사형에 처했다. 12명 가운데 간신히 살아남은 리델 신부가 중국 천진으로 피신했다. 프랑스 인도차이나 함대사령관 로즈제독에게 이 사실을 알렸다.

분노한 로즈제독은 보복을 결정했다. 북경주재 프랑스 대리공사는 중국정부에 조선 응징에 간섭하지 말 것을 요청했다. 늘 그렇듯이 적을 침략할 때는 적을 이용하는 법. 프랑스 인도차이나함대 소속 3척의 군함은 리델 신부와 지리에 밝은 조선인 신자 3명의 안내를 받았다. 청나라로부터 통보 받아 내용을 알고 있던 대원군은 엄중 경계를 명했다.

프랑스 군함들은 9월 철수했다가 10월 다시 나타났다. 7척의 함정에 해병대 700명을 태워 돌아왔다. 프랑스는 한강봉쇄를 선언하고 강화성을 함락시켰다. 조선정부는 천주교도 학살의 정당성을 내세우고 철군을 요구했지만 프랑스는 선교사학살을 비난했다. 자신들은 종교전쟁 때 신·구교가 갈라져 수많은 사람을 서로 죽여 놓고서는… 그리고 본래 목적인 조약체결을 강요했다. 10월 26일 문수산성을 정탐하던 프랑스군인 27명이 숨졌다. 이후 프랑스군은 군민을 가리지 않고 무차별 포격을 가했다. 공격군이란 자들은 늘 그렇다. 6.25때 양민학살의 대부분도 이랬다. 11월 7일 정족산

성을 공격하던 프랑스군은 조선군의 역공에 어려움을 겪다, 조선을 포기하고 점거했던 강화성을 떠났다. 물론 그냥 물러가진 않았다. 막대한 양의 은괴야 그렇다고 치자. 당시 강화도 사고에 보관 중이던 많은 문서와 서적을 탈취해 갔다. 외규장각 도서라고 불리는 책들이다.

95 외규장각 도서 반환

탈취한 외규장각 도서는 100년 뒤 큰 구실을 했다. 한국정부가 고속철도 기종을 선택할 때 영향을 미치기 위해 프랑스 대통령이 반환을 약속했다. 그 덕이었는지는 모르지만 고속철도는 프랑스제 TGV로 결정됐다. 그러나 외규장각 도서는 돌아오지 않고 있다. 돌려 받아야 한다는 외규장각 도서는 도대체 무엇인가? 조선왕조 왕실의례집인 의궤(儀軌)다. 의궤란 본보기나 모범사례집을 말한다. 왕실행사 등의 기본을 정하는 본보기 모범집이다.

현재 프랑스가 약탈해 보관중인 의궤는 모두 297책이다. 이 가운데 문제는 국내에도 없는 유일본, 64책이다. 나머지 233책은 국내에 다른 필사본이 있다. 유일본은 왕이 직접 보는 어람(御覽)용이다. 현재 한국과 프랑스 간 협상에 따라 유일본과 어람용 의궤는 돌려 받고 ,대신 국내에 복사본이 있는 비어람용 의궤를 프랑스에 빌려주는 방향에서 논의가 진행되는 모양이다. 돌려준다고 해서 무조건 우리 것 받는다고 생각했던 입장에서 보면 기막힌 일이다. 비록 필사본이 있기는 하지만 역시 소중한 문화재를 내줘야 돌려 받을 수 있으니 말이다.

왕세자 데려오자고 다른 왕자 볼모로 보내는 일과 같다. 왕세자야 한 명이요, 왕자들이야 후궁들이 자꾸 낳아 주면 되는 식인가? 어쨌건 그렇게 소중한 것이라면 그런 방식으로라도 받아 와야 하는 것 아닌지 모르겠다.

96 문화재 수용의 조건

이들이 문화재를 돌려주지 않으려는 이유가운데는 돌려 받으려는 나라를 믿지 않는 측면도 있다. 문화재 보관은 자신들이 최고이기 때문에 직접 보관하는 게 합리적이라는 생각이다. 어느 나라에 있든지 잘 안전하게 보관하고 많은 나라 사람 즉, 인류에게 더 많이 볼 수 있도록 해주면 된다는 식이다. 따라서 한국이나 기타 약소국, 후진국에 대해 이해가 낮은 프랑스나 서유럽의 선진국은 유물반환에 부정적이다. 참고로 KBS의 뉴스 하나를 인용하는 것이 이런 측면을 이해하는 데 도움을 줄 것 같다. 2000년 12월18일 9시뉴스에 나온 내용이다.

*앵커멘트--프랑스에 보관중인 외규장각 도서의 반환문제가 최근 논란을 빚고 있습니다만 정작 국내에 있는 국보급 고문서의 보관 상황을 보면 한심하기 짝

이 없습니다. 그 실태를 박중석기자가 취재했습니다.

  *리포트--조선왕조실록 등 각종고문서들이 보관돼
있는 서울대 규장각입니다. 이곳에는 국보급고문서 7
천 여권을 비롯해 26만 여권의 각종 희귀 서적이 소장
돼 있습니다. 그러나, 연구에는 손도 대지 않은 고문서
가 90%에 이릅니다. (인터뷰--한명기 규장각 연구원--
제대로만 활용된다면 기존의 일본 식민사학자들이나
혹은 우리의 선배학자들이 해놓은 얘기의 상당부분을
뒤엎을 수 있을 만큼 자료가…) 그러나, 규장각 고문서
를 맡고 있는 연구원은 고작 5명, 한사람이 담당하는
고문서가 무려 5만 권이 넘는다는 얘깁니다. 본격적인
연구는커녕 보관된 고문서의 연대와 저자조차 제대로
정리돼있지 않습니다. (인터뷰--박경하 중앙대 교수--
연구자들이나 일반 대중들이 자료들을 쉽게 접근할 수
있도록 한글번역본까지는 안되더라도 영인본을 간행해
서…) 관리상태는 더욱 심각합니다. 훼손을 막기 위해
1년에 2번 정도 실시해야하는 소독도 지난 10년 동안
단 4번만 실시했습니다. 보존이 제대로 될 리가 없습
니다. (인터뷰--규장각 관리직원--소독을 한번하고 나
면 목판 쪽에 벌레들이 바닥에 굉장히 많이 떨어진다
고 해요. 어쨌든 그걸 건너뛰고 나면 상태는 계속 나
빠지는…) 규장각과 비슷한 기능을 갖고 있는 일본 도
쿄대 사료편찬소의 경우는 규장각에 비해 인력과 예산
이 10배나 많습니다. 희귀자료에 대한 두 나라의 연구
수준을 그대로 보여줍니다. 지금과 같은 수준이라면
규장각 고문서에 대한 연구가 제대로 이루어지는데 무

려 150년 이상 걸릴 것으로 예상되는 데다 그 동안 일
부는 훼손돼 무용지물이 될 것이 확실합니다. KBS뉴
스 박중석입니다.

97 잠자는 세계 최초 금속활자본

한가지 짚고 넘어갈 대목이 있다. 문화재를 전시도 하
지 않으면서 돌려주지도 않는다는 점이다. 일례로 루브
르는 전시돼 있는 유물보다 그렇지 못한 유물이 더 많
다. 지하창고에서 그렇게 잠들고 있다. 고문서들의 보고
인 프랑스 국립도서관 역시 자기나라로 돌아가면 대접
받을 유물들이 서가에 갇혀 있다.

세계최초의 금속활자본으로 평가받는 직지심경(直指心

구텐베르크동상. 프랑스 스트라스부르에 있다.

經)도 그렇다. 정식이름은 '백운
화상초록불조직지심체요절'(白
雲和尙抄錄佛祖直指心體要節)
이다. '불조직지심체요절'(佛祖直指
心體要節)이라고도 한다.

1372년 공민왕 때 선(禪)의 핵
심을 깨닫는데 필요한 내용을
뽑아 엮은 2권의 책이다. 1377년
청주 흥덕사에서 금속활자로 찍
어낸 것이 초간본으로 세계 최
초의 금속활자본이다.

오늘날 프랑스 스트라스부르

에 가면 구텐베르그 광장과 그의 동상이 있다. 구텐베르그(Gutenberg)는 원래 독일 마인츠 출신이다. 스트라스부르에 와서 금속활자 인쇄술을 연마했다. 당시 스트라스부르는 독일도 아니고 프랑스도 아닌 알자스 공국이었다. 그가 세계에서 처음으로 금속활자를 사용한 사람으로 알려져 있다.

구텐베르그가 스트라스부르에서 금속활자 인쇄를 시작한 때는 1434년에서 1444년경이다. 이후 마인츠로 돌아가 개량된 기술로 성경을 찍어냈으니 이를 '구텐베르그 성경'이라고 한다. 우리의 직지심경보다 1c 늦다. 직지심경이 최초 금속활자본임을 만방에 알려야하는데… 아무튼 지금 프랑스는 최초로 출판한 금속활자본을 소유하고 있고, 또 유럽 최초의 금속활자 고향인 스트라스부르를 영토로 두고 있다. 책의 나라답다. 안타까운 것은 세계최초 금속활자본을 국내에 갖고 있지 못하다는 점이다.

98 동양의 미소, 기메박물관

• 기메박물관의 의미

루브르에 가서 한국관련 유물을 찾는 것은 어리석다. 프랑스는 보유하고 있는 세계각지의 유물이 너무 많아서 어느 하나의 박물관에 이를 모두 수용할 수 없다. 루브르는 프랑스인들이 주력의 서양역사라고 생각하는 부분. 다시 말해 이집트와 메소포타미아, 페르시아, 그

기메박물관에 있는 간다라 미술품. 파키스탄에서 발굴했다. 아직 부처에 이르지 못한 속 세의 부처 모습이다.

리스, 로마 문명의 유물을 전시한다. 지리적으로 나누자면 페르시아 즉, 오늘날 이란이 경계다. 이란 서쪽 유물을 루브르에 전시하고 있다. 이란 동쪽의 유물은 모두 기메(Guimet)박물관에 전시한다. 아프가니스탄부터 파키스탄, 인도, 중국, 인도차이나반도, 일본, 한국 등의 유물을 보유하고 있다. 이들 지역은 불교유물이 대부분이다. 유교래 봐야 중국과 한국인데, 유교는 이슬람교와 마찬가지로 특정한 인물이나 신을 조각 등으로 만들어 숭배하지 않기 때문에 유물이란 게 별로 없다. 단 중국의 경우 B.C. 15c경까지 거슬러 올라가는 고대 은나라의 유물들이 있기는 하다. 아무튼 아시아 지역의 불교관련 문화재를 비교분석하며 관람하기에는 아주 훌륭한 박물관이라는 생각이다. 이곳에서 거란의 불상을 봤다. 거란은 역사에서 사라진지 천년이 다돼는 아시아의 강국 요나라다. 우리와는 형제국이자 라이벌이었으며 발해를 멸망시킨 나라다.

　미국의 아프가니스탄 공격 때 파키스탄에 취재를 갔다가 간다라 불상들을 많이 접했다. 간다라는 알렉산더의 원정 뒤에 그리스의 조각예술에 영향받아 꽃핀 불교 조각 예술을 말한다. 지역적으로는 오늘날 파키스탄 북부와 아프가니스탄 동부다. 유명한 단식하는 부처상은 인도국경인 파키스탄의 라오르(Lahore) 박물관에서 볼 수 있었다. 아무튼 간다라 불상들은 비록 많은 수는 아니지만 모두 기메박물관에 체계적으로 잘 전시돼 있다. 동양역사에 관심이 있는 사람들이라면 루브르는 물론 기메를 꼭 방문해야 한다. 중동과 아시아에 걸쳐 있는 이슬람, 아프리카, 오세아니아, 아메리카 등의 박물관은 따로 존재한다.

• 연혁

기메박물관은 에밀 기메(Emile Guimet)라는 프랑스 리용 출신의 사업가가 만들었다. 1879년부터 그의 고향 리용에서 전시하던 각종 수집유물을 1889년 빠리로 갖고와 '종교박물관'(Musee des Religions)으로 개관한 것이 기원이다. 19c 서양은 고고학의 시기였다. 세계각국을 여행하면서 각종유물과 문화재를 수집했다. 유물이나 문화재라는 개념이 정착하기 전이었기에 가능했다. 기메 역시 동양 문화재에 관심을 갖고 수집하고 다녔다. 이곳 기메박물관에는 한국관도 있다. 놀라운 것은 개관직후인 1891년 한국문화재를 관리할 한국인까지 고용하고 있었다는 점이다. 기메박물관은 1997년부터 보수에 들어갔다. 4년간 35억 프랑, 무려 6천억원의 예산을 들여 보수와 확장 끝에 2001년 재개관했다. 한국관은 이번에 재개관하면서 국내 한 대기업의 후원으로 전시공간이 100평정도로 넓어졌다.

삼국시대 금관이나 한국에는 남아있지 않다고 하는 김홍도의 병풍 등 가치 있는 작품이 전시돼 있다. 특히, 남방의 불교처럼 수많은 팔을 벌리고 있는 고려시대 불상 등도 눈길을 끈다. 그러나, 솔직히 실망스런 부분이 많다. 그도 그럴 것이 중국은 만5천 점, 일본은 만2천점의 유물을 소장한데 비해 한국은 고작 천점이기 때문이다. 천점도 대부분 문화재가치가 떨어지는 품목들이다. 공연히 한국문화에 대한 인식만 떨어트릴 수 있다는 생각마저 들었다. 그렇다고 국내에 있는 것 갖다 줄 수도 없고…

99 프랑스에는 패션이 없다

프랑스를 패션의 나라라고 한다. 그러나 정작 프랑스에는 패션(Fashion)이라는 말이 없다. 우리 나라 유명 디자이너 한 사람은 늘 '파숑'이라고 표현했다. 필자도 프랑스어인줄 알았다. 물론 아니었다. 일반 프랑스인과 대화하다 무심결에 한국에서처럼 패션이란 말을 사용하면 알아듣지 못한다. 프랑스어로는 모드(Mode)다. 사실 프랑스의 20c 패션사를 보면 현기증이 일어날 정도다. 의류문화의 산 역사인 샤넬(Gabrielle Channel), 크리스티앙 디오르(Christian Dior), 랑뱅(Lanvin), 지방시(Givenchy), 이브생로랑(Yves Saint-Laurent), 삐에르 까르댕(Pierre Cardin), 꺄샤렐(Cacharel)…

이름만 들어도 패션에 관심 있는 사람들의 가슴을 설레게 하는 수많은 디자이너들은 프랑스출신이다. 그러나, 프랑스인들은 실생활에서 패션이 없다고 할만큼 무감각해 보인다. 유명상표를 기웃거리는 사람들은 대부분 관광객이다. 유행의 물결이란 것을 찾기 어렵다.

멋대로 입는다. 화려하거나 조금 튀는 복장도 찾기 어렵다. 그냥 평범하다. 그러면서도 모두가 다르다. 한마디로 자기 멋대로 너무 자연스럽다. 프랑스는 화장품산업도 현란하다. 랑콤(Lancome)을 비롯해 프랑스 화장품들은 향수와 함께 해외 여행시 공항 면세점에서 사 가지고 들어와야 하는 선물목록 1호였다. 그러나 프랑스 사람들이 화장하고 다니는 것을 보기는 힘들다. 있어도 옅다. 가끔 진한 화장의 여인들을 만나볼 수·있는데 이는 누구나 그 직업을 알 수 있는 사람들이다. 거리에서 만나는 보통의 평범한 여성들은 화장 없이 다닌다고 보면 된다. 물론 바탕이 좋으니까 그래도 된다고 주장하면서 우리는 모자라니까 화장으로 보충해야 한다는 철학이 있으면 얼마든지 해도 좋다. 그러나, 예절로 무조건 해야 하는 것으로 생각하시는 분들은 없길.

100 일그러진 루이뷔똥

빠리의 최대번화가인 샹젤리제 거리에는 프랑스의 고가 브랜드매장들이 대거 들어와 있다. 물론 각국에서 온 관광객을 겨냥한다. 자기나라에서 수입해 입느니 직접 와서 한벌 해 입고 가는 각국의 부유층을 겨냥한 매장들이다. 이 가운데 루이뷔똥(Louis Button)이라는 가죽제품 전문브랜드가 있다. 우리 나라에도 잘 알려져 있는 브랜드다. 그런데 이 매장이 아주 가관이다. SBS빠리 지국 앞에 있어서 유심히 지켜봤다. 늘

매장은 줄선 손님들로 북새통이다. 30분 이상 줄선 뒤에 매장 안에 들어가도 제품을 원하는 대로 판매하지 않는다. 인기제품은 없다 하고 시시한(필자가 보기에) 가방이나 핸드백만 판다. 세상에 물건 파는 자들이 이렇게 고자세일 수가 있는가? 이유를 알 수 있었다. 물건 사는 사람들은 거의 99% 한국인이나 일본인이나 중국인이다. 그리고, 이들은 모두 특정인들의 부탁으로 물건을 사러 들어온 사람들이다. 자기물건이 아니다. 루이뷔똥이 충분한 양을 공급해주지 않아 일본이나 홍콩 등 루이뷔똥 가죽제품 수요가 많은 나라에서는 늘 품귀현상이다. 밀수로 이를 해결한다. 밀수조직이 관광객에게 부탁해 물건을 사 모으고 이를 취합해 일본 등으로 밀수해 간다.

샹젤리제 거리에 낯선 동양인이 나타나면 누군가가 반드시 접근한다. 대개 중국에서 온 교포아주머니들이나. 소식의 유인책이나. 가방을 사 달라고 한다. 근저 찻집으로 가서 현금이나 여행자 수표를 준다. 사 가지고 나오면 물건값의 5-10%를 수고비로 준다. 필자는 친구 2명과 셋이 들어가서 물건을 사주고 800프랑(13만 6천원)정도를 받았다. 순전히 취재해야겠다는 일념(?)이었다. 빠리 거주 주민이 아닌 외국인의 경우 한번에 2개, 6개월에 한번 구매할 수 있다. 루이뷔똥 측이 여권번호를 기록하고 관리한다. 이런 제품은 국내로 들어올 경우 당연히 세금 안내고 팔 수 있다. 빠리에 가는 분들은 반드시 샹젤리제 빠리 관광사무소 100m 지나서 루이뷔똥 매장을 찾아 밀수의 현장을, 일그러

진 패션의 현장을 한번 목격해 보는 것도 나쁜 공부는
아닐 것이다.

101 음식도 문화

①천천히--관광가에 가면 먹는 즉시 손님을 내쫓는
다. 다른 손님을 더 받기 위해서다. 이런 경우를 제외
한 일반적인 프랑스인들의 식사는 대화 3분의 1, 식사
3분의 1, 기다림 3분의 1. 이렇게 1시간에서 2시간에
걸쳐 먹는다.

②전식--전식(前饌). 앞에 먹는 음식이다. 앙트레
(Entree)다. 가장 보편적인 것이 저녁엔 수프(Soupe)다.
낮에는 보통 샐러드가 주종을 이룬다. 고급요리일 경우
달팽이(Escargo)나 굴(Huitre), 그리고 정말 고급요리일
경우 거위(오리)간(Foie Gras)를 먹는다. 포도주를 한잔
곁들여 입맛을 돋구기도 한다. 아뻬리티프(Aperitif)라
는 말이 있다. 식욕을 내려고 마시는 모든 종류의 가
벼운 알콜음료를 말한다.

③주요리--그날 먹는 주메뉴다. 쁠라(Plats)라고 한
다. 고기 아니면 생선이다. 소고기(Boef)나 돼지고기
(Porc), 닭고기(Poullet)요리를 주로 먹는다. 소고기는
앙트르 꼬뜨(Entrecote)라고 갈비사이의 고기를 얇게
요리한 게 주로 많다. 아니면 롬스떼끄(Romsteck)라는
일종의 비프스테이크를 먹는다. 생선(Poisson)도 즐긴
다.

④후식-- 음식이라기보다는 과일이나 아이스크림, 케익, 치즈, 커피 등이다. 데세르(Dessert)다.

⑤말고기를 슈퍼에서 판다. 오리, 토끼도 자주 먹는다. 개구리요리도 일반화돼 있다. 대신 개고기나 뱀 등은 먹지 않는다. '거위의 간'은 최고급 요리다. 오리간 역시 마찬가지다. 소간도 일상적인 식사다. 고기 대신 간을 큼직하게 스테이크처럼 익혀 먹는다. 한국서 고기 먹을 때 소간은 조그맣게 썰어 감칠맛 있게 먹었다. 그러나, 손바닥 2개 펼친 크기의 간을 먹으려니 영… 이들은 날고기를 별로 좋아하지 않는다.

올리브열매는 기름도 만들고 소금에 절여 반찬도 한다.

굴만은 예외다. 날로 특유의 소스를 찍어 먹는다. 그리고 홍합도 즐긴다. 학교 앞 가게에서, 포장마차에서 먹던 것과 똑같다.

⑥프랑스인들은 대부분 올리브기름을 사용한다. 지중해 연안을 빙둘러 자라는 올리브는 로마시대 이후 전 로마제국 영토로 퍼졌다. 올리브기름으로 불을 밝혔기 때문에 로마시대 올리브기름 장사가 아주 흥했다. 스페인, 튀니지, 모로코, 터키 등에서 수입한다. 튀김용으로도, 샐러드에도, 빵에도 발라먹는다. 열매를 식용으로 쓰기도 한다. 소금을 많이 넣은 우리 식의 장아찌다. 아주 짜다. 얼마 전 터키산 수입 올리브유가 해롭다는 뉴스가 나왔는데…

102 프랑스 만화

프랑스는 만화천국이다. 일본만큼은 아닐지라도 만화가 참 많다. 우선 TV에서 만화영화 방영시간이 우리의 상식을 벗어날 정도로 많다. 프랑스 최대의 지상파 TV의 경우 일요일이나 토요일, 초등학생들이 학교에 가지 않는 수요일의 경우 오전 내내 거의 만화영화만을 틀어준다. 유럽에서 미국의 디즈니만화가 가장 많이 팔리는 나라가 프랑스다. 별로 미국 문화를 좋아하지 않으면서도 유독 만화는 그렇다. 그러나 일본인들처럼 지하철 등 아무 데서나 만화를 볼 정도는 아니다. 지하철에서는 소설이다.

프랑스 남서부 앙굴렘므(Angouleme)라는 도시가 있다. 낡고 고풍스런 분위기와는 달리 성당아래 산밑으로 초현대식 건물이 하나 눈에 들어온다. 국립 만화센터다. 국가에서 만화육성을 위해 설립한 기관이다.

프랑스 만화산업의 내일을 위해 정부가 거금을 들여, 우수만화를 발굴, 지원, 육성한다. 1년에 한번 개최하는 국제 만화전시회는 늘 성황이다. 세계 각국에서 만화관계자들이 몰려들어 만화에 관한 새로운 정보를 교환하고 작품을 사고 판다. 이 전시회 때 세계 각국에서 30여만 명이 모인다. 물론 한국사람들도 찾는다.

앙굴렘므 만화센터는 만화산업을 육성하기 위해 국가에서 만들었다.

103 영화의 본고장 프랑스

①TV에서 영화만--프랑스인 뤼미에르 형제가 1895년 세계에서 처음으로 영화를 만들었으니 프랑스는 영화의 고향이다. 프랑스인들은 영화를 즐긴다. 극장 개봉영화도 그렇지만 특히 TV에서 영화를 많이 상영한다. 우리 나라 같은 연속극이 드물고, 주요시청시간대 TV에서 볼 수 있는 픽션은 영화다.

프랑스 최대의 채널인 TF1은 일주일에 무려 8편(저녁 시간대 5편, 낮 시간대 3편)의 영화를 상영한다. 일요일은 저녁 8시뉴스가 끝난 뒤 2편의 영화를 연달아 방영할 정도다.

②역사물 인기--프랑스에서 TV영화든 아니면 극장영화든 재미있는 일은 역사적 소재가 큰 인기를 얻는 점이다. 2001년 연초 개봉해 공전의 히트를 기록중인 공포스릴러 늑대 협약(Le Pacte des Loups)은 개봉 첫 주에만 192만명의 관람객을 동원했다. 이 작품도 역사에서 소재를 따왔다.

프랑스에서는 역사 소재 영화의 인기가 높다.

프랑스대혁명을 앞둔 1760년대. 프랑스의 한 시골에서 괴물이 출현해 수많은 주민을 죽인 실제사건을 소재로 만든 영화다. 2억프랑의 제작비, 약 340억원은 프랑스영화로서는 보기 드문 거액이다. 왕의 지시로 괴물을 처치하러온

주인공과 각 인간군상들이 펼쳐내는 흥미진진한 내용이 관객의 흥미를 자아낸다. 당시 의복문화, 생활상 등은 또 다른 볼거리다. 과거 '씨받이'나 2000년 개봉한 '춘향전'이 프랑스에서 호평을 받았던 것은 이런 맥락이다.

104 알랭들롱과 드빠르디외

①알랭 들롱(Alain Delon)--프랑스인들을 만나 알랭 들롱 얘기를 하면 좀 시큰둥해 한다. 너무 유명해서 그런가. 우익인사라서 그런가. 아니면 세금 덜 내보겠다고 스위스로 국적을 바꿔서 그런가. 아무튼 그냥 고개를 끄덕이며 한마디 던진다. "아시아인들이 특히 좋아하지." 사실 일본이나 한국에서 알랭 들롱을 더 좋아하는 것 같다. 1960년 출세작 '태양은 가득히'(Plein Soleil)에서 보여준 매력이 어제 같은데 벌써 40년이 넘었다.

욕정과 탐욕으로 얼룩져 도덕이 마비된 인간. 그러나 너무 고운 모습에 미워할 수 없는 영화 속의 톰. 톰으로 분한 알랭 들롱이 마지막 장면 파멸의 길을 행복의 길로 착각하고 웃으며 걸어나가는 모습은 오히려 범죄자에게 동정의 눈길을 보내게 만든다. 르네 끌레망 감독의 연출이 돋보인 이 마지막 장면의 알랭 들롱이 60을 넘긴지 꽤 오래다.

그러나 아직도 활동한다. 올해는 민영TV인 TF1이

2002년 신년 방송용으로 제작한 야심찬 3부작 미니시리즈 수사물 '파비오 몽딸'(Fabio Montale)에서 주인공 형사 역을 맡아 열연했다. 알랭 들롱은 향수도 만들어 팔고, 이런저런 사업으로 거액을 벌고 있다. 그 돈으로 인상파 화가들의 원화 등 값비싼 그림과 골동품을 수집, 소장하는 일에 열올린다.

네덜란드 모델출신의 30대 젊은 아내와 그사이에서 낳은 애들이랑 산다. 화려했던 여성편력, 성공으로 일관한 영화인생, 은막 밖에서의 사업성공… 생을 저렇게 행복하게만 살수 있을까.

②제라르 드빠르디외(Gerard Depardieu)--알랭 들롱 보다는 10여 년 남짓 아래인 드빠르디외는 현재 가장 왕성하게 활동하는 스타다. 거목이다. 무게가 120kg을 넘기 때문만은 아니다. 그가 꼭 들어가야 흥행이 보장되기 때문이다.

알랭 들롱과는 많은 게 다르다. 알랭들롱이 최고의 미남에 날렵한 몸매로 한몫 했다면 그는 평범한 얼굴에 비정상적으로 거구이지만 연기로 승부하는 스타일이기 때문이다.

그러나 비슷한 점이 더 많다. 당대 최고의 인기를 구가한다는 점, 최고의 미녀들과 염문을 뿌리다 결국 그 가운데 한 명과 사는 점도 그렇다. 부업으로 많은 돈을 버는 것도 닮았다.

단 드빠르디외는 거구에서 오는 치명적인 질병인 심장병을 앓고 있어 팬들을 안타깝게 만들고 있다. 살은 역시 찌지 말아야 하는가보다.

105 깐느(Cannes)영화제

• 깐느의 역사

깐느지방에 정착한 사람들은 이탈리아 제노바(제노아) 지역에서 거주하던 리구리아(Liguria) 계열이다. 로마는 이곳에 도시를 만들면서 'Castrum Romanorum Marsellinum'라는 긴 이름을 붙였다. 깐느(Cannes)라는 이름이 나온 배경이다. 일설에는 'Canoos'라는 갈대가 이 일대에 많이 생겨 여기서 따왔다고도 한다.

깐느는 프랑스의 지배를 받지 않고 오랫동안 자주권을 행사했다. 그러나 1580년 동지중해에서 온 무역선이 전염병을 퍼트려 폐허로 변한 뒤 상황이 바뀌었다. 1635년부터는 프랑스, 당시 독일과 스페인을 지배하던 합스부르그 왕가의 침략을 받았다.

깐느해안. 가운데 보이는 현대식 건물이 깐느영화제가 열리는 장소다.

1746년과 프랑스대혁명 기간 중에 다시 프랑스 군대의 침략을 받은 깐느는 마침내 1821년 프랑스 영토로 편입됐다.

깐느가 프랑스 땅이 된 지는 180년 남짓하다. 프랑스 땅이 된 후 1834년 영국의 브로엄(Brougham)이 이곳에 왔다. 영국과 달리 온화한 기후에 반한 그는 병중인 딸을 데려와 요양시켰다. 비록 딸이 숨지고 말았지만 많은 땅을 사들여 훌륭한 마을을 건설했다.

영국인 촌이 탄생한 것이다. 이후 휴양지로 각광을 받게됐다. 1863년엔 깐느에 철도가 들어와 접근이 더욱 쉬워졌다. 1868년 브로엄경이 사망할 당시 이미 영국의 주요명사들에겐 깐느가 가장 유력한 휴양지였다. 1887년에는 해가 지지 않는 나라 대영제국의 빅토리아 여왕이 2명의 아들과 찾을 정도였다.

• 깐느영화제

매년 5월초 2주 동안 열리는 영화제 기간 동안 프랑스 전체가 들썩인다. 좀처럼 흥분하지 않는 TV뉴스들도 참석한 스타와 생방송 인터뷰를 시도하는 등 많은 관심을 보인다. 2001년엔 세계 여성팬들의 가슴을 설레게 만드는 미남배우 톰크루즈와 이혼소송에 들어간 호주출신의 금발미녀 니콜 키드만이 참석해 시선집중 대상이었다. 고풍스런 건물과 해안을 배경으로 1982년에 지은 현대식 콘크리트건물은 깐느영화제가 열리는 장소다.

제45회 깐느영화제 시상식 장면.

유명배우나 감독들이 사진포즈를 취하는 건물입구 계단은 비가 오는데도 빨간색 카페트가 깔려 있었다. 앞마당에는 유명 영화인들의 손도장이 새겨져 있다. 깐느에서 영화제가 처음 열린 것은 2차세계대전

직전이다. 1939년의 일이다. 그러나 같은 해 전쟁이 나면서 1944년 독일이 프랑스에서 물러갈 때까지 중단됐다. 2차세계대전이 끝나고, 1946년부터 깐느영화제가 본격적으로 막을 올렸다. 그러나 1940년대와 1950년대를 거치면서 깐느영화제가 그렇게 큰 명성을 얻지는 못했다.

평범하던 시골 영화제가 결정적으로 세계인의 이목을 집중시키게 된 사연은 브리지뜨 바르도(Brigitte Bardo)에 있다. 1950년대 중반 인기절정의 그녀가 많은 남성팬들을 기절시키는 모습으로 깐느영화제에 등장하면서 영화제는 세계적인 명성을 얻었다. 그녀는 아직도 깐느 근처 아름다운 지중해변의 도시 셍 트로뻬(St. Tropez)에 살고 있다. 지금은 은퇴했지만 여전히 아름다운 모습으로 세인들의 관심을 모은다. 늘 그녀 곁에 머물며 사랑을 받는 존재와 함께.

많은 남성들의 부러움을 사는 존재는 바로 털이 북실북실한 큰 개다. 바르도는 개를 너무 좋아해 항상 개를 끼고 있는 모습으로 나타난다. 88서울 올림픽에 감히 손상을 주려했는지, 한국에서 개고기를 계속 먹을 경우 올림픽을 개최해선 안 된다고 주장하는 편지를 보내기도 했다. 2002년에 월드컵을 앞두고 다시 개고기에 대한 비난공세를 퍼부었다.

아무튼 깐느영화제는 이렇게 명성을 얻기 시작했다. 그리고 그 무렵 영화배우 좀 돼보겠다고 영화제 개최기간 동안 방청석 맨 앞에 앉아 기웃거리던 알랭 들롱이 감독의 눈에 들어 발탁되기도 했다. 아시아권 감독

들의 작품이 특히 두드러져서 그런가. 미국영화만의
잔치로 끝나는 힘센 나라 영화제보다 애정이 간다.

106 지중해 휴양지 니스(NICE)

지중해라고 하면 깐느 옆에 있는 니스를 먼저 떠올
린다. 그만큼 니스는 프랑스 나아가 지중해를 대표하
는 이름이다. 그러나 휴양도시라는 이름에 걸맞지 않
게 파란만장한 침략사를 간직하고 있다.

①그리스인들이 문열어--B.C. 5세기경 그리스, 정확
히 소아시아의 포세아(Phocea)지방에서 온 일군의 무
역종사자들이 지중해안에 마살리아(Massalia), 오늘날
의 마르세이유(Marseille)를 건설했다. 그리고, 근처에
니카이아(Nikkaia)를 세웠다. 이 니카이아가 오늘날 니
스(Nice)의 기원이다. 이곳에 먼저 들어와 있던 리구리
아인들과 충돌할 수밖에 없었다.

②로마 정복--그리스인들은 로마에 도움을 청했다.
로마는 그리스인들의 요청을 구실로 니카이아 옆에
B.C. 145년 시미에즈(Cimiez)를 건설했다. 그리고, B.C.
120년에는 오늘날 스페인과 포르투칼땅 이베리아반도
로 가는 거점 나르본느(Narbonne)를 건설했다. 이후
로마는 리구리아인과 그리스인을 모두 굴복시켰다.
팍스로마나 (Pax Romana)를 구현했다.

③게르만의 약탈이 시작되고, 기독교가 들어왔지만
7c이후 이슬람교도의 습격도 잇따랐다. 2세기 가량 시

달리다, 974년에야 프로방스백작의 힘으로 이슬람세력의 침략을 완전히 몰아낼 수 있었다.

④템플기사단--1096년 십자군 운동이 시작되면서 1135년 니스에서 템플 기사단원들이 활동을 시작했다.

⑤이후 카스틸라의 알폰소, 제노바의 지배를 차례로 받아야 했다. 자치를 보장받는 대신 막대한 세금을 무는 방식이다. 1388년 우여곡절 끝에 니스지방은 오늘

지중해안에서 가장 아름다운 휴양지로 꼽히는 니스.

날 프랑스 동남부 알프스지역인 사부아 공국으로 편입됐다.

⑥사르디니아 지배--오스만 터키와 프랑스의 침략을 받은 뒤 이탈리아 북서부를 장악하고 있는 사르디니아 왕국의 지배에 들어갔다. 1800년엔 오스트리아군의 공격도 받았다. 1815년 영국인들이 처음 찾은 뒤 점차 찾는 이가 늘었다. 깐느와 마찬가지다. 그러나, 깐느가 1821년부터 프랑스 영토가 돼 독립을 상실하면서 니스가 더욱 번창하게 된다. 1822년엔 니스에 영국인 거리

가 생겨날 정도로 급속히 영국인 겨울 휴양지로 탈바
꿈했다. 사르디니아 왕국의 알버트왕은 1832년 니스를
방문해 니스를 휴양지로 발전시키기 위한 종합계획을
마련했다. 길을 넓히고, 도로를 포장하고, 쓰레기를 효
율적으로 제거하고, 건물을 새로 보수하고…

⑦프랑스 병합--1860년 이탈리아 통일운동에 프랑스
나폴레옹 3세가 많이 기여한 덕에 사부아와 니스를 프
랑스영토로 인정받았다. 이후 니스는 프랑스영토가 됐
다. 1864년엔 기차가, 1878년엔 시내에 전차가 들어왔
다. 1887년 지중해 연안 도시의 고질적인 고민거리인
지진으로 한때 타격을 입기도 했다.

그러나, 관광휴양도시로 발전하는 길을 막을 수는
없었다. 고급 호텔들도 잇따라 문을 열었다. 특히 1, 2
차 세계대전을 거치면서 니스는 피난지로 각광받아 다
시 한번 성장한다. 레지스땅스와 많은 유대인들이 비
교적 안전하게 숨을 수 있는 거점이 됐다. 1943년 일
시적으로 무솔리니의 침략을 받기도 했지만 곧 전쟁은
끝나고 니스는 번영을 구가했다. 그러나, 니스지방의
프로방스어는 점차 사라졌고, 1965년 프로방스어로 가
르치는 대학이 마지막으로 문을 닫았다.

107 김우중과 니스해수욕

니스에는 기념물이 있다. 많은 프랑스인들이나 관광
객들은 스쳐 지나가는 장소다. 관심도 없다. 그러나 한

국인들에게는 만감이 교차하는 장소다. 20c 한국기업사의 신화가운데 하나라고 평가받던 대우의 김우중 회장과 관련 있는 장소다. 김회장은 IMF로 한국경제가 완전히 망가지던 때 검찰발표대로라면 자기 살 길 찾기에 바빴다. 나라 경제 절단 나고 자신이 키웠다는 기업 대우가 망해 가는 가운데 무려 20조원을 빼돌린 것으로 돼있다.

기업 살리겠다고 외국은행에서 돈 마구 빌려 사적으로 챙겼다는 게 검찰 발표다. 본인이 도피 중이어서 속시원한 내용을 알기는 어렵고. 진실의 실체에 접근하기는 한계가 있다. 그러나, 힘들고 외로울 타향살이를 계속하는 것 보면 뭔가 사연이 있기는 있는 모양이다.

김우중 별장이다. 니스고급 주택가에 있다. 정원수가 높은데다 문이 잠겨 있어 내부를 보기 어렵다.

사실 지중해 전역을 돌아다니다 보면 대우의 영향권에서 벗어나는 국가는 없다. 리비아는 국영기업이 대우자동차만 생산한다. 프랑스도 대우자동차가 들어와 있고, 대우 가전제품이 널리 보급돼 있다. 그리스, 튀니지, 터키… 대우의 명암은 그래서 더 안타깝고 우리기업에게 새로운 원칙과 비전을 요구하는 본보기다. 김우중이 사들였다는 세계적인 휴양지 니스의 고급주택. 아무튼 그 집을 보고 싶었다. 니스기차역에서 내려 택시를 타고 왕복요금 5만원을 물고서 다녀왔다. 지중해를 한눈에 조망할 수 있는 산꼭대기에 자리잡고 있었다. 문이 굳게 잠겼고, 담벼락엔 키 큰 정원수들이 버티고 서있다. 집이 호화로운지 윤곽을 잡기가 어려웠다. 고급주택가라는 사실만 확인할 수 있었다. 그리고 제법 대지가 넓다는 것도… 우리사회에서 재벌기업과 기업인들이 무엇을 의미하는지 눈부시게 아름다운 니스해안과 오랫동안 오버랩 된다.

니스해변은 겉과 속이 다르다. 보기에는 좋은데 직접 해수욕하기에는 아주 험악한 곳이다. 멀리서 니스해변을 바라보면 참으로 아름답다. 눈부신 햇살에 에머럴드빛 바닷물이 환상적이다. 길게 이어진 해변과 야자수가 늘어선 산책로, 길옆으로는 고풍스런 건물군. 결정적인 장면은 해수욕을 즐기는 여성들. 다는 아니지만 상반신을 벗고 일광욕을 즐긴다. 주변의 시선에는 아랑곳하지 않는다. 가뜩이나 이국적인 풍경에 마음을 빼앗긴 관광객들에겐 여행의 기쁨이 두 배로 늘어난다.

니스해안은 자갈밭이다. 수심도 깊다.

그러나 바다로 직접 내려가면 상황이 달라진다. 해변이 전부 자갈이다. 모래가 하나도 없다. 모래성을 쌓고, 모래에 몸을 파묻고… 모두 꿈이다. 물로 들어가면 2m도 나가지 않아 바로 물깊이가 사람 키를 넘는다. 어린이나 수영에 자신이 없는 사람들은 그림의 떡인 해수욕장이다. 그렇지만 불어오는 미풍과 싱그러운 바다 내음 속에 몸을 맡기고만 있어도 니스해변의 감흥이 반감되지는 않는다.

108 도박동네 모나코(Monaco)

• 모나코의 지형

니스에서 기차로 30여분 거리에 독립왕국 모나코(Monaco)가 있다. 기차역은 거대한 지하 역사다. 프랑스어를 사용하기 때문에 다른 나라에 왔다는 느낌이 들지 않는다. 모나코는 인구 3만 명의 작은 나라다. 깎아지르는 바위산, 하늘높이 솟은 건물들, 아담한 항구, 카지노, 왕궁 등으로 이뤄진 나라를 한눈에 바라볼 수 있다. 4개의 구역으로 나뉜다.

맨 왼쪽은 왕궁과 축구경기장(프랑스 축구 리그에 포함되어 있는 모나코팀의 홈구장이다)이 있는 퐁비엘(Fontvielle)지역이다. 다음은 왕궁에서 카지노 사이의 모나코항(港)지역이다. 이곳이 실질적인 모나코의 핵심부다. 이탈리아와 프랑스에서 오는 기차역도 이곳에 있다. 세 번째는 카지노가 있는 몬테 카를로(Monte Carlo)에서 동쪽 복합스포츠센터까지 라르보또(Larvotto)지역이다. 끝으로 스포츠센터의 동쪽 몬테카를로 해변가다. 라르보또와 몬테카를로 해변지역을 합해서 로끄브륀느(Roquebrune)라고도 부른다. 모나코에서 가장 화려하고 아름다운 건물은 물론 카지노다. 도박의 나라다운 발상이다. 항구는 손에 잡힐 듯 작고 아름다운 요트로 가득하다. 항구 위로 중세 요새의 분위기를 풍기는 성벽이다. 다시 그 위로 이탈리아 제노바풍의 웅장하지는 않지만 기품 있는 왕궁이 나타난다. 급경사의 산길을 올라가면 왕궁정문에 이른다. 일견 초라해 보이지만 그래도 800년 가까운 역사를 갖고 있다.

하늘에서 본 모나코는 고층건물이 즐비하다.

• 모나코의 역사

모나코의 이름은 로마의 지리학자 스트라보(Stravo)가 묘사한 'Portus Herculis Monoeci'에서 나온 것으로 학자들은 보고 있다. 스트라보가 지적한 Monoeci는 수많은 전설과 신화에 등장할 정도로 유서 깊다. 아무튼 12c 모나코는 제노바 땅이 됐다. 바로 옆 니스가 사르디니아 왕국인 점과 다르다. 1215년 처음으로 왕궁자리에 요새를 만들었다. 이후 제노바 출신의 그리말디(Grimaldi) 가문이 지속적으로 모나코의 우선권을 얻기 위해 노력한다. 제노바 공화국과의 공방 끝에 그리말디 가문이 이겼지만 곧 주도권은 1524년 대양제국으로 성장하던 스페인으로 넘어갔다. 100년 뒤인 1633년이 돼서야 모나코는 스페인으로부터 독립을 인정받는다. 그러나 1641년 프랑스가 보호국으로 선언해 버렸다. 1793년 프랑스대혁명 뒤에는 한술 더 떠 모나코는 프랑스에 합병됐다.

이름도 헤라클레스의 항(Port d'Hercule)으로 바뀌었다. 그러나 21년 뒤 1814년 나폴레옹이 워털루 전투에서 패하고 모든 정치지도가 프랑스대혁명 이전으로 돌아가면서 주권을 되찾았다. 이후 1911년 알베르(Albert) 1세가 처음으로 모나코 의회를 소집했고, 그 뒤를 이어 루이(Louis) 2세가 이어받으면서 왕국은 겨우 진용을 갖췄다.

여배우를 좋아했던 그의 손자 레니에(Rainier) 3세가 1949년 왕위에 올라 왕국을 반석 위에 올려놓았다. 레니에 3세는 우아한 이름만큼이나 아름다운 세기의 여배우 그레이스 켈리(Grace Ke-lly)와 결혼했다. 그 사이에서 난 자식들은 지금도 이런저런 염문을 뿌리고 다닌다. 그리고 아름다운 여배우는 비극적인 교통사고로 삶을 마감했다.

모나코 왕국의 궁전은

모나코왕궁은 그리 크지 않다. 근위병들의 교대식이 볼만하다.

일견 수수해 보이지만 내부는 제법 화려한 면모를 갖추고 있다. 특히 왕관의 방(Throne Room)과 헤라클레스 회랑(Gallery of Heracles)등은 유럽의 다른 왕실 못지 않은 화려함을 뽐낸다. 동·하복으로 유니폼을 갈아입으며 매일 교대식을 갖는 왕궁호위병도 볼거리다. 원래 근위병들은 모나코 국민전사들로 충원했다. 1870년부터 로마교황의 호위병으로 활약하던 스위스출신의 은퇴한 호위병을 활용하고 있다.

5장

⋮

깨끗한 경제

109 프랑스의 경제력

세계은행이 2001년 발표한 1999년 세계경제지표는 각 국의 경제상황을 잘 설명해 준다. 1999년 프랑스의 국 민 총소득(GNI, Gross National Income)은 1조 4천 530억 달러다. 영국의 1조 4천 40억 달러와 비슷하다.

우리 나라 3천 980억 달러보다 3.5배정도 많다. 참고 로 미국은 8조 8천800억 달러, 일본은 4조5천 500억 달러, 독일은 2조 천억 달러다. 이탈리아는 1조 천600 억 달러다. 이는 나라 얘기고. 개인적인 소득을 보자. 프랑스는 2만 4천 150 달러다. 우리는 8천490 달러. 3 배 차이가 난다.

참고로 1인 국민소득 최고는 지구상에서 가장 작은 나라가운데 하나인 프랑스어권 룩셈부르그다. 4만2천 930 달러다. 우리보다 5배 가까이 개인의 소득이 높 다.

인구 많아져야 한다는 이해할 수 없는 주장을 되새 길 수 있는 대목이다. 리히텐슈타인이나 스위스, 덴마 크, 노르웨이같이 그림보다 아름답고 평화롭게 사는 나라 국민들의 소득도 3만 달러를 넘었다. 한국 알기 를 '돌'같이 여기는 일본과 미국도 3만 2천여 달러로 개인소득이 세계 7, 8위였다. 물론 여기 나오는 지표 가 개인의 실질적인 삶의 행복지수를 반영하지는 않 을 것이다.

110 국민 소득의 함정

1955년부터 1995년까지 40년 동안 프랑스인들의 실질구매력이 4배 높아진 것으로 프랑스정부는 평가하고 있다. 1975년부터는 따지면 50% 높아졌다. 1997년 기준으로 프랑스의 2.5명 가족의 평균 소득은 한 달에 만 5천 프랑, 우리 돈으로 2백55만원 정도다. 물론 세금을 빼고 난 뒤다. 좀더 구체적으로 살펴보자. 전문적인 직업에 종사하거나 관리직에 있는 사람들의 가구는 한달 2만 700프랑, 3백52만원이다. 그러나 비숙련 노동자들로 구성된 가장 낮은 소득그룹에 속한 가구의 한 달 소득은 7천 프랑, 120만원 돈이다. 소득 상위 10%의 최상층이 부의 27%를 소유한 반면 하위 10%는 불과 2.3%의 부를 갖고 있을 뿐이다. 한국은 상위 10% 가계소득이 하위 10%보다 9배 많다. 물론 부의 격차는 더 벌어진다.

그건 그렇고, 국부를 근거로 산출할 때 우리보다 3배나 잘사는 것으로 나왔는데 실제 집집마다 벌어들이는 돈을 보니까 우리와 엇비슷하다. 물론 가혹한 50여%의 세금 다 제한 돈이어서 그런 측면도 있다. 하지만 그만큼 나머지 부분은 국가가 갖고 거의 완벽하게 사회보장을 해준다는 해석이 맞다. 여기서 선진국과 후진국의 갈림길이 생긴다. 쉽게 말해 프랑스의 120만원 짜리 빈민은 우리 빈민이랑 표면상 비슷하다. 우리네 대표적인 서민직종인 청소부가 한 달에 수당을 합쳐 150만원과 큰 차이는 없다. 그러나 프랑스 빈민들이 버는 120만원은 다 자기 돈이다. 이들은 일체의 사회적 경비가 들지 않는다. 자녀교육은 100% 국가가 책임지는 공짜다. 의료, 노후보장 역시 마찬가지다. 실업자 돼도 국가가 돈을 준다. 여기에 사회간접자본으로 제공하는 보건환경관련 시설들, 문화적인 활동을 보장하는 각종 시설들을 포함하면 개인소득과 관련 없이 살기 좋은 나라의 순위가 확 바뀐다.

프랑스나 독일국민들이 일본이나 미국 국민들보다 지표상 1인당 국민소득은 낮지만 실제 평균적인 삶은 이들보다 높은 이유가 여기 있다. 돈 많다는 미국이나 일본을 오히려 우습게 여기는 이유가 여기 있다. 국민소득의 숫자가 큰 의미를 갖지는 못한다. 국가가 보장하는 삶의 질로 달리 읽어야 한다.

111 프랑스의 물가는 비싼가

흔히 프랑스 빠리는 일본의 도쿄, 미국의 뉴욕과 함께 세계에서 물가가 가장 비싼 나라의 하나로 널리 알려져 있다. 물론 우리보다 비싼 부분도 있다. 사람이 귀한 탓에 인건비가 특히 그렇다. 레스토랑의 식비도 우리보다는 비싸다.

그러나 가서 직접 살아보니 달리 생각해 봐야할 대목이 많았다. 시민들이 살아가는 데는 그럭저럭 우리와 비슷해 보인다. 실제 앞에서 프랑스 국민들의 실질 구매 가능한 소득을 알아봤다.

우리랑 큰 차이가 없다. 물가가 우리보다 비싸다면 살수 있겠나? 생필품이나 일용적인 공산품들, 옷 등은 대략 비슷하다. 필자가 지금 쓰고 있는 카메라는 299프랑, 5만원짜리다. 프랑스서 샀다. 한국서도 용산 가서 제일 싼 것이 5~6만원이다. 일제 수입쌀 먹지 않는다면 쌀값은 몇 배나 싸다. 필름현상은 가장 싼 체인의 경우 24콤마나 36콤마 가리지 않고 1통 현상에 5프랑(850원)이다. 우리보다 싸다.

프랑스인들이 매일 사들이는 포도주는 15프랑이면 마실만하다. 2천500원이다. 20프랑(3천400원) 넘어가면 맛을 따져가며 평가할 수 있을 정도다. 물론 선물용은 50프랑은 넘어야 한다. 100프랑(만7천원)이면 웬만한 경우 어디다 선물해도 손색없다. 한국에서 어디 갈 때 만7천원짜리 선물 갖고 마음 편한 강심장이나 철면피는 자린고비 형제 외에 드물 것이다

지하철 요금과 특히 호텔비는 앞서 언급한대로 비슷하거나 오히려 저렴하다. 일반 프랑스인들은 대량할인 판매점이나 거리의 시장 등에서 물건을 구입한다. 가방이면 가방 등 특정 물품을 할인해 판매하는 저렴한 상점들이 많다.

프랑스는 소문과 달리 전반적으로 한국과 물가가 비슷하다. 포도주는 다양하며 3천원 이상이면 쓸만한 것 마신다.

112 인플레가 있나

기록이 62년부터 나와 있다. 2-6%대로 안정된 모습을 보였다. 그러다가 갑자기 73년 15%로 뛴다. 한국처럼 경제지표 이외의 요인이 많이 작용하는 것과 달리 이들의 변동은 정확하게 국제경제의 흐름을 반영한다. 아시는 분은 벌써 감 잡았을 것이다. 1차 오일 쇼크 때다. 이스라엘과 아랍의 전쟁 때 중동국가들이 원유값을 급격히 올려버린 것이다.

이후 고유가 시대를 맞아 프랑스는 10%대의 지속적인 고인플레를 보이다, 80년 다시 한번 14%대로 뛰어오른다. 2차 오일쇼크다. 1980년은 우리 나라 역사에서 얘깃거리가 많은 해다. 뿔테 안경에 덩치 큰 대통령이 중동으로 원유외교를 펴러가던 모습이 생생하다. 그통에 국내에서는 힘센 군인들이 엄청난 일을 꾸몄다.

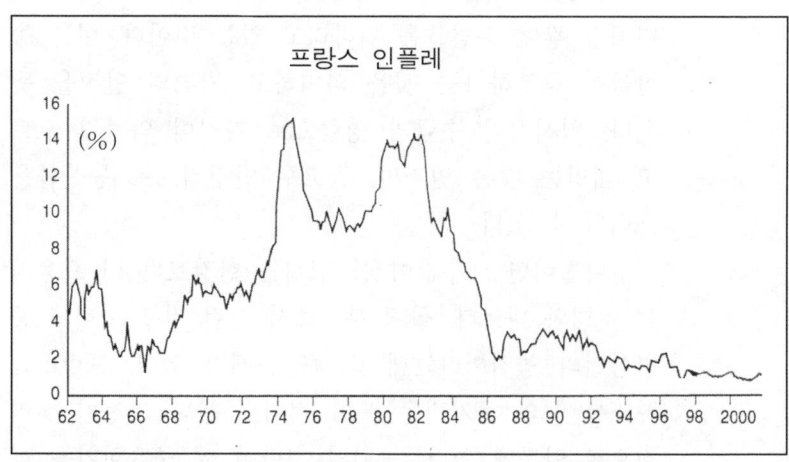

프랑스 인플레

· 출전 La Decouverte의 L'etat de la France 375p, Ministere des Affaires etrangeres의 'France' 170p합성

어쨌든, 프랑스경제는 2차 오일 쇼크를 겪고, 1980년대 중반 이후 안정국면에 들어갔다. 15년째 물가 성장율은 4%에서 3%, 2%, 1%이하로 낮아졌다. 98년 0.7%, 99년 0.6%, 2000년 1%였다. 물가변동이 거의 없다고 보면 된다. 프랑스에서 1년간 오른 것을 아무 것도 보지 못했다. 이유야 여럿 있다. 그 가운데 물가에 큰 영향을 주는 농산물 가격이 사철 안정돼 있다는 점이 인상적이었다. 매일 먹는 농산물가격의 안정은 다른 분야 물가상승에 빌미를 주지 않는다.

113 물가 불안이 말하는 것

①가정생활안정--프랑스의 슈퍼나 시장에 가면 부러운 게 하나 있다. 계절에 관계없이 일년 내내 싱싱하고 먹음직스런 채소나 과일, 낙농제품, 육류가 산더미처럼 쌓여 손님들을 기다리고 있는 점이다. 이는 농산물이 풍부하다는 것을 의미하고, 가격의 안정을 뜻한다. 일시적인 수급의 영향으로 가격이 약간씩 오르고 내리는 것은 있지만, 골고루 안정적으로 농산물을 소비할 수 있다.

장마철이면 배추값이 물 넘치는 한강보다 더 요동치는 우리와 다르다. 실제 부족해서 그런 것도 아니고 중간상인의 농간이라는데 더 큰 문제가 있다. 프랑스는 채소류 등의 물가변동 폭이 적어 주부나 가정이 심리적으로 안정돼 있다. 농업의 기반이 왜 중요한가를 깨달을 수 있는 소중한 경험이었다. 첨단영농, 떼돈 버는 영농 다 좋다. 물가 잡는 농업과 유통구조는 요원한 것인지.

프랑스 농산물가격은 연중 거의 일정하다.

②사재기 안 해--언제 오를지 몰라 틈만 나면 대량으로 사두려고 하는 사재기 근성을 없앨 수 있다. 프랑스에서는 주로 교외에 있는 대량할인판매점으로 차를 타고 장을 보러 간 김에 많이 사는 것일 뿐이다. 업자들도 매점매석이란 것을 생각할 필요가 없다. 그럴 필요도 없고, 해봤자 남는 게 없다. 더 번만큼 세금 다 내야하는데.

③금리 없어--물가안정은 금리안정으로 이어진다. 돈 필요한 사람 마음대로 쓰고, 이자소득으로 산다는 삶의 방식은 없다. 삶이 건전해진다. 부동산 문제는 다른 차원의 요인이지만, 그래도 물가와 불가분의 관계다. 투기란 없다. 역시 안정된다.

④한몫 가치관 없어--한방 어떻게 해서 한몫 잡겠다는 그릇된 가치관을 근본적으로 없앨 수 있다. 한방으로 돈을 벌수있다면 누구든지 건전한 근로를 기피한다. 그렇게 번 돈은 쉽게 쓰기 때문에 사회에 왜곡된 소비문화를 조장한다. 사회를 구조적으로 병들게 하는 지름길이다. 출발은 농산물 가격이고 여기서 비롯되는 인플레다.

114 백화점과 바겐세일

• 백화점

세느(Seine)강의 명소 뽕네프다리 입구에 백화점 사마리뗀느(Samaritaine)가 자리잡고 있다. 그러나, 평소이 백화점에 들리는 프랑스인은 흔치 않다. 앞서도 얘기했듯이 이들은 비싼 백화점을 잘 이용하지 않는다. 우리 같은 백화점문화는 없다고 보면 된다. 사방팔방백화점에 포위된 한국과 다르다. 휴일이면 백화점주변으로 교통마비가 일어나고 사람에 떠밀려 다녀야 하는기현상은 없다. 이들은 연말연시를 제외하면 일요일날백화점 문을 열지도 않는다.

우리 나라에도 들어온 프렝땅(Printemps), 라파예뜨(Lafayette) 백화점 체인이 있기는 하지만 모두 마찬가지다. 빠리의 부유층과 관광객을 제외하면 서민들은 백화점을 찾지 않는다. 한마디로 백화점은 ①드물다 ②화려하지도 않다 ③비싸다 ④부유층만 활용한다 ⑤그래서 백화점 체인 등이 우리처럼 발달해 있지 않다.

• 바겐세일

백화점이 인산인해를 이루는 때가 있다. 프랑스에서는 솔드(Soldes)라고 부르는 바겐세일 기간이다.

이때만큼은 씀씀이가 정확하고, 검소한 빠리지엥(Parisien, 빠리의 남자)이나 빠리지엔느(Parisienne, 빠리의 여성)들도 흥분하고 평소, 돌같이 보던 백화점으로 발걸음을 옮긴다. 우리 사회에선 일상적인 상술로 전락한 바겐세일. 역시 우리 소비문화와 많은 차이를 보인다.

①기간--매년 2번 실시한다. 여름과 겨울시즌이다. 2000년부터 정부가 전국적으로 바겐세일 날짜를 통일해 지정한다. 2000년은 1월 15일, 2001년은 1월 10일부터였다. 6주간 지속할 수 있다. ②취지--지난 시즌 팔다가 남은 상품을 정리하고, 소비자에 싼값에 제공하는 차원이다. ③품목--그래서, 3개월 이상 진열했다가 팔리지 않은 제품을 판매한다. 우리처럼 신상품 팔거나 창고에 있던 재고 파는 게 아니다. 반드시 매장에 진열해 팔다 남은 것이어야 한다.

④할인율--제한 없다. 판촉을 위해 백화점마다 다르다. 심지어 70-80%도 있다. 법으로 이전가격과 할인가격을 동시에 붙이도록 돼 있다. 이전가격은 폼으로 적어놓은 것을 말하는 게 아니다. 세일 한 달 전 실제로 백화점 매장에서 거래한 가격이어야 한다. 위장 세일을 관리하기 위해서다. ⑤인파--인산인해다. 평소 갖고 싶던 물건을 구입하기 위해 특히 어여쁜 빠리지엔느들이 몰려든다. ⑥규제--한국에서도 백화점 측의 사기 세일을 막기 위해 노력한다. 프랑스는 정말 엄격하다. 꼼꼼하게 위반 여부를 따진다. 위반 시 거액의 벌금을 물린다. 백화점 업주 영업활성화가 아니라 소비자 보호가 최우선 정책이다. ⑦기타 세일행사--점포정리나 업종 전환 시 할 수 있다. soldes라는 용어를 사용하지 못하고, promotion(판촉)이나 liquidation(점포정리)란 용어를 써야 한다.

115 대량 할인판매점 인기

①역사--1963년 빠리에서 처음 시작했다. ②현황--
한국에 들어온 까르푸르(Carrefour), 오샹(Auchan), 엥
떼르 마르쉐(Intermarche), 르끌레르끄(Le Clerc)등이
있다. 까르푸르(Carrefour)는 미국의 월마트에 이어 세
계 2위의 유통업체다. 1999년 기준으로 세계 26개국에
진출해 있다. 슈퍼마켓과 대량할인매장 등 모두 9천여
개의 매장을 전세계에 운영하고 있다. 유럽에서 느끼
는 2가지 특징이 있다. 하나는 프랑스의 대량할인매장
들이 곳곳에 포진하고 있어, (스페인, 프로투칼, 이탈리
아, 벨기에 등) 어딜 가나 표준화된 식료품이나 물품을
구입해 쓸 수 있다는 점이다.

그리고, 광고간판들이 어느 나라나 비슷하다. 아니
똑같다. 독일 모델 클라우디아 쉬퍼가 속옷입고 다양하
게 취한 뽀즈의 광고판은 독일은 물론 프랑스와 유럽
어느 나라에서도 똑같이 목격할 수 있었다.

③위치--거대한 매장을 운영하기 위해서는 넓은 부지
가 필요하고 대부분 땅값
이 싼 시 외곽에 위치해
있다. 거의 단층이며, 도
심지는 좁은 땅을 효율적
으로 사용하기 위해 2층
짜리도 있다.

④판매--프랑스의 대량
할인점들은 주로 싱싱한

우리처럼 거리에도 시장이 많다.

농수축산물, 유제품 공급에 비중을 두면서도 취급하지 않는 물품이 없다. 프랑스가정의 87%가 일주일에 1번 이상 대형할인매장을 이용한다.

⑤자체상표--대량할인매장들은 생산자로부터 직접 물품을 공급받아 중간 단계를 줄인다. 교외의 가격이 낮은 땅에 건물을 짓고, 백화점 같은 화려한 디스플레이를 피해 비용을 대폭으로 줄인다. 대량할인판매장들이 인플레 억제에 큰 기여를 하고 있는 것으로 정부는 평가한다.

116 수퍼체인과 구멍가게

• 수퍼마켓

대량할인판매점은 아니지만 슈퍼체인들도 잘 발달해 있다. 우리 나라는 대기업이 운영하는 슈퍼체인이 전국을 커버한다. 프랑스는 순수 유통업체 슈퍼체인이 소비자들을 상대한다. 소비자들은 평소 교외로 나갈 수 없기 때문에 가격이 다소 비싸지만 시내의 슈퍼마켓을 이용한다. 슈퍼마켓은 규모가 작고 땅값이 비싼 도심 한복판에 위치하고 있어 가격이 대량할인판매점보다는 비싸다.

①형태--대부분 전국에 체인점을 갖는다. 모노프리 (Mono Prix), 샹삐용(Champion), 카지노(Casino)등이 있다. 국제적으로도 체인을 갖고 있다. ②규모--단층이나 2층으로 돼 있는데 보통 수백 평에 이른다. ③품목

--농수축산물은 물론 의류, 침구류, 문방구류 등 각종 생필품과 가정용품을 판매한다. 시민들이 주로 물과 포도주, 농산물을 많이 사먹는다. 프랑스 사람들은 물을 100% 사 마신다. 우리도 잘 알고 있는 에비앙(Evian)을 비롯해서 볼빅(Volvic)등 다양한 상표의 물과, 종류를 헤아리기 어려울 정도로 많은 종류의 포도주를 취급한다.

• 구멍가게

소비자들이 대량할인판매점이나 슈퍼마켓만 이용하는 게 아니다. 구멍가게가 있다. 우리 개념의 정말 구멍가게다. 구멍가게가 있다는 사실에 무척 놀랐다. 한국인들이나 중국인들이 운영하는 구멍가게 말고 프랑스인들이 운영하는 구멍가게가 우리와 똑같은 형태로 존재한다. 슈퍼마켓이라 해도 일정규모 이상이기 때문에 시(市) 하나에 한 두개 정도밖에 없다. 동네에 따라서는 슈퍼마켓이 멀리 떨어져 불편을 겪는다. 이런 곳에는 어김없이 우리 식의 슈퍼인 구멍가게가 들어서 있다. 개인이 운영하는 작은 잡화, 식료품가게다. 정식 건물에 들어가 있는 경우도 있지만 가건물에 있기도 하다.

필자가 살던 동네는 대형 슈퍼체인인 모노프리가 걸어서 20분 거리다. 그 사이에 7분 정도 걸으면 작은 가게가 하나 있다. 물과 과일 채소, 쥬스류를 파는 전형적인 잡화식료 구멍가게다. 가건물이었다. 물이란 게 워낙 무겁기 때문에 이 구멍가게를 이용했다. 아주머

니가 운영하는 가게였다. 대량 할인판매점이나 슈퍼체
인은 정찰제다. 이곳은 아주머니 눈대중이다. 가장 한
국적인 분위기를 느낄 수 있는 곳이었다. 어려서 장에
심부름으로 콩나물 사러 가면 콩나물집 딸이 대신 팔
때가 있다. 어른들이 팔 때보다 늘 수북히 담아주곤
하던 일이 생각난다.

117 5일장 같은 거리시장

  프랑스 시민들이 이용하는 쇼핑 장소가 하나 더 있
다. 바로 거리시장이다. 이 거리시장도 정말이지 한국
의 5일장과 똑같다. 아니면 도시의 뒷골목에 있는 시장
과 하나도 다르지 않다. 방법과 형태가 어쩌면 그렇게
똑같은지. 구멍가게는 물론 거리시장을 보고도 놀라지
않을 수 없었다. 어릴 적 고향에서 어머니 따라가 보던
시골장 같기도 하고, 커서 서울 살면서 이용하던 도심
속 전통시장 같기도 하다. 단순히 물건을 사고 파는 차
원을 넘어 사람과 사
람이 접촉하는 인간
냄새가 물씬 풍겨나
는 곳이다.
  프랑스사람들이 실
용적이라고 얘기했다.
무척 검소하다. 거리
시장이나 싸게 파는

로마고대 도시 유적이 남아있는 오랑쥬의 거리시장.

시장이 있다고 하면 어김없이 찾아간다.

①상설 시장--상설은 정규 시장골목이 형성돼 양쪽으로 점포가 늘어서 있다. 그리고 사이 골목에 좌판을 늘어놓고 하는 형태다. 도심 에 있는 우리네 상설 전통시장과 같다.

②임시시장--임시는 시골 5일장과 똑같은 개념이다. 동네 공터에 일주일에 한번 혹은 수시로 선다. 필자가 살던 안또니(Antony)시에는 시내 한복판 전화국 앞 공터에서 일주일에 한번 일요일 아침에 열었다. 앞에는 대형 슈퍼체인 모노프리가 있지만 상관없다. 가설물을 설치하고 모든 종류의 물품을 취급했다. 농수축산물, 의류 침구류 등 거대한 하나의 시장이다.

③지방--지방여행을 하면서 가는 도시마다 거리의 시장을 목격할 수 있었다. 특이한 문화형태이자 생활 속에 살아있는 당당한 쇼핑형태였다. 우리는 시장이 사라긴다. 프랑스에선 서민들과 함께 하는 당당한 경제공간이었다. 검소한 실용정신이 만들어낸 결과다.

④관광 상품--프랑스 중부에 사를라(Sarlat)라는 동네가 있다. 프랑스에서 가장 오래된 선사유적인 라스코동굴벽화와 크로마뇽인의 자취를 찾아볼 수 있는 지역의 중세도시다. 도시전체가 중세시대 지은 돌집과 성

중세도시 사를라의 거리시장은 수많은 관광객을 불러모은다.

당으로 이뤄져있다. 돌길 그대로고, 도시구조도 변하지 않았다. 구 시가지인 중세도시 거리는 일요일이면 옛날 그대로의 모습으로 전통 거리시장이 선다. 각지에서 몰려든 관광객으로 아주 떠들썩하고 신명난 장터를 연출한다. 전통시장이 관광상품으로 까지 발전한 형태다. 어찌나 관광객들이 몰리는지 필자 가족은 숙소를 잡지 못해 밤 9시에 기차역에서 내려 무거운 배낭 하나씩 둘러메고, 1시간 반을 헤매야 했다. 우리도 훌륭한 전통시장의 맥을 살려 관광상품으로 만들 수 있을 텐데…

⑤골동품 시장--빠리 북부의 끌리냥꾸르지역이 있다. 지하철 4호선 북쪽 종점으로 뽀르뜨 드 끌리냥꾸르 (Porte de Clignancourt) 역 근처다. 싸구려 관광잡화시장과 골동품류를 판매하는 시장이 있다.

118 은행거래, 내돈 내맘대로 못해

프랑스에서 통장이란 게 아예 없다. 돈 입금하면 끝이다. 고객이 그 자리에서 받아 가는 것은 영수증이다. 돈을 찾아도 마찬가지다. 돈의 입출금 등 흐름과 관련한 모든 내용은 별도의 용지에 담아 매달 한번씩 집으로 우송해 준다. 그것을 모으면 통장이다. 도장도 없고, 모두 사인이다.

①계좌개설--주소지와 거주가 확실해야 한다. 계좌를 아무한테나 개설해 주지 않는다. 우리는 이름만 대

고 도장 주면 만들어 준다. 프랑스는 어림도 없다. 주
거지가 확실해야 한다. 주택 월세 계약서사본과 그 집
주소에서 자기이름으로 낸 전기세 영수증이 있어야 한
다. 이유는 확실하다. 계좌를 개설하면서 수표책을 줘
야 한다. 신용이 확실하지 않을 경우 수표부도가 나기
때문이다. 두 번째 더 중요한 이유는 자금세탁 방지를
위해서다. 실명은 물론 실제 특정지역에 사는 사람이
아니면 통장을 만들 수 없다. 문제가 발생할 경우 확
실하게 자금추적을 할 수 있다.

②내 돈도 내 맘대로 못해--한국에선 돈 가져오면
은행이 환영한다. 프랑스에서 그런 생각했다가는 큰코
다친다. 5만 프랑, 다시 말해 우리 돈 850만원 이상의
현금거래가 이뤄질 경우, 입금이든 출금이든 은행은
돈의 출처나 용처를 따진다. 어디서 난 돈이냐고 추궁
한다. 정체불명의 돈에 대해서는 절대 거래할 수 없고
바로 법에 걸린다. 뭉칫돈이 멋대로 왔다갔다 할 수가
없다. 뇌물을 받아도 은행에 둘 수가 없는 딱한(?) 나
라다. 이러니 나라가 어떻겠는가? 부패 공무원이나 검
은 돈에 얽힌 사람들의 원성이 자자하다. 이런 나라에
서 어떻게 살겠는가? 우리 나라가 이런 법 만들려고
하면 누가 제일 먼저 반대할까? 사유재산권 침해라면
서 국회의원, 공무원, 조직폭력배…

③신용거래--후진국의 은행경영은 간단하다. 예금주
들에게 5% 이자 주고 돈을 끌어 모은다. 그리고, 돈 필
요한 사람에게 8% 이자 받고 꿔 준다. 꿔주면서는 부
동산 등으로 담보를 확실하게 잡는다. 땅 짚고 헤엄친

다. 그러니 돈버는 길이 제한돼 있다. 선진국의 은행은 돈 꿔 줄 때 담보가 아니라 신용이다. 승산 있는 사업 하려고 할 때는 담보 없어도 꿔 준다. 신용으로 꿔 주기 위해선 철저하게 상대를 조사해야 하는데 여기서 은행의 노하우가 쌓이고 높은 경쟁력을 확보한다. 국제경쟁에서 살아남는 은행과 쓰러지는 은행의 차이점이다.

119 요금 자동이체

자동이체를 두고 늘 말이 많다. 자신도 모르게 통장에서 돈이 빠져나가는 경우가 생기기 때문이다. 프랑스에서는 본인의 서명이 없으면 절대 자동이체 할 수 없다. 예를 들어 전기료나 전화료는 은행계좌에서 낸다. 방법은 이렇다. 자신의 은행계좌번호를 전기회사와 전화회사에 보내 준다. 그러면, 이들 회사가 요금을 집으로 청구한다. 전화의 경우 전화사용 내역을 한 통화도 빠트리지 않고 정리해 보내 준다. 시내, 시외, 국제, 인터넷으로 나눠 청구기간동안 정확히 얼마큼 썼는지 한눈에 알 수 있다.

사용한 시간의 초까지 적어서 보내 준다. 혹시가 있을 수 없다. 100%정확하다. 이를 보고 맞지 않으면 항의한다. 맞으면, 전화회사가 보내온 청구서에 사인해 우편으로 다시 보내준다. 전화회사가 사인이 담긴 확인서를 은행에 보내 은행계좌에서 요금을 빼간다. 자동이체다. 우리는 한 달에 얼마 내라고 청구서가 날아온다. 더 쓴 것 같기도 하고 의심스럽다. 전화든 전기든 모든 게 마찬가지다. 사용내역을 알 수가 없다. 일일이 확인하러 전화국에 갈 수도 없고. 뭔지도 모르고 돈을 낸다. 프랑스의 자동이체는 무엇이든지 소비자의 확인서명이 담긴 청구서가 있어야 가능하다. 그만큼 더 소비자를 보호하는 시스템이다.

120 현금 안써 투명

①수표--이들은 현금을 사용하지 않고 수표를 사용한다. 수표는 우리처럼 은행 발행이 아니다. 소비자가 발행한다. 은행에 계좌를 트면 은행이 수표책을 준다. 수표책을 갖고 다니면서 계산할 일 있을 때 한 장씩 뜯어서 발행한다. 금액을 적고, 수취인과 날짜를 적은 뒤 사인한다. 그러면 수표를 받은 사람이 은행으로 돈의 지급을 요청한다. 은행은 잔고를 보고 지급해 준다. 발행자는 수표책에 자신이 발행한 날과, 금액 등을 정확히 적어 갖고 있다가 한 달에 한번 은행에서 날아오는 금전 거래 내역서를 보고 착오가 없는지 확인한다. 사용자가 마구 발행하다 부도를 낼 수도 있다. 프랑스 금융당국은 부도방지안을 내놓느라 골치 아프지만 수표거래가 갖는 장점을 포기할 수 없다. 투명하게 자금의 흐름을 파악할 수 있는 것이다.
②카드--실생활에서 더 자주 사용하는 것은 카드다. 프랑스는 지하철 표도 카드로 산다. 정부와 관련된 모

든 장소에선 요금을 카드로 받아 준다. 박물관이나 유적지 입장료부터 모든 게 카드다. 일반 영역도 마찬가지다. 몇 천원 단위가 넘으면 대부분 카드로 결재한다. 카드하나면 못하는 게 아무 것도 없을 정도다. 그러나, 후진사회로 갈수록 "카드는 고맙습니다만 사절"이다. 아니면 우리 나라처럼 수수료를 붙인다.

이란이란 나라에 가봤다. 미국의 5분의 1이나 되는 광활한 국토에서 유일하게 마스터카드 딱 하나 받는다. 그것도 비싼 바가지상품 판매에만 받는다. 그리스나 터키 정도로 가면 카드를 받는 곳이 있다. 그런데 현찰보다 높은 가격을 부르기도 한다. 이탈리아나 스페인도 아직은 그런 경우가 있다. 프랑스나 서유럽국가들은 어딜 가도 카드 하나면 물품이나 서비스를 무엇이든지 구입할 수 있다. 외국인이 여행 와서 돈을 더 많이 쓰고 가게 만드는 지름길이다.

③신용거래의 의미--앞서 본대로 후진사회로 갈수록 탈세 등을 생각해 세원이 밝혀지는 카드를 받지 않는다. 그러면 외국인이 왔다가도 소비를 할 수 없다. 이런 사회에선 장사치는 돈벌지만 국가는 가난해 진다. 세금을 거둘 수도 없고, 외국사람 와서 못쓰니까 당연한 결과다.

개인사업자들이 아무리 돈을 많이 벌어도 정부는 근거가 없다는 이유로 세금을 매기지 못하고, 애꿎은 월급생활자들만 들볶는다. 못사는 나라 사람들일수록 더 고단하게 일한다. 일해도 못산다. 다 원인이 있었다. 선진국은 모두 좋다. 카드 받으니까 매출 오르고, 국가는 세금 더 걷고. 돈의 흐름을 정확히 파악할 수 있어 누구든지 검은 돈을 만지기가 거의 불가능하다. 우리의 신용카드 사용수준은?

121 바른 세금, 바른 나라

①모든 소득의 50% 세금--프랑스인들의 대졸 초임은 대개 7-8천 프랑이다. 우리 돈으로 135만원 돈이다. 많지 않다. 소득의 50%를 세금으로 가져가기 때문이다. 참고로 유럽각국의 소득에 대한 과세비율을 알아보자. 네덜란드가 가장 높다. 무려 60%다. 벨기에가 55%, 프랑스 54%, 독일 53%, 오스트리아 50%, 룩셈부르그 46%,이탈리아 45%, 영국과 포르투칼 그리고 스페인은 40%, 핀랜드 36%다. 유럽연합을 벗어난 선진국 가운데 미국은 40%, 일본은 37%다.

②모든 증여, 상속에 60% 세금--공돈이 생길 수도 있다. 부모나 친지로부터 증여나 상속받는 경우다. 우리는 각종 편법으로 빠져나갈 수 있다. 프랑스는 "No"다. 예외 없이 60%이상을 세금으로 낸다. 건물을 유산으로 받아도 팔아야 한다. 세금 내야하기 때문에…. 이런 나라에서 부의 끝없는 상속이나 대물림은 불가능하다. 피나

모든 거래는 카드를 사용 해 투명하다. 바르게 조세 정의를 세울 수 있다. 국부의 원천이다.

는 노력으로 다시 일구는 일이 아니라면 어렵다. 정의
로운 사회 만들기 싫어도 저절로 온다.

③경제 정의--현금을 사용하는 나라도, 뇌물이 횡행
하는 나라도 아니다. 탈세를 하기가 정말 어렵다. 기업
을 탈세나 정치권유착과 같은 비정상적인 방법으로 운
영하는 게 아니다. 철저하게 낼 것 다 내고 실력으로
일할 사람이 운영한다. 경제정의가 실현된다. 자본주의
를 그릇되게 신봉하는 사람들은 말한다. 다 빼앗아 가
면 누가 힘들여 일하냐고. 그래서 프랑스는 대안을 마
련했다. 싫으면 하지 말라고. 프랑스는 뺏기는 것 두려
워 일 안 하는 기업인들 대신해서 대부분 중요한 사업
을 국가가 직접 한다. 공기업이다. 평등하게 일 잘할
사람들이 늘 줄서 있다. 무너진 부패와 비효율의 동구
사회주의 예를 들면 안 된다. 세계에서 가장 살기 좋
은 나라 만드는 국가들의 공공주도 시스템을 봐야지.

122 나라돈 어디에 지출

우리의 2001년 예산과 프랑스의 1998년 예산을 비교
해 보자. 추가경정 예산을 포함하지 않은 본예산 기준
이다. 본예산을 기준으로 어떤 분야에 중점적으로 나
라 돈을 쓰는지 비율을 따져본다. 정부가 어떤 경영철
학으로 국가를 운영하는지 알 수 있기 때문이다. 프랑
스는 1년 예산의 27.8%를 교육사업에 쓴다. 나라 돈의
4분의 1 이상을 교육비로 쓰니, 교육에 모든 것을 걸

고 있다고 해도 과언이 아니다. 프랑스의 모든 교육은
무료다. 나라의 장래는 인재에 달려 있고, 인재를 양성
하는 것보다 더 소중한 일은 없으리라. 우리 나라도
예산의 20%를 교육부문에 투자한다. 가장 높은 비중
이다.

그러나 아직 프랑스만큼의 비중은 아니다. 프랑스는
27.8%예산으로 유치원부터 박사과정까지 무료교육이
다. 모든 학교는 국립이다. 우리도 20%나 쓰면서 2002

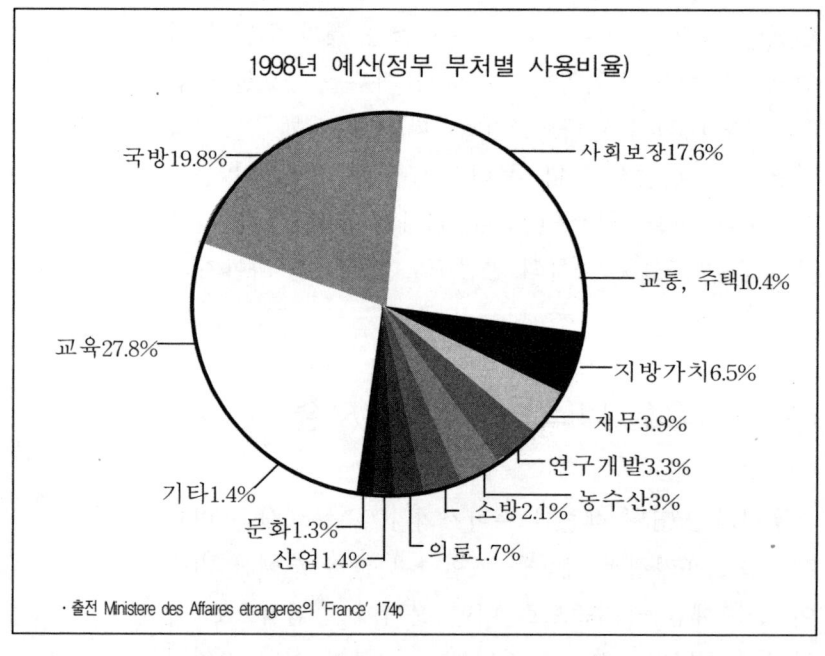

1998년 예산(정부 부처별 사용비율)

국방19.8%

사회보장17.6%

교통, 주택10.4%

지방가치6.5%

재무3.9%

교육27.8%

연구개발3.3%

농수산3%

소방2.1%

기타1.4%

문화1.3%
산업1.4%
의료1.7%

· 출전 Ministere des Affaires etrangeres의 'France' 174p

년부터 겨우 중학교 의무교육이다. 고등학교나 대학은
높은 학비에 학생이나 학부형 허리가 휜다. 프랑스는
나라예산가운데 2번째로 많이 쓰는 분야가 국방비다.

19.8%다. 전세계를 상대로 한 방위개념을 실현하고 있는 탓에 돈이 많이 먹힐 수밖에 없다. 우리도 방위비의 비중이 16%에 이르러 두 번째로 많다. 다음 프랑스가 신경 쓰는 분야는 사회복지 비용이다. 17.6%를 실업이나 연금 등 사회복지분야에 지출한다. 우리의 사회복지 비중은 9% 정도에 불과하다. 복지비용이 우리보다 두 배나 비중이 높다. 프랑스는 교육과 복지에 돈을 써 국민들이 편안하게 공부하고, 아프면 치료받고, 실업자 되도 걱정 않고, 늙어서도 안심하고 살 수 있는 분야에 나라 돈을 중점적으로 쓴다.

123 경제, 수출 잘나가

①GDP--프랑스는 미국과 일본, 독일에 이어 세계 4번째 산업대국이다. 세계 GDP의 5%를 차지한다. 프랑스의 1999년 GDP규모는 8조8천백억 프랑, 천5백조원 규모다. 2000년엔 9조천 7백억 프랑, 천5백60조원이다.

②경제성장률-- 프랑스 산업은 현재 안정 번영을 구가하고 있다. 선진국 가운데는 보기 드물게 2-3%대의 성장을 지속하고 있다. 1999년 2.3%, 2000년 2.8%의 성장을 기록했다. 건실한 농업과 세계 최대의 관광산업을 기반으로 항공, 자동차, 서비스업 등이 호황이다.

③실업률--2000년 신규로 38만명의 일자리를 창출했다. 1997년을 정점으로 갈수록 줄고 있다. 프랑스에서 살다보면 잘 나가는 것을 실감한다. 유럽의 많은 사람

들이 일거리를 찾아 빠리로 몰려든다. 관광객과 경제인들의 방문도 는다. 밀입국자도 많다. 그래서 빠리는 더욱 사람들로 붐비고, 호텔이나 숙박업소, 주택은 더욱더 잡기 어려워지고 있다. 세금도 잘 걷혀 정부는 감세 정책을 내놓는 실정이다.

④무역수지--프랑스는 전세계수출의 6%를 차지한다. 서비스와 농산물은 미국에 이은 세계 2위 수출국이다. 1990년대 초까지 프랑스는 만성적인 무역적자에 시달렸다. 70년대 말부터 15년간이나 무역적자를 기록하다 1992년에서야 흑자로 돌아섰다. 그 뒤 지금까지는 안정적으로 무역흑자를 내고 있다. 1998년 이후 흑

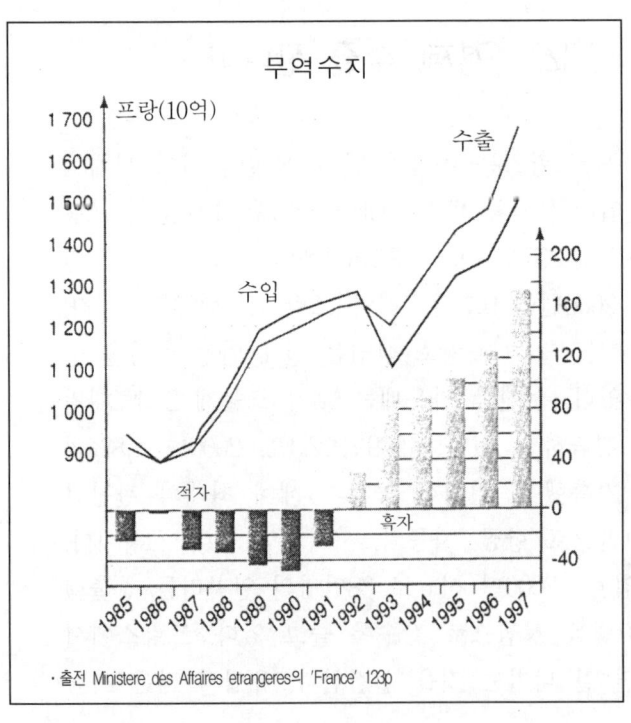

· 출전 Ministere des Affaires etrangeres의 'France' 123p

자폭이 줄었지만 천억 프랑 이상의 흑자를 계속 기록 중이다. 무역수지 흑자는 99년 천20억 프랑(170억달러)였다. 재미있는 것은 수출입의 역전관계다. 수출은 지속적으로 성장하다 1992-1993년을 기점으로 큰 폭 하락을 나타냈다. 경제가 어려워지는 것 아니냐고 우려만 하기에는 좋은 점도 있었다. 수입이 더 큰 폭으로 낮아지면서 무역수지를 적자에서 흑자로 전환하는 계기가 됐다.

⑤무역파트너--무역의 62%를 유럽연합국가들과 기록했다. 독일은 프랑스최대의 무역파트너로 전체 프랑스 무역의 16.3%를 차지하고, 이탈리아는 9.6%, 영국은 9.2%다. 프랑스는 원유가 생산되지 않아 수입에 의존하며 주로 사우디아라비아와 나이지리아에서 들여온다. 한국과 프랑스의 무역거래는 그리 활발한 편이 못된다. 특기할만한 사실은 우리가 프랑스로부터 첨단산업과 관련된 원자력발전소, 고속전철인 TGV, 항공기 등을 들여온다는 점이다. 고가의 사업이다. 대우가 한때 프랑스의 국영전자회사 톰슨(Thomson)을 인수하려고 하는 등 기세를 올렸다. 지금은 대우가 침몰하면서 분위기가 시들었다.

그러나, 현대자동차 등이 들어와 곳곳에 판매소를 운영하고 있다. 지방도시에서도 이들 기업의 매장이 있어 뿌듯함을 느끼기도 한다. 전자제품은 다수 들어와 있다. 특히 삼성, LG, 대우 등이 판매망을 확충하고 있다. LG는 프랑스 프로축구단 가운데 보르도(Bordeaux)를 후원한다.

삼성은 빠리 몽마르뜨(Monmarte)에 최첨단 초대형 광고판을 설치해 빠리의 밤 분위기를 잡는다. 무역수지로 보면 우리는 프랑스와 계속 무역적자다.

124 프랑스는 농업국가

①땅의 이로움--프랑스 경제에서 일견 농업이 차지하는 비중이 그리 커 보이지 않는다. 프랑스 GDP의 2%에 불과하기 때문이다. 그리고, 문화나 관광, 첨단산업에 가려 있다. 따라서, 프랑스가 농산물 수출 국가라는 사실에 많은 사람들이 고개를 갸우뚱할 것이다. 프랑스 국토는 남한의 5.5배이고 그 대부분이 비옥한 토양이다.

국토의 55%를 개간해 농업에 활용하고 있다. 다른 땅 큰 나라들의 국토 대부분이 농사에 부적합한 황무지인 점과 다르다. 우리는 30%에 그친다.

기후는 춥지도 덥지도 않아 최적의 조건을 갖고 있다. 프랑스가 사탕수수 주요 생산, 수출국이라면 믿지 않을 것이다. 이란을 탐방하면서 지구라트 유적지가 남아 있는 총가잠빌(Chongasambil)이란 곳을 갔다. 3월 중순이었는데 이미 기온은 30도를 넘었다. 땅에는 한여름 작물이 자라고 있었다. 드넓은 평야에서 자라는 작물은 사탕수수였다. 사탕수수는 이런 곳에서 자라는 것인데…

프랑스는 해외식민지 시절 전세계를 누비며 삼색기

를 마구 꽂아댔다. 적도 근방에도 많다. 여기서 사탕수
수를 재배한다.

②농산물 수출로 버는 돈--1998년 한해동안 578억
프랑 83억 달러(102조원)이상의 농산물 무역흑자를 기
록하고 있다. 밀은 세계에서 두 번째로 많이 수출한다.
전세계 밀수출의 18%를 차지한다.

겨울과 봄철의 푸른 밀밭은 싱싱한 생명력과 함께
이국적인 아름다움을 전한다. 여름의 황금빛 밀밭은 흉
내낼 수 없을 정도로 눈부시다. 드넓으면서도 예술적으
로 아름다운 밀밭 풍경은 절경 중의 절경이다. 옥수수
도 세계 3위 수출국이다. 전세계 수출량의 11%를 차지
한다. 소고기나 닭고기 등 육류수출은 세계 2위인데 소
고기는 세계수출량의 11%, 닭고
기 등은 18%를 차지한다. 포도
주 수출이 전세계 1위라는
것은 잘 알려진 사실이다.
포도주와 소프트음료로만
1년에 51억 달러를 벌어들
이고 있다. 치즈 등의 유가
공 제품수출도 세계 상위
권이다.

그러나, 프랑스는 세계의
4번째 농산물 수입국이다.
일본, 미국, 독일에 이어서
다. 미국은 최대의 농산물
수출국이자 2번째 수입국이다.

프랑스의 육류수출은 세계 2위다.

125 국영기업이 경제 이끌어

프랑스의 경제를 건실하게 이끌고 있는 각 분야의 명품은 국영기업이다. 우리 한국사회가 특히 눈여겨 봐야 할 대목이라고 본다. 프랑스는 일부민영화를 추진하면서도 국영과 병립을 유지한다. 일방적인 민영을 추진하지 않는다. 지금 한국은 민영화만이 한국경제의 유일한 대안인 것처럼 국영기업 민영화하고, 외국에 국영기업 내다 판다. 국영은 문제고 민영이면 다 해결 될 것 같은 분위기다.

①에어버스(Airbus)사--프랑스는 미국에 이어 세계 2위의 항공산업국가다. 민간과 우주항공, 특히 군사항 공분야에서 기술력을 자랑한다. 민간항공기 분야는 에어버스사가 주도한다. 그러나, 엄밀히 에어버스는 프랑스 기업이 아니다. 본사는 프랑스 남부도시 뚤루즈 (Toulouse)에 있지만, 유럽4개국의 공동소유나. 미국 항공사에 맞서기 위해 1967년 프랑스, 독일, 영국, 스페인이 공동 프로그램에 착수하면서 시작됐다.

프랑스는 아에로 스뻬시알(Aerospeciale)사가 37.9% 를 소유하고 있다. 독일의 다이뮐러 벤즈 에어스페이 스(Daimler-Benz Aerospace)사가 역시 37.9%를 소유 하고 있다. 영국의 브리티쉬 에어스페이스(British Ae-rospace)사는 20%, 스페인의 까자(CASA)사는 4.2%를 갖고 있다. 비행기 생산 역시 각 부품을 4개국으로 나눈다. 물론 프랑스에서 가장 많은 부분을 생산한다. 1973년 처음으로 에어버스300 제품을 세상에 선보였다.

이후 비약적인 발전을 하며 1998년에는 556대의 비행
기를 팔아 390억 달러의 매출액을 올렸다. 우리 돈 50
조원이다. 전세계 36개 항공회사에 공급한다. 우리 나
라 대한항공도 미국의 보잉 외에 에어버스의 항공기를
구입해 프랑스 에어버스사로부터는 특별대우를 받고
있다.

　②다소 아비아숑(DASSAULT Aviation)사--다소사
는 순수 프랑스 국영기업이다. 방위산업체다. 대표적인
미라쥬와 라팔, 펠컨을
비롯한 군용기 7천여 대
를 73개국에 수출했다.
정부는 우리 나라 공군
의 차세대 전투기사업을
위해 미국의 보잉과 프
랑스의 다소를 놓고 저
울질 중이다. 국민의 혈
세 4조3천여억원이(2001

해외영토인 남미 귀안느 쿠르기지에서 아리안 로켓을 발사한다.

년 우리 예산은 100조원이고, 국방비는 15조 3천억원
이다) 투입되는 막대한 사업이다.

　한국 공군력을 증강시키는데 꼭 필요하고 우리에게
기술을 좀더 많이 이전해 우리의 자주국방 실현을 앞
당겨줄 회사를 선정하면 된다. 문제는 한국의 특수 사
정. 미국은 군수산업으로 굴러가는 나라고, 우리는 미
국의 강력한 영향권 아래 있다는 점을 부인할 수 없다.
전투기 도입에 미국 정부의 영향력이 작용하지 않을
것이라고 기대하는 일은 어리석다. 지금 국가 1년 예

산의 20분의 1에 해당하는 금액에 투자할 비행기 고르
는데 실상은 제대로 알려져 있지 않다. 경쟁업체들이
공정한 게임을 벌일 수 있도록 주의를 환기시키는 일
이 언론의 임무다. 재미없어도 우리의 운명을 결정짓는
중요한 뉴스다.

③아리안(Ariane)로켓--역시 우리와 밀접한 관련을
갖고 있는 분야다. 우리의 무궁화 위성은 역시 유럽
다국적 로케트인 아리안 로케트가 쏘아 올렸기 때문
이다. 아리안 로케트는 유럽의 15개 국가가 참여한다.
미국이나 러시아, 중국 같은 경쟁자를 제치고 계속 발
전하고 있다. 발사기지는 남아메리카 대서양 연안에
있는 프랑스령 귀안느(Guyane)의 쿠루(Kourou) 밀림
에 있다.

④르노(Renault) 자동차--프랑스의 자동차 회사는 2
곳이다. 삼성을 인수한 르노(Renault)와 민영 PSA다.
PSA는 쁘죠(Peugeot)와 시트로엥(Citroen)이 1976년
합병한 회사다. 규모는 국영 르노가 좀 크다. 한국은
현재 기아를 인수한 현대와 르노의 삼성, 미국 GM이
인수준비하고 있는 대우 등 3사다.

문제는 세계 9위의 자동차 메이커 르노가 국영이란
점이다. 국영인 프랑스의 르노에게 민영 삼성자동차가
먹히고 있는 현실에서 무조건 민영이 좋고 국영은 나쁘
다는 논리를 펼 수 있을지 의문이다. 일본의 닛산자동
차도 르노가 36.8%의 주식을 인수해 합병했다. 현재 닛
산의 책임자는 프랑스에서 파견하고 있다. 프랑스는 미
국과 일본, 독일에 이어 4대 자동차 생산국이다. 자동

차 수출은 역시 독일이 최고의 시장점유율을 보인다. 17.9%, 일본은 2위로 16.2%. 미국은 수출에선 3위로 11.3%다. 프랑스는 6.6%로 세계 4위의 자동차 수출국이다. 이밖에도 대형은행, 철도 등의 굵직한 산업은 대부분 국영이다. 경제구조와 운영시스템에 대한 다양한 연구가 절실하다.

126 '향수'에 얽힌 이야기

「샤넬 No. 5」 프랑스는 몰라도 이 단어는 하도 들어서 귀에 익었음에 틀림없다.

①역사--향수는 고대이집트와 메소포타미아(앗시리아)를 거쳐 그리스, 로마에 전해진 뒤 유럽 전체로 퍼진 역사적 배경을 갖고 있다. 이집트의 고분이나 신전의 부조를 직접 가서 보면 2가지 특징을 확인할 수 있다. 하나는 나일강의 세례다. 나일강에서 몸을 깨끗이 씻는다. 그리고는 향수를 몸에 바른다. 또, 향수를 오시리스 신이나 이시스신에게 바치며 축복을 받는다. 향수를 신이 뿌려주는 장면도 많다.

오늘날 기독교의 종교의식에서 볼 수 있는 세례도 여기서 나온 게 아닌가 하는 생각이다. 일단 북아프리카나 중동은 비가 오질 않고 바람이 많다. 모래바람이다. 씻을 물은 없고, 모래바람과 더위로 몸은 쉽게 더럽혀진다. 이런 사회에서 몸을 깨끗이 씻고 좋은 향을 몸에 뿌린다는 것은 뭔가 특별한 의식을 의미한다. 목욕 문화가 발달했던 로마시대에도 목욕탕에서 올리브 기름 마사지를 했다. 그러나, 중세가 열리고 유럽이 기독교사회로 들어가면서 경건 엄숙주의가 등장한다. 몸을 드러내 놓고 씻거나 향을 뿌리면서 정신을 혹하게 하는 일을 용납하지 않았다.

중세가 끝날 무렵부터 십자군전쟁 등으로 고대의 전통을 간직하고 있던 아랍의 문화가 유입되면서 유럽에 다시 향수문화가 붐을 이뤘다. 근세 초기까지 지중해 최고의 해상강국 베네치아는 동서 중개무역으로 큰돈을 벌었다. 중요 품목 가운데 하나는 향료였다.

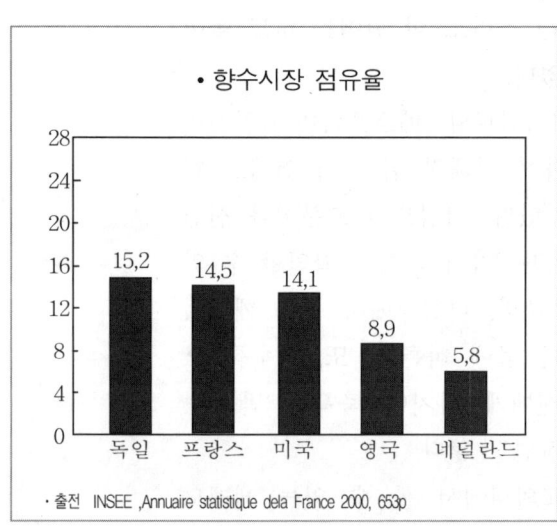

• 향수시장 점유율

28
24
20
16   15,2
          14,5
12   14,1
                  8,9
8   5,8
4
0
독일 프랑스 미국 영국 네덜란드

· 출전 INSEE ,Annuaire statistique dela France 2000, 653p

르네상스 이후로 향수는 왕실과 귀족사회의 필수품이 된다. 19c부터는 향을 인공으로 합성해 내면서 향수는 일반대중에게까지 전파되는 계기를 만들었다.

②어원--향수는 프랑스어로 빠르쾽 Parfum이다. 정식으로 문헌에 처음 등장한 것은 1528년이다. 이 말의 어원은 프랑스 남부 프로방스 지방의 'Perfumar', 이탈리아 밀라노 지방의 'Perfuma'다. 고전 라틴어에서는 연기 'Fumus', 증기 'Effumo'

'Suffumo','Transfumo' 등으로 사용했다. 기체 형태에 '-fum-'을 사용했음을 알 수 있다.

③향수에 관한 문서기록--플리니우스의 역사기록에 향수상자가 나온다. 알렉산더 대왕이 페르시아를 침략했다. 이곳에서 그리스의 오랜 숙적 페르시아의 수도 페르세폴리스(Persepolis 페르시아의 수도라는 그리스어)를 불태우고 페르시아를 멸망시켰다. 그리고는 도망간 다리우스 3세로부터 전리품을 노획했다. 여기서 향수통을 발견한 것으로 돼 있다.

④프랑스의 향수산업 역사--기록상으로 1190년 국왕 필립 2세가 향수제조업을 허가했다. 이후 프랑스 지중해 연안인 그라스(Grasse)지방을 중심으로 향수산업이 발달했다. 16c 앙리 2세의 왕비인 까뜨린느 드메디치(Catherine de Medici)는 당시 이탈리아 피렌체 공화국의 지배가문인 메디치가(家)에서 프랑스로 시집올 때 향수상을 데려왔다. 향수상은 빠리에 향수가게를 열어 귀족층의 인기를 얻었고, 이후 향수가게가 퍼져 나갔다. 19세기에는 게를랑(Guerlain), 몰리나르(Molinard) 등의 향수전문회사가 창업했다. 20c들어서는 패션과 향수업계에 새바람을 몰고 온 가브리엘 샤넬(Gabriel Chanel)이 '샤넬 No 5'를 내놓으면서 프랑스 향수사에 한 획을 그었다. 이후로는 고급 패션브랜드들이 모두 나서 향수를 생산하면서 프랑스 향수산업을 이끌고 있다.

⑤종류--향수는 오늘날 향의 농도에 따라 크게 4가지로 구분해 볼 수 있다. ㄱ.향수(빠르횡)--Parfum. 영어로는 퍼퓸(Perfume). 알코올70-85%에 향수원액 15-30%

를 탄 최고 농도의 향수를 말한다. 우리가 흔히 향수라고 부른다. 향이 12시간 지속한다. ㄴ.향수(오드 빠르퓜)--Eau de Parfum. 알콜이 80-92%고, 원액이 8-15%다. 향이 7시간 지속된다. ㄷ.화장수(오 드 뚜왈레뜨)-- Eau de toilette. 92-94% 알코올에 6-8%의 원액을 넣는다. 향이 3-4시간 지속된다. ㄹ.오드 꼴로뉴--Eau de Cologne. 독일의 쾰른(Koln)을 프랑스어로는 꼴로뉴(Cologne)라고 부른다. 쾰른이 원산지다. 여성들이 아닌 남성들이 대상이다. 원액이 3-5%다. 운동이나 샤워 뒤 사용한다. 향은 1-2시간 지속된다. '샤워코롱'이라는 말이 있다. 샤워꼴로뉴(Shower Cologne)다. 아니면 '샤워 쾰른'이 맞다.

　⑥수출--향수수출은 Eau de Cologne의 본고장인 독일이 전세계 수출량의 15.2%를 점유하고 있다. 고급브랜드로 유명한 프랑스가 14.5%로 2위다. 미국도 만만치 않다. 14.1%로 상위 3개국이 비슷한 규모다. 영국과 꽃의 나라 네덜란드도 4, 5위의 수출국이다.

127　일주일 35시간 근무

　수출도 잘되고, 세계적인 명품도 많은 프랑스의 산업별 노동자 분포를 알아보자. 프랑스의 노동인구는 2천6백60만 명이다. 현재 일을 하고 있거나 일자리를 찾고 있는 사람들이다. 인구의 45.3%다. 1954년의 천9백50만 명에 비해 크게 늘어났다.

①새로운 노동법, 35시간만--프랑스는 1936년 일주일에 40시간을 일하도록 정했다. 그리고, 50여년이 지난 뒤 1982년 39시간으로 1시간 줄였다. 39시간이면 일주일동안 월요일부터 금요일까지 5일 일할 때 하루 8시간도 안 되는 7.8시간이다. 그러나 이것도 많다고 야단이다. 드디어, 프랑스는 세계에서 처음으로 일주일에 35시간만 일하도록 1999년 법을 개정했다. 월요일부터 목요일까지는 하루 8시간씩 오전 9시부터 오후 5시까지 일하고 금요일은 9시부터 12시까지 3시간 일하면 끝이다. 아니면 하루에 7시간씩 월요일부터 금요일까지 일한다. 20인 이상 사업장은 2000년 2월부터 시행됐다. 2002년부터는 모든 사업장이 마찬가지다. 물론 단축하더라도 기존의 임금을 낮춰서는 안 된다. 이런 근로시간 단축은 단순히 근로자들을 쉬게 하겠다는 취

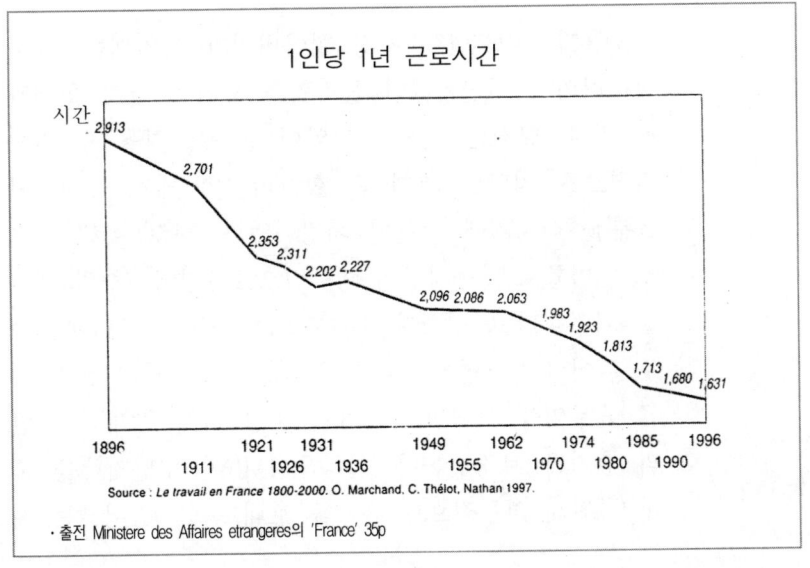

1인당 1년 근로시간

시간

2,913
2,701
2,353
2,311
2,202 2,227
2,096 2,086 2,063
1,983
1,923
1,813
1,713 1,680 1,631

1896   1921   1931   1949   1962   1974   1985   1996
    1911   1926   1936   1955   1970   1980   1990

Source : Le travail en France 1800-2000. O. Marchand. C. Thélot, Nathan 1997.

·출전 Ministere des Affaires etrangeres의 'France' 35p

지보다는 일하는 시간을 줄여 조금이라도 더 많은 사
람을 일할 수 있도록 하자는 뜻이다. 실업은 사회의
암이다. 단순히 한사람 쉬는 차원이 아니라 각종 사회
악의 근원이 될 수 있다. 실업률을 낮추려는 게 프랑
스 정부의 근로시간 단축 배경이다. ②역사적으로 보
는 근로 시간 변화--지난 백년 동안의 노동시간 변화
를 살펴보자. 프랑스인들도 과거 할아버지 시절에는
혹독하게 일했다. 좋아진지 얼마 안 된다. 1896년 프랑
스인들은 1년에 2천913시간을 일했다. 그러다 100년
뒤인 1996년엔 천631시간만 일했다. 45%, 무려 반 가
까이 줄었다.

128 휴가와 출산휴가

①휴가--1936년 손기정 할아버지가 독일베를린에서
히틀러의 과시잔치였던 올림픽을 오기로 달려 월계관
을 썼다. 일제의 가혹한 탄압이 갈수록 참을 수 없는
지경으로 치닫던 그때 손 할아버지의 쾌거는 민족의
울분을 삭이기에 충분한 처방이었다. 바로 이해 프랑
스는 법률로 노동자들이 의무적으로 1년에 2주씩 휴가
를 가야한다고 정했다. 1982년에는 휴가가 1년에 5주
로 늘어났다. 1년에 5주의 유급휴가에 11일의 추가 유
급 휴무일을 보장받는다. 1년 46일 다시 말해 1달 반
의 휴가를 보장받는다. 한국은 IMF뒤 수당지급을 줄
이기 위해 의무적으로 휴가를 보내고 있다. 어쨌든 휴

가는 늘었다. 불과 4-5년 전까지만 해도 1년에 휴가 일주일 가는 것만 가지고도 얼마나 눈치보고, 윗사람과 다퉈야 했는가? 1월달에 휴가 가겠다고 말했다가 부장으로부터 온갖 소리를 다 들었던 기억이 새롭다. 우리 나라 공휴일이 많아서 생산성이 떨어진다고 말이 많지만 휴가일수까지 보면 그렇지 않다.

②출산휴가--지금 우리 나라 현실에서 직장생활을 하는 여성에게 출산은 천형(天刑)이다. 한국 남자들 세계에서 으뜸가는 효자들이다. 한때 군대간 아들이 '어머니'라고 부르면서 어머니 품에 안기는 TV프로그램은 최고의 인기였다. 한국적 특수한 현실에서 고생과 인내, 사랑으로 자식을 길러온 어머니란 단어는 늘 생각만 해도 눈시울을 적신다. 그러나 그런 어머니가 여자고, 내 자식의 어머니가 여성이라는 사실은 애써 잊고 사는 기이한 특성을 갖고 있다.

자식을 낳는 일은 인류사회에서 가장 소중하고 성스러운 일이다. 이를 불편하고 업무에 방해되는 것으로 여기는 분들은 어머니란 말에 눈물 흘리는 위선을 연기해서는 안 된다. '내가 사회발전과 회사업무에 방해를 주고, 이웃에 불편을 주면서 태어난다'고 생각해보자. 한국의 현실이 그렇다. 프랑스 여성은 출산할 경우 16주 4달을 쉴 수 있다. 우리로 치면 백일 지나서까지

프랑스인들은 휴가 갈 때 캠핑카를 자주 이용한다.

젖먹이면서 엄마사랑 담뿍 담아주고 직장으로 돌아간
다는 말이다. 참 인간적이다. 보통은 출산 전 6주, 출산
후 10주를 사용한다. 3번째 아기를 낳으면 26주, 반년
을 쉴 수 있다. 3번째 아기제도는 지구의 백년대계를
위해서 본뜰 일이 아닌 것 같다.

　남자들은 어떡하나? 한국에선 정말이지 불과 얼마
전까지 "네가 애 낳냐?". "현장으로 가". 윗사람들의 시
각은 이랬다. 프랑스는 아이를 낳을 경우 남자가 현재
3일 쉰다. 우리의 우상 스웨덴은 아빠가 무려 40일간
휴가를 얻어 고생한 아내와 사랑스런 아기 곁을 지킬
수 있다. 핀란드, 덴마크는 2주다. 프랑스도 2001년 법
을 바꿨다. 40일의 스웨덴만큼은 아니어도 2주는 보장
하도록 했다.

129　일요일은 일 안해

　프랑스나 선진국에서 해떨어진 뒤 무슨 상가나 음식
점을 발견하기란 하늘의 별따기다. 해떨어지면 모두 가
정으로 돌아가 일하지 않는다. 일요일에도 상점 문을
열지 않는다. 무조건 쉬어야 한다.

　단, 일을 하지 않을 때 대중에게 큰 불편을 주거나,
일의 중단이 기술적으로 힘든 분야의 공장은 계속 일
할 수 있다. 교통기관, 병원, 호텔과 관광지 식당, 식품
상 등의 소규모 자영업을 제외하고는 일요일에 영업을
할 수 없다. 영업을 하는 업주는 법으로 처벌받는다.

가정에서 가족과 함께 보내라는 뜻이다. 이스라엘에 가보니까 토요일에 정말이지 거의 모든 업장들이 문을 닫는다. 유대교는 토요일이 안식일, 즉 쉬는 날이다. 그들과 싸우는 이슬람권은 금요일에 쉰다. 아무튼 우리는 조금이라도 더 문 열어서 악착같이 돈버는 게 인생의 목적이다. 아직은 그래야 먹고사는 게 아닌가 하는 생각도 해본다.

그러나 프랑스는 이미 그런 단계를 넘었다. 백화점도 우리처럼 많지 않지만 당연히 빠리의 백화점들은 일요일에 문을 닫는다. 한국의 일요일 백화점은 돈을 쓸어 담는 날이다. 근로자들이 일 안하고 일요일에 집에서 가족과 시간 보내도 되는 때가 언제 올까?

130 실업률 높아

프랑스는 실업자 천국이라고 말한다. 1999년 등록된 실업자수는 285여 만명, 전체 노동인구 2천6백여 만명에서 차지하는 비중이 11.2%다. 실업은 여성이 심해 남자의 9.6%보다 크게 높은 13.2%를 기록하고 있다. 여성이 남성으로부터 독립해 자립적인 삶을 꾸리거나 적어도 가정에서 동등한 프랑스에서 이 문제는 심각하다. 한 사회의 기둥인 젊은 층 실업은 더욱 심각한 문제가 아닐 수 없다.

1968년의 5%대에서 1993년 20%대를 넘더니 25%까지 치솟았다. 다행이 1999년 21.6%로 떨어지고 있지만 아직도 젊은이 5명 가운데 1명은 파트타임으로라도 직업을 얻지 못하고 있다. 프랑스의 실업률은 정확하다. 우리처럼 주먹구구로 앉아서 실업자 여부를 셈하는 체제가 아니다. 프랑스는 정부에 실업자 기구(ANPE)가 있다.

직업을 잃었거나 아예 직업이 처음부터 없었던 사람은 여기에 등록을 한다. 등록을 해야 엄청난 실업자 혜택을 누릴 수 있기 때문이다. 돈 많아서 혜택이 필요 없는 사람이나 불법 이민자들을 제외하면 정상적인 프랑스 실업자들은 대부분 등록할 수밖에 없다. 1980년대 6.4%에 불과했던 실업률은 지속적으로 높아져

● 프랑스 실업율

	1980	1985	1990	1995	1996	1997	1998	1999
계	6,4	10,2	8,9	11,6	12,3	12,5	11,9	11,2
남	4,3	8,3	6,7	9,8	10,7	11,0	10,2	9,6
여	9,5	12,9	11,7	13,8	14,4	14,4	13,9	13,2

· 출전 L'etat de la France La Decouverte 436p

● 각국의 실업율

	1980	1985	1990	1995	1996	1997	1998
프랑스	6,3	10,1	9,0	11,7	12,4	12,3	11,9
독일	3,2	8,0	6,2	8,2	8,9	9,9	9,4
이탈리아	7,5	8,4	9,1	11,9	12,0	12,1	12,3
영국	5,6	11,5	7,1	8,7	8,2	7,0	6,3
미국	7,2	7,2	5,6	5,6	5,4	4,9	4,5
캐나다	7,5	10,5	8,1	9,5	9,7	9,2	8,4
일본	2,0	2,6	2,1	3,1	3,4	3,4	4,1

· INSEE ,Annuaire statistique dela France 2000, 8p

1985년 10%벽을 넘더니, 1997년엔 정점에 올라 12.5% 까지 치솟았다. 이후 2년 연속 내리막으로 돌아서 프랑스정부는 놀란 가슴을 쓸어 내리고 있다. 정부가 내놓은 실업감소대책의 핵심은 앞에서 살펴본 근로시간 단축이다. 근로시간을 줄여 좀더 많은 사람이 취업의 기회를 갖도록 하자는 것이다. 2000년부터 시행된 이 정책의 영향으로 실업률은 갈수록 낮아질 것으로 전망된다. 주요한 선진국 가운데 프랑스는 현재 실업률이 가장 높다. 다음으로 독일이 9%를 넘고, 영국이 7%, 미국과 일본은 4%대로 낮다.

131 실업자 나라가 먹여 살려

①일하다 실업자가 되면--실업자가 되면 실업청에 등록한다. 그러면 자기가 받던 월급에서 일정비율을 계속 월급으로 받는다. 이를 담당하는 기금(UNEDIC)이 있다. 기금은 천 백 60억 프랑(200조원)이다. 근로자들이 평소 모은 돈 36%와 고용주들이 낸 64%로 운영한다. 1998년 기준으로 실업자가 된 사람들이 한 달에 평균적으로 받는 돈은 4천700 프랑(80만원)이다. 이렇게 직장을 잃고도 월급을 받을 수 있는 최대 기간은 60개월 5년이다. 기간이 만료돼 더 이상 받을 수 없는 50만 명의 (전체 실업자의 15%) 실업자들은 다시 국가의 특별 지원을 받는다. 참 기막힌 나라다.

②처음부터 실업자면--학교 졸업하고 한번도 직장을

구한 적이 없다 해도 등록하면 기본의 생활비를 준다. 이는 다른 기금(RMI)에서 취급한다. 한달 4천 프랑(68만원)대다. 이들이 정한 최저 임금 5천 프랑(85만원)의 80%다. 취직조차 하지 않아도 직장 들어간 사람 최저 임금의 80%를 보장해 주는 나라다.

③다른 혜택도--여기서 그치지 않는다. 실업자들은 각종 세금이 ·인하되고, 재취업교육을 무료로 받는다. 기차 같은 교통기관, 영화관이나 유적지 같은 문화기관은 입장료가 할인된다. 이외의 모든 의료나 교육 등의 비용을 국가가 댄다. 크게 걱정할 게 없다. 차이라면 일을 통해 보람을 얻고 정상적으로 사회생활에 참여하며, 좀더 돈을 벌어 여유 있는 문화생활을 못하는 것 뿐이다. 이런 사회에서는 실업자들에게 너무 잘해 주다보니 가끔 이런 일도 일어난다. 크리스마스 때 실업자들이 정부에 '크리스마스 보너스' 달라고 데모하는 일 같은 것 말이다.

132 힘든 길 택하는 실업정책

프랑스는 실업률을 줄이기 위한 피나는 노력을 펼친다. 최후의 순간까지 사람을 정리하지 않도록 유도한다. 실업자는 결국, 국가가 떠 안아야 하고, 국가는 다시 기업으로부터 세금을 걷어 자금을 마련해야 하기 때문이다. 자르지 않는 것을 최우선시 한다.

①국가지원과 자립--두 종류의 사회가 있다. 한 사

회는 구성원 모두가 공동운명체라고 생각한다. 다른 사회는 각자 능력 것 알아서 먹고 사는 사회라고 생각한다. 어떤 차이가 있을까? 전자는 앞서 프랑스의 결과가 나온다. 한사람의 낙오자라도 사회가 책임져야하기 때문에 어떻게든 낙오시키지 않으려고 애쓴다. 낙오할 경우 전적으로 책임진다.

다른 사회는 이제 볼 한국의 모습이다. 회사가 경쟁력을 확보하기 위해 불필요한 인력을 잘라낸다는 말이 한국에서의 구조조정이다. 수많은 직장인들이 잘려나갔다. 능력 있는 자들은 살아남아서 더 큰 열매를 따먹고 능력 없는 자들은 퉁겨 나가 삶의 무상과 무게에 짓눌린다. 개인의 파탄은 참을 수 있다. 가정의 파탄은 개인과 가정의 차원을 넘어 사회의 불안과 붕괴로 부메랑이돼 돌아온다. 궁극적으로 사회는 더 큰짐을 진다.

②힘든 길 선택하는 철학--프랑스 사회에서는 한국식의 구조조정을 납득하기 어렵다. 프랑스 외무부(Ministere des Affaires etrangeres)가 펴낸 프랑스 안내책자('France' 151p)는 이 부분에 대해 잘 정리해 놓고 있다. "프랑스의 정책은 다른 나라 보다 비효율적이었다고 보일 수 있다. 미국이나 영국 같은 나라들. 이들은 적은 비용으로 더 좋은 결과

각 산업현장에서파업은 당연한 권리이다.

를 얻었다. 그러나 이는 정치적인 선택의 문제다. 실업을 줄이는데 성공한 선진국들은 2가지 결과를 가져왔다. 우선 사회보장을 줄였고, 두 번째, 직업의 안정성 없이 낮은 임금에 시달리는 인구의 증가를 가져왔다. 프랑스는 이런 해법을 취하지 않았다."

아, 이런 나라에서 살수는 없는가! 아니 말을 바로하자. 우리는 이런 나라 만들 수 없나? 사회당이든 우파든 누가 집권해도 이런 기본 정책은 변하지 않는다. 국민간의 합의다. 이런 철학이 있기에 프랑스라는 사회가 그 어떤 나라보다 강한 자부심으로 똘똘 뭉쳐 있다. 나라를 이끌어 가는 모든 정책 결정의 우위는 국민이고 평등이다.

133 파업, 외국인 짜증, 프랑스인 덤덤

프랑스에서 살면서 자주 파업에 시달려야 했다. 파업의 나라라는 것을 실감할 수 있었다. 프랑스에 도착해 짐을 찾는 일부터 파업의 덫에 걸렸다. 배로 부친 짐은 노르망디지방의 르 아브르(Le Havre)항으로 들어온다. 그러면, 그곳에서 빠리까지 육상 운송을 해야 한다. 화물차 기사들이 파업을 하면서 짐 수송이 늦어졌다. 이렇게 시작된 빠리의 파업은 지하철, 기차, 버스, 박물관… 끝이 없었다.

그중 짜증의 최고봉은 유적지나 박물관 등이 문을 닫고 파업하는 경우다. 애써 한국에서 온 손님들과 방문했는데 파업이라고 써 붙인 채 철컥 문을 잠궈 버린다. "아휴-." 우리가 생각하는 노동자의 기준은 무엇인가. 우리는 학교 교사나 공무원은 노동자가 아니라고 한다. "신성한…" 아무도 신성하다고 생각하지도 않으면서 이런 일 있을 때만 '신성…' '국가…'를 내세운다.

프랑스는 월급 받는 사람은 누구나 노동자라고 생각한다. 당연히 교사들이나 공무원도 경찰도 파업한다. 변호사들도 파업한다. 우리랑 이미지도 다르다. 과격한 시위도 없고, 진압도 드물다. 그냥 행진이나 연좌농성이나 직장에서 어슬렁대는 게 전부다. 아주 가끔은 격렬하게 싸운다고도 하는데 보지 못했다. 누구든지 월급 받는 사람들은 자기 요구를 관철하기 위해 자신들의 단체 행동을 할 수 있다는 아주 상식적인 합의가 사회전반에 이뤄져 있다. 시민들은 다소 불편해도 덤덤해 한다. 국가는 있을 수 있는 일이라면서 애써 '좌경…' 하지도 않는다. 외국인만 불편해서 짜증난다.

134 비방없는 파업뉴스

중요한 것은 언론이 확대보도하지 않는다는 점이다. 필자가 기자니까 관심 있게 본 것은 파업을 보도하는 TV나 신문들이다. 단 한 줄의 비방 기사나 단 한 장면의 비방 뉴스를 본적이 없다. 기사나 뉴스를 아무리 들여다봐도 시민들이 죽겠다고 불평하는 내용을 전하지 않는다. 물론 인터뷰는 있다. 그냥 담담하다. 사실만 전한다. 예를 들어 파업한 날 아침 "집이 수도권 지역인데 출근에 3시간 걸렸다." 객관적인 팩트다. 감정을 넣지 않는다. 감정 섞인 인터뷰는 절대 사용하지 않는다. 그것이 공정성이다. 오히려 현상은 이렇게 간단하게 가고, 파업의 현장을 찾아 그 사람들이 왜 파업하는지 보도한다. 왜를 집중적으로 보여 준다. 정부를 비방하지 않고, 노동자를 비방하지도 않는다. 있는 사실만 보도한다. 그리고, 있는 사실 속에서 원인을 알려 준다. 법대로 했는데도 잘못하는 사람이 늘 정해져 있는 우리의 뉴스는 이제 그만 봤으면 좋겠다. 기자들이 자신들 파업할 때는 명분 있고, 다른 근로자들 살겠다는데 이러니저러니 공론(空論)하는 것은 언론을 떠나 사람이 할 도리가 아닌 것 같다. 무슨 자격으로 비난하는가? 프랑스처럼 실업자 되면 나라에서 책임져 주지도 않으면서 말이다.

언론은 공정하고 평등해야 한다. 법에 보장되는, 불법이 아닌 정당한 요구에 대해서는 더 이상 편리할 때만 써먹는 공익이란 말로 힘없는 사람들의 가슴에 비수를 꽂아선 안 된다. 아직 우리나라 언론보다는 프랑스 언론이 더 공정하고 객관적이라는 평가가 많다.

세계 최고의 명소가운데 하나인 루브르 박물관 '파업, 무료'라고 써붙여 놓고 입장료를 받지않고 있다.

135 파업이 즐거울 때

　파업을 즐거워하는 시민들이 있다. 우리 나라는 파업하면 모든 사람들이 짜증을 낸다. 그러나 프랑스는 즐거워하는 경우도 있다. 우리도 배우면 어떨까 생각해 본다. 루브르박물관에 갔다. 루브르 지하의 대형 서점은 문화의 보고다. 세계 각국의 안내서나 역사 관련 서적들이 당사국보다 더 잘 돼 있다. 필자는 지중해 주변의 나라들을 다니며 특히 역사유적 관련서적에 많은 관심을 기울였는데 결국은 대영박물관 도서관과 루브르박물관 도서관에서 체계적으로 많은 도서들을 접할 수 있었다.

　둘을 비교하자면 루브르가 더 뛰어나다. 영어 서적에 프랑스어 서적까지 보유하고 있었기 때문이다. 그래서 가끔 들러 책도 사고, 구경도 했다. 책방으로 가는데는 물론 입장료를 내지 않는다. 박물관 입장은 45프랑이다. 8천원 돈이다. 오후에는 할인해 30프랑이면 들어간다. 5천원 돈이다. 그리 만만한 돈은 아니다. 그런데, 입장 무료(Gratuit)라고 써 있는 게 아닌가? 이유는 파업(Greve). 아! 파업인데 문 걸어 잠그는 방법도 있지만 받아야할 돈 안 받고 무료로 입장시키는 방법도 있는 것이다.

　파업한다고 박물관 문 닫으면 모처럼 온 시민들은 무엇이고, 관광대국 프랑스에 일생에 한번 왔다 허탕치는 외국인은 무엇인가? 서울에서 온 후배와 오르세미술관에 갔다가 파업으로 문이 닫혀 있을 때 황당하고

허탈한 심정을 보상받는 듯했다. 돈을 안 받으니 시민
도 환영하고, 관광객도 좋아하고, 명분을 훼손시키지도
않고… 우리 지하철이 파업하면서 운행을 중지하거나
준법투쟁 한다고 시민들 짜증나게 할 일이 아니다. 공
짜로 손님들 태워주면 시민 호응 얻고, 정말 좋은 일
많을 텐데… 역시 앞선 나라에는 배울게 있다.

136 응급현장엔 의사가

프랑스에 살면서 2번 응급차가 출동하는 사고를 경
험했다. 한번은 르와르(Loire)강변의 프랑스 고성 쉬농
소(Chenonceau)를 방문하다 개가 달려들어 아내가 기
절해 이용한 경우다. 공원 관리인이 달려왔고, 무전연
락을 받은 응급차가 25분 뒤에 정확히 도착했다. 낯선
외국인이시만 아주 진설하게 대해 줬다. 또 한번은 프
랑스 남부로 자동차를 몰고 내려가다 자동차 사고가
나 응급차가 출동한 경우다.

쟌다르크(Jean D'Arc)의 고장인 오를레앙(Orelean)에
서 사고가 났다. 4차선 국도를 달리다가 교차로에서 신
호를 보지 못하고 우리 차가 오른쪽에서 오던 차를 들
이 받았다. 10분만에 구조차가 왔다. 우리도 응급차는
어디에 빠지지 않는다. 많은 사고현장을 취재해 봤지만
가장 날쌔게 먼저 도착하는 팀은 역시 119구급대다. 이
자리를 빌어 그분들의 노고에 다시 한번 고마움을 전
한다.

그런데, 프랑스 응급구조대와 우리의 경우 차이가 있었다. 교통사고가 났을 때 보니까 의사가 현장으로 왔다. 어디서 왔는지 모르겠는데 개인적으로 자기 차를 타고 현장으로 여의사가 왔다. 여의사가 이런저런 진찰을 하고 지시를 내렸다. 설명을 들은 뒤 기본진단을 하고 병원으로 향했다. 대형사고시 초기 응급처치가 결정적인 역할을 수행하는 경우가 많다.

응급구조대원들은 전문적인 의사들이 아니다. 빨리 와서 목숨을 건지는 것은 좋지만 도착한 뒤 응급처치에서 아무래도 비전문적일 수밖에 없다. 이를 보완하기 위해 의사가 현장으로 달려오는 제도가 아주 인상적이었다. 나중에 안 사실이지만 프랑스는 응급의료체제가 가장 잘 돼 있는 나라 가운데 하나였다.

현장에서 응급구조를 요청하는 전화가 오면 관제센터에서 의사가 전화를 받는다. 이 사람은 신고내용을 듣고 현장으로 파견해야 할 장비나 인력을 결정한다. 큰 사고 현장인데 적은 장비나 인력을 보내도 문제고, 작은 현장인데 많은 장비나 인력을 보내도 비효율적이다. 또, 다른 사고가 발생할 때 대처할 수 있는 능력도 떨어질 수밖에 없다. 그래서 처음 전화 연락을 받고 상황을 접수해 결정하는 일을 의사가 맡는다. 정확한 판단을 내릴 수 있다. 관제센터는 각

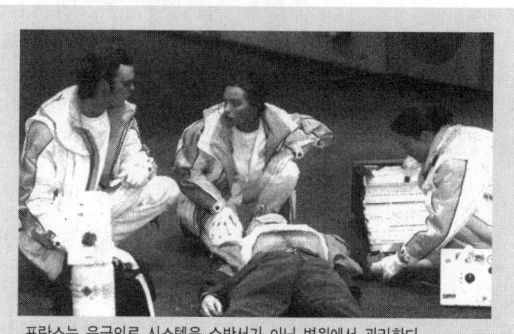

프랑스는 응급의료 시스템을 소방서가 아닌 병원에서 관리한다.

지역 국공립 종합병원 산하에 있다.

우리 나라처럼 119구급대가 불끄는 소방서 산하에 있어서 어떻게 전문성을 살릴 수 있을지 걱정이다. 프랑스에선 SAMU(Service d'Aide Medicale Urgente, 응급의료 구조서비스)라고 부른다. SAMU관제센터는 전국에 96개가 있다. 책임자는 앞서 말한 대로 의사다. 인명과 관련된 사고를 다루는데 있어 참으로 효율적이고 안전한 시스템이다.

137 의사의 나라, 원무과의 나라

• 원무과 권한

프랑스에서 모든 결정권은 의사에게 있었다. 병원비 지불능력 여부에 관계없이 누구든지 아픈 사람은 병원에서 치료한다. 그리고 치료하는데 전적인 권한은 의사가 진다. 치료가 끝났다고 의사가 판단하면 퇴원이다. 이 과정부터 의사는 손을 턴다. 원무과가 담당한다. 우리는 반대다. 돈 댈 능력 여부를 먼저 판단하고, 환자를 받는다. 의사는 부수적이다. 문제는 돈이다. 재정에 기여는커녕 부담될 환자는 받지 않는다. 원무과가 우선이다.

우리 TV뉴스를 보면 가끔 접하는 안타까운 소식이 있다. 교통사고 등을 당한 응급환자인데 병원비를 댈 보증인등이 없어 응급실 입원을 거부당하고 이 병원 저 병원 떠돌다가 사망하는 사건이다.

아직도 심심찮게 사회부 사건팀의 고발뉴스 소재가 된다. 필자가 외국인이어서 아무런 지불능력이나 재정 상태에 대한 검사 절차도 없었다. 그렇지만, 프랑스 병원은 우선 환자 받고 고치기부터 한다. 프랑스와 우리의 병원에서 느낄 수 있는 가장 큰 차이였다. 모든 것이 나도 살아야 한다는 논리가 만연하고 정부가 실질적으로 아무런 역할을 해주지 않는데 우리 병원만 탓할 수는 없겠다.

• 의료보장

①질병, 상해, 수술 100% 의료보장--프랑스는 GDP의 10%를 의료분야에 사용하고 있다. 국민 한사람을 위해 1년에 의료비로 만2천 400프랑, 210만원을 정부가 지출한다. 의료보장을 위해 국민들은 직접 자신의 소득에서 보험료를 내야 하며 국가가 세금으로도 지원한다. 프랑스정부는 기본적으로 100% 의료보장 정책을 운영하고 있다. 특히 질병이나 상해로 인한 병원 발생 비용, 수술로 인한 비용은 전액 의료보장으로 커버할 수 있도록 하고 있다. 중병이 걸려 치료비가 비싼 분야일수록 의료보험에서 제외되는 우리와 다르다. 누구에게나 똑같은 의료서비스를 제공한다는 정책을 추진하고 있다.

②개인보험, 상호부조--국가 의료보장으로 커버가 되지 않는 분야는 개인보험과 상호부조로 보충하고 있다. 이 제도로 정상적인 프랑스인은 100% 의료보장을 받는다.

③의료인력--의사의 수는 19만 명이고 간호사의 수는 30만 명이다. 모두 2백만 명의 의료인력이 활동한다. 특징은 여의사의 수가 많다는 점이며 간호사는 거꾸로 남성들도 많다. 아주 체격이 건장한 친구와 만나 얘기를 나누다 직업을 물어보니 간호사라고 답하는 경우가 있다. 자유개업 의사는 60%에 달한다.

138 프랑스 에너지는 원자력

풍요롭고 아름답지만 프랑스도 모든 것을 갖추지는 않았다. 현재 가장 수요가 많은 에너지원인 원유는 한 방울도 나지 않는다. 석유에 대한 의존도가 67%에 달했던 1973년 중동전쟁에서 촉발된 1차 오일 쇼크는 프랑스사회를 대혼돈에 빠뜨렸다. 이후 프랑스는 국내에서 한 방울도 나지 않는 원유 의존도를 줄이기 위해 원자력 발전에 박차를 가했다.

특히, 환경오염문제가 국가적 과제로 대두하면서 원유는 물론 석탄 같은 화석연료를 줄이고 청정연료나 대체에너지원 발굴과 활용에 적극 나서고 있다. 1973년 67%, 2차 오일쇼크인 1979년 59.5%이었던 원유 의존도는 1998년 41.5%로 떨어졌다. 같은 화석연료인 석탄의 경우 1973년 14.6%에서 20년 뒤인 1998년 6.6%로 낮아졌다. 반면 원자력과 일부 수력을 포함한 전기는 1973년 7%에서 1979년 12.6%, 1998년엔 36.5%로 크게 높아졌다.

프랑스의 원자력발전소 수는 57기. 전세계 원전 보유국 33개 나라 가운데 미국에 이어 2번째로 많은 숫자다. 아직 석유 의존도에는 미치지 못하지만 전기의 경우 사용하고 남아 이웃 유럽국가에 수출할 정도다. 전기생산량의 총 15%를 수출한다.

저공해 연료인 가스의 사용은 1973년 7%에서 79년 10.5%, 98년엔 13.5%로 꾸준히 성장하고 있다. 원

원자력발전소. 프랑스는 에너지의 36.5%를 원자력발전 등 전력에서 얻는다.

자력에 의존하다보니 환경친화적 대체에너지의 개발은 다른 유럽국가들에 크게 못 미친다. 1978년 1.5%에서 아직도 1.8%선을 넘지 못하고 있다. 옥에도 티가 있다.

139 직접 넣는 휘발유 가격

원유가 나지 않는 점은 한국과 프랑스가 같은 처지다. 그러나, 가격을 얘기하면 다시 인상이 찌푸려진다.

우리의 휘발유는 현재 1리터에 천2백원 대다. 프랑스는? 앞서 프랑스의 물가와 우리는 대략 엇비슷하다고 말했다. 휘발유값 역시 예외는 아니다. 지방과 빠리에 약간의 차이가 있고, 옥탄가에 따라 차이가 있지만 1리터에 7프랑 정도다. 우리돈 천200원이다. 우리와 프랑스는 소득차가 3분의 1이고, 둘 다 원유 한 방울도

나지 않기는 마찬가진데… 휘발유 가격은 같다니… 물론 우리는 중동에서 가져올 때 운반비가 많이 든다. 그래도 그렇지…

또 하나 가능성은 우리의 경우 정제 능력이 떨어져서 비용이 더 들어갈 수도 있다. 그러나, 석유화학이야말로 우리 나라의 자랑스런 기간산업이 아닌가? 굳이 비싼 이유를 찾자면 우리는 휘발유 넣을 때 좀 편하다는 점이다. 이들은 인건비가 비싼 나라다. 주유소에서 휘발유도 고객이 직접 넣는다. 100% 셀프서비스다. 직원이 넣어 줘서 비싸다? 참고로 우리는 정확히 휘발유의 원가 구성이 어떻게 되는지 잘 모른다. 프랑스 휘발유의 원가 구성을 통해 추측해 볼 수밖에 없다. 7프랑의 프랑스 휘발유값은 원유값 1프랑, 정유회사 이윤 1프랑, 정부몫 5프랑이다.

140 환경오염 방지가 우선

유럽에서의 환경은 인간의 생존을 위한 가장 중요한 조건으로 그 무엇보다 우선 가치다. 국가정책의 최우선이 환경에 있다. 그래서 그런지 이들의 물과 공기, 자연은 푹 빠져서 마시고, 뒹굴고 싶을 정도로 우리 눈에는 완벽에 가깝다. 프랑스는 1990년대 들어 GDP의 1%를 환경관련 분야에 투자하고 있다. 환경을 직접 보호하거나 환경관련 시설에 투자하는 방식이다. 나아가 새로운 클린 테크놀러지(환경을 보호하고 오염을 줄이

면서 재화나 용역을 생산하는 기술)를 개발하는 데도
적극 나선다. 11억 프랑의 (천900억원)예산을 클린에너
지 개발에 투자하고 있다. 그리고, 전체적으로 환경관
련 산업에 천100억 프랑(18조 7천억원)을 매년 투자한
다. 주로 수질개선과 쓰레기 처리에 관련한 투자다.

40만명의 인력
이 환경보호 관
련분야에 종사한
다. 이중 24만 명
은 환경오염방지
일선에서 싸우고
있다. 지방자치단
체는 매년 이 분
야의 인력을 증

프랑스는 깨끗한 환경 가꾸기에 전력을 기울인다.

원하고 있다. 전체 국가 연구비의 4.5%를 이 분야에 쏟
아 붓는다. 4천여명의 과학자들이 참여 한다. 그리고
이런 연구는 어느 한 단체의 연구를 넘어 대학이나 연
구소간, 나아가 국제 공조 속에서 더 큰 효과를 발휘하
도록 한다.

141 쓰레기는 소각 뒤 매립

기본적으로 분리수거를 실시한다. 종이, 유리, 알루미
늄, 금속, 플라스틱, 자동차 오일, 기타 쓰레기 등으로
분류해 수거한다. 이렇게 프랑스인 1명이 1년에 쏟아

내는 쓰레기는 4백16kg이다. 모두 2천 400만 톤의 가
정쓰레기를 배출한다. 우리는 종량제로 쓰레기 봉투를
사서 담아 버린다. 쓰레기 발생량 자체를 줄이기 위한
조치다. 프랑스는 종량제가 아니다. 제한 없이 마음대
로 버린다. 분리수거에 더 큰 목표를 둔다. 그러나, 소
형아파트로 가면 분리수거가 어렵다. 그냥 아무런 비
닐봉투에 담아 버린다. 크기가 큰 것은 직접 쓰레기
통으로 작은 것은 가구마다 주방에 있는 쓰레기 투입
구로 버리기도 한다.

①재활용--발생 쓰레기의 75%까지 재활용한다는 목
표 아래 재활용을 위한 다양한 노력을 기울인다. 첫
단계가 물론 분리수거다.

②소각--재활용할 수 없는 쓰레기는 소각한다. 프랑
스 전체에 300기의 소각로가 설치돼 있다. 이곳에서
하루평균 3만톤의 쓰레기를 소각한다. 한 소각로가 하
루 평균 100톤을 소화하고 있는 셈이다. 첨단시설로
소각과정에서 발생하는 염소가스의 97%와 먼지의
80%를 안심하고 제거할 수 있다고 한다. 빠리 근교에
대형 소각장들이 있지만 정화를 잘 하기 때문에, 우리
사회에서 볼 수 있는 주민결사 반대 같은 것은 물론
찾기 어렵다.

③매립--특별 유해 물질을 함유한 쓰레기들은 독성
을 제거한다. 독성을 제거한 쓰레기는 매립한다. 전국
적으로 11군데 매립장소가 있다. 그러나 매립은 엄격
한 절차를 거치도록 법으로 정하고 있다. 매립이 궁극
적으로 자연을 오염시킬 수 있기 때문이다.

142 대기오염 적어

쓰레기와 함께 또 놀라는 것은 그렇게 자동차가 많은데 빠리의 대기는 운동하면서 마음대로 들이마셔도 될 정도로 맑고 깨끗하다는 점이다. 도시를 질식시키는 뿌연 스모그만 바라보던 이방인에게 빠리의 대기는 산소통이라고 해도 지나치지 않다. 대기의 질은 앞으로 국가 경쟁력에 가장 중요한 요소의 하나로 등장할 것이다. 공기 나쁜 나라로 누가 여행 오고, 회의 열고, 투자하겠나. 선진국에선 버틸 수 없는 싸구려 노동집약산업이나 환경오염 유발업체 빼고는 없다. 스모그띠를 유럽의 대도시에서는 찾을 수 없다. 차 냄새조차 없는 대기환경을 조성하고 있다.

프랑스는 이미 80년대부터 대기오염을 잡기 위해 다양한 노력을 기울였다. 철저하게 오염발생원을 감시한다. 지방정부와 손잡고 전국적으로 30개 네트워크를 결성해 연중 불법적인 대기오염 유발 행위를 적발해낸다. 특히, 도시지역 대기오염의 주범인 자동차 배기가스를 잡기 위해 1993년부터 80%이상 오염물질을 잡아주는 특수백금 장치를 의무적으로 엔진에 부착하도록 규정하고 있다. 1996년엔 규정을 더욱 강화하는 등 대기를 보호하기 위한 다양한 노력을 펼친다.

2001년부터 생산하는 모든 자동차는 의무적으로 공해검색장치를 차량에 탑재해야 한다. 자동차 스스로 자신이 내뿜는 공해를 측정해 기준치를 넘을 경우 경보음이 들어오고 이를 자동차 소유주가 확인한 뒤 손을 보도록 하는 장치다.

한국에 돌아와 자동차 특히 연료비가 싸다는 이유만으로 환경을 고려하지 않은 채 마구 판매하고 있는 디젤 자동차를 볼 때면 서글퍼진다. 물론 프랑스나 독일 등은 디젤도 거의 완전 연소시켜 유해물질을 발생하지 않도록 만들기 때문에 디젤이라고 염려할 필요는 없다. 특별한 배기가스 정화 장치가 없는 우리의 디젤엔진이 쏟아 내는 오염물질이 문제다. 1년의 며칠만 제외하고는 늘 뿌옇게 스모그에 짓눌려 살아가는 나라.

일년에 단 하루도 스모그가 무엇인지 모르고 사는 나라. 공통점이 있다. 둘 다 남들도 자신처럼 깨끗하게 혹은 오염 속에 사는 줄 안다.

143 수질오염 상상 못해

프랑스는 일단 축복받은 나라다. 물이 너무 풍부하다. 1년 내내 프랑스 어딜 가나 예외 없이 강에 물이 흘러 넘친다. 풍부하고 깨끗한 물은 하수관리를 철저히 하기 때문에 가능하다. 27만 7천km의 프랑스강 전체가 오염을 몰아내자는 목표 아래 청정수역으로 관리된다.

프랑스는 석회석이 많은 나라라 강들이 대부분 뿌연색이다. 약간 녹색을 띠고 뿌옇다. 오염돼서 그런 게 아니다. 모래사장도 없고, 강옆 둔치도 없다. 강둑과 물뿐이다. 유럽의 지붕 샤모니(Chamonix) 몽블랑(Mont Blanc)

프랑스에서 수질 오염은 상상할 수 없다. 어딜가나 맑은 물이다. 사진은 그림처럼 맑고 깨끗한 지중해안 항구 풍경.

산에서 내려오는 청정수도 녹색으로 뿌옇다.

그러나 르와르강을 비롯해 일부는 모래사장에 맑고 투명한 물이 흐르기도 한다. 5천500km 프랑스 해안도 오염에서 벗어나 있기는 마찬가지다. 항구든 포구든 맑고 깨끗한 물일뿐 뿌옇게 오염되거나 특유의 갯비린 내도 없다. 프랑스의 항포구는 세잔느의 그림에 나오는 그대로다. 특히 전국 700개 지방 도시들이 2만 군데 해수욕장에 대해 지속적으로 수질을 측정해 발표한다. 유럽연합의 수질기준으로 관리하기 위해서다. 해수욕이 시작되는 초여름 수질을 발표해 전국민에게 서비스하고 지역자치단체의 분발을 촉구한다. 전국 2만 군데 모든 해수욕장의 85%가 기준치안에서 깨끗한 물을 유지하고 있다.

프랑스는 특히 바닷물의 환경을 보호하기 위해 각별한 노력을 기울인다. 해안이나 에비앙(Evian)생수로 유명한 스위스 국경 레만(Leman)호 등의 내륙호수를 보호하기 위한 특별기구를 1975년 설립해 운영할 정도다. 프랑스는 민영업체들이 하수종말처리 시설을 직접 건설하고 운영도 한다. 지은 사람이 직접 관리까지 하는 게 더 효율적일 것이란 점은 누구나 알 수 있다. 철저하게 모든 것을 처음부터 끝까지 알 수 있어 효율이 높다. 프랑스의 하수처리 업체인 제너럴 데조(General des Eaux)는 대표적인 상·하수처리업체다. 이들은 하수업체가 상수까지 같이 담당한다. 상수도사업을 민영기업이 담당하는 지역이 많다. 방송이나 언론관련 기업도 소유하고 있는 비방디(Vivendi)그룹 산하인 제너럴 데조는 프랑스의 선진 상하수 처리기법을 수출하고 있다.

144 결과 알리는 환경영향 평가

프랑스는 모든 새로운 사회간접 자본들 다시 말해, 도로나 TGV, 고압송전탑 등을 건설할 때 반드시 사전 환경영향 평가를 실시한다. 우리는 한국선릭의 고압송전 케이블 문제를 놓고 늘 다툼이 많다. 주민들은 고압송전선이 지나는 줄도 모르고 있는 경우가 대부분이다. 프랑스는 고압송전 케이블을 설치할 때 반드시 환경영향 평가를 실시한다.

우리는 국가의 사업이라고 대충 밀어붙이는 경우가 자주 발생한다. 진정으로 앞서가는 선진국들은 그렇지 않다. 민주적인 토론의 절차를 중시한다. 프랑스에서는 1년에 6천 건의 환경영향 평가를 실시한다. 1993년 법을 개정해 의무적으로 영향평가를 받아야 하는 분야를 300개로 넓혔다. 그리고 중요한 점은 여기 있다. 결과에 대해 공공에 알려야 한다. 우리는 아직도 사업시행자와 조사기관, 관계기관만 안다. 일부 동조하는 시민들도 아는 경우가 있다.

프랑스는 현재 6개의 국립공원이 있다. 또, 6곳을 추가할 예정이다. 프랑스의 국립공원은 엄격하다. 단 한 명의 거주자도 공원지역 내에서는 살 수 없다. 철저하게 자연을 보호한다. 공원과 주변 거주지역 사이에 완충지역을 두고 이곳에 주민들이 거주할 수 있도록 한다. 1993년 제정된 자연보호법은 무분별한 개발로부터 자연을 보호하기 위함이라고 정확히 목적을 밝히고 있다. 국립공원 지정해 놓고 편의시설 지어 훼손하는 게 목적이 아니다. 국립공원 밑으로는 전국에 132개 자연보호지역이 있다. 그리고, 현재 추가로 40개를 더 지정하려고 계획중에 있다. 우리라고 법이 없겠는가? 필자는 기획취재를 오래하면서 무분별한 개발을 자주 보도했다. 취재하면서 느끼는 점은 규정 있어도 소용없다는 점이다. 법을 이리저리 다 빠져나간다. 법은 까다롭지만 마구 훼손된다. 강력한 단속 의지와 사회전반의 양식 문제다.

145 물, 화장실 인심 야박

①마실 물-- 환경보호와 관련이 있어서 그런가. 프랑스의 물 인심과 화장실 인심은 정말 야박할 정도로 짜다. 식당이나 찻집에서 우리는 물을 무상으로 서비

스 한다. 인심 좋은 곳은 얼음까지 넣어서 손님들에게 제공한다. 프랑스는 한마디로 없다. 물은 풍부하지만 석회석 등이 많고 이들이 워낙 깨끗한 것 따지다 보니 반드시 생수만 마신다. 수도물은 음용수로 거의 사용하지 않는다. 음식점 등에서는 생수를 별도로 판매한다. 그리고, 원할 경우 수도물을 받아서 제공하기는 한다. 돈을 아껴 써야 하는 학생 등을 제외하면 반드시 생수를 사 마시고, 수도물은 목욕 등으로만 쓴다.

그러나 필자가 보기에 수도물도 수준은 괜찮아 보인다. 냄새도 없다. 레스토랑 등에서 흔히 "로드 로비네"(L'Eau de robinnet)라면 수도물을 거져 주고, "로드 부떼이유"(L'Eau de bouteille)하면 돈을 내야 되는 생수를 준다. 가정에서는 물을 사다 마시느라 큰 고생이다. 무거운 물을 들어 날라야 하기 때문이다. 사다 마시는 물은 2종류다. 생수로 마시는 음용과 음식 조리할 때 쓰는 식용이다. 식용은 큰 통에 담아 팔고 가격도 저렴하다. 아무튼 물 마시기가 여간 어려운 게 아니다. 프랑스에 살면서 큰 일 가운데 하나는 바로 생수 사들이기다.

②화장실-- 물을 마시지 않아서 그런지 화장실도 자주 가지 않는다. 아니 무료로 이용하는 공중 화장실은 없다고 보면 된다. 화장실은 대부분 유료다. 음식점에 들어갔을 경우에는 화장실을 거의 무료로 이용한다. 그러나 일부지역은 음식점도 화장실을 돈 내고 이용해야 한다. 아마 우리 나라에서 이러면 난리 날게 틀림없다. 지하철역이나 기차역 같은 공공시설에서 당연히

무료 화장실을 설치해야 한다는 발상이 이들은 없다. 우리처럼 처음 공공시설이 문을 열었을 때 "공공 편익시설이 부족하다. 특히 화장실도 없다"고 아주 식상한 뉴스를 만들 필요가 없다. 당연히 화장실은 만들지 않는다. 이것 보면 우리는 물과 화장실은 참 선진국의 선진국이다. 깨끗한 지하철 무료 화장실은 우리만의 자랑이다. 지하철역 등에 있는 화장실 이용 요금은 보통 2프랑. 340원이다. 자동으로 동전을 넣어 문이 열리도록 하는 방법도 있지만 사람이 지켜 서서 돈을 받는 곳도 있다.

프랑스 국립공원 안에서는 누구도 거주할 수 없다.

146 생수의 본고장 에비앙(Evian)을 찾아

• 지형

프랑스는 물론 우리 나라에도 잘 알려진 생수는 에비앙(Evian)이다. 여러 생수 메이커 가운데 에비앙이 가장 비싸다. 프랑스와 스위스가 만나는 국경지대에는 레만(Leman)호가 있다. 레만호는 너무나 깨끗한 내륙호수다. 호숫가에 유명한 스위스와 프랑스 도시들이 즐비하다. 스위스 쪽으로는 제네바(Geneve)와 로잔느(Lausanne)가 있다. 둘 다 프랑스어 사용지역이다. 에비앙은 프랑스 쪽에 있는 호반 휴양도시다. 기차역이 도시의 맨 꼭대기 산중턱에 있다. 깨끗한 거리와 시가지, 그리고, 도시 옆이라고는 도저히 생각할 수 없을 정도로 깨끗한 물의 레만호가 방문객을 맞는다. 에비앙과 로잔느는 레만호를 사이에 두고 20여 km 떨어져 마주보고 있다. 배로 40분 거리. 에비앙 기차역에서 내려 바로 앞에 있는 호텔을 잡았다. 침대 3개 짜리 깨끗하고 레만호를 내려다보는 가족실이 300프랑(5만 천 원). 발코니에서는 레만호에서 불어오는 시원한 바람을 맞으며 석양을 즐길 수 있다. 이날 밤은 마침 한국의 추석. 이곳도 달은 휘영청 밝았다. 처음으로 집을 떠나 함께 하지 못한 추석. 이런저런 만감은 아름답게 반짝이는 레만호 건너 로잔느의 야경과 레만호 위 보름달 속으로 묻혀 버렸다.

• **역사**

①역사-- 프랑스 대혁명이 일어나던 1789년 레세르(Marquis de Lessert)라는 사람이 신장결석으로 고생하다 여행중 이곳에 들러 한 샘에서(Sainte Catherine) 물을 마신 뒤 병을 고쳤다. 이 소문이 퍼졌다. 샘을 소유하고 있던 주인은 병에 물을 담아 팔기 시작했다.

눈덮인 알프스 산자락에 위치한 에비앙 시가지와 레만 호수.

1826년엔 당시 이 지역을 통치하고 있던 사부아(Sav-oie, 레만호와 샤모니 몽블랑, 알프스지역)공작이 판매권을 정식으로 부여했다. 1843년에는 2천명이 온천욕을 하고, 7천 리터의 물을 팔았다.

1859년 광천수 주식회사가 에비앙에 설립되고, 이듬해 사부아 지방은 독립국가에서 프랑스로 합병됐다. 1878년 프랑스 의학 아카데미로부터 약효에 관한 인증을 받고, 정부로부터 지속적인 물 채취에 대한 허가를 얻었다. 1954년 1억 리터를 팔았고, 1956년엔 현재의 채수장소로 위치를 이전했다. 에비앙에서 4km 떨어진 앙피옹(Amphion) 시에서 물을 뽑기 시작했다. 1971년 BSN이 Evian Mineral Water를 인수했다. 1969년부터 오늘날 기본이 된 플라스틱 페트(P.E.T)병에 물을 담아 팔기 시작했다.

②온천-- 1902년 온천치료센터가 문을 열었다. 현재 에비앙시에 온천수를 활용한(음용, 온천욕, 온천수 활용한 물리치료) 각종 질병 치료센터를 운영한다. 특히, 비만을 줄이는 비만 클리닉 등을 운영하고 있다.

③시판-- 현재 시판하는 생수의 종류는 4가지다.

ㄱ. Evian ㄴ. Badoit ㄷ. Salevetat ㄹ. le Brumisate-ur Evian. 상표별로 각자 다른 지역에서 뽑아 올린 물이다. 전세계로 수출하는 Evian상표의 물은 에비앙 옆 앙피옹시 한 군데서만 채수한다. 그럴 듯하게 이름만 걸고 여기저기 지하수 마구 파내서 생수라고 판매하는 것이 아니라 철저하게 품질을 보증하며 오직 한 군데서 뽑아내 판매한다.

147 에비앙 옆, 몽블랑(Mont Blanc)

①샤모니-- 에비앙까지 뻗쳐 있는 알프스산맥의 최고지봉은 몽블랑(Mont Blanc)이다. 에비앙에서 몽블랑까지 기차로 갈 수 있다. 두 번을 갈아탔다. 몽블랑은 유럽의 최고 청정 무공해지역 가운데 하나다. 해발 4천807미터다. 몽블랑에 오르는 프랑스의 기지는 샤모니(Chamonix)다. 9월에 찾은 샤모니는 낮에는 아주 따가운 햇살이 내리쬔다. 한여름이다.

그러나 밤엔 추워서 난방하지 않으면 감기에 걸릴 정도다. 물론 몽블랑으로 오르면 만년설이므로 늘 영하의 기온이다. 케이블카로 불과 20분이면 한여름 더위와 프랑스의 대부분 지방에서 1년 내내 느끼기 어려운 한겨울 영하 추위를 번갈아 체험할 수 있다. 이곳

몽블랑은 유럽 최고봉이다. 가운데 정상이 4807m다.

은 비수기인데도 호텔 방값이 무척 비쌌다. 프랑스에서 다닌 호텔 가운데 수준은 가장 낮았지만 가격은 가족실이 400프랑(6만8천원)을 넘었다. 관광지는 역시 비싸다.

②몽블랑-- 3천842미터 지점 에귀유뒤 미디(Aiguille du Midi)까지 케이블카를 타고 올라갈 수 있다.

2777m 백두산보다 천미터가 더 높다. 일본인들이 뽐내는 후지산 3천776m보다도 높다. 이렇게 높은 곳을 샤모니시에서 케이블카를 타고 20분만에 오른다. 중간에서 내려 다른 케이블카

몽블랑 케이블카—90도의 절벽을 오르는 케이블카는 보기만 해도 숨이 막히는 것 같다.

로 갈아타는 시간까지 합해서 그렇다.

출발지 샤모니의 해발고도는 천35미터다. 2천8백7미터를 케이블카로 올라가는 것이다. 대단한 속도로 올라간다. 1차 케이블카는 시속 36km, 2차로 케이블카를 바꿔 타고 오를 때는 시속 43km다. 케이블카가 거의 수직으로 올라가다시피 한다. 울창한 숲에서 시작한 식생은 관목으로, 다시 암벽과 잔돌로, 마침내 만년설로 바뀐다. 내리자마자 강한 바람과 강추위를 느낄 수 있다. 갑자기 겨울로 들어왔다. 엄살떠는 일본인들 목소리가 곳곳에서 들린다. 일본인 관광객들이 케이블카의 30%정도 점하고 있다. 샤모니 관광 안내소는 매일 오

후 일본어 안내소를 따로 운영할 정도다. 일본의 위력은 관광지에서 정말 대단하다.

전망대에서는 발 아래로 해발 3천 미터대의 고봉들을 굽어볼 수 있다. 구름을 허리에 꿰찬 고봉들. 눈 덮인 고봉들. 대단한 장관이다. 모두들 기념사진 찍기에 바쁘지만 2-3분 이상을 버티기 힘들다. 어찌나 춥고 바람이 센지… 이 지점에서 건너편 이탈리아 지역까지 다시 케이블카가 수평으로 간다. 물론 고도는 더 낮아진다. 스위스와 이탈리아와 프랑스 국경이 한데 만나는 장소가 발 아래 보인다.

148 몽블랑은 등산의 원조

몽블랑은 에비앙과 마찬가지로 오랫동안 독립왕국이 던 사부아의 시배 아래 있나가 1860년 프랑스도 편입됐다. 몽블랑은 조용한 알프스 자락의 산촌마을이었다. 그러다가 1786년 8월 7일 2명의 산사람이 이곳을 등정하면서 유럽의 중심으로 화려하게 등장했다. 의사이던 미쉘 가브리엘 빠까르(Michel Gabriel Paccard)가 보석수 집상이던 쟈끄 발마(Jacques Balmat)와 함께 등정에 성공했다. 이들은 1786년 추위가 가장 약한 한여름 8월7일 출발해 다음날 오후 6시23분에 몽블랑 정상에 오른 뒤 30여분을 머물다 하산했다. 이후 유럽 각지에서 몽블랑을 오르려는 사람들이 몰려들기 시작했다. 오늘날 등산을 알피니즘(Alpinism)이라고 부른다. 원래 산에 오른다는 것은 수렵이나 채집, 거리간 이동이 목적이다. 그런데, 순수하게 산에 오르는 것 자체를 목적으로 하는 개념, 즉 여가활동으로써 산에 오르는 개념이 생겨난 것이다.

몽블랑의 알프스(Alps) 산맥에서 시작된 개념이다. 프랑스어로는 알삐니즘(Alpinisme)이다. 필자가 몽블랑을 다녀오기 한 달여 앞선 2000년 8월에 한국의 등반대가 몽블랑을 등반하다 조난을 당해 산악인이 1명 실종되는 사건이 발생했다. 1년 뒤 모방송사에서 다큐멘터리로 그후 동료들의 수색과정을 카메라에 담아 전한 적이 있다. 안타까운 사건이었다. 어찌 보면 모든 이가 접근할 수 있는 몽블랑은 쉬워 보인다. 그러나 유럽 최고봉이다. 뒤편으로 이런 비극도 있다.

149 알파인 스키의 고향

몽블랑은 등산의 원조인 동시에 알파인(Alpine) 스키의 원조다. 스키는 크게 계통이 둘로 나뉜다. 노르웨이를 중심으로 한 북유럽의 스키와 프랑스를 중심으로 한 알프스산맥의 스키다. 전자를 노르딕스키(Nordic Ski), 후자를 알파인 스키(Alpine Ski)라고 한다. 노르딕은 북유럽 특유의 광활한 눈벌판을 달리는 크로스컨트리 경기나 스키점프 등의 스키를 말한다. 알파인은 알프스(Alps)의 급경사면을 타고 내려오는 활강이나 회전의 경기를 말한다. 자연지형의 특색으로 각각 다르게 발전한 것이다.

알파인 스키는 프랑스어로 알삔(Alpine). 독일어로는 알펜(Alpen)이라고 한다. 현재 샤모니 몽블랑은 등산과 알파인 스키를 즐기려는 모든 유럽인들의 집결지로 사랑받고 있다. 이곳의 스키는 한국과 다르다. 한국은 스키장에서 스키를 탄다. 이곳은 스키장이 없다. 다시 말해 슬로프라는 것이 없다. 등성이마다 많은 눈이 쌓여 겨울이면 자연 스키장이 된다. 발길 닿는 대로 달린다. 누구든 자신이 가는 대로 처음 타는 코스다.

깎아지르는 절벽에 눈이 덮이면 그대로 스키장이다. 올라가는 리프트만 있지 다른 시설은 없다. 정상에서부터 자연 속의 코스를 자기 멋대로 타고 내려오면 끝이다. 사람들로 붐빌 수도 없다. 워낙 드넓은 지역이다. 물론, 코스에 따라서는 영원의 시간 속으로 스키어를 안내하는 장소도 살그머니 입을 벌린 채 도사리고 있다. 등산이나 스키나 이런 크레바스(crevasse) 지역은 각별한 주의를 기울여야 한다.

프랑스에서 스키는 축구나 테니스에 버금가는 인기를 누린다. 대부분의 국민들이 스키를 광적으로 좋아한다. 이를 단적으로 보여주는 예가 있다. 12월 24일엔 크리스마스 방학이 있다. 대개 12월 21일부터 신년 1월 5, 6일까지다. 그리고 개학을 했다가 2월초에 다시 2주 동안 방학을 한다. 스키 방학이다. 봄이 오기 전에 마음껏 스키를 타고 오라는 방학이다.

6장
⋮
평등한 사회

150 배운다면 나라가 책임진다

　돈이 없어 대학의 길을 포기했던 수많은 한국의 젊은이들. 필자가 고등학교를 다니던 20여년 전만 해도 시골에서 대학을 마음대로 가기란 쉽지 않았다. 그래서 주로 중학교를 졸업하고 고등학교를 가는 순간부터 국가가 비용을 대는 특수학교로 진학하거나 고등학교를 마칠 때는 사관학교, 세무대학 같은 학비 없는 특수대학에 가야하는 경우가 많았다. 필자 역시 사관학교와 대학을 놓고 무수한 고민과 방황 끝에 '모 아니면 도식'으로 무작정 대학의 길을 택했던 기억이 새롭다. 이런 필자의 경험을 비춰 볼 때 프랑스야말로 지상의 낙원이다. 본인이 원하면 박사과정을 끝낼 때까지 프랑스는 무료다. 아! 어떻게 이런 나라가!

　필자가 석사과정 1년을 등록하는데 든 비용은 천300여 프랑. 우리 돈 20만원이 조금 넘는다. 한달 만2, 3천원. 강의실이나 도서관에서 사용하는 전기값이나 나올까 의문이다. 필자가 다니던 대학원 말고 다른 대학원들은 우리 돈 10만원 안팎으로 더 저렴하다. 우리는 1년에 5백만원을 넘는다. 프랑스의 교육을 한마디로 표현하라면 '국가가 배우고자 하는 모든 학생을 무한 책임진다'는 점이다. 이

프랑스는 19c 말부터 초등학교 무상교육을 실현했다.

는 '배우고자 하는 사람은 누구나 학교에 갈 수 있어
야 하고, 차별이 있어서는 안되며, 중립적 가치를 지녀
야 한다'는 이념이 전제된다. 늙고, 병든 어머니 뼈빠
져라 새벽부터 밤늦게까지 논밭에서 일하신 돈 타내
공부해야 했던 시골 출신 학생들의 한(恨). 공부의 꿈
을 접어야했던 한(恨)을 생각하면, 가슴이 져며 온다.

   이 자리를 빌어 대한민국의 모든 어머니, 아버지께
다시 한번 감사드린다. 무슨 일이 있어도 프랑스의 교
육제도만큼은 반드시 배워 적용해야 한다는 생각이 간
절하다. 개인의 차원을 넘어 사회 전체의 역량 문제와
밀접한 관련을 맺고 있기 때문이다. 교육의 기회를 평
등하게 준다는 것의 가장 큰 의미는 사회의 불평등 요
소와 불만 요소를 없애고 정의를 세워 준다는 점이다.

151 학생복지

   프랑스에서 교육이 국가적인 관심사로 처음 시행된
것은 1789년 프랑스 대혁명이후다. 혁명 3년 뒤인 1792
년 법령을 발표하고 1793년부터 누구에게나 똑같은 교
육의 기회를 제공하는 보통교육의 시행을 발표했다.
무상교육이 시작된 것은 1892년부터다.

   ①학생수--프랑스의 학생은 무려 천450만 명에 이
른다. 전체 인구 6천백만 명의 4분의 1이 공부하는 학
생이다. 나머지 인구가 열심히 일해 공부하는 학생 먹
여 살린다고 해도 지나치지 않다.

②교육비--국가 예산의 무려 27.8%를 교육예산에 활용한다. GDP의 7.4%다. 학생 한사람에 무려 2만8천 달러의 예산을 들인다. 영국이나 이탈리아의 2만5천 800달러와 2만 달러에 비해 아주 높은 수치다. 그러나, 프랑스보다 잘 살면서 역시 프랑스만큼이나 평등한 사회를 구현하고 있는 독일에 비하면 약과다. 독일 역시 학비가 없고 학생복지가 완벽한 나라 가운데 하나로 학생 한사람에 4만6천 달러를 사용한다.

프랑스에서는 대통령이 있고, 다음에 수상이 있다. 이들을 제외하면 교육부장관의 권한이 가장 막강하다. 다른 모든 부서의 장관이 교육부 일을 돕는다.

사진은 뤽상부르공원 근처에 있는 지하철 뽀르뤼양역 앞 학생복지관.

③국가와 지방자치단체 역할분담--학교의 시설 등은 모두 지방자치단체가 관리한다. 교직원은 100% 국가가 책임진다. 따라서 정규학교는 모두 국립으로 볼 수 있다. 학교가 나라 재산이라고, 나라 마음대로 하는 게 아니다. 교사와 교육공무원, 학부모, 학생 등이 참여하는 운영위원회에서 결정한다.

④학생 복지--학비만 공짜가 아니다. 저렴한 가격에 학생기숙사를 제공한다. 기숙사 한달 비용은 천 프랑이 채 안 된다. 우리 돈 17만원 정도다. 그런데 이 돈

은 정부가 학생이면 누구에게나 지급하는 수당으로 충분히 낼 수 있다. 정부는 최소 20만원 이상의 수당을 대학생들에게 지급한다. 외국학생에게도 차별 없이 지급한다.

지역별로 학생들을 위한 복지관을 운영한다. 저렴한 가격으로 식사 할 수 있는 식당을 비롯해 각종 정보센터 등이 몰려 있다. 식당의 경우 한끼 식사비가 17프랑, 우리 돈 2천8백원 정도다. 프랑스는 학생을 참 우대한다. 학생증만 있으면 책값도 무조건 할인해 주는 서점이 많다. 교통요금은 파격적으로 낮다.

152 프랑스 학제

①유아원(Creche)--생후 2달 반이 지난 아이부터 국가가 돌봐준다.

②유치원(Ecole Maternelle)--3살(한국, 4살)을 넘으면 유치원에 다닌다. 6살 초등학교에 입학할 때까지 어린이가 대상이다. 아침 9시부터 오후 4시까지가 기본 수업시간이다.

③초등학교(Ecole Elementaire)--6살(한국, 7살)이 되면 초등학교에 들어간다. 프랑스의 학제는 9월 시작이다. 3월에 시작하는 한국과 다르다. 초등학교 1학년은 준비반(Cours preparatoire)이라고 한다. 이후 기초 1학년, 기초 2학년, 중간 1학년, 중간 2학년까지 5년간 초등학교에서 배운다. 6학년까지 있는 우리와 다르다.

④중학교(College)--초등학교가 5년제인 것과 달리 중학교에선 4년제다. 중학교 1학년을 이들은 6학년(Sixieme)이라고 부른다. 그리고, 5학년(Cinquieme), 4학년(Quatrieme), 3학년(Troisieme)까지 4년간 중학교 과정을 마친다.

⑤고등학교(Lycee)--고등학교는 우리와 같은 3년 과정이다. 결국 12년을 기초교육 과정으로 마친다. 우리와 마찬가지다. 고등학교 1학년은 2학년(Seconde), 고등학교 2학년은 1학년(Premiere) 이라고 부르고, 고등학교 3학년은 졸업반(Terminale) 이라고 한다. 고등학교를 마치고 상급학교에 진학할 학생은 우리의 수학능력시험과 같은 바깔로레아(Baccalaureat)시험을 봐야 한다. 우리가 문과나 이과로 나누 듯이 바깔로레아도 분야가 있다. 2학년(Seconde)인 우리의 고등학교 1학년 때 자기가 시험 볼 분야를 결정한다. 바깔로레아를 치지 않는 학생들은 기술자격증을 얻는다.

⑥전문학교--프랑스의 전문학교는 말 그대로 직업학교다. 고등학교를 졸업하고 바깔로레아 시험에 붙은 학생들 가운데 대학에 진학하지 않고 특정 직업분야(관광, 요리, 디자인…)로 진출하고 싶은 학생들이 진학한다. 2년 간의 과정을 마치고 사회로 진출한다.

⑦대학교--프랑스의 대학은 2단계로 나뉜다.

ㄱ.더그(DEUG)--(Diplome d'Etudes Universitaires Generales). 우리말로 옮기자면 '대학의 일반 학업학위' 정도다. 교양과정이 2년이다. 2년 동안 특별한 과로 세분하지 않고 문학, 사회과학, 법학, 경제학 등의 광범위

한 학부체제 아래서 다양한 분야를 배운다. 우리의 대학 1학년 과정의 교양인데 이것이 2년이기 때문에 심도 있고, 다양한 분야를 섭렵할 수 있다. ㄴ.리상스(Licence)--1년 과정으로 우리 식으로 학사학위 과정이다. 더그를 마친 뒤 진학한다. 더그와 리상스를 합쳐서 3년인데 5년 안에 통과하면 된다. 5년 안에 통과하지 못하면 탈락이다. 보통 리상스를 마치고 사회로 진출한다.

⑧대학원--대학원도 우리와 다르다. 인문계통의 석사와 과학기술, 경영계통의 석사로 나뉜다. ㄱ.메트리즈(Maitrise)--석사과정이다. 리상스와 마찬가지로 1년 과정이다. 물론 논문을 통과시키지 못하면 1년이나 2년 더 연장할 수도 있다. ㄴ.과학 기술석사 (MST)--과학 기술석사는 MST(Maitrise de Sciences et Techniques)다. 공대와 경영대분야는 리상스와 메트리즈가 구분되지 않고 더그 뒤에 2년 만에 학위를 받는다.

⑨박사과정-- ㄱ.데으아(DEA, Diplome d'Etudes Approfondies). 박사과정에 앞서 방법론을 공부하는 시기다. 메트리즈를 마친 학생들이 박사를 준비하는 과정으로 보면 된다. 역시 1년에 마치는 게 정석이지만 2-3년 걸릴 수도 있다. ㄴ.독또라(Doctorat)--데으아를 마친 학생 가운데 지도교수의 허락을 얻어 박사과정에 들어간다. 3-5년 안에 논문을 통과시킨다. 그러나, 5-10년 걸리기도 한다. 수뜨낭스(Soutenance)라는 논문 통과식을 치른다. ㄷ.데스(DESS)--데스(DESS, Diplome d'Etudes Superieure Specialise). 과학기술석

사 MST를 마친 학생들이 진학하는 코스다. 1년간 수학한다. 석사 후 전문심화과정으로 볼 수 있다. 사회로 진출시 기업체에서 가장 선호하는 학위다.

153 가고 싶은 유치원과 초등학교

①유치원(Ecole maternelle)--작은애가 프랑스에 갔을 때 6살, 프랑스 나이로 5살이다. 유치원(Ecole mternelle)에 가야할 나이다. 이름에서 유치원의 성격을 파악할 수 있다. 'Ecole'은 '학교'라는 뜻이다. 'maternelle'은 '어머니의' '모성의'… 뜻이다. '어머니가 해야할 아이 돌보기를 대신해 주는 학교'이다. 이리저리 프랑스를 누비다가 9월 말에서야 유치원에 보냈다. 원래는 9월 초가 개학이지만 늦은 셈이다.

이곳은 모든 학사업무를 시청에서 담당한다. 시청에 교육과가 있다. 별도의 교육청이 없어 인력 절감이다. 시청 교육과에 부모에 관한(유학생이라는 신분과, 본국에서 오는 송금증명서, 주거지 집 계약서, 은행계좌) 서류 몇 가지를 제출했다. 그러자, 집에서 가장 가까운 학교를 배정해 주었다. 늦게 가는 바람에 집에서 걸어서 갈 수 있는 학교의

초등학생들이 교사인솔 아래 베르사이유 궁을 방문하고 있다.

유치원이 정원을 넘겨 결국 지하철로 3정거장 떨어진 유치원에 가야했다. 한국에서도 전혀 유아원이나 유치원을 다니지 않았기 때문에 처음 걱정했다. 그러나, 첫날 유치원을 다녀온 애가 재미있다면서 아침이면 먼저 눈을 떠 유치원에 간다고 나섰다.

말도 안 될 텐데 뭐가 그리 좋을까? 오전 9시부터 오후 4시까지 무엇을 하길래. 유치원교사의 지도 아래 하루 종일 노는 게 일이었다. 게임하고, 그림 그리고, 운동하고, 야외학습 가고, 밥이나 간식 먹고… 공부라는 것은 알파벳 가르치는 게 전부였다. 그러니 재미있을 수밖에. 꼭 엄마나 아빠 가운데 한 명이 교문 앞이나 교실까지 데려다 준다.

②초등학교--필자의 큰애는 한국에서 2학년을 다니다가 갔다. 프랑스어를 하지 못하는 어린이를 위한 특별반에 들어갔다. 동생 유치원과 같이 있는 학교였다. 출생증명서와 예방접종 증명서를 영문으로 제출하면 된다. 외국인이라고 차별도 없고, 절차와 형식이 간소했다. 시청 교육과에서 알아서 지정해 줬다. 특별반에서 프랑스어를 빨리 배울 경우 정상적인 프랑스 학년으로 들어간다.

모든 학교마다 외국인을 위한 특별반이 있는 것은 아니지만 대부분의 시에 하나 이상은 있다. 워낙 외국에서 오는 학생들이 많기 때문이다. 큰애 역시 말도 못하면서 너무 학교를 재미있어 했다. 말 타고, 수영장 가고, 체육활동하고, 영화나 연극 구경 가고, 공부의 강도가 높지 않다. 숙제는 이것저것 있지만 부모와 함께 해결 할 수 있다. 초등학생들도 역시 부모가 데려가고 데려온다.

154 문제아 없는 중, 고등학교

공부에 대한 큰 스트레스 없이 초등학교를 마친 뒤 중학교부터는 공부의 강도가 높아진다. 중학교를 졸업하면서 인생의 중요한 방향이 결정되기 때문이다. 4년 과정 동안 마지막 2년은 본인의 희망이나 적성, 능력 등을 고려해 인생 진로를 결정해 준다. 중학교를 마치려면 국가시험에 합격해야 한다. 브레베(Brevet)라고 하는 중학교 졸업 자격시험에 합격하면 고등학교에 진학할 수 있다. 프랑스의 중·고등학생들은 어떻게 사는지 궁금했다.

그래서, 기회가 닿으면 이들의 고등학교를 자주 들어가 봤다. 이들 학교는 운동장의 개념이 없다. 건물만이 있다. 작은 마당 같은 것이 있을 뿐이다. 자라나는 청소년들이 어디서 뛰놀면서 체력을 다질까 걱정해 줄 필요는 없다. 동네고, 어디고 도시 전체가 잔디밭이고 잔디구장이다. 체육관도 있다. 학교에서는 정말 공부만 하는 곳이다. 교정에서 너무 놀랐다. 학생들이 마음대로 담배를 피운다. 여학생과 남학생들이 부둥켜 앉고 키스도 한다. 한국의 대학생보다 더하다. 화장실에선 콘돔을 국가에서 무료로 나눠준다. 자신들이 좋아하고 사랑하면 사랑의 행위를 나눈다. 그러나, 억압된 영혼의 극단적인 탈출구인 원조교제, 학생 성매매 같은 일은 상상할 수도 없다. 모든 것이 자유롭지만 자신의 책임 아래서다. 일견 방종으로 비쳐지기도 하지만 뒤에서 썩어 문드러지는 일이 없다. 어느 사회가 더 건전한가?

한국적인 구조 아래서 가장 큰 문제는 이중적인 성격을 가진 비정상적인 정상인을 양산해 낸다는 점이다. 사회 모든 현상에 이중성이 적용된다. 뒤로 호박씨를 깔 수밖에 없다. 아이들이 학교에서부터 그런 것을 배운다. 발상의 전환만 하면 간단하다. 프랑스의 고등학생들은 이미 고등학교 때 한국의 대학생 수준에 올랐다고 보면 된다. 자율적인 인간으로. 모든 게 정상적인 범주에 들어간다. 문제아가 있을 수 없다.

155 부모는 마음놓고 사회생활

프랑스는 아이들 교육과 부모의 사회활동을 위해서는 천국과도 같은 제도를 갖고 있다. 한국의 여성들이 부딪치는 가장 큰 문제는 육아다. 사회활동을 하고 싶어도 아이 키우는 문제로 도중에 뜻을 접거나 괴로운 이중생활을 하는 경우가 대부분이다. 안심하고 아이를 맡길 곳이 없기 때문이다. 할머니 할아버지들이 돌봐주시는 경우를 제외하면 참 괴로운 과제다. 프랑스는 이 문제를 국가가 전적으로 책임진다. 아이를 임신하는 순간부터 국가에서 아이와 임산부에 대한 수당을 지급하는 나라다.

소득이 없는 부모의 아이는 출산에서 양육까지 모든 것을 책임진다. 그러니까 출산을 기피하는 정통 프랑스인들은 출생률이 점점 낮아지는 반면에 뚜렷한 소득도 없는 이민자들은 아이를 자꾸 낳는 경향도 빚고 있다. 유학생도 임신할 경우 모든 병원비가 무료다.

어쨌든 프랑스는 일하는 여성들이 출산할 경우 산후 3개월까지를 쉴 수 있다. 따라서 3개월 후 직장에 복귀할 때 아기를 돌볼 곳이 필요하다. 국립이나 지방자치단체 사회단체 등이 운영하는 유아원(Creche)들은 태어난 지 2달 반이 지난 아이부터 받아서 돌봐준다. 유치원과 초등학교에 들어가도 마찬가지다. 정식 수업은 오전 9시부터 오후 4시까지다. 그러나, 오전 7시부터 9시까지, 오후 4시부터 7시까지 학생들을 추가로 학교에서 맡아준다. 부모가 출근하는 시간부터 퇴근하는 시간까지 다 책임져 준다. 물론 이 부분은 약간의 돈을 내야 한다. 이런 제도가 있기 때문에 부모는 육아에 얽매이지 않고 마음대로 사회활동을 할 수 있다.

156 입시는 단순 자격시험

프랑스의 고등학교 진학이나 대학 진학은 반드시 국가검정시험에 합격해야 가능하다. 중학교를 마친 뒤 보는 브레베(Brevet)와 고등학교를 마친 뒤 보는 바깥

로레아(Baccalaureat)가 있다. 그런데 이 시험이란 게 단순한 자격검정시험이다. 중학교를 마친 뒤 고등학교에서 수업을 제대로 따라갈 수 있는지, 또 고등학교를 마친 뒤 대학에서 제대로 공부할 수 있는지를 체크해 볼 뿐이다. 일정 점수만 넘으면 합격이다. 절대평가다. 누구를 떨어트려야 내가 붙는 게 아니다. 대개 응시생의 80% 내외로 합격한다. 시험에만 합격하면 자기가 사는 지역의 고등학교에 진학할 수 있다.

대학은 전국 어느 곳이나 자기가 원하는 곳에 입학할 수 있다. 따라서 특정고등학교나 대학을 진학하기 위해 성적이 높아야할 이유가 없다. 고등학교 진학에는 약간 필요하지만 우리와 비교할 바가 아니다. 과열입시라는 말 자체가 성립하지 않는다. 대학입학 시험 볼 때 생방송으로 중계하고, 모든 언론이 가장 중요한 뉴스로 다루는 현상도 없다.

우리 식 보도는 광적인 교육열만 부채질하고 학교간 격차만 고착화시켜 불평등과 각종 사회병을 양산하는 결과로 되돌아온다. 뉴스시청률 떨어져도 좋으니 사회적으로 더 큰 문제 일으킬 수 있는 반사회적인 입시 보도는 당장 중단해야 한다.

프랑스는 차분하다. 물론 일류학교는 있지만 우리처럼 심하지 않고, 사회적인 관심도도 떨어진다. 교육에 가장 많은 예산을 쏟지만 차별적인 교육이나 과열은 철저하게 봉쇄하기 때문이다.

157 사교육 불필요

이런 제도 아래서 사교육이 필요한지는 명약관화하다. 절대 필요 없다. 아이를 오전 9시부터 오후 4시까지 학교에서 가르치기 때문에 별도의 사교육을 시킬 시간도 없다. 오후 7시까지 학교에 맡겨둘 수도 있기 때문에 더욱 그렇다. 근본적으로 과외공부나 학원이란 개념 자체가 없다.

아이들 과외비나 학원비 벌기 위해 학부모 등 휘고, 사회구조가 비정상적으로 뒤틀리는 현상을 상상할 수 없다. 한국 사회에서 자기 월급 갖고 정상적으로 애들 과외비나 학원비 대기가 얼마나 벅차고 힘든가? 그러니, 애들 교육을 위해서 부정과 부패가 난무한다. 돈 있어야 가르칠 수 있다는 풍토, 불평등과 불법, 부패의 원인을 교육제도 개혁을 통해 제거할 수 있다.

불필요한 경쟁을 유발하며 사교육 과외전쟁을 일으켜야할 아무런 이유가 없다. 프랑스의 사교육이란 예능 방향으로 공부하는 어린이들이 특별 교습 받는 정도다. 한국에서처럼 기본적인 소양을 위해 받는 예능교육 정도는 학교 정상수업으로 모두 배울 수 있다.

심층적으로 할 때만 예능 사교육이 필요할 뿐이다. 전체 교육예산의 3분의 1이 사교육비로 나가는 우리의 현실에 비교하면 프랑스의 구조는 꼭 배워야할 대목이다.

158 교육비리 없어

한 마디로 아이들 교육시키는데 돈들 일이 없다. 학비는 100% 무료다. 대신 급식비를 낸다. 급식비를 계산하는 방법은 한 달에 한 번씩 실제 먹은 끼니 수만큼 계산해 집으로 고지서가 날아온다. 그러면 수표 등을 써서 보내준다. 아주 본받을 만한 일은 부모의 소득수준에 따라 요금이 다르다는 점이다. 필자는 유학생 신분이었기 때문에 제일 낮은 등급을 받았다. 참 민주적인 나라다.

궁금한 것은 촌지가 있느냐다. 교사 개인에 대한 촌지는 없다. 대신 학교에 내는 기부금이 있었다. 무슨 때가 되면 학교비용으로 기부해 달라는 안내문이 왔다. 돈은 100% 수표로 보낸다. 따라서 누가 착복할 수도 없다. 금액은 정말이지 학부모의 능력껏이다. 필자는 100프랑을 두 번 낸 기억이 있다. 우리 돈 만 7천원이다. 축일 등이 되면 선생님에게는 초콜렛이나 포도주

선생님에게 촌지는 존재하지 않는다.

를 한 병 선물한다고 한다. 필자의 경우 귀국할 때 초콜렛을 선물했다.

한국의 대학상황은 두 가지로 정리할 수 있다. 간단하다. 우선, 극심한 대학별 서열화다. 두 번째, 신설 대학들은 재산증식, 상속, 대외과시용

수단으로 전락했다는 점이다. 다양한 목적으로 비극적인 상황이 전개되고 있다. 대학을 놓고 하루라도 불미스럽거나 바람스럽지 못한 소식이 들려오지 않는 날이 없다. 돈 받고 불법교수 임용, 특정대학 출신 임용, 재단의 불법행위… 학문탐구나 연구와는 관계없는 일들로 날이 새고 날이 진다. 프랑스에서는 상상하기 어려운 대목들이다.

159 학벌 없는 대학

①어느 대학도 갈 수 있어--프랑스의 대학은 한 마디로 평등하다. 대학이 모두 국립이다. 학비가 공짜라는 의미 이외에 정말이지 더 중요하고 큰 뜻이 담겨 있다. 서울대학이 없다는 말이다. 명문대학이 없다. 이유는 간단하다. 전국의 고등학생 응시생 가운데 80%가 합격하는 자격고시 바깔로레아만 붙으면 빠리에 있는 대학이든 지방 촌구석 대학이든 자기가 원하는 어느 대학이라도 갈 수 있다. 시험 봐서 4천 등까지만 서울대학 갈 수 있는 나라와는 발상이 완전히 다르다. 입시열이라는 고질, 괴질병이 있을 수가 없다. 자기가 살고 있는 지역의 대학에 가면 그뿐이다.

②100% 평등한 국립대학--따라서 우리처럼 △대학교, □대학교, ○대학교가 없다. 빠리에 대학이 13군데 있다. '빠리 1대학', '빠리 2대학'… '빠리 13대학'까지다. 모두 국립이고, 대학간의 우열이란 남의 나라 얘기다. 대학별

로 개설한 학과들이 차별성을 가질 뿐이다. 대학별로 문학이나, 인문학, 경영, 법학 등 주력으로 하는 학과가 있을 뿐이다.

예를 들면 빠리 1대학은 Universite Pantheon Sorbonne다. 예술과 철학, 인문과학이 중심을 이룬다. 13c 신학대학으로 출발해 중세 신학을 연구하는 메카로써 명성이 높지만 그 이상도 이하도 아닌 하나의 철학 인문학 중심의 대학일 뿐이다. 빠리 2대학 Universite Pantheon d'Assass다. 또 다른 이름 'Universite de Droit, d'Economie et de Sciences Sociales de Paris.' 에도 나와 있듯이 법학과 경제학, 언론학 등의 사회과학 계열 9개 과만을 두고 있다.

빠리 3, 4대학은 프랑스 문학과 외국문학의 학과를 주로 개설하고 있다. 빠리 6대학의 경우 이공계통과 의학이다. 빠리 9대학은 경영계통 6개 과를 두고 있다. 대학별로 중복되는 학과도 있지만 대개 특정 학문을 중심으로 특화된 양상을 띤다. 학벌사회를 완전히 깨부술 수 있는 제도가 아닐 수 없다.

빠리의 대학들은 모두 국립이다. 빠리 6, 7대학의 건물이다.

지방으로 가도 상황은 마찬가지다. 프랑스 제5의 도시 보르도(Bordeaux)에 대학이 4개 있는데 보르도 1, 2, 3, 4대학이다. 모든 지역의 대학이 다 마찬가지다.

160 인재있는 그랑데꼴

  그렇다면 평등만 추구하다가 언제 창의력 있게 사회
를 발전시킬 것인가. 평등이 다는 아니지 않는가? 옳
은 말이다. 그래서 이 사회에도 분명 인재교육은 있다.

• 그랑데꼴(Grande Ecole) 이란

  프랑스에는 일반대학 외에 대학과 비슷한 성격의 특
수학교가 있다. 물론 대학이란 이름이 붙지는 않는다.
그랑데꼴(Grande Ecole)이라고 한다. 보통 3년제다. 우
리말로 '큰 학교'라는 뜻이다. 일반대학은 학문연구와
일반학생 교육이 목표다. 이 특수학교는 사회각분야의
지도층 인재를 길러내는 전문교육기관이다. 쉽게 말해
우리 나라에서 군사전문인력은 사관학교에서, 경찰공무
원은 경찰대학에서, 농협에서 일할 전문 인력은 농협대
학에서 키워내는 것과 똑같다. 이것이 모든 사회분야
로 광범위하게 퍼져 있다. 특수학교, 즉 그랑데꼴이 한
다.

  막말로 사회 각 분야에서 지도적인 위치에서 일하려
면 그랑데꼴을 다녀야 한다. 일반대학은 그랑데꼴에
떨어진 학생이나, 인생에 큰 목표를 두지 않고 그저 행
복하게 살 사람들이 가는 곳이라고 생각하면 쉽다. 그
렇다면 일반대학은 2류 교육기관인가? 물론 그렇지만
은 않다.

  그랑데꼴에도 박사과정이 있지만, 진정한 학문의 탐
구는 일반대학에서 한다.

• 그랑데꼴 준비반

사회의 높은 자리를 보장해 주는 코스인데 당연히 경쟁률이 세고, 입학이 어렵다. 대개는 고등학교를 마치면서 바깔로레아 시험성적이나 내신성적이 좋은 학생들이 들어간다. 바로 그랑데꼴로 가는 게 아니라 2년과정의 그랑데꼴 준비반(Classe Preparatoire)에서 공부한다. 그랑데꼴 준비반에 들어가는 경쟁이 무척 세다. 일부 준비반들은 빠리 일부 고등학교 출신들만 받아들이기도 한다. 이곳 준비반에서 1-2년간 공부하고 그 성적을 토대로 그랑데꼴 입학이 결정된다. 서류전형을 하기도하고, 입학시험을 치르기도 한다. 여기서 그랑데꼴에 입학하지 못하면 일반대학의 리상스로 간다. 일반 대학의 2년제 더그(DEUG)로 인정해 주는 것이다.

준비반은 크게, ①과학 ②인문학 ③경영학의 3분야로 나뉜다. 과학과 인문학은 2년이지만 경영학 분야는 1년의 준비기간을 거쳐 그랑데꼴의 입학여부가 결정된다. 일반대학의 교양과정인 '더그'나 학사인 '리상스' 석사인 '메트리즈' 과정을 마치고도 입학시험에 응해 들어갈 수 있다.

그랑데꼴은 편입생도 뽑기 때문에 꼭 고등학교 때 목맬 필요는 없

그랑데꼴의 하나인 국립군사학교.

다. 어렸을 때는 슬슬 공부하지만 학년이 올라가고 상
급학교로 갈수록 공부의 강도가 세지는 것을 느낄 수
있다. 지도층 인물이 될 사람의 공부의 강도와 양은
그만큼 엄청난 차이를 보인다. 물론 외국인들은 그랑
데꼴에 들어가는 것이 현실적으로 무척 어렵지만 약간
씩 늘고 있다.

• 그랑데꼴의 종류

①정치, 행정계--ㄱ. IEP(Instituts d'Etudes Politi-
ques) 정치학교라고 부른다. 흔히 시앙스포(Science
Po)라는 말로도 사용한다. 전국에 9개 정치학교가 있
고, 그중 빠리 정치학교가 가장 이름이 높다. 3년 수학
연한을 마치면 석사학위를 얻고 상급 박사과정도 있
다. 외국의 공무원이나 장학생들을 위한 특별학위과정
도 (CEP) 운영한다. ㄴ. ENA(Ecole Nationale d'Ad-
ministration). 국립행정학교라고 부른다. 프랑스 행정
각부의 고급공무원이 될 학생들을 교육한다. 외국인은
입학할 수 없고 청강만이 가능하다. 외국공무원들을
위한 3개월이나 10개월의 특수반(IIAP)도 운영한다. 학
생들은 장학금을 받으면서 27개월간 공부한다.

②상경계--3년간 공부한다. 전국적으로 300여개의
그랑데꼴 경영학교가 존재한다. 회사의 고위관료로 진
출한다. 그러나 11개 유명한 그랑데꼴이 최고의 학교
로 인정받는다. 그 가운데서도 HEC, ESSEC, ESCP가
이름 높다. 사립학교가 많다.

③고등사범학교--고등사범학교 (ENS, Ecoles Nor-

males Superieurs). 전국에 4군데가 있다. 4곳이 학문
분야별로 완전히 특화돼 있다. 고등학교 교사나, 그랑
데꼴 준비반 교사, 대학교수, 연구소 연구원을 양성한
다. 교수양성소이기 때문에 최고의 수재들이 다닌다.
행정학교처럼 국가공무원 신분으로 돈을 받으며 공부
한다. 일반 중고등학교 교사는 일반대학 출신자들도
국가시험에 응시할 수 있다.

④엔지니어 그랑데꼴--Ecoles d'Ingenieurs. 공대계
통 그랑데꼴이다. 전국에 165개가 있다. ⑤군사 그랑데
꼴--Ecoles Militaires. 육해공군 사관학교가 있다. 3년
간 공부한 뒤 다른 에꼴에서 1년을 더 수학한다. 이
밖에도 ⑥문학 ⑦예술 ⑧농식품업 ⑨언론 관련 그랑데
꼴이 있어, 사회 각 분야에서 필요로 하는 모든 분야
의 인재를 배출한다.

161 학벌의 폐해가 적은 이유

• 프랑스의 그랑데꼴은

①하나의 학교가 아니다--프랑스는 그랑데꼴이 대학
이 아니다. 하나의 특수전문학교다. 수십명 정원의 수
많은 학교로 쪼개져 있다. 하나의 그랑데꼴은 하나의
분야만을 다룬다. 행정이면 행정, 상업이면 상업, 농업
이면 농업으로 특화해 한 분야의 인재만 양성한다. 우
리는 서울대학에서 법학부터 고등학교 교사 교육까지
다 한다. 프랑스의 모든 그랑데꼴을 한데 모아놓은 식

이다. 4천명 이상 뽑는다.

②지역차별이 없어--빠리에만 있는 것이 아니라 프 랑스 전역에 걸쳐 이런 그랑데꼴들이 골고루 나뉘어 있다. 우리는 서울로만 몰린다.

③입시가 달라--고등학교를 마치고, 그랑데꼴 준비 반으로 들어가 공부한 뒤 그랑데꼴로 들어가는데 이때 바깔로레아 성적뿐 아니라 내신성적이 중요하게 반영 된다. 따라서 특정 명문고등학교를 다니는 게 반드시 이로운 것은 아니다. 특수한 경우 특정고교에서만 학 생을 받는 경우도 있지만 대부분은 그저 그런 고등학 교에서 내신성적 올리는 게 좋다.

• 왜 한국 같은 폐해가 없는가

쉽게 예를 들어 보자. 한국에서 서울대학교가 동창 회를 열었다. 국회의원부터 정부 고위관리, 검사, 판사, 변호사, 기업체 경영자, 대학교수, 과학자, 언론인, 의 사, 약사, 교사, 소설가, 군인도 있다. 아! 과학영농을 하는 분도 거리가 있는 탓에 늦게 나타나신다. 직업이 랄 수 있는 분야에서 다 모인다.

물론 동창회라는 것도 없지만, 프랑스에서 그랑데꼴 동창회를 열었다고 치자. 설혹 동창회를 열어 나오는 사람이 있다고 해도 모두 자기분야 사람들이다. 거기 서 끝날 뿐이다. 국립행정학교 출신들이 모여 봐야 행 정분야에서 끝난다. 쉽게 말해 우리 나라에서 세무대 학 동창회 하는데 가서 "너희들은 왜 동창끼리 뭉쳐 세무행정 말아먹느냐"고 말하면 얼마나 우스울까? 한

국처럼 사회 모든 다른 분야의 엘리트들을 같은 학교
라는 울타리로 만날 수 없다. 다른 모든 분야는 모두
다른 학교 출신들이다. 심지어 판사나 검사, 변호사도
각각 다른 학교, 다른 시스템으로 선발하고 자격증을
준다. "우리 동창이니 잘 해 봅시다" 말할 일이 없다.
도대체 짝짜꿍이 형성될 틈이 없다.

　우리는 나라 손으로 나라 망치는 국립대학 만들어서
불평등만 양산해 낸다. 그리고 1년에 한번씩 교육제도
개혁하면 그게 개혁이 되나? 종기는 두고 진통제만 먹
이면 치료가 되는가 말이다. 고칠 권한을 가진 사람들
이 모두 같은 대학출신이어서 그런가? 이런 교육풍토
와 구조에서 정의롭고, 인류를 이끌어갈 가치관과 역
사관을 만들어 내길 기대하는 것은 어리석다.

162 직업교육

　필자가 프랑스에서 역사여행을 위해 단골로 거래하
던 여행대리점이 한 군데 있었다. 빠리의 대학들이 밀
집해 있는 뤽상부르공원 옆 여행사 Detour Voyage다.
이곳에 한 여직원이 필자 담당이었다. 한 사람만 상대
하니까 예약이나 대금지불, 서류전달 등에서 훨씬 이
로운 점이 많았다.

　이 여직원은 창구에 앉아 여행을 가겠다고 오는 고
객들에게 여행사에서 펴낸 수많은 팜플렛을 보여주고,
여행지를 추천한다. 비행기 티켓도 판매하고 렌트카도

빌려주고, 외국 대사관에 비자 받는 일도 고객을 대신한다. 어찌 보면 단순한 일이다. 한국의 여행사 여직원들이 하는 일과 큰 차이가 없어 보인다. 그러나, 이런 업종에 종사 하려면 고등학교를 졸업한 뒤 바깔로레아시험을 보고 2년간 관광학교에서 교육을 받아야 한다. 2년간의 직업교육을 받고 사회로 진출한 것이다. 관광학교(Ecole de Tourisme)에서 공부를 마쳐야 여행대리점에서 고객을 맞이한다.

여행 한 분야에서도 알 수 있듯이 프랑스는 철저하게 전문 직업인 교육이 뿌리를 내리고 있다. 사회 모든 분야가 그렇다. 요리, 포도주, 공예, 세공, 장식, 분장, 호텔, 건축… 놀면서 시작하는 어렸을 적 공부가 학년이 올라가면서 강도가 높아지고, 엘리트교육과 학문연구, 전문직업인 등으로 세분화 되는 과정이 자연스럽다. 창조력을 말살하지 않으면서도 큰 차별 없이 자기 능력껏 살 수 있는 사회를 만들기 위한 제도의 연구가 아쉽다.

163 여성 사회 참여

프랑스에서 대학원을 다니면서 느낀 가장 큰 특징은 여학생들이 아주 씩씩하고 용감하다는 점이었다. 생긴 것만 남자와 달랐을 뿐이지 성(性)의 차이에 따른 어떤 다른 점도 발견할 수 없었다. 언론학 분야여서 그랬는지 일단 숫자가 여학생들이 많았다. 그리고, 프랑스인들 특유의 엉터리지만, 아무 데서나 마구 담배 피워대는 학생도 여학생이 많다. 수업시간에 교수의 질문에 응답하고 질문하는 것도 여학생이 더 잘 한다. 여학생이라는 이유로 어떤 불이익을 받거나 수그러든다는 느낌을 전혀 받을 수 없었다. 여성이든 남성이든 똑같은 인간이 성차별 없이 똑같이 행동하는 모습이 바람직스러운 것임에는 틀림없을 것이다.

프랑스 여성들은 실질적인 사회생활에서도 상당한 정도로 남녀평등을 이루고 있다. 여성이라는 차별이 분야에 따라 없는 것은 아니지만 우리와는 비교하기 어려운 정도로 앞서 있다. 여성도 80%이상이 '전부 사회생활을 한다. 전업이든 아니면 파트타임이든 밖에서 일한다. 전체 남녀 취업인구의 48%를 여성이 차지한다. 사회에서 일하는 사람의 반이 여성이라는 점이다. 인구의 반이 여성이니 당연한 일이다.

자녀를 학교에 아침 7시부터 저녁 7시까지 맡길 수 있어 여성의 사회생활이 가능하다.

1960년 때까지만 해도 취업인구에서 여성이 차지하는 비율이 35%에 불과했지만 30년 만에 반반이 된 것이다. 남성과 여성이 실질적으로 일한 만큼 받는 급료 차이도 100대 93으로 거의 비슷한 수준에 이르렀다.

164 한국여성 현주소

한국 여성들의 현주소는 한 마디로 처참하다. 가장 중요한 것은 육아와 여성의 사회생활을 양립시킬 수 있는 어떤 사회적인 제도장치도 마련돼 있지 않다는 점이다. 부모가 직장에 나가 일하는 동안 아이를 돌봐 줄 아무런 장치가 없다. 유아원도 드물고, 유치원이나 학교는 일찍 끝나 버린다. 퇴근시간까지 아이들을 안심하고 맡아 주는 근본적인 제도가 없다.

남자나 여자쪽 부모 다시 말해 아이들의 할아버지, 할머니들에게 의존하지 않으면 거의 불가능하다. 그러니, 결혼과 함께 훌륭한 인재들이 모두 가정의 밥공장 직원으로 전락하고 만다. 개인의 불행은 말할 것도 없고, 사회적으로 큰 손실이 아닐 수 없다. 6개월에서 1년에 이르는 출산휴가, 태아나 산모에 대한 거의 완벽한 사회보장은 바라지 않는다.

미래의 주인공인 아이를 기르는 문제를 좀 사회 전체적인 과제로 생각하고 대안을 내야할 때이다. 여성차별이 병적인 중

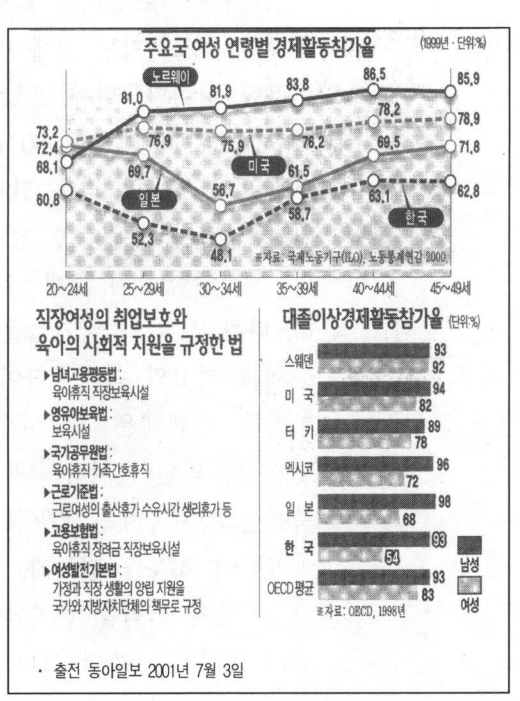

· 출전 동아일보 2001년 7월 3일

동의 이슬람국가나 별반 다를 게 없다. OECD 평균으로 대졸이상 고급인력의 경제활동 참가율은 남성이 93%, 여성이 83%다. 세계 최고의 복지국가 스웨덴은 남성 93%, 여성 92%가 경제활동에 참가한다. 한국은 남성만 93%일뿐 여성은 54%. 왜 최고의 선진국이 한국보다 3-4배나 더 잘 사는지 설명해 주는 한 단서가 되지 않기만을 바란다.

165 여성 정치 참여

①의원수--프랑스는 사실 일반사회생활에서 여성의 활동이 두드러지는 것에 비해 여성의 정치참여 수준은 미약한 편이다. 현재 프랑스 의회의 여성의원 비율은 하원이 577석 가운데 60석으로 10.5%에 불과하다. 진보적인 사회당의 경우 전체 의원의 16.7%가 여성이지만 공산당이나 우파쪽 정당의 의원 비율은 현저히 낮다. 유럽연합(EU) 15개 국가 가운데 꼴찌에서 두 번째다. 다른 선진복지국가들을 보자.

세계 최고의 복지국가이면서 여성들의 활동이 가장 활발한 스웨덴은 42.7%가 여성의원이다. 노르웨이도 36.4%의 의원이 여성이다. 핀란드, 덴마크, 네덜란드의 북유럽 복지국가는 30%를 넘는다. 대부분의 유럽연합 국가들이 20%를 넘는다. 잘 살고, 남녀평등이 보장되고, 여성의 권익을 존중하는 사회복지국가 일수록 여성의 의회진출 폭이 크다. 여성들이 살기 좋은 사회는 괜히 만들어지는 게 아니다.

영국도 하원의 18.4%가 여성이다. 캐나다는 19.9%, 미국도 12.9%다. 우리 나라는 예상했겠지만 좀 적다. 5.9%다. 실업률이 다른 나라에 비해 이렇게 낮은 수치라면 얼마나 좋겠느냐마는. 여성의원들의 비율이 이렇다 보니 여성들을 위한 입법이 미미할 수밖에 없고, 그만큼 사회복지 수준이 낮아진다. 우리가 우습게 알 수도 있는 필리핀도 우리보다는 높다. 11.3%다. 한국의 모든 여성들이여 제발 뜻 있는 여성들 국회로 많이 보내 당신들 권리를 찾아야한다.

②여성투표권--여성들이 선거에 참여해 직접 자기 손으로 의원을 뽑는 여성참정권의 역사도 예상 대로다. 여성의원이 많은 나라가 앞선다. 역사가 깊어야 제도가 제대로 정착되는가 보다. 35%이상의 여성의원을 갖고 있는 핀란드와 노르웨이가 각각 1906년과 1913년부터 여성들이 투표에 참가했다.

덴마크, 스웨덴, 독일, 영국 등이 1918년 1차세계대전 뒤부터 여성참정권을 보장했다. 유럽연합에서 여성의원 비율이 꼴찌

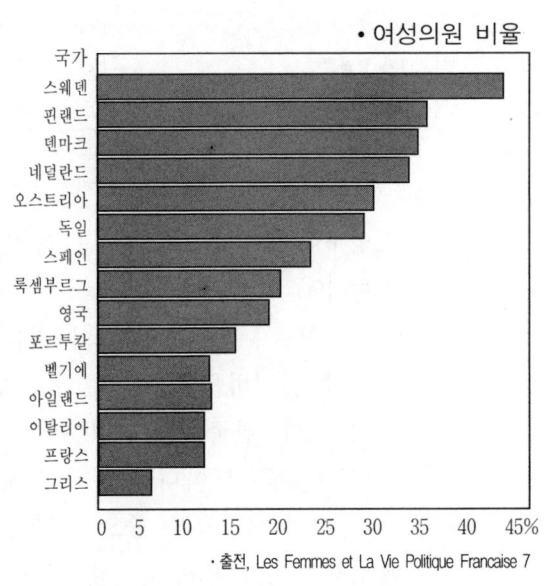

• 여성의원 비율

국가
스웨덴
핀란드
덴마크
네덜란드
오스트리아
독일
스페인
룩셈부르그
영국
포르투칼
벨기에
아일랜드
이탈리아
프랑스
그리스

0   5   10   15   20   25   30   35   40   45%

· 출전, Les Femmes et La Vie Politique Francaise 7

두번째와 꼴찌인 프랑스와 이탈리아는 가장 늦어 1944
년과 1945년 2차세계대전 뒤부터다. 우리 나라는 1948
년 정부수립과 함께 여성의 참정권을 보장했다. 가장
먼저 여성참정권을 보장한 곳은 1869년 미국의 와이오

• 여성 선거권 획득

1869	미국 와이오밍주	1933	터키
1893	뉴질랜드	1934	브라질
1902	호주	1937	필리핀, 파키스탄
1906	핀랜드	1944	프랑스
1913	노르웨이	1945	이탈리아, 일본, 알바니아, 헝가리, 인도네시아
1914	아이슬랜드	1946	루마니아, 베트남
1915	덴마크	1947	아르헨티나, 베네주엘라
1918	아일랜드, 폴란드, 러시아, 독일, 스웨덴, 영국	1948	이스라엘, 벨기에, 한국
1919	룩셈부르크, 네덜란드, 캐나다	1949	유고, 중국, 칠레
1920	미국, 체코, 오스트리아	1950	페루, 인도
1930	남아프리카 공화국	1952	그리스, 볼리비아, 코트디브아르
1931	스페인, 포르투칼	1954	시리아

· 출전, Les Femmes et La Vie Politique Francaise 27p

밍주이고 나라는 1893년 뉴질랜드다. 오스트레일리아
는 1902년 3번째다.
　③장관수--여성 장관의 비율을 보자. 미국은 장, 차
관의 여성비율이 33.1%, 스웨덴은 30.8%, 노르웨이는
24.1%다. 한국은 놀라면 안 된다. 1명이다. 여성들에겐
한국(韓國)이 아니라 한국(恨國)이다. 국회의원이 많아
서 입법하는 것도 중요 하지만 행정부에서 실질적으로
정책을 입안하고 실시해야 한다. 각 부처의 권한을 가

진 장, 차관들이 여성이어야 여성을 위한 정책을 내놓을 수 있다.

166 프랑스의 범죄

①지하철 소매치기--빠리의 이미지를 흐리게 하는 것 가운데 소매치기를 꼽는다. 특히, 지하철 소매치기. 빠리 지하철에서 당하지는 않았지만 눈앞에서 목격했다. 한국에서 오랫동안 지하철로 다니면서 못 본 것을 빠리에 1년 살면서 봤다. 빠리의 소매치기 문제를 실감하는 대목이다. 범인은 주로 외국에서 밀입국한 10대나 20대 초반의 젊은 층이다. 필자가 목격한 것은 여성 3인조였다.

지하철 문이 열리고 손님들이 탈 때 맨 마지막에 오른다. 빠리의 지하철은 문이 닫힐 때 '뚜--'하고 신호음이 난다. '뚜--'소리는 2-3초 지속된다. 2초 정도 진행되는 순간 입구에 서 있던 키가 무척 작고 차림이 초라하던 여자 3명이(물론 프랑스 토박이의 인상이 아니다) 앞에 있던 한 여자의 핸드백을 채더니 순간적으로 내렸다. 그리곤 문이 닫혔다. 거의 문이 닫히는 순간이어서 당한 여자는 내리지도 못하고 억 소리만 냈다.

순식간이라고 하더니 정말 멍해지는 느낌이었다. 기분 풀린 여행객들 잠깐 방심을 요즘의 빠리 소매치기들은 놓치질 않는다. 한국인들이나 동양인들은 현금을 많이 갖고 다닌다는 고전 같은 이야기가 이들 사이에 잘 알려져 특히 동양인들의 주의가 필요하다. 소매치기는 2000년부터 급증했다. 원래 대응이 늦은 프랑스 정부가 2001년 5월이 돼서야 지하철 경찰을 증원한다고 발표했다. 그 경찰들 뽑아서 훈련받고 하면 2002년쯤 투입할 것이고, 그때서야 개선된 빠리 지하철을 만날 수 있겠다.

②강, 절도--단순한 소매치기가 아니라 절도나 노상강도 등은 어떤가. 1994년부터 1998년까지 강, 절도 통계를 보면 오히려 줄어드는 기미였다. 1994년 전체 강, 절도 건수는 2백57만건 이었다. 그러나 95년 240만건, 96년 233만건, 97년 224만건으로 해마다 줄었다. 그러다, 98년 229만건으로 약간 높아졌다. 99년과 2000년 통계를 구하지 못해서 정확한 진단은 어렵다. 그러나, 빠리 사람들은 2000년 들어 주변에서 강, 절도 사건이 늘었다고 증언한다. 그렇다면 97년까지 줄다가 98년 이후 섬자로 늘어났다는 추론이 가능하다. 이유가 어디에 있을까? 프랑스의 경기가 좋고, 유럽통합 중심국가인 프랑스에 일할 기회가 많다고 판단한 각국의 실업자나 집시들이 프랑스로 밀려들기 때문으로 볼 수 있다.

특히 국경이 철폐되고 이동이 자유로워진 데서 원인을 찾는다. 한 나라의 단속이 강해지면 다른 나라로 몰려가는 현상 속에 과거 악명 높던 이탈리아나 스페인의 집시들이 프랑스로 몰려든 것으로 분석한다. 그러나, 밤만 되면 나갈 수 없는 미국 대도시의 범죄를 연상하면 곤란하다. 미국은 고사하고, 한국과 비교해도 엽기적인 범죄, 다반사가 돼버린 강, 절도, 각종 성범죄의 일상화 등은 훨씬 적어 보인다. 안정돼 있다.

167 시민의 나라, 폭력배의 나라

①시민생활과 관계없는 폭력배--프랑스에도 범죄조직은 있다고 한다. 외국인 관광객(주로 한국인 등 동양관광객)을 상대하는 유흥가를 중심으로 범죄조직들이 존재한다. 자기들끼리 영역싸움도 한다. 영역싸움 끝에 살인극이 벌어지는 경우도 있다.

그러나, 이들의 활동이 일반시민들에게 미치지는 않는다. 조직범죄단원들이 일반시민들의 생활영역을 침해하거나 위해를 가할 경우 이건 엄청난 사회문제다. 프랑스에서는 있을 수도 없고, 상상할 수도 없다.

한국에서 기자 일을 하면서 다양한 사건사고를 많이 취재해 본 입장에서 느낀 프랑스 사회의 특징은 범죄가 우리보다 적고, 특히, 조직범죄로부터 일반시민들이 훨씬 안전하게 보호되고 있다는 점이다. 한국은 조직범죄단원들의 행동이 그들끼리의 전쟁에 머물고 마는 게 아니라 선량한 일반 시민들의 삶의 영역까지 거침없이 파고든다. 한국에서 사채업, 부동산, 용역, 시장이나 거리의 좌판, 포장마차, 기타 유흥가에서 작은 술집 하나 운영하려 해도 조직폭력배의 그늘에서 자유로운 곳이 얼마나 되는가? 조직범죄가 침투하지 않은 영역을 찾아보기 어렵다.

왜 한국은 이런 문제를 치유하지 못할까?

②한국의 병적인 폭력배 미화--프랑스와 한국의 가장 큰 차이 가운데 하나를 영화나 TV프로그램 등 영상물에서 찾아보자. 현재 프랑스 TV의 인기 프로그램은 경찰 등이 활약하는 수사물이다. 연속극이라고는 없는 이 나라에서 유일하게 드라마 형태로 인기를 얻는 분야다.

반대로 한국에서 인기 있는 영상물은 폭력배를 주인공으로 내세우는 영화다. 이게 무슨 일인가. 80년대 초 군사정권시절 '무풍지대'를 시작으로 '모래시계' 최근의 '친구' 이젠 용어도 섬뜩한 '조폭마누라'… 제작진의 의도와 관계없이 결과는 폭력배 미화다. 폭력배 잡는 수사관을 미화하는 나라의 영화와 폭력배를 미화하는 나라의 영화. 어느 사회가 병리현상 속에 집단 히스테리로 살아가는지 따져볼 필요도 없다. 범죄 많다고 떠들어대지 말고 왜 그런가를 살펴봐야 한다.

범죄예비군들에게 가장 효율적인 범죄 교과서는 TV나 영화에 나오는 영상물이다. 사나이들의 우정이라는 주제 아래 결과적으로 폭력배를 미화하는 내용들이 난무한다. 진정한 우정과 의리는 깡패에게서 찾을 수 있나? 진정한 의리와 절개는 우리 역사나 현실 속에서 지사와 충신과 강직한 생활인들에게 있다. 자기 목숨을 민주주의, 자유, 정의를 위해서 초개처럼 여기는 분들이다.

내가 너보다 낫다는 것 보여주기 위해, 두목을 위해, 이권을 지키기 위해 친구 죽이고 법정서 자백하는 게 의리고 우정인가? 현실 정치인 경제인 등등 더럽다고 사실을 왜곡해선 안 된다. 대박영화 만드는 것이 목표일 수는 없다. 좋은 작품 만들어서 성공해야지, 성공하려고 작품 만들어서는 곤란하다. 사회 악이다.

168 강한 경찰, 약한 경찰

①강한 경찰--프랑스에서 살면서 느낀 풍경 가운데 한 가지. 지하철을 타다보면 경찰들이 떼지어 몰려 다니는 풍경이다. 지하철 특별 수사대다. 그런데 이들 경찰이란 게 우습다. 키도 작고 아담한 체구의 남자나 여성경찰이다. 방망이 같은 것 하나 차고 다닌다. 겉보기에 아주 초라하다.

그러나 이들의 위력은 대단하다. 지하철에서 특히 밤 시간대 순찰이 심하다. 우범자 비슷해 보이는 자가 있으면 아무나 보고 일어서라고 한다. 뒤돌아서면 온몸을 다 뒤진다. 이리저리 전화해서 신원조회가 끝날 때까지 세워놓고 대기 한다. 내릴 역이 와도 못 내린다. 마약이나 기타 범죄관련 용품이 나오면 가차없이 데려가고, 없으면 아무 일 없었다는 듯이 떠난다. 미안하다는 말 한마디 없다. 더욱 놀라운 점은 조사 받는 사람의 태도다. 거인 같은 거구의 흑인들이 꼼짝 못한다. 체구는 작지만 여차하면 대여섯 명 경찰들이 곤봉으로 죽도록 두들겨 댄다.

경찰에 저항한다는 생각을 할 수가 없다. 감히 경찰

의 요구나 지시에 거부할 수가 없다. 경찰의 요구에 불응하는 순간 법이 보장하는 것은 경찰의 가혹한 폭력이다. 그것이 국가다. 국가란 다른 게 아니다. 합법적으로 폭력을 행사할 수 있는 유일한 존재다. 그래서 사회의 질서를 잡아간다. 가끔 TV를 통해서 시위나 기타 범죄현장에서 야만적인 외국경찰의 구타행위를 보곤 한다. 시민들을 지키기 위해 법을 어기는 사람에겐 용서가 없다.

②약한 경찰--파출소 순경들을 경찰로 인정하고 무서워하고 두려워하는 한국인들이 있는가? 심지어 고등학생들도 파출소 부수고 난동을 부린다. 조직폭력배 일수록 고위층과 친하기 때문에 일선경찰은 발뒤꿈치 때만큼도 여기지 않는다. 우리는 경찰이 진압과정에서 총을 사용하거나 용의자를 체포하기 위해 폭력을 행사하면 경찰을 질타한다. 왜 총기를 사용했고, 왜 현장에서 혐의자에게 폭력을 가할 수밖에 없었는지 관심권 밖이다. 경찰은 신이 아니다. 그들도 생명의 위협을 받으며 일한다.

프랑스에선 경찰 력이 살아있다.

민주사회에선 강력한 경찰력이 평범한 시민들의 행복을 지켜줄 수 있다. 현재 한국은 무슨 일 생겨도 파출소에 신고하기도 꺼린다. 경찰이 해결해 줄 수 있다고 믿지 않기 때문이다. 오히려 신고 뒤 보복이 더 두렵다. 권위 없는 경찰이 무슨 힘으로 범죄를 막을 수 있는가? 일반시민들에겐 한없이 친절 하지만, 범죄자들에겐 강력한 경찰상을 수립해야 한다. 그래서 평범한 시민들이 경찰 믿고 행복하게 살 수 있다. 힘없어 보이는 순경이, 여자 경찰이 거인 같은 조직폭력배 마음대로 길거리서 조사할 수 있는 그 날이 우리 사회에서 언제 올까?

169 카톨릭 국가-프랑스

프랑스를 여행하면서 느끼는 가장 큰 특징의 하나는 전국 방방곡곡 어딜 가나 하늘 높이 솟아 있는 성당건물이다. 도시는 물론 작은 마을에도 규모에 어울리지 않게 큰 성당이 솟아올라 있다. 특히 고딕양식으로 하늘을 찌르는 첨탑은 아주 장관이다. 카톨릭의 나라다. 낭뜨 칙령으로 프랑스에서 신교도들이 마음놓고 살게 된지 400년이 지났다.

그러나, 프랑스에서 신교도들을 찾기 힘들다. 국토 전체를 점점이 수놓은 고딕의 첨탑은 하나같이 카톨릭 성당이다. 1905년까지 프랑스는 종교국가였다. 카톨릭은 국가의 종교였다. 정교분리가 된 지 채 100년도 안된다. 종교의 교조주의에서 벗어난 지 겨우 백년이다. 국교의 지위를 잃은 프랑스 카톨릭은 이제 자유의 몸이다. 프랑스인들은 심정적으로 자신들이 카톨릭이라고 느낀다. 그렇지만, 주기적으로 일요일마다 성당에 나가는 프랑스인들은 극소수다.

프랑스는 카톨릭 국가였다. 전 국토 어딜 가나 장엄한 고딕양식의 성당들이 들어서 있다.

일부 장, 노년층에서만 나갈 뿐 젊은 세대는 종교에 그리 관심을 갖지 않는다. 아름답고 호화롭고 거대한 성당들은 관광객들로 미어터질뿐 일요일 미사시간에도 많은 좌석은 텅 비어있다.

웅장한 프랑스 고딕 성당에서 장중하게 울려 퍼지는 파이프오르간 연주만이 영광스러웠던 카톨릭의 지난날을 되새겨 준다. 관광객들의 마음을 경건하게 만들면서… 만여명 교민의 프랑스에 15개의 한인 개신교회가 복음을 전하고 있다. 프랑스인들이 한국어를 모를 테니 우리 교회에 나올 일은 없고, 결국 우리 교민들이 만들어 가는 교회라고 볼 수 있다.

빠리에 11개의 교회가 있다. 한국 절도 하나 있다. 한국에서 온 카톨릭 신자들은 프랑스 성당에 다닌다. 세계평화와 인류의 행복을 위해 많은 기도가 있기를 바란다.

170 제 2종교는 이슬람

놀랍게도 기독교의 본고장 프랑스에서 제2종교는 개신교가 아니라 이슬람교다. 프랑스 본토박이들보다는 과거 프랑스식민지권에서 유입된 마그레브(Magreb)연방사람들 그리고, 중앙아프리카, 중동, 동유럽의 이슬람권에서 들어온 이민자들이다. 프랑스 국민이 됐지만 종교는 그대로 간직하고 있다. 이슬람(Islam)은 '신 앞에 귀의 한다' 라는 뜻이다. 슬람(slam)은 평화라는 뜻을 담고 있다. 570년 오늘날 사우디아라비아 메카(Mecca)에서 태어나 어려서 고아가 됐던 마호메트(Mahomet)가 산 속에서 헤지리엔(Hegirien)달력으로 9번째 달인 라마단(Ramadan)에 26박 27일을 명상한 뒤 천사 가브리엘(Gabriel)의 도움으로 하느님인 알라(Allha)의 계시를 받으면서 시작됐다는 종교다. 요즘도 이슬람교도들은 라마단을 단식 월로 삼고 해가 뜰 때부터 질 때까지 먹지도 마시지도 않는다.

이슬람교는 구약성서를 그대로 인정하고, 예수님을 예언자(Prophet)의 하나로 간주하되 진정한 예언자는 마호메트라고 여긴다. 622년 마호메트가 고향에서의 박해를 피해 메디나로 성스런 도망(헤지라, Hejira)을 한 것을 계기로 본격적인 포교와 정복전쟁에 나서기 시작했다. 이후 이슬람교는 서로마제국의 멸망과 동로마제국의 쇠잔으로

이슬람교는 프랑스에서 제2의 종교다. 프랑스에서 가장 큰 빠리의 모스크다.

공백상태이던 지중해 전체를 석권해 나갔다. 이집트와 중동은 물론 북아프리카 전체와 이베리아 반도, 이탈리아 남부 시실리섬 등을 완전히 차지했다.

피레네산맥을 넘어 프랑스까지 밀려들었지만 기독교와 운명을 건 한판전쟁(프랑스 뿌아띠에, Poitiers전투)에서 패해 유럽본토로의 진입은 좌절됐다. 이밖에, 북쪽으로 중동, 터키, 중앙아시아, 동으로는 이란, 오늘날의 파키스탄과, 방글라데시, 인도네시아, 말레지아, 필리핀으로 퍼져나갔다.

현재 프랑스 인구 6천백만명 가운데 이슬람신자는 500만명 정도로 추산된다. 프랑스 국적 300만명과 외국국적 200만명이다. 프랑스 안에 사는 사람들의 8%가 이슬람신자들이다. 빠리에 있는 이슬람연구소는 유리로 만든 독특한 외관과 함께 풍부한 이슬람관련 자료를 소장하고 있다.

7장

⋮

공정한 정치

171 국가대표 2명인 나라

프랑스가 어떤 나라라는 것을 알기에 가장 좋은 척도 가운데 하나는 정부구조다. 국가를 대표하는 사람이 둘이다. 대통령과 수상(Premier Ministre). 다른 나라의 경우 대통령은 형식에 불과하고 모든 권한을 수상이 갖는다. 아니면 수상은 대통령에 종속돼 최종권한은 대통령에게 있다. 프랑스는 둘 다 대표다. 외국의 정부수반이 프랑스와 정상회담을 하려면 2명을 모두 만나야 한다.

선진 8개국 정상회담 때는 2명이 동시에 한 테이블에 앉아 혼자 참석한 다른 나라 정상들을 어리둥절하게 만든다. 프랑스의 개성을 있는 그대로 보여주는 사례다.

대통령은 국민이 직접 뽑고 임기가 7년이다. 과반수 득표자가 없으면 상위 1, 2등을 놓고 다시 투표한다. 대통령은 국가를 대표한다. 국정 전반에 걸쳐 강력한 권한을 갖는다.

현재 다수당인 사회당을 이끌고 있는 수상 죠스뺑의 의회 연설.

특히 국방과 외교는 전권을 휘두른다. 수상의 임명권도 형식적으로는 대통령이 갖는다. 대통령이 의회를 해산할 수도 있다. 사법부도 관장한다. 그러나 수상이 허수아비가 아니다. 수상은 의회의 다수당 총재가 맡는다. 장관들의 임명은 실질적으로는 수상의 권한이다. 수상의 요청에 대통령은 형식만 갖출 뿐이다. 대통령이 수상의 말을 듣지 않는다고 치자. 대통령 마음에 드는 사람만 내각에 앉혔다. 그러면 의회 다수당이 내각을 불신임해 버린다. 정국이 혼란해진다. 따라서 대통령은 의회 다수당의 총재인 수상의 권한을 인정할 수밖에 없다.

비상시를 제외하면 국방이나 외교 이외의 모든 국가 업무는 수상이 맡는다. 의회다수당이 대통령의 당과 달라 사사건건 현안에 대통령과 수상의 의견이 엇갈리는 경우도 생길 수 있다.

현재 시락(Chirac)대통령과 죠스뼁(Jospin) 수상의 정당은 다르다.

172 이원 정부의 기원

프랑스의 이런 이원적인 정부구조의 역사는 1958년으로 거슬러 올라간다. 당시까지 대통령은 허수아비였고, 수상이 전권을 가졌다. 수상의 평균 재임 기간이 7개월에 불과한 정국 불안이 이어졌다. 군소 정당이 난립했기 때문이다. 이에 2차대전의 영웅 드골이 정계일선에 다시 복귀하면서 1958년 제5공화국을 출범시켰다. 5공화국 정부의 특징은 2가지다.

우선, 프랑스 정치지도를 다수당의 난립구도에서 큰 틀로 좌우 양당구도로 바꾼 점이다. 또 하나, 대통령의 권한을 대폭 강화했다. 임기도 7년으로 늘렸다. 또 의회의 불신임 등으로 도중에 하차 하는 일이 없도록 했다. 이를 통해 정국의 안정을 도모할 수 있었다. 60-70년대를 거쳐 이런 정치체제는 성공적으로 자리매김한 것 같았다. 1981년 대통령을 좌파인 사회당의 미테랑(Mitterand)이 맡을 때까지 문제가 없었다. 대통령의 당과 의회다수당이 늘 같았기 때문이다.

그런데, 1986년 의원선거에서 미테랑당이 패하고 우파진영이 다수당이 됐다. 수상을 우파가 맡아야 했다. 대통령이 좌파인데 우파 수상과 권력분립관계를 어떻게 설정해야하는지 첫 시험무대가 됐다. 대통령이 자진해서 물러나야 한다는 주장까지 나왔지만, 국방과 외교를 대통령이 맡고, 내정은 수상이 된 우파의 시락이 이끄는 것으로 결론 났다.

이를 동거정부 꼬아비따숑(Cohabitation)이라고 부른다. 그후 미테랑 대통령과 우파의 발라뒤르(Balladur) 수상, 다음엔 입장이 바뀌어 우파의 시락대통령과 좌파의 죠스뺑 수상 체제로 3번째 꼬아비따숑이 이어지고 있다. 대통령과 수상이 다른 당 소속이지만 그런 대로 역할분담을 지키면서 오히려 성숙된 민주주의의 모습을 보여주고 있다는 평가를 받는다. 프랑스 민주주의의 우위성을 전세계에 과시하고 있다.

어느 한쪽의 절대권을 인정하지 않고 평등을 강조하는 프랑스인들의 독특한 단면에서 나오는 정치형태다. 비록 촌극을 벌이더라도 누구 한 명의 독주는 인정하지 않고 민주주의 하겠다는 자세다.

173 프랑스 의회

상하 양원제를 채택하고 있다.

①하원--577명의 지역구 의원이 있다. 결국 인구 10만명에 한 명씩의 국회의원인 셈이다. 임기 5년이다. 그러나 대통령이 해산을 결정하면 의회는 기능을 정지당하고 다시 투표해 구성한다. 의원은 과반수를 득표해야 당선한다. 과반수 득표자가 없을 때는 12.5%이상 얻은 후보들끼리 결선투표를 실시한다. 여기서는 다수 득표자가 당선자로 확정된다.

②상원--321명의 의원으로 구성한다. 임기 9년이다. 3년에 한 번씩 3분의 1을 교체한다. 국민 직선이 아니라 간선이다. 하원과 지방자치단체에서 선출한다. 인구 비례로 정원을 정한다. 유서 깊은 빠리의 뤽상부르 궁전을(공원으로 더 유명) 청사로 활용하고 있다.

③내각불신임권--총리이하 내각이 마음에 들지 않을 경우 의회는 내각 불신임안을 낼 수 있다. 하원만이 이런 권한을 갖는다.

④상임위원회--모두 6개가 있다. 본회의에 상정할 안건을 준비하는 역할이다. 본회의는 단일회기제로 1년 120일을 개회한다. 상, 하원의 갈등이 있을 경우 하원에서 최종 결정해 결국 하원우위원칙이다. 원내 교섭단체는 최소 20석을 확보해야 구성할 수 있다. 현재는 6개 정당이 이리저리 우호의원을 확보해 원내 교섭단체를 구성하고 있다.

174 돈 안 드는 선거

①거리유세--프랑스에서 국회의원이나 각종 지방선거, 유럽의회 선거, 대통령 선거에 나선 후보들은 자유롭게 유권자들과 만난다. 시장에서, 거리에서, 그리고 신문이나 방송 같은 언론매체를 통해서. 거리연설도 가능하다. 후보자들이 제한 없이 유권자들과 만날 수 있도록 법으로 보장한다.

②선거방송--공정한 선거가 될 수 있도록 프랑스 시청각 최고 위원회(CSA, 방송위원회)는 라디오나 TV에서 같은 분량으로 후보자들에 대한 뉴스가 나갈 수 있도록 통제한다. 교묘하게 특정 후보를 더 내보는 일은 없다.

③정치광고--공식 선거운동이 시작되는 4개월 전부터 정치광고를 할 수 없다. 방송을 통한 정치광고는 막대한 비용을 수반한다. 선거비용의 상승을 가져온다. 평등을 우선시 하는 프랑스인들이 가장 싫어하는 가진자만의 광고나 정치참여라는 결과를 빚을 수 있기 때문이다. 돈 안 들이고 밖에서 얼마든지 만날 수 있도록 보장한다. 그리고, 각 유권자들에게 모든 후보자에 대한 상세한 정보를 담아 유인물로 보내

공정한 선거. 프랑스는 돈을 적게 쓰고 후보자들이 되도록 유권자를 많이 만나도록 선거를 치른다.

준다. 편견 없이 충분히 후보자를 검증할 수 있도록
하기 위해서다.

　④여론조사--투표에 영향을 주는 것을 막기 위해 투
표일 일주일 전에는 여론조사 결과를 발표할 수 없다.

　⑤선거비용--모든 선거비용은 정확하게 기록해 제출
해야 한다. 반드시 수입과 지출이 일치해야 한다. 대통
령 선거에서 선거일을 1년 앞두고 사용할 수 있는 비
용은 9천만 프랑, 우리 돈 153억원 정도다. 2차 선거까
지 가도 1억 2천만 프랑, 우리 돈 204억원 정도에 불
과하다. 2001년 미국 뉴욕시장 선거에서 갑부 불룸버
그(Bloomberg)가 개인적으로 쓴 TV광고 비용만 500
억원이 넘는다. 돈 선거다. 깨끗하고 돈 안 드는 프랑
스 모습과 비교된다. 프랑스는 상당부분은 국고지원이
다. 대략 우리와 비슷하면서도 틀린 점을 금방 확인할
수 있다. 우리는 비싼 돈 들여가면서 방송 광고하는
것을 허용한다. 그리고, 후보자들이 일상에서 유권자들
을 만나는 것을 제한한다. 앞뒤가 바뀌었다.

175　깨끗한 정치자금

　돈 안드는 선거는 깨끗한 정치자금에서 출발한다.
　①당비--당비는 각자 당에서 정한대로 거두고 사용
한다. 기부금처럼 세금공제가 가능하다.
　②국고보조--총선거 즉 하원의원 선거에서 얻은 유
효투표 1표마다 1년에 11.5프랑(우리 돈 1800원)정도를

국가가 지급한다. 정당에 정치자금으로 제공한다. 부패
한 돈 이용하지 말고 공영성 있게 활동하라는 취지로
보면 된다. 의원 1명에 따라 별도로 정당에 지원하는
돈도 있다.

　③기업 기부행위--1995년 법을 개정해 기업이나 법
인의 정당기부행위를 일체 금지시켰다. 기업과 정치권
의 밀착을 막을 수 있는 근본적인 차단 장치다. 우리
는 정당이나 의원 후원회 때마다 기업인들이 얼마나
오느냐에 따라 성패가 갈린다. 기업인들이 정치자금을
대는 나라의 특징은 무엇일까? 나라 돈은 아낄 수 있
지만, 나라는 부패공화국으로 간다. 결국 나라 돈 전체
를 잃는다. 프랑스처럼 국가가 정당에 돈을 대면 어떤
결과가 올까? 국비는 약간 축나지만 정경유착을 근본
부터 막아 더 정의롭고 부자나라를 건설할 수 있다.

　④개인 기부--개인은 누구든지 정당에 기부할 수 있
다. 그러나 상한선은 5만 프랑(우리 돈 8백50만원)이다.
천프랑(17만원)이상은 반드시 수표를 사용해 추적이
가능해야 한다. 몇천만 원이라고 하면 떡값이라고 수
사는커녕 당연시하며 넘어가는 게 우리 풍토다.

176 지구당 없는 프랑스 정당

　의회선거에서 정기적으로 후보자를 내고 있는 정당
이나 결사는 20여개 미만이다. 좌파일수록 골수 당원
들로 구성돼 있다. 우파일수록 말없는 층의 지지를 받

아 당원이 없다. 공산당의 경우 당원이 20여만명에 이른다. 사회당은 그 절반 정도다. 다른 우파 정당들은 특별히 당원이랄 수 있는 조직원이 극히 미미한 실정이다. 우리 같은 지구당이니 하는 시스템은 좌파 일부 정당이 아니면 찾아볼 수 없다. 프랑스는 대개 5개 정당이 우리 식 표현으로는 난립하면서 프랑스 민주주의를 이끈다.

①사회당. PS (Parti socialiste)--현재 의회다수당이다. 내각을 구성하는 정당이다. 역사적으로 사회당은 국제노동자 프랑스연맹(SFIO)의 후신이다. 쟝 조레(Jean Jaures)등이 20c초 당을 지도하면서 병역법 반대와 반전 평화운동을 이끌었다. 1920년 공산당이 갈라져 나가면서 당세가 다소 위축됐으나 이후 꾸준히 당세를 확장해 2차대전 후 4공화국을 이끌었다.

1958년 5공화국 들어 드골에 밀려 힘을 잃는 듯했으나 1965년 미테랑(Mitterrand)을 대통령 후보로 내는 등 차츰 전세를 만회했다. 1971년 미테랑은 새롭게 현재의 사회당 PS (Partie socialiste)을 창당했다. 1981년엔 대통

20c초 사회당을 이끈 쟝조레가 대중연설을 하고 있다.

령에 당선돼 프랑스 역사에서 처음으로 좌파 대통령이라는 기록을 남겼다. 지금은 수상 리오넬 죠스뺑(Lionel Jospin)이 원내 다수당으로 내각을 이끌면서 프랑스 정부를 실질적으

로 대표하고 있다.

②프랑스 공산당. PCF(Parti Communiste francais)--
공산주의자들은 사회주의자들과 함께 좌파전선을 형성
하다 1920년 별도로 공산당을 창당했다. 제2차세계대전
이 끝난 뒤에는 제1당이 되기도 했다. 이후 차츰 지지세
력을 잃었다. 그러자 프랑스 공산당은 1976년 소련과 단
절을 발표하고 독자노선의 공산주의를 천명했다. 프롤레
타리아 독재도 포기했다. 이후 지지층을 다소 넓혀 현재
에 이르고 있다. 지금은 사회당과의 연립정부에서 3명의
장관을 내고 있다. 공산주의자가 국가장관인 나라다. 우
리의 좁아터진 이념 스펙트럼에선 큰일 날 일이다. 그러
나 이들이 우리 나라보다 더 잘 살고 민주적이다.

③공화국 연합. RPR(Rassemblement pour la Repub-
lique)--1976년 현 프랑스 대통령 시락(Chirac)이 만든
우파정당이다. 드골 대통령의 정신을 계승한다고 표방한
다. 뿌리는 1947년 드골 시대로 거슬러 올라간다. 우파정
당이다. 그러나 1995년 대선 과정에서 공화국 연합은 단
일후보를 내지 못하고 발라뒤르(Balladur)와 시락으로
편이 갈라져 많은 타격을 입었다.

④프랑스 민주주의 연합. UDF(Union Pour la demo-
cratie francaise)--1978년 지스까르 데스땡(Valery Gis-
card d'Estaing)의 주도아래 탄생했다. 특정 정파 1개로
구성된 것이 아니라 6개 정파의 느슨한 연합체 성격이
다. 현재는 프랑스와 베이루(Francois Bayrou)가 주도하
는 민주당(Force Democrate)중심으로 결집돼 있다. 중도
우파의 정치집단이다.

⑤국민전선. FN(Frontier National)--1972년 쟝마리
르뺑(Jean-Marie Le Pen)이 주도한 정당이다. 국가주의
자들과 민족주의자들이 결집한 당이다. 극우 보수주의
집단이다. 1982년까지 창당 이후 10년간 거의 지지를 얻
지 못했다. 그러나, 이후 경제난과 외국인급증에 따른 실
업난이 가중되면서 국가주의, 보수주의, 극단적인 경제
자유주의자들의 지지가 빠른 속도로 높아지고 있다.

⑥기타--우파로 자유민주당(DL, Democratie Liber-
ale)과 프랑스를 위한 운동당(MPF, Movement Pour la
France)이 있고, 좌파로 급진사회당(Parti Radical soci-
aliste)과 시민운동당(MDC, Movement des Citoyens)이
있다. 극좌파로 노동자 투쟁당(Lutte ouvriere)이 1997년
총선 이후 부상하고 있다.

환경을 위주로 하는 정치세력은 좌파성향의 녹색당
(Les Vertes)과 우파성향의 환경세대당(Generation Ec-
ologie)으로 나뉘어 있다.

177 프랑스 정치지형

1997년 총선에서 좌파가 우파를 누름으로써 현재 프
랑스 정국은 좌파가 장악하고 있다고 보는 게 정확하
다. 이어 1998년 지방선거에서도 우파는 좌파에 패하
는 결과를 가져왔다. 2001년 지방선거는 약간 양상이
바뀌어 좌우 어느 쪽도 승리하지 못했다. 우파가 곳곳
에서 선전했지만 프랑스 정치사에서 아주 중요한 빠리

시장을 좌파가 차지했기 때문이다. 이번 2001년 지방 선거에서 특징적인 점은 극좌출신의 약진과 이에 따른 좌파세력의 분열이다. 극좌세력들은 실업자들과 외국 인 이민자들의 절대적인 지지 속에 몇몇 지방정부에 진출하는 성과를 올렸다. 이들의 약진은 좌파연합을 이끌고 있는 죠스뺑 수상에게는 치명적일 수밖에 없 다. 대선 때 표가 분산될 것이기 때문이다.

현재 프랑스의회는 사 회당이 250석으로 제1당 이다. 시락 대통령이 속한 공화국 연합이 140석이고 같은 우파인 프랑스 민주 주의를 위한 연합이 113

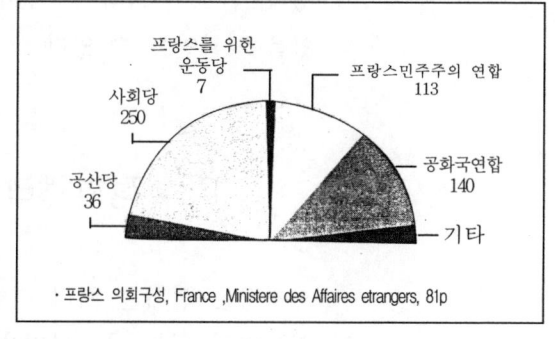

· 프랑스 의회구성, France ,Ministere des Affaires etrangers, 81p

석이다. 좌파계열이 313석이고 우파계열이 277석이다.

아무튼 대통령은 우파인 공화국연합 출신이기 때문 에 좌파만의 정치판은 아니다. 우파도 국가 수반인 대 통령이란 직책을 통해 자신들의 정치철학을 구현하고 있다. 문제는 2002년 대통령 선거. 현재, 대통령인 우 파의 공화국 연합출신 시락과 수상인 좌파의 사회당 출신 죠스뺑이 붙을게 거의 확실하다. 시락이 승리하 면 현재의 구도가 유지되고, 죠스뺑이 승리하면 내각 과 대통령을 모두 좌파가 차지하게 돼 프랑스 정당판 세와 정치지형은 완전히 왼쪽으로 쏠린다.

프랑스인들은 현대 정치사에서 어느 한쪽에 힘을 실 어 주지 않는 특징을 보여왔다. 좌나, 우 어느 한쪽보

다는 양쪽이 적절히 경쟁하는 구도를 선택해 왔다. 죠
스뺑이 승리하면 다음 총선에선 국민들이 우파를 선택
해 역시 좌우의 균형을 맞춰줄 것이 틀림없다.

현재 내각은 좌파가 장악하고 있다. 1997년 7월 죠
스뺑은 사회당 출신 18명, 급진사회당 3명, 공산당 3명,
시민운동당 1명, 녹색당 1명의 26명으로 내각을 구성
했다. 골고루 좌파정당 5개가 연합해 내각을 구성하고
있음을 확인할 수 있다.

178 정치엘리트 모두 내각에

정당은 선거를 치러 정권을 잡기 위한 장치이자 국
가운영의 기본 운영방침을 내는 도구이다. 그러나, 실
질적으로 정책을 만들어 국가를 이끌어 가는 역할은
내각이 맡는다. 따라서, 내각이 정당과 의회를 거쳐 국
민의 신임을 얻는 실질적인 국가 견인차로써 기능 한
다. 국가운영의 힘은 내각에 있다. 프랑스 정치의 가장
큰 특징은 당의 실력자들이 모두 정부 직책을 맡는 점
이다.

대통령은 물론이고 수상도 당의 최고 실력자가 맡는
다. 장관들도 모두 당의 실력자들이다. 가장 실력 있
고, 능력을 검증 받은 사람들이 정부부처로 들어가 국
정을 이끈다. 대통령이 수상에게 말을 못한다. 수상도
장관에게 함부로 말을 못한다. 연립내각에서 각 장관
은 각 정파의 대표다. 마음에 안 들면 연립을 깰 수

있다. 다시 말해 수상이나 각 장관이 마음껏 자신의 정치철학을 내각에서 펼 수 있다는 얘기다. 임기도 내각이 다하는 그날까지 몇 년씩 하는 게 일상적이다. 제대로 철학을 펴나갈 시간이 된다. 그래서 모든 정치엘리트는 내각으로 들어간다.

정치판에서 산전수전 겪은 정치엘리트들이 철학과 소신을 배경으로 내각에 들어가 일한다. 당연히 모든 국정운영이 투명하고 공식적으로 나와 있는 계통도에 따른다.

우리 나라는 어떤가? 당에 실력자들이 모여있다. 당에 유력자들이 다 모였다. 국정을 운영하면서 큰일을 해야지, 정당 사무실에 앉아서 매일 파벌구성하고 쑥덕공론하는 게 정치엘리트가 할 일은 아닐 것이다. 국가를 위해서도 큰 손실이다. 말만 무성하지 무슨 일을 할 수 있는 구조가 아니다. 정치뉴스가 주로 이런 정치인들 쫓아다니면서 떠드는 얘기 받아 적는 데 그친다. 정당의 이전투구 과정이 국정과 무슨 관계가 있는지 돌아볼 일이다.

국민과 관계 있는 것은 정부다. 장관이다. 프랑스에서 평소 정당뉴스는 정치자금 관련해 수사 받는 이외에 단 한 줄도 없다. 방송이나 신문은 정당 홍보매체가 아니다. 정당이 정치하는 나라는 1당 체제인 북한공산당하고 중국공산당이다. 민주주의 국가에서 국정을 이끌어나가는 주체는 정당이 아니라 정부다. 국정은 내각의 장관들이 해야 한다. 그런데 우리는 정부부처 장관에 실권이 없는 사람들을 구색용으로 앉혀놓는다.

전혀 정치적 경력도 배경도 없는 사람들이 전문가라는 이름으로 장관이라고 들어와 앉아 대통령 뜻 심기에 바쁘다. 이유는 간단하다. 대통령이 모든 권한을 갖고 있으니 장관으로 들어가 봐야 자신의 철학을 펼 수 없다. 당연히 제대로 소신껏 일할 수 있는 사람들은 내각에 들어가지 않는다.

이런 풍토에서 정부정책이 제대로 되길 기대하긴 어렵다. 대통령 혼자 나라를 제대로 이끌 수 있나? 실질적으로 주무부처를 맡는 장관들이 제대로 된 사람이어야 한다. 우리 나라도 조속히 정치엘리트가 장관으로 들어가서 책임지고 국정을 제대로 수행하는 구조로 전환해야한다.

179 프랑스 정치의 장점

①특정인의 독주 막을 수 있어--한국은 대통령이 모든 권한을 행사한다. 총리도 대통령이 임명한다. 5년간 대통령 마음 대로다. 프랑스는 대통령을 국민이 뽑고, 수상도 국민이 뽑은 국회에서 결정한다. 그리고, 대통령과 수상에게 나름대로 권한을 분산해 준다. 외교, 국방의 영역과, 일반 내정 분야를 두 사람이 나눠 관장해 누구 한 명의 독주를 막을 수 있다. 대통령 잘못 뽑아놔도 막차 탈 일이 없다. 대통령이 관장하는 분야만 어려움을 겪을 뿐 다른 국정전반은 다른 정치엘리트들이 끌어나가기 때문이다.

②국민의 뜻을 정확히 국정에 반영--한국은 국민의 지지를 더 많이 받고 있는 정당은 국정수행에 단순보조자의 역할에 멈추고 만다. 국민에게 나라를 이끌 정당으로 인정받고도 아무런 주도적인 역할을 할 기회가 없다. 대통령이 모든 것 다하기 때문이다. 프랑스는 외교 잘 하고 안보 잘할 사람 대통령 만든다. 내정을 잘 이끌 사람의 정당에 투표해서 내각 이끌도록 해준다. 각각의 분야에 국민의 뜻이 더 정확하게 전달된다. 우리는 한나라당이 민주당보다 국회의원 의석이 더 많지만 국정에 아무 것도 참여할 수 없다.

한국과 같은 시스템에서는 정치에서 정당의 역할이 극도로 축소될 수밖에 없다. 대통령을 내지 못한 당은 국정에 간여할 길이 원천적으로 봉쇄돼 있기 때문이다. 대통령 내지 못한 당은 5년간 완전히 제기능을 잃고 마는 결과다. 진정한 대의민주주의 제도를 위해 결코 바람직스럽지 않다. 프랑스는 각 정당이 합종연횡하기 때문에 늘 긴장하고 정당들이 국민의 지지를 구하며 새로운 정책을 선보인다.

③극한대립 없어--대통령에서 떨어져도 국회를 장악하면 얼마든지 대통령과 버금가는 권력으로 국정을 이끌 수 있다. 대통령 자리 하나에 후보자나 정당이 연연하지 않아도 된다. 미국의 민주주의가 지난 2000년 대

프랑스대통령 관저인 엘리제궁. 현재 대통령은 우파인 시락이다.

통령선거에서 고어와 부시의 대결에서 극도의 혼란을 가져왔던 점으로 봐도 프랑스 제도의 우위를 확인할 수 있다. 대통령 떨어져도 의원선거에서 국민신임 얻으면 국정을 주도할 수 있어 극한 대립을 피할 수 있다.

180 착각 없는 정치

프랑스의 역대 대통령 선거를 살펴보자. 프랑스 20c 인물 가운데 전국민을 상대로 별 거부감 없이 가장 훌륭했던 프랑스인으로 기억되는 인물 가운데 한 명인 드골 대통령.

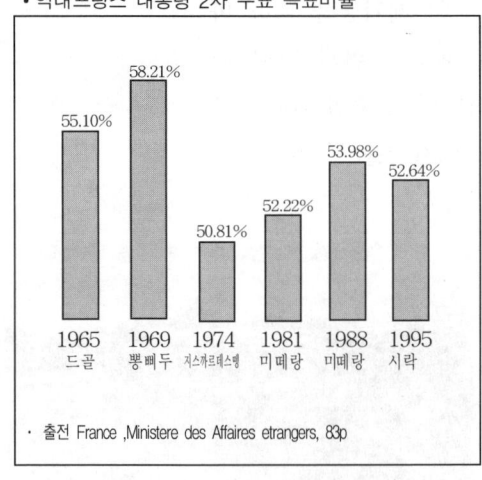

• 역대프랑스 대통령 2차 투표 득표비율

58.21%
55.10%
53.98%
52.64%
52.22%
50.81%

1965 1969 1974 1981 1988 1995
드골 뽕뻐두 지스까르데스떵 미떼랑 미떼랑 시락

· 출전 France ,Ministere des Affaires etrangers, 83p

1차세계대전에 참전해 싸웠고, 2차대전 중엔 독일에 맞서 저항운동을 벌였다. 전후 1958년부터 제5공화국을 출범시키며 프랑스 정치를 안정적인 민주주의 반석에 올린 인물이다. 그가 1965년 대통령에 재선되면서 기록한 전국 득표율(1958년엔 의회에서 선출)을 보면 다소 의외다. 국민 영웅이라는 드골이 2차투표 끝에 55.1%를 얻는데 그쳤다.

참고로 프랑스는 대통령선거를 한 뒤 과반수 득표자

가 없으면 상위 2명이 다시 경쟁을 벌여 다수 득표자
가 당선자를 결정한다. 1965년 대통령을 국민투표로
전환한 뒤 6번의 대통령선거에서 단 한번도 50%의 지
지를 얻어 1차투표에서 당선된 대통령은 없었다. 모두
2차 투표로 가서 최종 당선자를 냈다. 드골의 갑작스
런 사임으로 어수선한 가운데 뽕삐두, 지스까르 데스땡
과 미떼랑, 미떼랑 연임, 시락까지 모
두 그랬다.

• 1995년 대통령 선거 득표율

1차투표	
리오넬 죠스뼁	23.2%
쟈끄 시락	20.4%
에드아르 발라뒤르	18.5%
쟝마리 르뼁	15.2%
로베르 위	8.7%
2차 투표	
쟈끄 시락	52.7%
리오넬 죠스뼁	47.3%

· 출전 France, Ministere des Affaires etrangers, 86p

그만큼 한나라의 대통령은 절대다
수의 지지가 아니라 간신히 반만 넘
겨 당선 된다는 사실을 누구나 깨달
아야 한다. 프랑스의 대통령들은 늘
이점을 간파하고 있다. 자신의 한계
를 인정하고 권력을 분점하며 국가를
운영한다.

그런데 이런 민주주의의 원칙을 이
해하지 못하는 일부 정치 후진국들의
대통령은 자신이 전국민의 지지를 받
는 무슨 신과 같은 존재나 왕으로 착각한다는 점이다.
그러다 보니 자신의 실수를 인정하지 않으려 하고 자신
이 모든 권한을 갖고 국가를 끌어가려 한다. 또 모두의
인정을 받으려다 보니 때로는 우왕좌왕이다. 국민 대통
령, 국민정당이라고 착각한다.

민주주의에서는 있을 수 없는 일인데 말이다. 자신이
택하는 정책이 무조건 옳다고 생각하기도 한다. 국가정
책의 경직성을 가져온다. 국민들이 그 짐을 고스란히 뒤

집어 써야 한다. 처방이 잘못되면 바로 바꿔야 하는데 의사는 자신의 처방이 옳다면서 나갈 때까지 잘못된 약을 쓴다. 착각할 여유를 주지 않는 정치체제가 아쉽다.

181 정치 스캔들

1년간 프랑스에 있으면서 떠들썩했던 정치 스캔들은 크게 3가지였다.

①미떼랑 대통령 아들--미떼랑은 대통령으로서의 탁월한 역량을 평가받는 20c 프랑스정치사의 전설이다. 그의 아들이 추잡한 리베이트 파문에 휩싸였다는 자체가 충격이다. 쟝 크리스또프 미떼랑(Jean Christophe Miterrand). 결론부터 말하면 그가 2000년 12월 성탄절을 앞두고 구속됐다. 아버지의 대통령 재임기간 중이던 1986년부터 92년까지 그는 엘리제궁 아프리카 담당관으로 일했다. 아버지의 아프리카 담당비서였던 셈이다. 비서를 그만둔 93년, 당시 내전에 시달리던 앙골라는 쟝의 도움을 얻어 러시아제 무기를 밀수입 했다. 앙골라는 대금을 석유로 지급했고, 석유를 팔아 돈을 번 러시아 무기상들이 쟝에게 커미션으로 무려 천 200만프랑, 우리 돈 20억원을 줬다는 내용이다.

당시 미떼랑이 알고 있었는지 그는 이미 고인이 돼 말할 수 없다. 쟝은 정상적인 무기중개였을 뿐이라고 항변하고 있다. 그 말을 액면대로 믿을 프랑스법도 아니고, 시민들도 아니다. 여기엔 쟝 외에도 많은 프랑스 정치인들이 더 연루된 것으로 보인다. 쟝은 우리 돈 1억 7천만원의 보석금을 내고 풀려났다. 그러나, 미떼랑의 미망인이자 자신의 어머니를 법정에 증인으로 세우는 불효를 저질러야 했다.

②시락 정치자금--미떼랑이라는 당대 최대의 거목을 상대로 대통령의 꿈을 키워온 시락은 힘겨운 싸움을 벌여야 했고, 그만큼 정치자금의 수요가 컸다고 볼 수 있다. 빠리시의 예산을 전용해 선거자금으로 끌어쓰기도 했고, 빠리시청 공사를 수주하려는 업체들로부터 2%씩 정치자금을 기부 받기도 한 것으로 알려졌다. 시락이 소속한 공화국연합(RPR)이 거둬들인 정치자금은 무려 6억프랑, 우리 돈 천억원이 넘는다. 1989년부터 93년까지 4년간 시청발주공사를 통해 당으로 받은 돈이다.

이를 수사하고 있는 예심(수사)판사는 시락이 개입됐을 것이라는 정황증거가 있다고 르몽드와의 인터뷰에서 밝혔다. 그러나, 시락은 소환에 응하지 않았다. 대통령은 임기 중 재판을 받지 않도록 돼있기 때문이다. 증인출석규정도 명확하지 않다. 시락이 나올 리 없다. 재판은 공화국 법정(CJR)을 통해서만 가능하다. 그러나, 이를 위해선 의회의 동의가 필요하다. 판사는 결국 책임을 공화국 법정으로 넘겼다.

③알프레드 지프렌--석유회사 엘프(elf)의 고위 경영진인 알프레드 지프렌(Alfred Siphren)이 프랑스의 고위 정치인들에게 뇌물을 건넸다는 혐의를 받고 구속됐다. 도피중 필리핀에서 검거돼 일단 독일로 압송됐다.

그곳에서도 뇌물 사건에 걸렸기 때문이다. 그리고, 프랑스가 지프렌을 넘겨받는데, 좀처럼 흥분하지 않는 프랑스 TV들이 호송차량을 추적보도 하는 등 호들갑을 떨었던 기억이 새롭다.

④한국과 비교--누구라도 걸리면 차별이 없다. 현직 대통령도 뒷조사는 다 마무리 한다. 그리고 액수라는 것이 우리가 생각하는 수백억원, 수천억원과는 비교가 안될 정도로 작다. 시락이 받은 정치자금은 개인이 받은 게 아니라 당에서 받은 것이다. 액수도 4년간 천억원 정도다. 엘프 측의 로비액수는 더욱 적다. 그렇지만 이런 부작용을 없애기 위해 프랑스는 95년 법을 바꿔 기업의 정치자금 제공을 전면 금지시켰다. 이전 얘기다. 한국이라면 수사검사가 언론과 인터뷰를 통해 대통령의 관련증거가 있다고 발표할 수 있는가. 상상도 할 수 없다.

182 폭력배와 정치

대통령의 아들이 폭력배와 어울려 여행을 함께 했다는 보도가 나올 정도다. 당사자들은 사실과 다르다고 해명한다. 그러면서도 대통령의 자식은 사생활도 없느냐고 주장한다. 대통령의 아들이 폭력배와 다니는 것이 무슨 범죄는 아닐 것이다. 그러나 현실정치역학관계상 대통령의 아들은 막강한 권세를 누리는 자리다. 바로 전대통령의 아들도 소통령이란 칭호로 전권을 휘

두르다 감옥까지 갔다 왔다. 지금 대통령의 아들은 현
직의원이기도 하다. 이런 측면을 감안하면 본인은 어떻
게 해명할지라도 국민들이 올바른 시각으로 봐주지 않
을 수도 있다. 도덕성의 차원을 떠나 우리 정치현실의
한심한 현주소를 드러내 준다. 결탁만 있는 게 아니다.
과거 폭력배들을 집중 수사한 적이 있는 홍준표 의원.
홍의원은 이번에 대통령 아들 여행에 동참했다는 설에
오른 폭력배를 현역시절 구속했다.

　이런 홍의원은 폭력배들에게 시달리고, 신변의 위협
을 느껴 국회의원이 됐다고 털어났다. 홍의원 말이
100% 진실인지는 모를 일이다. 그러나, 국내 정황상
폭력배들의 활동이 수그러들기는커녕 갈수록 더 위세
를 떨치는 현실 앞에 과연 우리 나라 정치지수가 어느
정도 수준에 올라와 있는지 되짚어 보지 않을 수 없다.
폭력배와 정치인의 만남. 폭력배의 정치인 협박. 프랑
스를 비롯한 서유럽 선진국가들에서는 있을 수 없는
일이다.

183 간소한 지방행정 조직

　프랑스는 지방행정을 3단계로 나누었다. 꼬뮌, 데빠
르뜨망, 레지옹의 3단계 행정이다.
　①꼬뮌(Commune)--프랑스 행정의 최소 단위이다.
우리 나라로 치면 시골의 읍, 면(邑, 面)이나, 도시지역
의 동(洞)에 해당한다. 프랑스 전체에 3만 6천500개의

꼬뮌이 있다. 이 가운데 80%는 인구가 천명에도 못
미치는 소형 꼬뮌이다.

②데빠르뜨망(Department)--꼬뮌보다 큰 행정단위
다. 우리로 치면 군(郡)이나 시(市)에 해당한다. 프랑스
에는 모두 100개의 데빠르뜨망이 있다. 96개는 프랑스
국내에, 나머지 4개는 전세계에 흩어져 있는 프랑스
해외영토 가운데 있다. 데빠르뜨망 안에는 선거를 위
한 분류 기준인 깡똥(Canton)이 있다. 전국에 깡똥은
3천500개가 있다.

③레지옹(Region)--데빠르뜨망보다 상위의 행정단위

<프랑스 행정구역>

<굵은 선이 레지옹, 가는 선은 데빠르뜨망이다.>

다. 우리의 도(道)에 해당한다. 프랑스에 모두 22개의 레지옹이 있다. 해외 4개를 포함하면 26개다. 해외의 레지옹 4개는 데빠르뜨망을 겸한다.

우리는 ①읍, 면, 동②군, 시, 구③도, 직할시, 특별시의 구조다. 작은 나라가 벌써 이름도 많고 복잡하다. 문제는 4단계인 곳도 많다는 점이다. 경기도 성남시 수정구 신흥동을 보자. ①동(洞)다음에 ②구(區)가 있다 그리고, ③시(市)가 있고, 다시 ④도(道)가 있다. 단위마다 청사와 인력이 있다. 동(洞)이나 구(區)가운데 하나는 불필요한 조직이다. 어디서 이런 복잡한 행정 체계를 배워 왔는지 이해할 수가 없다.

184 프랑스 지방자치 장점

지방 자치단체의 구성과 기능도 많은 차이를 보인다. ①지방의회 의원--지역주민들이 직접 투표를 통해 지방의원을 선출한다. 임기는 6년이다.

②지방의회 선거방법--ㄱ.인구 3천500명 이상 선거구: 지방의회에 나설 후보들이 하나의 팀을 짠다. 20명이 지방의회 정원이면 주변사람 20명이 지방의회에 나서기로 서로 마음을 모은 뒤 20명의 명단을 만들어 제출한다. 이렇게 출마한 여러 팀들을 보고 유권자들이 어느 특정팀에 투표한다. 개인에게 투표하는 것이 아니다. 특기할 것은 명단에 오른 지방의회의원 후보가운데 시장후보도 들어 있다. 자신들끼리 시장과 분야

별 지방의원(우리 식으로 하면 시청의 담당과장 같은 보건, 환경, 교육 등의 책임자)을 정해 명단을 작성하기 때문이다. 시장이 되고 싶은 사람은 자기 라인의 사람들을 모아 지방의원 후보명단을 작성하면 된다. 대도시의 경우 특히 그렇다. 유권자들은 실질적으로 자기가 원하는 시장후보자의 이름을 보고, 그가 속한 지방의원후보 명단에 투표한다. ㄴ.작은 선거구 : 그러나, 인구 3천500명 미만의 작은 선거구는 우리처럼 개인에게 투표해 지방의회를 구성한다. 재미있는 것은 특정인의 이름을 적어 넣는다는 점이다. 번호를 찍는 게 아니라 이름을 직접 적어낸다. 인구가 적으니까 가능하다.

③권한--ㄱ.지방의회 : 프랑스의 지방의회는 실질적인 집행기관이다. 우리 같은 감시 의결기구가 아니다. 최고의 의사, 정책 결정기구이자 집행기구다. ㄴ.시장 : 시장은 지방의회가 마련한 각종 정책들을 실행에 옮긴다. 시의 행정을 주도한다. 시장의 권한은 막강해서 각종행정은 물론 세금, 수사 등의 사법분야까지 관장한다.

④지방의회와 시장의 관계--지방의회에서 뽑은 사람 1명이 지방자치단체의 대표자, 즉 시장이 된다. 지방의회 의장이 시장이다. 따라서, 지방의회와 시장이 한 몸이다. 대립이나 감시가 있을 수 없고, 지방의원과 시장 모두가 시정을 이끌고 책임진다. 지방의원은 시장의 참모인 셈이다. 지방의회의원들이 단체장을 뽑기 때문에 단체장 선거를 두고 치열한 선거전을 벌이거나 이

로 인한 부작용을 없앨 수 있다. 우리는 시장이 지방자
치단체를 대표하고, 지방의회는 지방행정을 감시한다.
마치 국가기구 같다. 예산 낭비는 물론, 옥상옥이다. 효
율성이 없다. 작은 지방자치단체 운영하면서 이런 국가
식의 구조가 필요할까 생각해 왔는데 프랑스는 달랐다.

185 자치, 독립요구와 정부정책

프랑스 정부는 최근까지 지방분권이나 지방분리주의
를 강력히 규제해 왔다. 프랑스 공화국의 일체성을 해
치는 행위로 간주했다. 언어도 프랑스어만 공식적으로
채택하고 프랑스어 하나의 전통만을 고집했다. 그러나
이런 입장을 바꾸기 시작했다. 프랑스라는 울타리 안
이라면 자율을 허용한다는 입장으로 선회했다. 특히,
좌파정당이 집권하면서 이런 성향이 두드러졌다. 97년
이후 좌파의 죠스삥 내각은 이를 강력히 추진했다. 지
난해 각 지역별로 학교에서 고유언어를 프랑스어와 함
께 가르칠 수 있도록 했다.

①동화--부르고뉴(Bourgogne) 지방은 15c 프랑스에
통합된 탓에 프랑스에 동화됐다. 독립지역으로 있다가
17c이후 프랑스와 독일 사이를 오갔던 알자스(Alsace)
지방도 마찬가지다. 고유의 언어를 갖고 있지만 거의
프랑스에 동화됐다.

②자치요구--16c 프랑스가 된 브르따뉴(Bretagne)지
방은 아직도 강하게 자치의 열망을 키우고 있다. 19c

편입된 사부아(Savoie) 지방도 독립은 포기한 채 자치 지역으로 변하길 원하고 있다.

③분리, 독립요구--우선 스페인 국경 삐레네(Pyre-nee) 지역의 바스끄(Basque)족 분리주의자들이다. 무장 독립단체까지 보유하고 분리를 강력하게 요구하고 있으나 최근엔 잠잠해지는 양상이다. 요즘 들어 더 큰 문제는 꼬르스(Corse)다. 1768년 프랑스가 사들이기 전에도 이탈리아 제노바인들에게 끝없이 반기를 들었던 독립정신이 강한 지역이다. 최근까지 종종 테러를 일으키며 분리독립을 요구해 왔다.

프랑스 정부는 2001년 5월에 문제 많은 꼬르스(Corse) 섬의 자치를 대폭 확대하는 법안을 통과시켰다. 하원에서 찬성 287, 반대 217, 기권 53으로 가결됐다. 프랑스답게 어느 한쪽의 일방적인 지지 없이 과반수를 간신히 넘겨서… 이 법안에 따르면 꼬르스 의회가 자체적으로 입법권을 행사할 수 있도록 해서 사실상의 자치국가를 만들어준 셈이나 마찬가지다.

브르따뉴지방의 중심지 낭뜨다. 과거 영국에서 건너온 켈트족들의 후손들이 산다. 별도의 언어도 갖고 있다.

이를 계기로 브르따뉴나 삐레네지역의 분리주의자들이 어떻게 나올지 궁금해진다. 국내의 분리주의자들에게 작은 자치를 주지 않고서는 유럽단일 연방국가추진이란 대의명분에 손상을 입을 수 있다는 계산을 했을지도 모른다.

186 지역감정과 정치

미스 프랑스 선발대회를 보면 미스유니버스 선발대회 같다. 프랑스는 지방마다 전통의상이 다르기 때문이다. 우리는 사투리가 있지만 똑같은 하나의 말을 쓴다. 프랑스는 지방에 프랑스어와는 전혀 다른 말이 있다. 지역민들끼리는 자신들의 말을 쓴다. 우리는 민족구성도 같다. 삼국시대 이전으로 올라가면 남방계와 북방계로 나뉘지만 이젠 하나의 모습이다. 프랑스는 민족구성도 복잡하다. 골격이나 생긴 것이 다르다.

우리는 모든 게 하나지만 망국적인 지역감정이 있다. 프랑스는 모든 게 다르지만 지역감정이란 게 없다. 프랑스의 지역분리주의는 민족구성이나 언어, 전통과 풍습이 완전히 달라 서로 따로 살겠다는 자연발생적인 것이다. 그러나 이는 다른 지역을 폄하하거나 자신이 우월하다고 편을 가르는 게 아니다. 더구나 정치적으로 이용해 지역감정을 부추기는 일도 없다.

우리의 지역감정은 모든 게 똑같아 전혀 가를 것이 없는데 정치인들이 자신들의 정치기반을 다지기 위해

프랑스는 지역마다 민속의상이 다르다.

만들어낸 인위적인 것이라는데 문제가 있다. 스위스는 한나라에 프랑스어와 독일어 이탈리아어를 쓰는 3지역으로 나뉘어 있지만 연방제를 택하며 지역감정 없이 잘 산다. 유명한 제네바는 프랑스어를 쮜리히는 독일어를 쓴다. TV도 두 나라 말을 쓰지만 지역감정은 없다. 벨기에는 남부는 프랑스어를 북부는 네덜란드어를 쓴다. 자동차를 타고 여행하면서 길을 묻다 보면 아차 하는 순간에 말이 바뀌어 있다. 그래도 화합해 잘 산다. 세계를 보고 우리의 작은 가슴을 돌아볼 때다.

187 프랑스 해외영토

국내 행정구역으로 편입된 해외영토는 4군데다. DOM(Departement francais d'outre-mer)라고 부른다. 해외에 있는 프랑스 데빠르뜨망(행정구역의 단위)이라는 뜻이다. 이들 4개 데빠르뜨망(Department)은 프랑스에 있는 96개 데빠르뜨망과 같은 지위다. 그리고, 우리 식의 도(道)에 해당하는 레지옹(Region)도 겸하고 있다. 프랑스 국내 영토(프랑스 본토와 꼬르스섬을 합해 France Metropolitaine라고 부른다)와 국내전화 쓰면서 똑같은 체제로 운영한다.

①마르띠니끄(Martinique)--카리브해와 남아메리카 사이 섬이다. 인구 38만명이다. 4명의 국회의원과 2명의 상원의원을 낸다.

②과들루쁘(Guadeloupe)--마르띠니끄 근처에 있는 섬이다. 인구는 42만명이다. 마르띠니끄처럼 4명의 국회의원과 2명의 상원의원을 뽑는다.

③귀안느(Guyane)--마르띠니끄와 과들루쁘섬 밑에 있는 남아메리카 대륙의 육지다. 인구는 16만여명이다. 이곳에 있는 인구 2만명의 작은 도시 쿠루(Kourou)에는 프랑스 우주기지가 들어서 있다. 우리 나라 무궁화위성도 이곳에서 쐈다.

④레위니옹(Reunion)--아프리카 마다가스카르섬 동쪽에 있다. 70만명이 살아, 프랑스의 DOM 가운데 가장 크다. 5명의 국회의원과 3명의 상원의원을 낸다. 도청소재지(Prefecture)는 셍드니(Saint-Denis)다. 인도양에 있는 프랑스의 주요 군사기지다. 화산도 있어 관광으로도 유명하다.

⑤특별지역--프랑스의 특별행정구역은 모두 6군데다. 빠리, 리용, 마르세이유, 꼬르스와 함께 특별지로 분류된 프랑스 땅이다. 대서양 연안 미국과 캐나다 경계 지역에 있는 셍삐에르에 미껠롱(St.-Pierre-et-Miquelon)섬과 인도양의 마다가스카르 서쪽 마이요뜨(Mayotte)섬이다.

⑥기타 해외령--이 밖에도 남극해 주변과 남태평양 곳곳에 수많은 무인도나 소규모 섬들을 소유하고 있다.

188 유럽은 하나

유럽이 하나가 되고 있다. 1945년 유럽에서 2차세계
대전이 끝난 이후 지속적으로 추진돼 온 일이다. 구체
적인 결실은 1992년 네덜란드 마스트리히트(Mastricht)
조약에서 맺어졌다. 사람의 이동은 물론 자본이나 물
품, 서비스를 아무런 제한 없이 한 나라처럼 자유롭게
유통시키자는 데 동의했다.

2002년부터는 유로(Euro)라고 하는 돈을 단일 화폐
로 사용한다. 역내 상거래나 재화 서비스의 이동이 국
내와 똑같다. 올림픽 입장 때 깃발만 따로 쓰지 한 나
라나 마찬가지다. 이렇게 되면 몇몇 생계를 잃어버릴
사람도 있다. 관광지마다 영어에 서투른 동양관광객
등치면서 장사하던 악명 높은 환전상들이다.

특히 이탈리아 환전상들이 괴로움을 많이 준 만큼
더 측은해 보인다. 유럽에서 국경이란 의미는 더 이상
없다. 쉥겐(Chengen)
조약으로 이미 국경이
나 검문소 세관 등이
없어진지는 오래다. 스
위스와 영국을 제외한
나머지 가맹국들을 육
로로 오가는 데 아무
런 제한이 없다. 한
나라에서 다른 나라
로 간다는 생각이 전

스트라스부르에 있는 유럽의회의 내부다. 유럽은 미합중국과 같은 유럽연합국을
목표로 한다.

혀 들지 않는다.

  경제적 통합과 생활통합은 이미 이뤄졌다. 정치통합
으로 이런 꿈을 실현시키려 한다. 독일과 프랑스의 최
종목표는 정치통합이다. 미국에 대항할 수 있는 국가
연합단계의 유럽단일국가다. 이미 유럽의회가 가동되
고 있다. 유럽의회가 들어서 있는 프랑스 스트라스부
르(Strasbourg)를 찾으면 통합유럽의 미래를 쉽게 상
상해 볼 수 있다.

  이곳은 알자스 특유의 역사적, 지리적 특성에 더해
다국적이라는 냄새가 물씬 풍긴다. 거리의 상점에선
독일어와 프랑스어를 함께 구사한다. 상당수의 주민들
이 서로 국경을 넘어 직장으로 출근할 정도다. 미래
유럽의 모습이다.

8장

...

프랑스에서 본 한국

189 프랑스와 미국이 다른 점

①풍요와 빈곤--미국은 풍요롭다. 미국 서부를 여행한 적이 있다. 사막 투성이다. 광활한 지역의 쓸모 없는 땅이 많으면서도 미국은 그에 못지 않게 어마어마한 규모의 유용한 옥토를 갖추고 있다. 석유를 비롯해 지하자원도 풍부하다. 개발 가능성이 무궁한 국토다. 프랑스는 작지만, 아름답다. 황무지란 상상할 수 없다. 그러나 그게 전부다. 모든 것을 이미 활용하고 있고, 그것 갖고 이리저리 융통해 살아야 한다. 이미 남아 넘치지만 아직도 개발과 발전의 여지가 많은 미국과 다르다.

②자유와 평등--그러다 보니 기본적으로 가치관이 다를 수밖에 없다. 미국은 무한한 자원 마음대로 활용해가며 사회를 발전시킨다. 개인의 자유가 무한하다. 개인의 창의력과 노력으로 무엇이든 일굴 수 있다. 시행착오도 겪을 수 있지만 사회적으로, 국가적으로 충분히 수용할 수 있을 만큼 볼륨이 크다. 자유와 창의가 제일 중요한 사회철학이다.

프랑스는 실수를 허용할 수 있는 폭과 여지가 크지 않다. 이런 나라에서는 다소 답답하더라도 효율이 더욱 중요하다. 그러기 위해선 전체의 합의와 국가의 개입이 필수적이다. 국가가 개입해서 발전시키고, 골고루 나누는 방법을 취할 수밖에 없다. 미국은 자유를 기본으로, 프랑스는 평등을 기본으로 한다.

③탄생과 투쟁--미국은 어느 날 갑자기 공화정으로 출발했다. 조지 워싱턴을 왕으로 하자는 주장도 있었

지만 어쨌건 지금까지 대통령제를 유지하고 있다. 영국으로부터 독립하기 위한 전쟁이 없었던 것은 아니지만 기구한 프랑스의 역사에 비할 바가 못 된다. 출발부터 정치적 장애물이 없는 공화정의 탄생이었다. 그리고, 장애 없이 광활한 서부개척으로 국가를 발전시켰다. 프랑스는 17c이후 세계에서 가장 강력한 왕권 가운데 하나로 꼽힐 수 있는 절대왕정을 구축했다. 일본의 천황제가 강력하다지만 프랑스의 절대왕정에 비할 바가 아니었다. 사실 천황제는 1868년의 메이지유신 전까지는 형식이었다.

19c 메이지유신 무렵 천황의 직할지는 벼 10만석에 불과했다. 일본의 바쿠후(幕府)정권을 이어가는 도쿠가와 가문의 쇼군(將軍)은 무려 천만석의 직할지를 다스렸다. 유력한 다이묘(大命)들도 백만석은 됐다. 천황은 그런 존재였다. 프랑스의 왕권은 강력해 태양과 같았나. 태양왕이다. 그러나 프랑스는 절대왕정의 태양 같은 왕을 단두대로 보내 목을 자른 나라다. 프랑스의 민주주의는 그렇게 시작됐다.

물론 영국도 민주화과정에서 17c 왕을 죽인 적이 있지만 역동적인 전개과정이 프랑스에 못 미친다. 1789년 혁명의 불길이 타오른 뒤 무려 100여년을 처절한 투쟁의 시기로 보냈다. 민주와 왕정의 반동이 반복됐다. 자유와 평등을 놓고 끝없는 투쟁의 역사를 전개해왔다. 혼자 다스리는 왕정보다 국민 다수의 뜻으로 지배하는 공화정이 우수한 것이며, 왕과 내가 똑같다는 것을 입증하는데 100여년의 시간과 함께 피의 대가를 치렀다. 전세계 어느 나라에서도 유래를 찾을 수 없다. 프랑스에서 느끼는 평등집착은 이런 처절한 역사에 뿌리를 둔다. 프랑스인들이 누구보다 콧대가 세고 자부심이 강한 데는 다 이유가 있다.

④문화 --미국은 과학기술과 각 학문분야에서 최정상의 자리를 차지하고 있다. 당분간 미국의 위력을 넘보기는 어느 나라도 어려울 것이다. 그러나, 프랑스는 오랜 역사와 전통이 있다. 여기서 나오는 사회저변의 문화와 지성의 힘은 미국이 넘보기 어려운 대목이다. 더 문화적이다. 패션에 앞서고, 향수나 뿌리며 연극영화 많이 본다는 차원에 머물지 않는다. 이런 돈 드는 일이라면 요즘은 오히려 미국이 앞선다. 정신적인 측면이다. 합리적이고 더 지적이란 뜻이다. 지식수준이 높은 것과는 별개다. 공부 많이 해서 더 많이 아는 사람은 미국이나 일본, 한국에 더 많을 것이다. 그런데도 사회전반은 프랑스가 더 지적이다. 지식과 지성의 차이다. 프랑스인들은 분위기에 편승하거나 감정으로 흐르는 일이 드물다. 합리적으로 인간의 존엄성을 더 생각하는 문화다.

⑤인종차별--따라서 인종차별도 적다. 유럽의 어느 나라보다도 차별의 장벽이 낮다. 해외식민지 시대를 마감하면서 수많은 사람들이 옛 식민지에서 프랑스로 들어왔다. 프랑스 국가대표 축구팀은 이를 잘 반영해준다. 50% 가까이가 옛 식민지출신 등이다. 프랑스라고 인종차별과 극우주의가 없겠는가? 그러나 독일에서와 같은 극단적인 신나찌류의 인종차별 같은 일들

이 표면에 드러날 정도로 비이성적이지는 않다.

⑥범죄--그래서 그런가. 미국에선 흉악 범죄가 많다. 총기를 사용한 사회빈민 계층의 범죄, 마피아의 범죄, 마약 등으로 인한 엽기적인 범죄가 많다. 우리 교포들도 툭하면 흑인 등에게 권총강도를 당했다는 뉴스를 접한다. 평등하지 못한 세상에서 나온 빈곤의 격차를 원인으로 볼 수 있다. 프랑스도 범죄의 유형은 다 있지만, 발생 빈도나 정도가 약하다. 미국은 주(州)에 따라 사형제도가 있지만 프랑스는 사형제도가 폐지됐다.

⑦사생활--프랑스는 사생활에 있어서 미국보다 자유롭다. 전적으로 개인의 영역에 속하는 부분은 무한한 자유다. 일례로 미국의 클린턴 대통령은 정부와의 엽색 행각으로 별별 꼴을 다 치렀다. 프랑스라면 아무 문제 안 되는 일이다. 미떼랑이 혼외 자식과 정부를 두었음에도 이를 문제삼는 일은 없다. 오히려 문제를 삼으면 사생활 침해로 걸린다. 사랑이라는 감정의 영역을 타인의 잣대로 들이대지 않는다. 프랑스인들은 이런 점에서 미국을 이해하지 못하고 자신들보다 열등하다고 생각한다.

⑧기타--미국에 가서 제일 놀라는 것은 아무 때나 팁이란 점이다. 밥을 먹어도, 잠을 자고 나도, 차를 마셔도… 영수증에 별도로 계산한다. 프랑스도 팁이 없는 것은 아니지만 미국 같지는 않다. 자발적으로 원할 때만 준다.

190 프랑스와 일본이 다른 점

일본의 경제력은 프랑스나 독일을 압도한다. 미국에
이어 세계 제2의 경제규모를 자랑한다. 1인당 국민소
득도 일본은 3만2천여 달러로 미국과 비슷하다. 프랑
스는 크게 못 미치는 2만4천여 달러에 불과하다. 분명
경제에 있어 프랑스는 일본의 한 수 아래다. 이점에선
2-3천년 전 시베리아에서 같이 말 타고 내려온 같은
뿌리로 대견스럽기도 하다. 그러나 문화적인 힘의 깊
이나 합리적, 지적인 사회 시스템과 풍토를 생각하면
아직 아니올시오다. 일본에 가보면 어디든지 티끌 하
나 없이 깨끗하다. 그러나, 깨끗한 거리너머로 시궁창
썩는내가 난다. 왜일까? 사례 하나로 두 나라를 비교
해 보겠다.

①일본의 과거 식민지문제--1592년 일본의 조선과
중국침략야욕은 좌절됐다. 새로 정권을 잡은 도꾸가와
바쿠후(德川幕府)의 기본정책은 쇄국이었다. 그러나,
1854년 미국의 페리제독이 끌고 온 흑선(黑船)은 일본
을 개항시켰다. 1868년 바쿠후가 폐지되고, 왕정이 돌
아왔다. 이후 급속히 서구화 현대화의 물결을 탔다.
1876년 조선을 강제 개항시켜 경제적 이득을 취하더니
1894년 청(淸)이라는 중국을 누르고 동아시아 패자가
됐다. 조선과 대만을 집어삼켰다. 1905년엔 러시아를
패퇴시키면서 세계 국가로 나섰다. 1945년 미국에 패
할 때까지 일본은 제국주의로 군림했다.

이 기간 중, 한국과 대만, 만주, 중국본토, 동남아시아

각국이 당한 피해와 고통은 이루 말할 수 없는 것이었다. 그러나 단 한 번도 일본은 과거에 대해 진정으로 반성하지 않는다. 안 해도 좋다. 그러나, 오늘날까지 제국주의 잔재를 유지하고 나아가 부활을 꾀하고 있다면 이건 중대한 문제가 아닐 수 없다. 고이즈미 총리 후 이런 추세는 더욱 노골화 하고 있다. 일본에게 과거는 이미 과거다. 그리고, 미래는 과거의 복사판이 될 전망이다.

②프랑스의 과거 식민지 문제--프랑스는 17c초 북아메리카로 첫 탐험을 시작하면서 식민지를 개척해 나갔다. 19c말과 20c초를 거쳐 아시아, 아프리카, 중동 전역에 수많은 식민지를 건설했다. 그러나, 2차대전 이후 차츰 식민지를 잃고, 1963년 알제리 철수를 끝으로 제국주의 시대에 막을 내렸다. 40여년이 지난 2001년 초 프랑스 사회는 떠들썩 했다. 알제리 전쟁당시 프랑스군이 독립운동을 하던 알제리 사람들을 고문하고 박해했다는 고백이 나왔기 때문이다. 참전 노(老)장군이 폭로했다.

프랑스 정부는 즉각 장군에게 수여했던 훈장을 박탈했다. 국가기밀 누설죄일까? 아니다. 인권탄압 혐의다. 그리고는 대통령이 철저하게 진상을 조사하라고 지시했다. 총리라는 사람이 전범들의 사당에 참배하는 나라. 비록 40년 전 끝난 식민지시절 사건이지만 불법적인 고문에 대해 다시 끄집어내 철저하게 조사하라는 나라. 두 나라의 차이점이다. 프랑스는 대외적인 문제가 생기거나 대내적인 문제가 있을 때 대통령이 꼭 내세우는 말이 있다.

"공화국 정신에 따라…" 프랑스의 공화국 3대 정신은 자유 (Liberte), 평등 (Egalite), 박애(Fraternite)다. 말끝마다 "위대한 미국"이니 "일본의 정신"이니 떠들어대는 경제강국들과 비교된다. "위대한 미국"과 "일본의 정신"을 위해 희생돼야 할 약소국 입장을 이들이 이해하고 있는 지는 알 수 없다.

19.1 프랑스의 외국인

• 프랑스이민의 특징

돈 벌어 한탕 뛰어볼 사람들은 미국을 원한다. 미국으로 가야 한다. 프랑스는 한탕이라는 게 거의 불가능한 나라다. 한탕은 고사하고 흑인지역에 들어가서라도 열심히 밤새 일하면 뭔가 잡히는 게 있어야 하는데 그런 것이 없다.

①이민 1기--19c중반 이후 20c 중반 2차세계대전이 끝날 때까지 100여년의 기간이다. 이때는 주로 유럽인들이 프랑스로 들어왔다. 19c 유럽은 이민의 세기였다. 수많은 유럽인들이 미국과 캐나다, 브라질, 아르헨티나, 호주 등을 향해 떠났다. 이때 프랑스로도 일부 들어왔다. 기후조건 등이 좋고, 당시 선진국으로 군림하고 있었기 때문이다. 소련과 폴란드, 그리스, 아르메니아 등 동유럽이나 스페인, 이탈리아에서 몰려 들어왔다. 특히 1, 2차 세계대전과 스페인 내전 등을 거치면서 이민 인파는 더욱 늘어났다.

②이민 2기--2차세계대전이 끝나고 특히 1950년대 중반 이후다. 이 시기 프랑스 경제는 성장을 거듭했지만 전후 태어난 베이비붐 세대가 아직 근로적령기에 들지는 못했다. 노동인구가 절대적으로 부족했다. 스페인이나 이탈리아, 포르투칼처럼 경제적으로 프랑스에 뒤지는 유럽국가들의 이민이 다시 늘어났다. 이 시기의 특징은 무엇보다 과거 식민지출신의 대거 진입이다. 북아프리카 마그레브 연방 이슬람교도나 사하라사막 이남 중앙아프리카 흑인들이 몰려들었다.

그러나 70년대 이후 베이비붐 세대들이 본격적으로 노동시장에 진입하면서 문제가 발생했다. 그 동안 노동력 부족 때 프랑스 경제를 지탱해 준 이민자들의 필요성이 없어진 것이다. 프랑스 국민들의 일자리도 줄어들었기 때문이다. 더구나, 70년대 이후 오일쇼크 등 세계 경제가 성장에서 후퇴 내지 불안정 국면에 들어간 것과 때를 같이해 실업문제가 심각한 사회문제로 대두했다. 그러다 보니 이민자들의 취업이나 사회적응 문제가 더욱 어려워지고 있다. 이제는 이민 2세들도 성장해 취업적령기에 들면서 프랑스 사회는 자업자득의 혼란을 겪고 있다.

• 현재 외국인들은

1970년대까지 프랑스는 매년 22만명의 이민자가 들어와 새 보금자리를 틀었다. 그러나, 1982년엔 10만명으로 줄었고, 1997년엔 7만4천명으로 줄었다. 현재 합법적인 이민자들은 이미 프랑스인이 된 사람의 가족이

들어오는 경우가 많다. 배우자나 어린 자녀다. 과거 젊은 노동력 위주로 들어오던 것과 양상이 바뀌었다. 과거처럼 프랑스에서 일자리를 잡으려고 들어오는 사람들은 밀입국자들이다. 이들은 밀입국해 지하경제를 메우는 노동력으로 활동하고 있다. 불법이민자들을 태우고 해안으로 들어오다 좌초해서 많은 사람들이 희생되는 경우도 적지 않다.

현재 프랑스에 살고 있는 외국인 이민1세대는 400만명으로 추정된다. 그러나 이들 1세대의 자녀나 손자세대까지 포함하면 모두 천200만명이 외국출신이다. 프랑스 인구6천만명의 5분의 1이라고 하는 많은 숫자가 본인 혹은 아버지나 할아버지 세대에 외국에서 들어온 사람들이다. 역시 과거 식민지출신 아프리카인들이 제일 많아 45.4%, 163만명이다. 다음은 유럽대륙출신으로 40.6% 145만명이다. 유럽인들은 같은 라틴계로 언어와 풍습, 용모도 비슷한 스페인과 포르투칼, 이탈리아 출신들이 많다. 아시아계는 11.8%인데 이 가운데 절반은

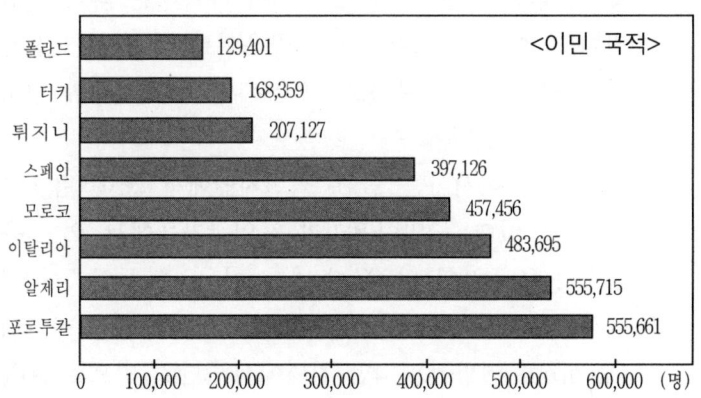

터키출신이다. 법적으로 프랑스에서 3년 이상 지속적으로 산 증거가 있으면 영주권을 신청할 수 있다.

프랑스 국적자와 결혼하면 당연히 영주권이 나온다. 단 혼인 일로부터 1년이 지나고 함께 살고 있어야 한다는 조건이 붙는다. 우리의 중국교포나 러시아 여성들이 떠오른다. 우리 나라 사람과 결혼한 뒤 주민등록증 받는 순간 집을 나가는 골치가 프랑스도 예외는 아닌 모양이다.

192 줄어드는 유학

프랑스로 유학 오는 학생들의 숫자가 갈수록 줄고 있는 것으로 나타났다. 1987-88학년도(프랑스는 10월에 시작해서 다음해 9월에 끝나는 학제다) 전국의 대학에서 외국인 유학생 비율은 12.5%였다. 그러나, 1992-93년 기간 동안은 10.7%로 줄었고, 1997-98년도엔 8.5%로 줄었다. 전통적으로 프랑스의 유학생은 과거 식민지권이다. 이들은 프랑스어를 공용어로 사용한다. 선진국인 프랑스에서 공부하고 고국으로 돌아가 사회 엘리트를 구성해 왔다.

그러나, 아시아는 물론 식민지권에서 오는 유학생들이 줄고 있다. 중앙아프리카 흑인국가들에서 오는 유학생수는 87-88년부터 97-98년 사이 10년 동안 7만7천명에서 6만명으로 20%이상 줄었다. 북아프리카 마그레브(Magreb) 연방권도 4만7천명에서 3만5천명으로 30%가

까이 감소했다. 우리 나라 유학생수는 6천500여명인 것
으로 집계되고 있다. 아직은 한국유학생들이 적지 않다.

필자가 학교에서 보니까 역시 한국학생들을 어렵지
않게 만날 수 있었다. 일본 유학생은 거의 만나볼 수
없었다. 중국학생들이 유난히 많아 놀랐다. 필자가 입
학했던 빠리 2대학 IFP대학원에는 필자와 같은 학기에
등록한 중국여학생이 4명이나 됐다. 남학생은 한 명도
못 봤다. 공부도 열심히 하고 노력하는 열의가 대단했
다. 프랑스는 외국인이건 자국인이건 학비가 무료인데
각국에서 오는 유학생 숫자가 줄어드는 이유는 자명하
다. 영어의 힘이 날로 커지면서 영어권으로 유학 가는
숫자가 많기 때문이라고 프랑스 당국은 분석하고 있다.

193 중국인과 한국인

2000년 노벨문학상 수상자는 프랑스인이다. 이름은
Gao Xingjian. 이를 발음하면 까오 싱지앤. 중국출신으
로 귀화한 프랑스인이다. 젊은 날 프랑스에서 문학을
공부하고 망명한 뒤, 12년 전 프랑스인이 됐다. 프랑스
에서 중국의 위상을 단적으로 보여주는 예다. 프랑스
에 가서 가장 놀라는 일 가운데 하나가 흑인과 중국인
들을 자주 만나는 점이다. 지하철이나 거리 어디서든
일상적으로 중국인을 만난다. 빠리에는 20개의 구가
있다. 13구에 가면 중국의 대형 슈퍼마켓들과 호텔, 식
당들이 늘어서 있다. 프랑스인보다 중국인을 만나기가

더 수월하다. 흔히 말하는 차이나타운이다. 이곳 말고
도 곳곳에 중국계 식당들이 퍼져 있다. 현재 프랑스당
국은 프랑스에 정착한 중국인 숫자를 20만명으로 추산
하고 있다. 한해 6만여명의 중국인들이 비자를 받고
프랑스로 들어온다. 우리야 프랑스에 노비자로 3개월
간 체류할 수 있지만 중국은 아직 비자가 필요하다.
이 가운데 상당수는 어떻게 주저앉을까 하는 경우다.
망명 신청도 많다. 1999년에는 5천여명의 중국인이 망
명을 신청해 천여명이 허가를 받았다. 프랑스사회에서
중국 사회가 번창할 수 있는 주요 이유 가운데 하나는
불법 체류자들이다. 값싼 노동력을 제공하면서 중국식
당, 슈퍼, 호텔을 떠받친다.

프랑스에 사는 한국인들을 만명으로 추산한다. 220
만 빠리시민 가운데 만명이므로 0.5%에도 미치지 못
한다. 미국 LA지역만 백만명을 육박한다는 사실을 고
려하면 프랑스 이민은 아주 미미한 수준이다. 만명 가
운데 빠리에 사는 순수한 의미의 교민은 천여명 정도
인 것으로 알려져 있다. 프랑스회사에 다니기도 하고,
식당도 운영한다. 6천500여명은 학생으로 보고 있다.
최근엔 대학졸업생 말고, 중고등학교나 초등학교 단계
의 학생들을 유학시키는 경우도 늘고 있다. 주로 예능
계통을 공부하고 싶은 학생들의 경우 바로 프랑스에서
시작하겠다는 뜻이다. 프랑스의 경우 학비가 없어 미
국과 달리 큰돈 안 들이고 공부할 수 있다는 장점도
이들을 불러들이는 요인인 것 같다.

빠리에서 낯선 억양의 한국인들을 만나는 경우가 있

다. 혹시 북한 사람 아닌가? 물론 아니다. 현재 북한과 국교도 없다. 중국에서 온 우리 교포들이다. 몇 명이나 되는지 정확히 알 수는 없다. 밀입국을 했기 때문이다. 중국인 밀입국조직이 여권을 위조해 조직적으로 우리 교포를 프랑스로 내보낸다. 주로 한국식당에서 일하거나 한국인 가정에 파출부로 일한다. 집수리 등 궂은일을 도맡아 하고 있었다. 한국인들이 발행하는 정보지에 전화하면 이들 중국교포와 통화하고 일을 맡기는 경험을 할 수 있다.

194 한국, 중국, 일본식당의 차이

한국에서 떠날 때 멋모르고 라면, 소주를 잔뜩 사서 짐으로 부쳤다. 아! 전혀 필요 없는 일이다. 중국시장과 한국슈퍼에서 사발면까지 살 수 있다. 김치는 고춧가루가 비싸긴 하지만 그래도 얼마든지 담궈 먹을 수 있다.

이제 한국인들 빠리 가서 고향 그리며 음식이나 술 걱정할 필요는 없다. 오히려 한국 것에 프랑스의 좋은 것까지 겹쳐 더 훌륭하게 식생활을 즐길 수 있다. 소주는 프랑스에 온지 한달 정도 지나면 찾지 않는다. 어쩔 수 없이 몇 번 마시고 모두 썩혔다. 소주에 필적할 포도주가 프랑스 슈퍼마켓에 산더미처럼 쌓여 있다. 빠리에는 한국식당이 30여 군데 있다. 일본식당은 수백개, 중국식당은 수천개에 이른다고 한다. 한국식당에서는 한국말을 많이 듣고, 일본이나 중국식당에서는 프랑스 말을 많이 듣는다. 한국식당은 한국사람 상대로 장사하고 일본이나 중국식당들은 프랑스 사람 중심으로 장사 한다는 뜻이다. 고객이 완전히 차별화 된다. 한국식당에 프랑스 사람들이 전혀 없는 것은 아니다. 요즘은 늘고 있다고는 하지만 역시 주종은 한국사람들이다.

이유는 자명하다. 우리 음식이 프랑스사람 입맛에 맞지 않아 프랑스사람이 오지 않는다는 해석이다. 필자도 프랑스 사람하고 한국식당을 찾아봤다. 김치 등을 매워하고, 밥도 먹지 않고, 찌개나 각종 무침, 볶음 등에 거의 관심을 드러내지 않았다. 불고기는 손을 대지만 '나머지는 아니올시다'였다. 그렇다면 프랑스 사람들 입맛 바뀔 때만 기다려야 하는가? 그 동안 한식당을 운영하시는 분들이 노력을 덜 했다고 보는 게 타당할 것이다.

한국식당이 한국 사람들의 향수 달래주기 차원에 만족하고 말았다. 프랑스 사회에 나갔으면 어떻게든 프랑스 사람들과 부딪쳐서 승부를 내는 일이 순서라고 본다. 중국인들은 프랑스 사람이 찾게끔 다양하게 현지에 어울리는 식단을 개발한다. 런던 같은 대도시도 한복판에 차이나타운이 형성돼 있다. 스페인의 한적한 시골은 물론, 이탈리아 시실리섬, 그리스의 북부도시, 덴마크의 시골도시 어디서든 중국식당을 만날 수 있었다. 손님은 물론 현지인들이다. 가격도 저렴하고, 사용하는 소스나, 먹는 방법 등을 현지인에게 어울리게 변화시킨 결과다.

프랑스에 처음 일식 회가 등장했을 때 프랑스 사람들은 찾지 않았다. 그러나, 지금 프랑스 사람들은 돈이 없어서 못 먹는다. 우리 한식도 조금만 변형시키면 서양인들이 먹을 수 있는 다양한 메뉴가 있다고 본다. 음식도 한 사회의 중요한 문화유산 가운데 하나다. 굳이 외국에 나갔다면 사명감을 갖고, 현지에 적응해야 하지 않나 싶다.

195 다시 보는 한국문화원

프랑스에 한국문화원이 있다. 기메(Guimet)박물관이라고 하는 동양유물 전문 박물관 근처다. 빠리에서 가장 상류층이 산다는 16구에 소재 한다. 1981년 문을 열었으니 만 20년이 넘었다. 그 동안 한국을 프랑스사회에 알리느라 많은 역할을 수행했다. 그러나 되짚어 볼 점도 있다.

한국문화원 이라고 하면 우선 한국의 전통을 볼 수 있어야 한다. 그러나, 이곳에선 한국의 전통을 하나도 볼 수 없다. 그렇다고 한국의 현대를 볼 수 있는 것도 아니다.

2001년 6월초 필자가 방문했을 때 이곳

프랑스에 있는 한국 문화원 전경

에서 볼 수 있었던 것은 미술가들의 실험적인 현대작품, 그리고, 자료실에 있는 한국관련 서적이 고작이었다. 문화원 이용객은 직원 수보다 적은 한국인 서너 명이 전부였다. 무엇이든 없는 것보다는 있는 것이 좋다. 그러나, 프랑스는 비싼 나라다.

그곳에 정부기관 하나 운영하려면 엄청난 외화가 새 나가야 한다. 문화원을 없애거나 직원을 줄이자는 얘기가 아니다. 제대로 하자는 것이다. 한국 문화원이면 말 그대로 우리 문화를 보여줘야 한다. 이곳을 찾는 프랑스인들이 우리의 역사를, 풍습을 알 수 있어야 한다. 프랑스 사회, 문화와는 다른 독특한 우리의 고유문화를 알리는 일이 우선이다. 방법은 많다. 그 다음에 현대의 문화도 알려야 한다는 생각이다.

196 프랑스에서 한국위상

• 한국보기

지금은 고인이 된 어느 화려한 정치이력의 고위공직자가 말한 내용을 잡지에서 읽은 적이 있다. 이 공직자가 프랑스대사로 갔을 때다. 당시 드골이라는 프랑스 대통령이 신임장을 받으러간 자신을 단 한번도 정면으로 쳐다보지 않았다고 한다. 얼마나 자존심이 상하고, 약소국가의 무력감을 느꼈겠는지 이해가 간다. 프랑스에서 한국의 위상은 그랬다. 물론 이 점은 더 생각해볼 여지가 있다. 대사라고 간 사람은 일제시대 태어나 식민제국의 육군사관학교를 나왔다. 2차세계대전을 일으킨 일본 제국주의 장교로 근무했다. 그리고, 독립한 나라에서 국군의 주요보직을 맡았다. 자신보다 인물은 못하지만 잘 아는 장군이 쿠데타를 일으켜 정권을 잡자 그 밑에서 대사가 돼 간 것이다.

드골은 누구인가? 일본제국주의의 동맹국 독일과 목숨을 내놓고 싸운 독립투사 출신이다. 드골이 어떤 시각으로 대사를 바라보고 한국을 바라봤는지는 짐작이 간다. 그 후 더 세월이 흘러 역시 군인출신의 한 대통령이 프랑스를 공식 방문했을 때 프랑스는 샹젤리제 거리에 태극기조차 달지 않고, 만찬도 베풀어 주지 않았다. 그러나, 과거는 과거고 이들은 인권을 참 소중히 한다. 그것은 요즘의 달라진 위상에서 확인할 수 있다. 민주주의를 위해 싸웠고, 남북화해를 위해 노력하는 대통령이 지난해 프랑스를 방문했을 때는 대접이 아주 융숭했다.

프랑스에서 한국은 일단 관심 밖이다. 지리적으로 너무 멀다. 그리고 프랑스와 인과관계가 없다. 베트남이나 캄보디아 등은 과거 식민지 출신이기 때문에 프랑스인들이 각별한 시각으로 바라본다. 중국은 거대한 문명 흔적으로 경외심을 갖고 바라본다. 일본은 수준이 낮다고 천박하게 보면서도 경제적인 융성에 두려움을 갖는다. 한국은 그냥 미국의 전위대로 일본과 중국 사이에 있는 나라라고만 생각하는 것 같다. 덧붙인다면 올림픽을 했다는 것과 월드컵을 한다는 것. 여행을 다니거나 학교에서 만난 평범한 프랑스인들이 한국에 대해 갖는 이미지를 종합한 결과다.

• 한국학

프랑스에서 학문적으로 우리를 어떻게 평가하고, 연구하고 있을까? 프랑스에서 한국학이나 한국어강좌는 미미한 수준이다. 관심권 밖이다. 한국학과가 설치된 대학은 2곳에 불과하다. 빠리 7대학과 동양어 대학(INALCO) 2곳뿐이다. 그리고, 한국학은 아니고, 한국어강좌가 개설된 대학은 3군데다. 프랑스 제2도시 리용의 리용(Lyon) 3대학, 포도주의 고장 보르도의 보르도(Bordeaux) 3대학, 그리고, 노르망디 지방의 르 아브르(Le Havre)대학이다.

한국학 연구소는 국립고등 사회과학 대학원(EHESS) 등 서너 군데에 설치돼 있다. 한국학 강의는 주로 역사나, 종교, 예술, 정치, 경제 등의 분야다. 한국학을 가르치는 교수는 전부 11명에 불과하다. 이 가운데 한국인 교수가 7명이다. 학생수는 대학마다 학년마다 편차가 심한데 두 대학을 모두 합해 한국학 전공 학생이 평균 70여명에 이르는 것으로 알려져 있다. 참 적다.

197 프랑스인의 한국관광

• 관광 실태

프랑스인들은 여행을 많이 한다. 전세계 구석구석으로 여행을 다닌다. 한국관광은 어떨까? 필자가 궁금해서 거래하던 여행사의 모든 아시아 관련 팜플렛을 뒤졌다. 아시아 각국으로 가는 특색 여행상품이 넘친다. 그들 입장에서 가장 먼 극동의 일본, 중국도 상품이 다양하다. 한국여행은 오직 한 군데 여행사만이 취급하고 있었다. 오직 하나의 코스뿐이다. 8박9일로 서울에 도착한 뒤 속리산과 법주사를 보고, 경주로 가서 신라 고도를 관광한 뒤 안동 하회마을 거쳐 설악산을 보고 서울로 되돌아오는 코스다.

요금은 여행객이 2명일 때 영어가이드를 쓰면 각자 2만700프랑(우리 돈 352만원), 프랑스어 가이드를 쓰면 2만천3백프랑(3백62만원)이다. 여행객이 4명이면 영어가이드는 각자 만3천200프랑(225만원), 프랑스어 가이드는 만3천500프랑(230만원)이었다. 호텔은 서울에 묵는 날은 신라호텔 등 특1급 호텔이었다. 여행대리점 말이 한 번도 한국 관광객을 주선해 본 적이 없단다.

• 왜 관광객이 적을까

①비싸다--세느강변의 노트르담 성당근처 생미셸 광장이라는 관광명소가 있다. 관광객들로 1년 사시사철 붐비는 곳이다. 이곳의 그리스 식당가에선 만7천원으로 꼬치구이 정식을 포도주 한잔과 즐긴다. 그리스전통 생음악연주도 즐기고, 미인들의 그리스풍 댄스도 눈요기할 수 있다. 런던 중심가 트라팔가 광장 뒤로 차이나타운이 있다. 이곳에서 저녁에 6-7가지 중국식 요리 뷔페가 5파운드 미만이다. 9천원도 안 된다. 독일, 네덜란드, 덴마크… 서유럽 대부

분의 선진국들이 절대 우리보다 비싸지 않다.

②최고급 호텔과 러브호텔--가격도 비쌀 뿐 아니라 특1급이 아니면 너무 불결하다. 새로 짓는 것은 보탬 안 되는 러브호텔이다.

③배낭여행자 방치--배낭여행자들에게 한국은 최악일 것이다. 유스호스텔 같은 숙소는 물론이요, 저렴한 숙소 찾기가 어렵다. 개인관광객이 차를 빌려 우리 나라를 여행하기는 어렵다고 본다. 길 이름도 복잡하고, 표지판이나 안내간판도 찾기 어렵다. 여행안내소도 드물고, 말도 안 통한다. 관광안내를 담당할 홍보시설은 한심한 수준이다.

④볼게 없다--다른 나라들은 유적의 연대가 우리 나라에 비해 너무 앞선다. 프랑스나 이탈리아, 그리스는 물론 북아프리카 연안국가들, 중동국가들, 터키 등 지중해연안 주요 관광국가들의 유적은 모두 기원전이다. 우리 나라 삼국시대에 해당하는 연대의 유적과 유물은 그냥 방치수준이다. 우리는 자연 경관도 가을단풍을 제외하면 특별히 내세울 게 없다. 한국방문의 해라고 정한다고 그들이 오지는 않는다.

198 관광진흥을 위해

①문화 상품 만들어야--유적 부족하다고 자존심 상해할 것 없다. 부모에게 왜 유산 안 물려줬느냐고 따지는 불효자와 같다. 좌절할 필요는 없다. 꼭 유적 갖

고 여행객 모으는 것은 아니다. 그렇다고 기생관광 같
은 것 해서는 더욱 안 된다. 무형문화재를 상품화하면
된다. 외국의 유적만 보는 게 아니라 그 나라의 문화
를 보고 싶어 한다. 문화를 보여줄 수 있는 다양한 볼
거리를 만들어야한다. 엘리자베스 여왕이 한국 와서
왜 안동 하회마을에서 자고 갔는지는 이를 잘 말해 준
다. 그들은 우리의 문화에 관심을 갖는다. 전통음악,
공연, 춤, 무술, 놀이, 태권도, 온돌 체험…

②다양한 여행상품--우리 나라는 작다. 서울을 중심
으로 얼마든지 다양한 관광상품을 개발할 수 있다. 이
스라엘이나 레바논도 참 작다. 그런데 이들 나라에 가
보니까 관광상품의 종류가 수없이 많다. 그리스도 마
찬가지다. 당일치기부터 1박2일, 2박3일, 3박4일… 외
국에서 아예 단체관광으로 온 사람들 말고 개별여행을
온 사람들이 다양하게 선택할 수 있는 여행상품들이
널려 있다. 인원이 많지도 않아도 좋다. 터키에서 전설
의 트로이성을 방문할 때 현지 여행상품을 신청했다.
관광객은 필자와 이스라엘에서 온 여학생 딱 2명이었
다. 그런 상품에도 기사 1명에 가이드 1명이다.

③공익근무요원, 봉사원 활용--나라를 위한 일이 꼭
총 들고 휴전선 지키는 일에 국한되지 않는다. 공익근
무요원들이, 점수 따야한다는 자원봉사 학생들이 동사
무소 가서 할일 없이 농담하다 퇴근해야 할 이유가 없
다. 무료가이드 하면 결국 국가봉사다. 퇴직한 노년층이
나 젊은층도 봉사활동의 개념을 바꿔보자.

④외국공관은 관광안내--국가 원수가 세일즈 외교한

다고 요란하게 다닌다. 지금도 외교한다고 나가 있는 수많은 재외공관들이 있다. 이들이 세일즈 얼마나 하고 있을까? 한국을 알리고 관광 오라고 세일즈하기 제일 좋은 여건은 재외공관들이다. 한국 홍보와 관광 홍보가 새로운 업무로 추가될 여지는 없는지 검토가 필요하다.

199 영어 제2 공영어

제주도의 관광을 진흥하기 위해 제주지역에 영어를 제2 공영어로 만들자는 주장이 있는 모양이다. 인간의 삶의 문제는 간단하다. 나한테 필요하면 하고 필요하지 않으면 안 한다. 영어가 필요하면 열심히 배워 쓰면 된다. 관광산업 하겠다면 말이다. 관광이고 뭐고 우리말 지키겠다면 영어 안 쓰면 그만이다. 영어도 안 쓰고 관광해서 돈 벌겠다? 무지와 비양심이다. 외국여행 한 번 변변히 안 해본 사람들이 관광을 논하는 것은 아닌지 모르겠다.

자존심 갖고 서비스가 나오는 것은 아니다. 관광산업 육성하려면 반드시 관광지구의 사람들은 영어를 자유롭게 구사해야 한다. 관광산업 별 관심 없으면 영어 얘기는 꺼낼 것도 없다. 영어는 미국의 말이 아니다. 국제어다. 국제관광 하겠다면서 국제어에 어둡다면 앞뒤가 맞지 않는다. 공용어냐 아니냐의 논쟁은 무의미하다. 관광지구 영어실력 향상은 반도체 기술개발과 같은 차원이다.

덴마크라는 작은 나라가 있다. 6월까지도 추워서 겨울 옷을 입는 날이 있는 척박한 동네다. 그러나 그림같이 잘 산다. 이들은 공항이나 역, 식당은 물론이요, 길거리에서 빵 구워 파는 아줌마들도 영어를 구사한다. 길거리 시민들 누구를 붙잡아도 90%이상 기초영어회화가 가능하다. 그러나 덴마크사람들은 자기 나라 말도 잘 한다. 이 나라에는 세계 최고의 아름다운 동화작가 안데르센이 그림보다 더 예쁜 글들을 써댔다.

아프리카의 튀니지. 사실 우리 나라 사람들이 이 나라 사람들을 어떻게 생각할까? 이들은 4천 몇 백년 전 단군 할아버지가 곰 할머니 몸에서 태어나 팔조법금 만드실 때부터 지중해 곳곳으로 장사 다니면서 알파벳 만든 페니키아 상인들의 후손이다.

좀더 가깝게, B.C 1c 고주몽, 박혁거세 할아버지들이 알에서 나오시기도 전에 코끼리부대 타고 알프스 넘어 로마제국을 유린했던 카르타고 한니발의 후손이다. 현재는 이슬람국가이기 때문에 당연히 아랍어를 사용한다.

그러나, 튀니지나 모로코에 가면 강아지도 프랑스어로 짓는 것 같다.

초등교육을 마친 사람이라면 모두 기초

프랑스 관광객이 경제를 지탱해 주는 튀니지 카르타고 유적지.

프랑스어를 구사 한다. 물론 이런 나라에 우리의 영어 고액과외 같은 정신병적 프랑스어 과외가 있을 리 없다. 그래도 그럭저럭 한다. 이들이 아름다운 프랑스어로 문학하려고 배우는 것은 아니다. 프랑스에서 쏟아지는 관광객들 없으면 이들 나라의 경제는 문닫을 수밖에 없다. 그러니까 배우고 누구나 말한다.

200 역사 다시 보기

• 이야기 1-조선총독부

조선총독부라는 게 있었다. 아직은 고등학생 이상이면 누구나 기억할 것이다. 그러나, 20-30년 뒤에 기억할 사람은 확신컨대 없다. 일제시대 남산에는 3만평 크기의 조선신궁이 있었다. 일본의 개국신을 봉안한 징소였다. 고이즈미가 침배해 물의를 빚고 있는 신사보다는 격이 한 차원 높은 신궁이다. 일본에도 몇 개 안 된다. 대만과 만주 사할린 등 일본점령지역에서 한국에만 설치했다. 그리고, 우리 민족을 자신의 국조신에 강제로 참배시켰다. 이런 치욕의 현장이 어딘지 지금 아무도 모른다. 남산을 관리하는 서울시 관계자들조차 모르고 있다. 총독부건물도 마찬가지다. 남산신궁 잊어버리듯이 총독부도 자연스럽게 잊어버리 게 돼 있다. 정신대 할머니들 돌아가시면 정신대 역사가 사라지는가? 있던 건물 헐어 버리면 치욕의 역사가 사라지지는 않는다.

• 이야기 2—파괴의 역사

인류 5천년 역사를 더듬어 유적을 탐방했다. 이집트와 메소포타미아에서 히타이트, 페르시아, 미노아, 그리스, 에투루리아, 카르타고, 로마, 기독교, 이슬람교, 바이킹의 역사를 더듬었다. 여행 끝에 나름대로 깨달음을 하나 얻었다. 역사는 후대에 인위적으로 조작하려해서는 안 된다는 점이다. 치욕도 역사고, 영광도 역사다.

치욕을 영광으로 영광을 치욕으로 바꾸려할 때 늘 역사는 후퇴했고, 소중한 우리의, 인류의 흔적을 잃어버려야 했다.

기독교가 등장하면서 그리스, 로마의 문화는 마구 파괴됐다. 제우스나 아테나가 들어가 있던 수많은 신전은 신심으로 똘똘 뭉친 경건한 기독교인들의 쇠망치질에 폐허의 먼지 속으로 사라졌다. 이슬람교가 들어서면서 기독교의 유적들이 하나둘씩 부서졌다. 기독교가 다시 득세할 때 이슬람교 유적은 자취를 감췄다. 고대이집트나 메소포타미아의 유적들이 모두 그렇게 민족이나 종교라는 이름으로 훼손됐다. 이집트 룩소르의, 이란 페르세폴리스의 역사유적은 그렇게 망가진 채 서 있었다. 인류전체의 역사적 손실이다. 흔적 없앤다고 역사가 없어지지 않는다. 총독부건물 헐어서 무엇을 얻었나? 우리의 자존이 되살아났다고 보는 사람이 있다면 안타깝다. 고이즈미한테 우리가 지난여름 얼마나 능멸을 당했는지 생각하면 쉽게 알 수 있다. 굳이 경복궁을 재건하려 했다면, 총독부건물은 옮겼어야 한다.

• 이야기 3—보존의 역사

프랑스의 알자스지방에 가면 1870년 프랑스와 독일 (프러시아)전쟁에서 독일이 승리한 뒤 이 지역을 점거한 독일황제가 지어놓은 그림 같은 성들이 있다. 쾨니히스부르그(Koenigsbourg)라는 곳의 성은 독일황제가 가장 심혈을 기울여 만든 성이다. 대단한 규모로 아름답다. 프랑스로써는 치욕의 역사현장이다. 오늘날 수많은 관광객들이 이곳을 찾는다. 프랑스가 돈 못 벌어도 좋으니 이 성 헐어 버린다면 1870년 전쟁에서 패한 치욕의 독일지배사가 함께 사라지나? 이거 다 부숴 버리라고 프랑스에 충고 한다면 그들은 어떻게 받아들일지 궁금하다.

그 유명한 스페인 그라나다의 알함브라 궁전은 이슬람교도가 기독교도를 몰아내고 만든 이슬람문화의 정수다. 1492년 이곳을 재점령한 스페인기독교인들이 이것을 헐어 버렸다면 우리는 가장 아름다운 기타 선율 가운데 하나인 '알함브라 궁전의 추억'을 들을 수 없었을 것이다. 스페인에 갈 일도 줄어 스페인 관광산업은 건물 부순 조상 탓에 크게 위축됐을 것이다. 이스탄불의 성소피아성당을 이슬람교의 오스만 터키가 헐어버렸다면 터키 갈 일도 역시 줄어들었을 게 틀림없다. 역사란 후대에 억지로 만드는 게 아니다.

중동문제 바로 읽기

• 미국의 아프가니스탄 공격

요즘 미국이 아프가니스탄을 마구 공격하고 있다. 아프가니스탄 국민들은 정말 마른하늘에 날벼락도 유분수다. 매일 날 폭탄 세례다. 세계에서 가장 강력하다는 나라의 폭탄을. 미국에서 발생한 비행기테러의 배후가 빈 라덴이라는 사람인데 이 사람을 보호하면서 내주지 않는다는 게 공격 이유다. 이것을 믿는다면 순진하다. 미국은 군수산업자와 미국의 승리를 주장하는 극우보수주의자들이 담합해 이끌어 가는 나라라고 누군가 말했다. 다시 말해 미국군수물자를 정기적으로 팔아주는 정치인만이 미국에서 정권을 유지할 수 있다는 얘기다. 한번 더 나가면 미국대통령은 정권유지를 위해 정기적으로 전쟁을 해야 한다는 뜻이다.

아주 근거 없는 불손한 말일까? 우리 나라에서 이런 말 함부로 하면 이상하게 본다. 그러나, 정말 이상한 것은 이 말을 미국 대통령 스스로 했다는 점을 잘 모르고 지나간다는 점이다. 미국의 아이젠하워 대통령이 8년간 대통령 해먹고 떠나면서 자기 나라를 정리한 말이다. 형편없는 장사꾼, 정치꾼의 나라라는 고백이다. 그러나, 미국을 미국인보다 더 사랑하는 사람들의 귀에는 이 말이 들어올 리 없다. 미국은 선이요 정의일 뿐이다. 미국주장의 이면을 들여다보지 않고 일방적으로 전쟁 보도하는 한국의 언론도 이 축에 든다. 아프가니스탄이 주장하는 것은 확인 안된 것이고, 미국정부의 주장은 무슨 근거로 진실이란 말인가? 현실과 실리 때문에 미국을 따른다는 주장도 설득력은 있다. 그러나, 정의는 아니다.

• 중동문제의 배경

1차 세계대전당시 영국은 독일과 싸우면서 전비가 모자랐다. 세계 경제계의 큰손들인 유태인의 도움이 필요했다. 영국의 유력한 로드차일드 가문도 그랬다. 1917년 영국의 발포어 외무장관이 선언한다. 유태인이 전쟁을 도와주면 전후 팔레스타인 땅에 이스라엘 국가를 세워주겠다고 말이다. 19c말부터 유태인들은 시오니즘 운동을 벌여 팔레스타인에 국가건설을 추진하고 있었다. 당시 팔레스타인 땅은 독일과 제휴하고 있는 오스만 터키제국의 관할이었다. 영국은 자기 땅 아니라고 마구 떠들어댄 것이다.

유태인들이 2천년 전에 살았다고 하는 팔레스타인 땅에는 그후 2천년 동안 아랍사람들이 살고 있었다. 이들은 오스만 터키의 침략으로 식민지가 됐다. 그들도 힘을 모아 1차세계대전 중 오스만 터키와 싸웠다. 전쟁은 연합국의 승리로 끝났다. 영국의 위임통치 아래 팔레스타인 땅으로 유태인들이 급속히 모여들기 시작했다. 2차 세계대전은 영국대신 미국을 지구상의 강자로 바꿔놓았다. 과거 영국이 하던 모든 일을 미국이 접수빘있다.

1948년 팔레스타인 땅으로 모인 유태인들이 이스라엘이라는 나라를 세웠다. 그리고, 그곳에 살고 있는 아랍사람들을 내쫓았다. 쫓겨난 아랍사람들은 기가 막혀서 대들었다. 옆에 있는 아랍 형제국들이 팔레스타인 땅 아랍인들을 도왔다. 영국을 이어받은 미국은 이스라엘을 도왔다. 수 차례 이스라엘과 아랍국가들이 전쟁을 했다. 미국은 언제나 이스라엘 편만 들었다. 2차대전 후 50년 넘게 지속되는 중동의 얘기다. 아랍인들은 공정한 중재자는 되지 못할망정 늘 이스라엘만 돕는 미국이 더 밉다.

이런 과정은 보지 않고 왜 아랍인들이 반미로 나오는지만 보면 답이 안 나온다. 윤봉길 의사의 폭탄과 아랍인이 쓰는 폭탄의 재료는 다른가? 꼭 성분분석을 해야 안다면 답답한 노릇이다.

• 우리의 관점

2천년 만에 돌아와서 살던 땅 달라고 하면 싸움이 일지 않겠나? 우리도 만주 가서 중국에게 고구려와 발해 땅 달라고 해볼까? 충분한 대책 없이 밀어붙인 영국, 미국의 강대국 편의주의와 이스라엘의 독단이 원인 제공을 했음은 불문가지다. 유태인들의 집념에는 한없는 존경심을 표하지만 그들의 독단에는 정말이지 할 말을 잃고 만다. 이슬람교도나 아랍권에 대해서는 아직 할 말이 없다. 원인 제공자들이 뭔가 해결책을 제시하고 그 합리적인 해결책을 아랍권이 받아들이지 않을 때 그들에 대한 평가를 내려야 순서다.

단 민주적이지 못한 아랍각국의 정치질서와 낙후한 사회문화, 고질적인 부족분리주의가 사태를 더 혼미하게 만든다는 지적은 피할 길 없다. 유태인들은 하느님이 자기 민족만 아낀다는 선민의식에 젖어있다. 미국의 주요상층부엔 유태인의 활약이 두드러진다. 미국은 지속적으로 무기를 생산, 소비해야 정치가 안정된다. 아이젠하워

미국의 공격덕분에 인류최고의 문명발상지 가운데 하나인 파키스탄에 취재 가서 모헨조다로 유적지를 찾았다. 필자가 서 있는 지역은 B.C 2천500년 전 인더스문명 유적지고 뒤 꼭대기에 보이는 둥근 건물은 B.C 200년경의 불교 유적지다. 성했던 문명은 반드시 쇠하고 그 위에 새 문명이 핀다. 천년왕국은 없다. 미국이나 그 어떤 나라도 예외는 없다. 역사의 가르침이다.

라는 그래도 양심적인 미국인의 표현을 빌리면 오늘날 미국의 아프가니스탄 공격을 쉽게 이해할 수 있다. 중동에서 뿐 아니라 미국 주도하의 세계사에서 왜 악역이 늘 존재해야 하는지 설명해 주는 대목이다. 미국은 역설적으로 빈라덴 같은 사람이 있어야 굴러가는 나라다. 제2, 제3의 빈라덴은 미국의 필요에 따라 언제든 만들어진다. 기막힌 국제정치 질서를 잊지 말고 접근해야 한다. 실리도 좋지만 최소한의 양심을 지켜야 한다.

프랑스 문화 따라잡기

초판2쇄 발행일 · 2003년 9월20일

지은이 · 김문환

펴낸이 · 전의식

펴낸곳 · **다인미디어**

출판등록 · 1997년 10월 10일, 제1-2233호

주소 · 서울시 종로구 익선동 30-6 운현신화타워 107호

전화 · (02)742-9183 / 팩스 · (02)743-7615

e-mail : dynemedia@hanmail.net

ISBN 89-87957-38-1

값 13,000원